汾江河畔

陈伯英◎著

SPM 南方传媒 | 花城出版社

中国·广州

图书在版编目（ＣＩＰ）数据

汾江河畔 / 陈伯英著. -- 广州 ：花城出版社，
2024.5
2021-2022年度佛山市文联重点文学工程
ISBN 978-7-5749-0219-0

Ⅰ．①汾… Ⅱ．①陈… Ⅲ．①散文集－中国－当代
Ⅳ．①I267

中国国家版本馆CIP数据核字(2024)第071631号

出 版 人：张 懿
责任编辑：李 谓 安 然
责任校对：汤 迪
技术编辑：林佳莹
封面设计：林 希

书　　名	汾江河畔
	FENJIANG HEPAN
出版发行	花城出版社
	（广州市环市东路水荫路 11 号）
经　　销	全国新华书店
印　　刷	佛山市迎高彩印有限公司
	（佛山市顺德区陈村镇广隆工业区兴业七路 9 号）
开　　本	880 毫米 ×1230 毫米　32 开
印　　张	10.875　1 插页
字　　数	290,000 字
版　　次	2024 年 5 月第 1 版　2024 年 5 月第 1 次印刷
定　　价	58.00 元

如发现印装质量问题，请直接与印刷厂联系调换。
购书热线：020-37604658　37602954
花城出版社网站：http://www.fcph.com.cn

目录

序

一部讲好佛山故事的代表作

张　况

陈伯英是佛山近年涌现的青年小说家，继去年向中国扶贫事业致敬的第一部长篇小说《山海之歌》出版之后，在不足一年的时间，他的第二部长篇小说《汾江河畔》如今又要呱呱坠地了，颇有点趁热打铁的意思。这是一部关于佛山本土题材的长篇小说，旨在盘活佛山历史，讲好佛山故事，为佛山风云激荡的年代立传。伯英勤奋如此，堪称佛山作家中的劳模，值得为之竖拇指点赞。

我与伯英是朝见头、晚见面，同一口锅里混饭的文友，中午常在饭堂有一搭没一搭聊些文学话题，漫无边际说点逸事趣闻。个性鲜明的伯英是个有韧劲、有才华、有文学抱负的作家。天资聪颖加笔耕不辍，苦心人天不负，遂使他有了"三年抱两"的丰硕收成。小说付梓之际，伯英嘱我作序。我自然不敢简慢。

光阴催逼，时不我待。年岁渐长的伯英，显然对日复一日流逝的时间表现得十分在意。这些年一些作家英年早逝的个案对伯英触动颇大。他对我说他想趁着自己年富力强、还能写时完成"汾江三部曲"。这无疑是个宏伟的写作计划。我感佩他的创造力，同时也劝他"悠着点""别太猛"。

伯英是个理想主义者，他的人生规划如此清晰，这让我为他的文学自觉感到放心。这部《汾江河畔》是他"汾江三部曲"写作计划中的第一部。伯英告诉我，接下来他还将马不停蹄地创作第二部《红棉花开》和第三部《琼花盛放》。伯英以只争朝夕的奋斗精神，致力于本土题材创作，我认为这是他回报社会、回报佛山、馈赠青春的最直接方式。一个作家有此奋斗方向，那是对文字的高度尊重，对佛山的深沉大爱。

伯英是个实践性很强的作家，写作中，他践行不动真情不写作的原则。每有体悟，必将饱满情感流泻于笔端，诉诸文字，启迪人世；生活中，他乐于深入基层、民众，服务百姓、社会，燃烧生命激情，激发创作灵感，以拼尽全力的姿态挖掘佛山本土丰富的历史资源、文化内涵，以此来表达他对佛山这块神奇土地的热爱之情和深刻感悟，从而使自己的创作呈现蓬勃的生命力，以富于内涵、满蓄潜力的簇新境界，服务于创作。伯英对佛山的爱深沉而具体，他试图用善良向上的文字承载内心的这份负荷，他正在努力做一件他认为值得做的事，我想他一定能够做成、做好。

伯英对自己的文字表现得很负责任，虽不能说到了苛刻的程度，但虚心如他，一直很能接受同道中人的各种有益意见，以此修正自己创作中的各种短板。伯英的文字正朝着更为乡土味、更为切近人心和人性的审美范式迈进，在坚持讲好"佛山故事"的过程中，他一直饶有兴趣地致力于本土题材的挖掘、构思与创作，坚持与佛山的历史文化对话，最终开拓出了一条属于他的新的创作思路和创作方法。

新时代背景下该如何讲好"佛山故事"，伯英对此显然有着自己的独立思考和展开方式。眼下这部小说的杀青，就是一个铿锵有力的正面回答。

土地是有灵魂的。佛山文学根植于岭南这块灵性沃土，自然能够世代赓续，传灯不灭。佛山文学事业的发展，镌刻着一代又一代佛山作家辛勤劳作的足迹，佛山文学的天空响彻作家诗人们躬身砚耕的劳动号子。我看见伯英是其中喊得最为带劲、干得热火朝天、流着淋漓大汗的一个。

伯英感念佛山之美，感受佛山之变，聚焦这块岭南热土，发现了佛山的精神密码，感悟到了这块神奇土地上涌起的"山乡风云"，发生的沧桑巨变，最终以扣人心弦的精彩故事来解构并触摸这片热土的精神内核，他的作品中律动着千年佛山的心跳节拍与历史回响。

品读伯英的文字，我能真切感受到古老汾江河的潺潺魅力，感受到佛山古镇那段峥嵘岁月的印记和历史文化嬗变。作品时代感很强，开合自如中，不乏昔年真实影像闪现，颇见伯英善讲故事，精于安排人物命运的能力。这部小说人物众多，如方圆、梁焰、龚坤、余道义、吴歌、杨霞、黑牛、劏牛强、马苏等，则是一群生活在古老汾江河畔，致力于佛山发展、时代进步的佛山儿女。这群有志青年是底层民众的生动缩影和力量所在，他们的生活阅历和奋斗人生是陈伯英笔下重点描摹的部分，有着较为鲜明的人物性格特征和价值指向。这些人物的成长过程中也许有过短暂的迷茫，一时的彷徨，但他们最终都能拨云见日，意气风发地找对人生的奋斗路向和目标，他们是追求光明和希望的一群有生力量。年青一代经过时代风雨的洗礼之后，最终都能找到属于他们个人和人民大众的价值追求。共产主义的崇高理想，对他们内心世界的塑造起到很强的导引作用。故事情节曲折跌宕，扣人心弦，娓娓道来中带着历史的余温和浓烈的时代气息。

同时，小说对佛山民俗风情、非遗文化等也有较为具体的铺陈与抒写。比如佛山韵味很强的百年龙塘诗社，具有四百多年历史的粤剧文化、行通济活动，以及秋色巡游、武术比赛等，在伯英笔下均有上佳的文笔表达。祖庙万福台、东华里、仁寿寺等名胜古迹也都被伯英巧妙地融进了小说故事中，成为佛山历史风情画卷的一部分。小说将红色基因和佛山历史文化做了嵌入式的融合，释放出厚道的文学潜能，彰显出朴实的文学价值，读来令人有一种身临其境的在场感。伯英从历史深处走来，打通了一条贯穿佛山革命和历史文化脉络的抒情之路，这是这部小说的成功之处，这是讲好"佛山故事"的关键所在。

虽然小说故事情节仍有拼图结构之嫌，人物个性还不够鲜明独特，心理描写尚欠些细腻精准，语言表达还稍缺精当有趣，但这并不妨碍小说行云流水般的叙事抒情。颖悟如伯英，我想我一定能在他的下一部作品中看到他对这些空间做进一步提升的。

历史一如人生，有顺境，必有逆境，逆境是磨难之一种，是一位作家成名之前的一道暗沟或明坎，它能给人以成长的历练。佛山是一座富矿，历史上不乏有影响的历史人物、历史事件。这为佛山作家的写作提供了丰富的素材和更多的可能性。陈伯英在小说中所铺陈的这段时代风云故事，是对佛山波澜壮阔历史的一次有意义的梳理、打捞与探寻。

客观地说，中国当代小说每年虽以数百上千部的吓人"堆头"示人，也取得了一些成绩，但千呼万唤，仍未见《三国演义》《红楼梦》式的真正触及人类灵魂和历史痛点的大开大合式的旷世之作问世。一些文学机构和精致利己主义者为了获得各种奖项，削尖脑袋拼凑各路"资源"，进行毫无底线的"公款"攻关等骚操作，以及令人不屑的各种关系"搭桥"、人情"连线"，其实他们所包装粉饰的大部分作品不过尔尔，多是些难有国格人格风格可言的平庸之作。中国小说家在对西方言说方式的刻意模仿中带偏了个体和群体的写作路径，形似和神似的"仿造""克隆"之作比比皆是，不一而足。似此非驴非马般的"庸常"作品，连西方的徒子徒孙都不算，只会将自己的创作之路越走越窄，最终走向"死胡同"，变得毫无个性面目、文学审美价值可言。愚见：中国小说家应彻里彻外扫除仰望西方话语霸权的自卑心态，从重读五千年中华文明史，重读中国历代名家名作，尤其是中国明清小说中重拾文化自信，进行一次彻底的"遗体"告别和从头到脚式的精神补钙，否则难有作为。

佛山千年历史在中国历史长河中当然也只是一小段涟漪而已。但这无妨它成为一座久负盛名的国家级历史文化名城。汾江是一条充满生机活力的河流，她既是滋哺佛山的文化源头，也是佛山最负盛名的"财富之河"，谓之佛山的"生命之河"，我看贴切。佛山在我国明清时期之所以能与河南朱仙镇、湖北汉口镇、江西景德镇并列中国古代"四大名镇"，与华北的北京、华东的苏州、华中的武汉并称"天下四聚"，佛山的非遗如粤剧、陶艺、武术等民间文化之所以能名扬天下、享誉中外，所有这些与古老汾江河的默默奉献和重要作用是分不开的。

作家陈伯英在佛山工作生活了整整三十个年头。这次，他以"汾江河"为母题，讲好佛山故事，说明他在自己的文本创作过程中找到了属于自己的书写方向和抒情方式。

是的，能为古老的佛山留下一些激情文字，伯英的写作是光荣的。这部长篇小说无疑是"讲好佛山故事"的一个有益补充。

张况

2023年3月15日、16日

佛山石垦村南华草堂

■ 张况，著名作家、诗人，中国作家协会会员、中国诗歌学会常务理事、广东省作家协会主席团成员、佛山市作家协会主席。

一　醉仙酒楼迎四方　鸿胜馆里拜师忙

　　不管怎么说，吴歌在佛山镇这个巴掌大的地方，也算是一个人物了。他读过几年私塾，在新式学堂也待了几年，后来因为逃婚，便去了广州岭南大学浸了几年墨水，不仅会吟诗作对，是佛山镇有名的龙塘诗社的活跃分子，还能唱戏，经常在自家经营酒店的戏台上客串吼上一曲，也能博得茶客满堂喝彩。更令人惊讶的是，他还练就了一身过硬的武功，镇上的大小武馆师父，都和他称兄道弟。就连仁寿寺里的南禅大师，都说吴歌是一个不可多得的人才，要是搁在还有科举的年代，肯定可以考上功名，封妻荫子，但可惜的是，现在已经是民国了，皇帝都已经退位整整七年了。南禅大师说这一番话的时候，无不透露着惋惜。

　　吴歌大学毕业后本来想去南洋经商几年闯荡一番的，但由于父亲吴达仁身体有恙，在母亲的苦苦哀求下就打消了去南洋的打算，不得已回到镇上接管了他父亲开的醉仙酒坊和醉仙酒楼，做起老板来。别看他才二十三岁，由于有文化，人脉广，脑瓜灵，又敢冲敢闯，生意比他父亲竟然做得更加风生水起。

　　吴歌经营的酒楼就在槟榔街，名字叫醉仙酒楼，在佛山街美食界是响当当的名号，和海天酒家、三品楼酒家、英聚、桃李园、新世界一样驰名。楼高三层，由于菜品不错，价钱也实惠，来往客商及本地人都常来帮衬，酒楼里每天人来人往，甚为热闹。吴歌本身就是个戏迷，他别出心裁在三楼大厅尽头处，开辟了一个唱戏的小舞台，请了镇上粤曲唱得最动听，也富有姿色的黄莺和夜莺，天天驻点唱戏，绕梁的歌声把汾江河水吸引住，也把很多食客和戏迷吸引过来，他们空着肚子蜂拥而至，离开的时候不停地摸着圆滚滚的肚子，揉着已经醉了的耳朵心满意足地离开酒楼。三楼紧挨北边靠窗的位置是最难订的，要提前一天甚至两天才能订到，因为坐在那里喝茶、吃饭或饮酒时，可以看到汾江河美景，河上帆影点点，船只穿梭不停，载满货物的船只在码头处进进出出，好一派繁忙的景象。醉仙酒坊位于快子路，前店后厂，也颇具规模，有一帮得力的伙计在帮忙，倒也顺风顺水，在吴歌的用心经营下，名号虽然没有陈太吉、人和悦、茂隆、均隆等著名的酒庄老号叫得响，但因为酒的品质很是地道，口碑也是一天比一天叫得响，酒坊的米酒生意都做到南洋去了，醉仙坊米酒这个招牌在南洋也是叫得呱呱响。

这天一大早，吴歌问候了母亲，探视了父亲的病情后，就早早骑着自行车出门了。他先是来到醉仙酒楼，还未上楼，就已经感受到人世间的烟火味了。此时天还未亮，酒楼里早就已经人声鼎沸，大厅里弥漫着袅娜的茶香，这一个吆喝着说要一笼叉烧包，那一个扯着喉咙说来一碟瘦肉肠，另一人像唱山歌一样说要一碗新鲜滚热辣的猪红汤，吆喝声此起彼伏，很是热闹。饭店主管刘达陪着吴歌楼上楼下巡视了一遍，然后一起来到后厨，见到厨师们都在有条不紊地忙着，就放心地在三楼靠窗的茶台前坐下来喝茶，吃点心。刘达安顿好吴歌后，就急忙去招呼食客了。

吴歌今天泡的还是普洱，是父亲收藏了十年的茶，醇厚香甜。一边喝着茶，一边品尝着叉烧包和蒸排骨，听着酒楼里茶客沸腾的说话声，吴歌知道忙碌的一天又要开始了。古镇忙碌的人们，不管是做生意的还是做工的，不管是富裕的还是贫穷的，很多人每天的早晨是从一杯茶、一碟粉肠、一个叉烧包或一碗鱼片粥开始的，在这里，大家互通信息，互相鼓励，像一群在冬天里挤在一起互相取暖的刺猬。这时，坐在吴歌隔壁桌子的两个食客，应是外地来进货的生意人，他们在高声谈论着今年石湾缸瓦、中成药的价格又涨价了，然后唉声叹气起来，感叹现在的生意是越来越难做了，日子是越来越难熬。

说实在的，佛山镇是一个鱼龙混杂的地方，做生意的、打铁的、捏陶瓷公仔的、唱戏的、教武术的、卖跌打酒的，什么人都有，人来人往，络绎不绝，镇上每天的人流总是熙熙攘攘，热闹非凡。而醉仙酒楼，则是鱼龙混杂的中心所在，可以这么说，这里就是佛山镇的新闻中心。在这里，人们总会听到镇里或镇外的新闻。

吴歌低着头喝茶，忽然听到有人在喊他的名字。他猛抬头一看，原来是鸿胜馆梁焰师父和钟师父武馆龚坤师父兼理发大师。梁焰和龚坤都是练武之人，都是二十五六岁的样子，血气方刚，虽是在不同的武馆练武，但两人气味相投，便成了肝胆相照的好朋友，经常聚在一起切磋武艺。吴歌和两位师父也都很熟，生意不是很忙的时候，就隔三岔五地跑到鸿胜馆或是钟师父武馆找两位师父切磋切磋。龚坤在快子路的大汉理发馆做理发师父，也就在醉仙酒坊斜对面，龚坤的理发技艺一流，吴歌也经常过去帮衬。大家拱手问候后，吴歌忙招呼两人坐下来喝茶，并招手让店小二过来点餐。吴歌说："我这些天忙着酒楼和酒坊的生意，没时间过去武馆与师父学习练拳，难得两位师父今天这么早就过来喝茶，喜欢吃什么就点什么，不用客气。"龚坤笑着说："吴老板，我们今天一大早就来茶楼找你，主要不是来喝茶的，是专门来请你到祥安街，参加今天上午在鸿胜武馆举行的拜师仪式。"梁焰说："吴老板，我有一个不情之请，想请你在拜师仪式上打一套拳，让我们的武馆蓬荜生辉。"吴歌说："师父的武馆现在招收的徒弟越来越多，既然是师父有吩咐，徒弟遵命就是。"说完，他让店小二去厨房赶快把叉烧包、排骨、牛杂等茶点都端上来。很快，茶点上来了，摆满了一桌，色香味俱全，冒着腾腾的热气。三人便开始一起用茶，吃点心。吴歌用另一个茶壶，泡二十年的普洱，并为各人的茶杯斟满。龚坤捧着茶杯，闻了闻，一阵清香扑鼻而来，再细细品尝一口，顿时口舌生津，醇香甘甜，然后便啧啧地连声说："好茶，真的是好茶。"吴歌说："这是二十年的普洱茶，味道还可以。"梁焰说："喝了吴老板的好茶，到鸿胜馆喝一般的茶，只怕寡淡出一个鸟来。"说完，大家都哈哈大笑起来。

喝完早茶，天便亮了。三人匆匆下楼，吴歌叫了两辆黄包车，就直奔福宁路祥安街。到了武馆，三人下了车，吴歌付了车费后就随着两位师父进了武馆。武馆不大，两百多平方米，但麻雀虽小，五脏俱全，木桩、梅花桩、沙包、刀、剑等练武装备，一应俱全。一帮徒弟齐刷刷在厅堂两旁站立，大概有五十人。大徒弟黑牛一见梁焰进来，就大声说："师父，一切都准备妥当了，就等你发号施令了。"梁焰点了点头说："时辰还没到，方师父很快就到了，等他一到，我们就开始。"说完，他招呼龚坤和吴歌在厅堂的交椅上坐下来喝茶。

不久，就有人在门外高声喊了起来："梁师父，方大师父到了。"梁焰、龚坤和吴歌就疾步奔向大门口。此时，方圆前脚已迈进了门口，紧跟着他来的，还有三十个人，都是鸿胜馆的子弟，梁焰的师兄弟，都是一帮经常练拳脚、血气方刚的年轻人。他们大踏步进来，也分别站立在厅堂两旁。梁焰紧紧握着方圆师父的手说："师父，你来了，我们的拜师仪式才能开始，你不来，我们不敢开始。"方圆说："现在时势艰难，大家混口饭吃都不容易，本来我想这次的拜师仪式简单一点，就不叫他们参加了，但他们偏不听，一定要在我家集合了才来，所以就迟到了。"众人听了就嚷开了："既然是鸿胜馆招收徒弟，我们这些作为师兄的，哪有不来捧场的道理？"梁焰说："方师父，他们都说得对，招收徒弟是我们鸿胜馆的大事，大家热闹聚在一起，也是很开心的。"说完，便示意黑牛典礼仪式可以开始了。

黑牛年方二十，身材魁梧，长着一身横肉，脸上胡须拉碴，皮肤黑黝黝的，真是活脱脱的一头黑牛。他扬了扬脖子，清了清嗓子，扯着喉咙喊了起来："鸿胜武馆拜师仪式，现在开始。下面，介绍参加拜师仪式的嘉宾，他们是：鸿胜馆教头方圆，醉仙酒楼老板吴歌，鸿胜馆教头梁焰，钟师父武馆教头龚坤，大家掌声欢迎。"屋里的人听了都拼命鼓起掌来。方圆、梁焰、吴歌和龚坤站了起来，向大家拱了拱手，又坐了下来。接着，黑牛又扯着喉咙说："拜师仪式有五个议程，第一个议程是请大师父方圆致辞，第二个议程是请梁焰师父讲话，第三个议程是请吴歌为大家打蔡李佛拳套路，第四个议程是学员操练表演，第五个议程是拜师仪式。下面进行第一个议程，掌声有请方师父致辞。"

方师父站了起来，走到大厅中央，对着满屋子的徒弟讲话："今天阳光灿烂，是鸿胜武馆举行拜师仪式的大好日子。今天举行的拜师仪式，预示着鸿胜馆蔡李佛拳的不断壮大和发展，是一件值得高兴的事情。我们的祖师爷张炎1851年在佛山创办佛山鸿胜馆，至今已有六十七年了，大家都知道，随着时代的发展，鸿胜馆现在的办馆宗旨是：官吏不教、土豪恶霸不教、流氓地痞不教，主要是以劳苦大众为传授对象，希望大家要永远遵循，当然对那些有家国情怀的文化人和生意人我们也是欢迎的，比如在座的吴歌老板，对于家国，是很热诚的，他的父亲就是同盟会成员，是曾和我一起并肩作战的战友。我们都是学武之人，学武是为了什么？是为了强身健体，也是为了干革命。想当年，辛亥革命前夕，我和李醒、钟声组建民军，一九一一年辛亥革命爆发，我领导民军攻入佛山，推翻了清朝在佛山的统治。现在中国的局势很是动荡，军阀混战。这是一个乱得一塌糊涂的世界，我们鸿胜馆人要认清形势，永远牢记鸿胜馆的办馆宗旨，只传授劳苦大众，只有这样，我们才能不迷失方向，希望大家好好练武，强身健体，准备着以后好好干革命。讲话完毕，谢谢大家。"

方圆的讲话充满激情，徒弟们起劲地鼓着掌，都快要把手掌拍烂了。同盟会出身的方圆，由于经常参加同盟会活动，听别人的演讲多了，口才水平也日渐见长了。

黑牛从人群里站出来，又扯着喉咙说："下面进行第二个议程，请梁焰师父给大家讲话。"梁焰师父站了起来，清了清嗓子说："我一个大老粗，能说什么呢？既然方师父安排我说，我就说几句吧。在通济村，小时候我们家是穷得叮当响的，终日劳作，只有微薄的收入，温饱都成问题。在我十一岁那年，我父亲病逝，母亲要养活三个妹妹和一个弟弟，谈何容易？于是，我只能从读了四年的私塾辍学了，到别人家帮忙清理粪便，赚取一些生活费。好在，幸运的是，我在这里遇到了贵人和恩人方师父，他不仅教我练武，还经常给我讲什么是革命。在方师父的影响下，我非常向往革命，一听到革命两个字，我就浑身充满了劲头。今天，我们有五十名徒弟要举行拜师仪式，我觉得这是一件很好的事情，这意味着，我们的队伍又壮大了。"

梁焰发言完毕，黑牛紧接着就宣布进行第三个议程："请吴歌为大家表演蔡李佛拳，请大家移步门口广场。"屋里的人便潮水般涌向门口的广场。此时，广场上突然响起了震天的鼓声——咚咚咚，咚咚咚。敲鼓的是崩牙强，他鼓着腮帮，使劲敲着牛皮鼓。广场上，除了五十多名鸿胜馆的人外，还聚集了一大帮来看热闹的看客，有年轻的，有年老的，也有妇孺，大家嘻嘻哈哈地说笑着，对师父们的行头和打扮品头论足起来。

鼓声是越来越急了，崩牙强敲得满头大汗。吴歌踱步来到广场中央，拱手向大家施礼后，就扎稳马步，有板有眼地打起拳来，每一招每一式都虎虎生威。打完了，广场上喝彩声不断。接着，黑牛宣布第四个议程马上开始："表演操练大刀，由梁焰师父领着大家一起来操练。"

此时，梁焰手里已经拿着一把大刀，在阳光下闪着寒光。他的身后，三十个汉子已经排好三排，个个手里也都拿着一把大刀。在梁焰的一声吆喝下，三十把大刀在三十个汉子手中挥舞着，发出呼呼的声音。汉子们迈着矫健的步伐，转动着灵活的身姿，那些砍刀、抽刀和插刀的架势，既英姿勃勃，又铿锵有力，看得人胆战心惊。操练完毕，全体学员就回到馆里，在厅里站着，等待拜师仪式开始。黑牛待方圆、梁焰在大厅上的交椅上坐好后，就宣布拜师仪式正式开始。新入门的徒弟一个接着一个按次序，行拜师礼，逐一递上拜师帖，并一一为师父敬茶。整个仪式虽简单，但很隆重。拜师完毕，龚坤感叹说："看着你们鸿胜馆的队伍越来越壮大，我很是感慨，鸿胜馆是一个有灵魂的武馆，只教爱好习武的贫苦人家，这就是灵魂所在。这是钟师父武馆要向鸿胜馆学习的地方。"方圆听了就呵呵笑着说："这是老祖宗传下来的规矩了，钟师父武馆在佛山的口碑也很不错，很讲究武德，不像有些武馆，根本就不讲武德，乌烟瘴气。"

按照规矩，拜师仪式后就是聚餐，为了节约，鸿胜馆每次的聚餐都不去酒楼，由徒弟们合资，请武馆隔壁福禄酒家的老板吴刚，带领厨娘过来武馆这边现场做饭菜。在广场边上，吴刚早早就把队伍拉过来了，厨娘们割肉的割肉，切菜的切菜，烧火的烧火，忙而不乱。吴刚架起做饭的炉灶后，把炉火烧得旺盛，水煮开后，妇人们把滚烫的热水倒进盆里，再把那些刚杀了的鸡和鸭丢进盆里浸泡一下后，就开始忙着给它们褪毛、清理肠子什么的，充满了烟火味，一派热闹的场景。过了不久，就听到炒菜的声音，这预示着宴会马上就要开始了。柴火的烟味和炒菜的香味混杂在一起，刺激着众人的味蕾和口水。

经过一番忙乱，广场上已摆好了九围酒席，师徒们依次入席，吴刚就吩咐厨娘赶紧上菜。菜肴都是佛山本地常见的菜式，柱侯鸡、扎蹄、绉纱鸭掌、八宝莲香鸭、生炒排骨、牛肉炒河粉等，比在大酒店里吃便宜很多，且味道也还不错，最重要的是原汁原味。大家由于高兴，便大块吃肉大碗喝酒。席间，大家拿着酒杯，你敬我我敬你，好不乐乎。到最后，方圆、龚坤和梁焰都喝得醉醺醺的，吴歌那天也喝得差不多了。大家还在热闹间，突然，龚坤站了起来，对大伙说吴歌的粤曲唱得很好，问大伙想不想听，大伙都起哄说吴老板的粤曲我们都没听过，肯定要听。龚坤就带头使劲鼓掌，大伙便都跟着鼓掌，还一个劲地喊："吴老板，来一个！"喊声震天，就连福禄酒家的吴刚老板和一帮厨娘也跟着瞎起哄。吴歌到底是个耳根软的人，何况唱粤曲对于他来说，还不就是如席上的小菜一碟，便索性趁着酒意，站了起来，晃着脑袋，红着脸亮起喉咙，他唱的是《岳武穆班师》，虽然现场没有音乐伴奏，但吴歌唱得也有板有眼，字正腔圆，动人心弦：

> 金鞑子，寇中原，飞扬肆扰。
>
> 恨无人诛奸佞，巩固皇朝。
>
> 至今得破京师，君臣莫保。
>
> 俺众黎民遭国难，同受煎熬。
>
> 蒙天子赐为臣，孤军北剿。
>
> 幸喜得诸豪杰，与我同袍。
>
> 俺本待挽狂澜，
>
> 要把山河再造。
>
> 秉忠心酬雨露，誓扫匈奴。
>
> ……

吴歌唱罢，众人起劲鼓掌。此时，吴歌还沉浸在唱词的悲凉和无奈的情绪里，久久不能平复。他不禁又想到了自己未来的人生路，该如何走呢？究竟是浑浑噩噩过一辈子还是轰轰烈烈过一回呢？吴歌不知道，他感到很是迷茫，仿佛一叶孤舟，在水汽弥漫的汾江河里漫无目的地漂荡着。

二　醉仙酒坊新青年　龙塘诗社话定情

　　由于昨夜喝多了，吴歌睡得很是香甜。一大早，吴歌还在床上做着梦，在梦里他梦见与同是大学同学和龙塘诗社社员的杨霞在吟诗作对呢，就被一阵吵闹声惊醒了。他睁开眼睛一看，原来是弟弟吴声和妹妹吴艺站在床前喊他。吴艺按捺不住内心的兴奋大声叫他："哥，快醒醒，爸爸能起床走路了，现在在餐厅准备吃早餐呢，你赶快起床洗漱，我们陪父亲母亲一起吃早餐，我们已经很久没有在一起共进早餐了。"吴歌看到妹妹的眼眶里蓄满了激动的泪水。

　　听到这个好消息，吴歌倏地从床上跳起来，他激动地说："你们赶快去泡茶，就泡父亲喜欢的陈年普洱，我洗漱一下就过去一起吃早餐。"说完就到洗手间洗漱去了。吴声和吴艺就哼着快乐的歌儿一蹦一跳地去餐厅，为父亲泡茶去了。很快，吴歌从洗手间出来，就直奔餐厅。只见吴达仁端坐在饭桌前，还像以前那样，拿着紫砂壶往茶杯里斟茶，然后把茶杯放在嘴边，吸溜吸溜地品尝着茶的甘醇，精气神比以前好很多了。吴夫人见吴歌来到客厅，就开心地说："吴歌，你父亲的病今天好很多了，吃了好几个医生的药半年了都没有效果，自从那天余道义来给你父亲诊脉后，喝了他们药房的蛤蚧酒，一个月就能起床了，你要好好感谢你的朋友余道义。"吴声说："为了庆祝父亲身体好转，我们要在醉仙酒楼摆他十围八围，把余道义和我们的亲朋好友都请上，好好庆祝一下。"吴艺扑哧笑着说："吴声，你就知道吃。"吴歌说："吴声的提议也很不错，父亲也很久没去酒楼了，我们趁这个机会请客报答余道义的恩情，也和亲朋好友一起聚一聚，最重要的是让父亲高兴，不知父亲母亲意下如何？"吴夫人望着吴达仁说："既然儿女们有一片孝心，就这样定了吧。"吴达仁听了众人一番话，觉得乐一乐也未尝不可，就点了点头说："既然大家都提议了，我提出反对意见就没意义了，就只好同意了。"说完竟呵呵笑了起来。吴太说："既然定了，吴歌你就操弄吧，时间就定后天吧，这天镇里搞秋色巡演，大家在酒楼聚一聚，吃完饭后大家就在楼上看秋色巡游，也是一件乐事。"吴夫人是富家小姐出身，读过私塾，识文断字，从来干事都是干净利落，尤其是家里的用人吴妈对于吴太那是佩服得五体投地。至于吴达仁，在家里对于吴夫人也是极为尊重。只不过，由于在生意场这个大染缸里泡久了，做生意便免不了要应酬，开始的时候还有所节制，久而久之便被猪朋狗友带坏了，喝酒、打麻将、泡妞什么的，常常玩到深夜才归家，慢慢身体便被酒精和女人掏空了，空剩一副皮囊。有一日，余道义过来找吴歌谈事，顺便到病床前看了吴达仁，看到他在床上无精打采、弱不禁风的样子，都被吓着了，哪里还是当年意气风发的吴达仁呢？于是，余道义为他把了脉，看了舌苔的颜色，就知道是精血亏空所导致的，就推荐他喝蛤蚧参茸酒。余道义说此酒是他们家祖传秘方制作，对于血气亏空这个症状很有奇效，它的原材料主要有蛤蚧、巴戟天、桑螵蛸、人参、肉苁蓉和鹿茸。每次空腹温饮一小杯，每天早、晚各服一次。服用了一个月，吴达仁脸色就红润起来，竟然能下床走路了，真的是奇迹。

一家人坐在一起吃早餐，其乐融融。但这样的日子，自从吴达仁病了后，已经是半年没有过的了。今天，大家坐在一起，有说有笑地吃着早餐，该是一件多么幸福的事情呢。吴声已经考上大学，现在是广州岭南大学的学生，而吴艺也考上了华英学校，成为一名中学生，他们都是寄宿生，周末才回家。吴达仁问："酒楼和酒坊的生意如何？"吴歌说："都还好，就是最近时局动荡，就好像粤剧一样，你方唱罢我登场，导致物价飞涨得厉害。"吴夫人说："吴歌，政治和生意现在就不要谈了，你也不年轻了，该娶老婆了。"吴歌说："妈，你又来了。"吴夫人说："槟榔街上那个开金铺的梁财富的千金，我看就不错，媒婆已经和我说过很多次了，什么时候你们见上一面？"吴歌说："妈，婚姻的事，你就不要操心了，现在都已经是婚姻自由的时代了，你还搞这些盲婚哑嫁的事情。我吃饱了，你们慢慢吃，我去酒坊忙去了。"说完，吴歌就飞似地逃离了客厅，离了吴公馆，骑着单车出了门，车轮在青石板上飞快地转着，一晃就钻出了东华里大门，来到福贤路上，直奔快子路。

到了酒坊，刚停好车，伙计杨昌红就迎了出来："吴老板，今天刚出炉的米酒，我刚尝了一下，味道很纯正。"吴歌快步穿过酒铺，到了后院的蒸酒坊。只见麻亮师父、霍香、庞冲、古栋、杨浩都在忙着，杨浩和庞冲在淘米，古栋和霍香在烧火，柴火旺得很，灶上的两口大锅正在蒸着米酒。麻亮师父在监管着火候的大小和出酒的情况，整个酒坊弥漫着米酒的清香。他们一见吴歌过来，就纷纷向少东家问好。麻亮说："少东家，好久没见大东家了，他的身体现在可好？"吴歌说："瘫在床上半年了，今天好很多了，已经可以下床行走了。"麻亮合了合手掌说："是北帝保佑大东家呀，大东家福大命大，大难不死必有后福。"霍香望着吴歌说："少东家，前段时间，麻亮师父有空的时候就拿着我们酒坊最好的菊花酿，带我们去祖庙拜北帝，为大东家祈祷呢，想不到拜北帝还真灵。"庞冲笑着说："北帝庙前门上面写的是'灵应祠'三个字，看来我们要多点过去拜北帝，看能不能早点讨上老婆。"众人听了都哄堂大笑起来。笑完，吴歌对众人说："酒坊酿酒的事情就辛苦你们了，有什么事情尽管和我说，我会尽快处理的，现在柴火和大米还够不？还能用几天？"麻亮说："柴火和大米应该还能用一个星期，需要进货时，我会派霍香告知你的。"吴歌说："大东家身体转好，想请大家聚一聚，后天在醉仙酒楼聚餐，大伙都要来呀。"众人听了，都高兴地大声说："我们一定去，而且还要不醉不归。"

出了酿酒坊，便来到前院的酒铺，只见有几个顾客在品尝了酒品后，正和杨昌红洽谈酒的价钱。杨昌红不断地和顾客解释："你们可以在佛山街四处打听，我们醉仙酒坊生产的米酒，是货真价实的粮食酒，没有任何掺假和勾兑，因此价格也是最优惠的了，我们赚的也就是一些辛苦钱。"其中有一个客商是从广州第一次过来佛山进货，应该也是跑遍了佛山街大大小小的酒坊，听到杨昌红说得这么情真意切，而且酒品也确实是好，就立马下单了。其他人见广州客下单了，也跟着下单。杨昌红领着众人到后院，把出货单交给霍香，霍香就带领众伙计出货，众伙计纷纷把酒罐从后院搬到酒坊门口，杨昌红已经叫了几辆板车，诸位老板和拉板车的谈好了价钱后，众伙计便把酒罐搬到板车上。诸位老板见杨昌红服务这么周到，就一个劲地笑着说："你们的服务真是不错，以后我们就经常过来进货。"这时，吴歌上前一一和诸位老板握了握手说："欢迎你们以后多来帮衬，请你们放心，在佛山街，醉仙酒坊的出品绝对是保证的，做生意最重要的是要讲诚信，我是这里的老板，我叫吴歌，醉仙酒楼也是鄙人的，欢迎你们下次过来醉仙酒楼指导。"众老板见酒坊的老板是如此年轻有为，谈吐很是得体，都纷纷竖起大拇指说："你是佛山商界的后起之秀呀！以后我们不仅要做生意，还要做朋友！"吴歌听了就开心地笑着说："你们说得很对，做生意就是做朋友，你们这些朋友我交定了。"说完，诸位老板就和吴歌告别，跟着板车朝码头的方向进发了。送走了诸位老板，吴歌告知杨昌红后天参加聚餐的事，就出了酒坊，踱步不远就来到隔壁余道义开的博爱药房。余道义祖居石湾，世居佛山培德里，祖上为破落财主，少时在任围余氏家塾里就读，自小聪颖好学，后来在快子路开了这间博爱药房。

余道义在看报纸，一本正经的样子。在佛山这个小镇，因为识字的人本来不多，看报纸的人自然也就不多。在看报纸的人群里，最认真的应该是非余道义莫属，别人都是挑自己喜欢的文章看，不喜欢的就跳过去了，而他是一字不漏地看完，连广告也琢磨半天，总在揣摩别人为什么要这样设计。如果看报纸的人个个都像余道义这样的看法，报社登载广告的费用可能很快就要飙升。如果这件事情被李众胜堂创始人李兆基知道，他肯定会非常生气的，要知道他经常在报纸上登载保济丸的广告。

吴歌进来的时候，余道义浑然不知。吴歌说："余老板，有你这么做老板的吗？天天看报纸。"听到有人叫他，余道义猛然把思绪从报纸里跳了出来。他定睛一看，原来是吴歌，就跳了起来说："我正想找你哩，你父亲的病现在怎么样了？我算了一下，你父亲喝蛤蚧酒已经有一个月了，应该有疗效了。"吴歌笑着说："余老板，说真的，要好好感谢你才行，父亲喝了蛤蚧酒，现在能下床走路，可以喝茶吃饭了，精神气好很多了。"余道义高兴地说："说实在的，这个是我祖传的秘方，对症下药还是有疗效的，真不是吹的，到时你给我们蛤蚧酒多做宣传就可以了。"吴歌说："母亲说了，主要是为了感谢你，同时也为了让亲朋好友聚一聚，后天晚上在醉仙酒楼设宴，你是主角，一定要来哦，到时我一定会在宴会上大力宣传蛤蚧酒。"余道义笑嘻嘻地说："大哥，我只是开个玩笑而已，你就当真？"吴歌说："能帮你的产品做广告，也是一件好事嘛，可以帮助更多的人。"

余道义从抽屉里拿出一本书来，在吴歌面前晃了晃。吴歌问："是什么好书？为了稻粱谋，我都已经好久没看书了。"余道义说："《新青年》。"吴歌一听是《新青年》，就把书抢了过来。吴歌一边翻看一边说："这书我在岭南大学读书的时候读过，思想很新潮。"余道义说："你是大学生，我文化不高，只读过几年私塾。但我看了《新青年》，觉得这本杂志编得很好，思想新潮，文笔犀利，很受启发。杂志的主编陈独秀，是个人才。你手上的这期，刊登了鲁迅的《狂人日记》，我看不懂，但觉得很过瘾。你把杂志给我，我读给你听。"吴歌把杂志递给余道义，余道义翻开杂志，找到了那篇《狂人日记》，然后摇头晃脑读了起来："今天晚上，很好的月光。我不见他，已是三十多年；今天见了，精神分外爽快。才知道以前的三十多年，全是发昏；然而须十分小心。不然，那赵家的狗，何以看我两眼呢？我怕得有理。"吴歌说："开篇很是奇特，'那赵家的狗，何以看我两眼呢'，写得很是精彩，鲁迅这个人，真的是个天才。"

余道义接着往下念:"前几天,狼子村的佃户来告状,对我大哥说,他们村里的一个大恶人,被大家打死了;几个人便挖出他的心肝来,用油煎炒了吃,可以壮壮胆子。我插了一句嘴,佃户和大哥便都看我几眼。今天才晓得他们的眼光,全同外面的那伙人一模一样。想起来,我从顶上直冷到脚跟。他们会吃人,就未必不会吃我。你看那女人'咬你几口'的话,和一伙青面獠牙人的笑,和前天佃户的话,明明是暗号。我看出他话中全是毒,笑中全是刀。他们的牙齿,全是白厉厉地排着,这就是吃人的家伙。照我自己想,虽然不是恶人,自从踹了古家的簿子,可就难说了。他们似乎别有心思,我全猜不出。况且他们一翻脸,便说人是恶人。我还记得大哥教我做论,无论怎样好人,翻他几句,他便打上几个圈;原谅坏人几句,他便说'翻天妙手,与众不同'。我哪里猜得到他们的心思,究竟怎样;况且是要吃的时候。凡事总需研究,才会明白。古来时常吃人,我也还记得,可是不甚清楚。我翻开历史一查,这历史没有年代,歪歪斜斜的每页上都写着'仁义道德'几个字。我横竖睡不着,仔细看了半夜,才从字缝里看出字来,满本都写着两个字——'吃人'!书上写着这许多字,佃户说了这许多话,却都笑吟吟地睁着怪眼看我。我也是人,他们想要吃我了!"读完,过了许久,他才若有所思地说:"朗读后,我才知道,鲁迅是在告诉我们,封建社会就是一个吃人的社会。"吴歌说:"怪不得全镇的人都说,余氏家族的道义是个聪颖好学的人才。我很久没看《新青年》了,你借给我看吧。"余道义把书递给吴歌,吴歌接了,放在裤兜里,就回酒坊了。

回到酒坊,交代杨昌红赶紧把上个月的账算一下,改天会过来结账,然后骑着单车赶往槟榔街。到了酒楼,交代主管刘达做好后天宴会的安排，也安排了店小二马苏今天就要通知黄莺和夜莺，后天晚上要悉心安排一个晚上的粤曲表演，要唱经典的曲目。接着，还交代马苏把后天晚上要邀请的亲朋好友的名单及地址记下来，要求今天之内一定要把邀请函写好并上门邀请。交代完毕，吴歌就匆匆忙忙离开酒楼，他骑着单车，沿着汾江河畔，不久就来到一所写着"杨公馆"的别墅的门口停了下来。他按了门铃，过了一会，就有一个女用人开了门，她见了吴歌就问："你找谁？"吴歌说："我找杨霞小姐。"女用人说："小姐不在家，说是去龙塘诗社准备什么诗歌朗诵会了。"吴歌听了，就知道杨霞在龙塘诗社忙乎着，心里显得很是激动，就告别了用人，骑着单车飞快地朝着祖庙大街龙塘诗社的方向奔去。

到了李众胜堂药房，药房经理李达人见是吴歌，都是老熟人了，就笑眯眯地说："听李老板说，大后天晚上搞一场诗歌朗诵会，现在他们在后花园策划呢。"吴歌快步走到后花园，只见在庭院角落里的四棵龙眼树下，杨霞、宝珠、梦鸽、吴章和骚坛盟主吴诗选，坐在石凳上商讨诗歌朗诵会的细节。吴诗选格律诗写得很不错，在佛山文坛也颇有地位，极受诗友们的推崇。目前，龙塘诗社"会员"有四十多人。

杨霞一见到吴歌进来，就笑着说："本来是想去酒楼叫你过来一起策划的，但又想到你生意忙，就放过你了，想不到你现在自投罗网。"吴歌说："自投罗网这个词用得好，词虽是旧词，但此时此刻很有新意。"宝珠一直都是个快言快语的人，她笑着说："我明白了，吴歌这个蚊子今天是来投杨霞的蜘蛛网的，然后动弹不得。"宝珠一番话，引得众诗人都哄堂大笑起来。梦鸽说："宝珠这个比喻很是贴切，蚊子和蜘蛛网，既形象又生动，先是自投罗网，然后动弹不得，怎一个妙字了得。"杨霞见大家越来越放肆了，就杏眼圆睁，故作嗔怒，然后又着腰大声说："你们一个个狗嘴里都吐不出象牙。"宝珠顿时倏地站了起来，也叉着腰瞪眼说："杨霞，今天这个媒我是做定了，吴歌你这个蚊子，你告诉我，杨霞这张蜘蛛网你愿不愿意钻？"吴歌很想说些什么，但最后欲言又止，他看见杨霞的脸蛋已经绯红一片，很是美丽和妩媚。最后还是吴诗选解了围，他说："时间不早了，我们还是赶快把诗歌朗诵会的细节落实了吧。"既然盟主发了话，大家就结束嘻嘻哈哈的玩笑话，便又言归正传，你一言我一语地提出意见。最后意见达成了一致，都认为现在已经是二十世纪了，除了朗诵格律诗，也应该朗诵白话诗。散会前，大家明确了分头行动通知参加朗诵会的名单，如会员邀请朋友来参会的也可，多多益善。在散会前，吴歌邀请大家后天参加在醉仙酒楼举行的家宴，大家闻言都说如此好事一定会捧场。

　　散会后，吴歌推着单车和杨霞走在祖庙大街上，一路上两人你看着我我看着你，腼腆得很，都沉默不语。一阵风吹来，祖庙大街两旁的白玉兰树，发出沙沙的声音来。吴歌听着这些缥缈的声音，有一种恍如隔世的感觉。吴歌停住脚步，望着杨霞说："这次的朗诵会，你是创作格律诗还是白话诗呢？"杨霞沉吟了一下，然后说："我想创作白话诗，胡适去年发表在《新青年》的白话诗：《他》，就写得非常好。"接着她就朗诵起来：

> 你心里爱他，莫说不爱
>
> 要看你爱他，且等人害
>
> 倘有人害他，你如何对
>
> 倘有人爱他，更如何待

　　吴歌说："这首诗歌很富有哲理性，我很喜欢。"杨霞说："昨天晚上我看到这首诗的时候，我一整夜睡不着。"吴歌说："还记得我们在岭南大学读书的时候一起参加合唱团的时光吗，你站在我的前面唱女高音，我站在你的后面唱男高音，听着你夜莺般的歌声，看着你的马尾辫在我眼前晃来晃去，我觉得整个世界都是你的马尾辫，我闭上眼睛歌唱，马尾辫在我的心里像船儿在摇荡着，心里感到很是幸福。"杨霞见吴歌停了脚步，她也停下了脚步，扭头看着吴歌说："你只是喜欢我的马尾辫？"吴歌感受到了杨霞眼珠里放射出来的那道光，于是他说："我爱的是你的全部，不仅是你的诗歌和你的歌唱，而是你的全部。"此刻，杨霞的脸色绯红，她羞涩地坐上了吴歌的单车，吴歌便吹着快乐的口哨，飞快地骑着单车，在祖庙大街上飞奔着。经过祖庙门前的时候，他仿佛看到北帝在微笑着向他拱着手表示祝福，祝福他们白头偕老，幸福美满。吴歌一边骑着车，一边在心里默默地对北帝说：我们会好好地活着，好好地爱着。到了汾江河畔杨园别墅，杨霞从单车后座上跳下来的那一刻，她说："吴歌，回去好好写诗，我们都要写一首献给爱人的诗歌。"吴歌说："汾江河呀汾江河，我现在对你发誓，我吴歌写给爱人的诗歌就是写给杨霞的。"杨霞扑哧笑了一下，与吴歌挥挥手，就扭头走回家去了。吴歌此刻的心情，是那么快乐和幸福，他知道，从今天开始，他有了爱人，他的生活很快就可以掀开崭新的一页。

三　鸿胜子弟操练忙　牛骨头汤真好味

吴歌满面春风地回到醉仙酒楼，在靠窗边的座位上坐下来，一边泡茶一边哼唱着粤曲小调《风流梦》："半生挑挞任情种，情意加浓。早沾爱恋风，爱思满胸。手拈花陶情梦正浓。借诗喻爱衷，赞花命意工。昼夕与共，爱心加重。昼夕与共寻美梦，兴浓。"主管刘达和店小二马苏见吴歌这么开心，就挪身子坐过来，都拿眼睛笑眯眯地望着吴歌。吴歌用手捋了捋额前的头发，然后说："你们这样看着我，我的脸上有东西？"马苏说："吴老板，你这么高兴地唱着大戏，好像我家里那只发情的小公鸡，站在屋顶杀猪一样在叫呢！"马苏一番话，把吴歌和刘达逗得捧腹大笑起来。笑完，吴歌问马苏："槟榔街的商户朋友都送了请柬了没有？"马苏说都送了。

已是午饭时候，刘达到厨房安排大厨弄了几个菜端出来，都是吴歌平常喜欢吃的菜式：糯米酒浸鱼头，滴珠乳鸽，苦瓜刺身。吴歌正低着头用着膳，就听到有个女声在叫他："吴老板，我有事要请你帮忙，你慢慢吃。"吴歌抬头一看，原来是黄莺，跟在她身后的是一名毛头小子，十五六岁的样子，中等身材，样貌英俊，站着就像一棵松。吴歌说："你们吃了没？一起吃一点吧？"黄莺说："我们已经吃过了，这是我的弟弟黄枢，在戏班里跑龙套，我知道吴老板武术高强，想让他拜你为师，好让他在戏班里不被欺负。"吴歌正在对付着那块鱼骨头，听到黄莺说要让她的弟弟拜他为师，不知是因为激动还是惊讶，骨头差点卡在喉咙里。吴歌把骨头吐出来说："我天天都很忙，这里也没有场地，这样吧，我收他为徒，同时他也拜梁焰为师，到鸿胜馆练武，刚好等一下我也要到武馆一趟，我带他过去拜师。"黄莺听了满心欢喜，一个劲地叫黄枢给师父磕头。黄枢听了姐姐的吩咐就在餐桌前给吴歌响亮地磕了三个头，惹得酒楼里的食客惊奇万分，纷纷往吴歌这边看。

　　吴歌饭毕，就骑单车载着黄枢到了武馆。梁焰正在广场上指导着一帮徒弟在练拳，徒弟们一个个像壮实的小牛犊一般，在广场上灵活地腾挪脚步，一招一式打着拳，每打一拳出去都像秋风扫落叶一样，虎虎生风，不仅干净有力，而且干脆利落。黄枢看得很专注，眼睛都看直了。梁焰见吴歌来了，就走过来打招呼。吴歌把来意说了，梁焰说："既是吴老板推荐的，又是贫苦人家的孩子，这个徒弟我就收下了。黄枢你要知道，在这个乱成一锅粥的时代，只有通过革命，才能改变这个世界，但革命以后，这个世界最终会变成什么样呢？我不得而知。但不管怎么样，干革命是一件很危险的事情，富家子弟前怕狼后怕虎，瞻前顾后，光喊口号，是干不成事的，最终还是要靠我们这些贫苦人家子弟，敢豁得出命。但干革命最基本的要求就是要强身健体，因此练武术就显得很重要了。"吴歌让黄枢给师父磕头，黄枢就扑通跪了下来，响亮地磕了三个头。梁焰把黄枢扶了起来，细细打量起眼前这个新徒弟的模样来，觉得他有一种逼人的英气。梁焰说：

"你在戏班里干过？"黄枢说："现在在戏班里跑龙套。"梁焰说："读过书没有？"黄枢说："读了四年私塾，然后在戏班里跟着大佬倌念了一些戏文。"梁焰说："会唱戏，现在又学武，只要好好地学，肯定是个人才。"吴歌说："他以后是龙是凤，就拜托梁师父悉心培养了。"

梁焰把黑牛叫了过来，吩咐他一定要把黄枢教好，黑牛领命把黄枢引到场上，手把手地教了起来。吴歌说："梁师父，我的父亲瘫痪在床上已有一段日子，自从喝了余道义的蛤蚧酒后，身体日渐好转，现在已经能起床走动，基本痊愈了。我的母亲叮嘱一定要设宴感谢余道义，同时把亲朋好友都请了，大家在中秋节前好好聚一聚，我今天来就是请师父和师兄弟们过去捧场，时间就定在后天晚上，地点就在醉仙酒楼，在楼上我们一边喝酒一边看秋色巡游，大家热闹热闹。"梁焰说："你父亲的病好了，这是一个天大的喜事，这个酒我们是一定要去喝的。"吴歌说："麻烦你帮忙通知方圆师父。"梁焰说："方师父今天早上去广州了，说是有工程要做，他就参加不了了。"吴歌把杯中的茶喝完，就起身和梁焰到门口广场上观看操练。

黄枢在戏班的时候，也跟武生喝过夜粥，本身就有一点武术功底，且悟性高，在黑牛的指点下，打起拳来一招一式，也有板有眼，令人刮目相看。吴歌看着黄枢打拳的架势，虎虎生威的样子，在内心不禁感慨起来：在这纷乱的时势，我们将如何安身立命？难道靠学武可以安身立命吗？他把这个想法和梁焰交流了，梁焰说："光靠练武是不行的，要靠革命。"吴歌说："辛亥革命，推翻了皇帝的统治，但这个世界还是乱糟糟的，现在是谁都想做土皇帝，就像戏台上一样，你方唱罢我登场，热闹得很。"梁焰说："这就是革命不彻底的后遗症吧。"说完，他把头摇了摇，像拨浪鼓一样。

正在谈着，忽然有人高声喊了起来："你们看，劏牛强过来了，太好了，今天有牛骨汤喝了。"大家都拿眼看着劏牛强，他刚走到巷口，身上扛着一副牛骨，手上还提着一个牛头，朝着鸿胜馆走来。劏牛强身材魁梧高大，由于常年劏牛，肌肉很是发达，再加上满脸的胡须，很有绿林好汉的风范。到了武馆门口，他和众人问了好，就把牛骨头扛进武馆位于后院的厨房。黑牛一路跟着进来，一边走一边嚷嚷："强哥，这真是个好东西，以形补形，听说这东西可以补骨髓哦。"劏牛强大声说："那当然了，今天你多喝几碗，到时拳头、手骨和脚骨越来越硬，功夫横扫佛山无人敌。"说完，劏牛强把牛骨放在石桌上，从水井里打来一桶水，用勺子舀水，慢慢清洗起牛骨和牛头来，那被扒了皮的牛骨头，被水淋湿后，两颗晶莹剔透硕大的眼珠子，此刻噙满了水珠，一副可怜兮兮的样子，像是在痛苦地流着眼泪，好像在向谁倾诉着什么。黑牛看着狰狞的牛头发愣。劏牛强大声说："不要发愣了，赶快去把铁锅洗干净，去井里打水倒进去，只要半锅，然后烧水。"黑牛听了吩咐，就屁颠屁颠地忙开了。他从水井里打了满满的一桶水，把它倒进那口可以放下一头牛的特制大锅，赤着脚跳进锅里，然后用丝瓜瓢来洗刷那口大锅。劏牛强见黑牛跳进锅里，就大声喊着说："你个傻仔，叫你洗锅，谁叫你跳到锅里的？没文化真可怕，你那千年的臭脚把锅给熏了，等一下我们煮牛骨汤都不用放盐啰，快爬上来，不然我一把火烧开水，把你也炖了。"黑牛听了就从锅里吃力地爬出来，很委屈地说："是你叫我洗锅的，锅这么大，不跳进去怎么洗呢？"劏牛强懒得理睬他，只一味专心地用手把粘在骨头上的稻草和泥沙清除掉。过了一会，劏牛强才慢条斯理地说："做事情要用脑的，在灶头上不是有一把特制的扫把吗？那就是专用来洗锅的，你又不问一下，就自作主张跳到锅里，不知道的人还以为你要跳进汾江河里游水呢。"黑牛拍了一下脑袋嘿嘿地笑着说："我没有进过这个厨房，平时都是你们煮饭做菜的，刚才看到那把扫把，还以为是扫地的呢，谁知道是洗锅的呢？"说完，他把扫把拿在手上，在锅里使劲地挥动着，很快就把那口大锅洗了个遍，但要费很大的劲才把水从锅底里扫出来，洗锅水泼剌剌地从锅里冲出来，箭一样扑向灶台旁边的水沟，发出噗噗的响声。劏牛强让黑牛洗第二遍，必须没有一点脚臭味，不然牛骨汤就变味了。黑牛没有办法，只能又跑去水井边打水，把锅又洗了一遍。劏牛强放下手中的活，跑到锅边用力闻了许久，没有闻到一点脚臭的味道后，才告知黑牛可以往锅里加水了。黑牛来回四次到水井处打了四桶水，锅里水位才过半。因为跑得急，黑牛此刻满头大汗，他拿了几把柴火和一些稻草塞进灶口，用火柴点着了稻草，霎时火光就把黑牛的脸庞照亮了，火红火红的。火势越来越大，黑牛不断把木柴塞进灶膛。劏牛强冷不丁地说了一句："黑牛，你知道吗，现在的中国，就像这锅煮滚了的水，就缺那个添柴的人。"黑牛听了百思不得其解，但他很惊讶，劏牛强怎么一下子就从一个粗人变成了一个文化人，说话文绉绉的。黑牛说："你今天疯了吗？说话都让别人听不懂了。"劏牛强说："那话不是我说的，是李县长说的，我把牛肉从骨头上剔下来的时候，李县长把一大块肉放进锅里，那肉在煮滚了的水里翻滚着的时候，他说了那句话。我也像你刚才那样愣了半天，好久都没琢磨出是什么意思。扛着牛骨头回来的路上，我回想起方圆师父和我们读那些进步书籍里说的话，突然就想通了，原来李县长说的意思是我们这个国家已经处于水深火热之中，我们，像我和你这样的人，一旦被觉醒，就像这些干柴一样，会燃起熊熊的烈火，把中国这口大锅里的水烧得翻滚，翻滚出一个新世界来。"黑牛说："我不信，一口锅煮个水，就那么多废话，李县长肯定是喝醉了说胡话，你肯定是疯了说颠佬的话。"劏牛强说："没文化，真可怕，懒得和你再扯了。"说完，他把黑豆和杜仲、巴棘、枸杞、红枣等中药材撒进锅里，接着把牛骨头一块块放进锅里，骨头在水里翻滚着，此起彼伏，像是一堆白骨精在跳着舞，唱着歌，热闹非凡。

劏牛强叫黑牛照看着柴火，要煮两个时辰才行。他洗了手，就出去练武。众人见劏牛强半天才从厨房出来，就知道一切已经准备妥当了，有人就嚷嚷着要和他切磋切磋。劏牛强求饶说："我刚刚对付了一头牛，你们现在是想趁我病，要我的命。"众人见他求饶，就放过他了。于是，众人就两人一组自由组合，互相切磋起来。四十人分成二十组，散落在广场的每个角落，你一拳来，我一拳往，场面甚为壮观。梁焰也和吴歌切磋起来，师徒二人，拳来拳往，每一招式，无非兵来将挡，水来土掩。打了几百个回合，终是梁焰师父厉害，最后他把吴歌打得招架不了。梁焰说："你的功夫已经长进很快，再练下去，在佛山武术界也可称王称霸了。"吴歌说："徒弟不敢称王称霸，还需要不断练习，争取尽快把你的真传学到家。"

众人打累了，就坐在地上歇着闲聊。劏牛强站起来对大伙说："兄弟们，现在离喝牛骨汤的时间差不多还有一个时辰，我提议不如举行跑步比赛，我们从武馆出发，沿路经过福贤路、公正路、永安路、槟榔街、快子路、升平路、莲花路、祖庙路，最后跑回到武馆，前四名奖励一条牛大腿骨髓，大家统一穿着鸿胜馆的服装，浩浩荡荡，对于我们武馆的宣传，有一种很好的作用。"众人见蒯牛强发了号令，就马上回武馆换衣服，大家把那件背后印有"鸿胜武馆"字样的背心穿上，很快就回到广场上集合。大家都站在那条由梁焰用白石头在地上画好的一条直线前等候号令。见大家都准备好了，梁焰一声令下："预备——跑。"听到号令，众人就像崩了堤的汾江河水，一往无前地向前冲，是那样义无反顾。跑在队伍前面的是黑牛，紧跟着的是蒯牛强，与蒯牛强并排的是黄枢，在队伍的后面，是梁焰和吴歌。

一支穿着统一服装的队伍，在佛山这个巴掌大的小镇上穿街过巷大摇大摆地跑步，这可是破天荒的一次。他们就像一群招摇的小公鸡，在晒谷场上昂首挺胸、耀武扬威，好像要告诉所有的小母鸡：我们长大了，这个世界很快就要我们来统治了，那些老弱病残的公鸡，就让他们快点死去吧，我们要建立一个崭新的世界！队伍浩浩荡荡地跑步向前进，个个身材魁梧，身姿矫健，所经过的街巷，都引起了不小的轰动，人们纷纷停下手中的活计，抬头瞪眼，看到这支跑步的队伍都感到很是惊奇，都议论纷纷是不是秋色巡游提前开始了。经过快子路大汉理发店的时候，龚坤手里还拿着剪刀就从理发店里冲出来，他见到梁焰在队伍里，就冲着梁焰喊："焰哥，搞什么大阵仗呀？"梁焰停下来，拉着龚坤的手说："我们在搞跑步比赛，你等一下去武馆喝牛骨汤，牛骨汤壮阳呀，我们等你呀，一定要过来。"说完，梁焰就又跟上跑步的队伍。吴歌快步跑上来，紧紧握着龚坤的手说："后天在醉仙酒楼设宴庆祝家父身体康复，你一定要来。"说完，把那张请柬塞在龚坤手上。龚坤看着请柬，激动地说："这是我第一次被正式邀请参加宴会呢，我一定到。"吴歌和他挥了挥手，就加快速度跑着跟上大部队了。队伍经过博爱药房和醉仙酒坊的时候，只见余道义从店里跑出来，用力把吴歌紧紧拉住，他显得有些激动地说："你们在搞游行示威？"吴歌喘着气，缓了一会才说："我们在搞环镇跑步比赛，可以这么说吧，我们是在为以后的游行示威做好体力的准备，武馆熬了牛骨头汤，等下你过去喝，牛骨汤很补的。"正想归队，杨昌红这时从店里跑出来见吴歌，吴歌对他说："你现在就回店里把那罐二十斤的菊花酿捧给道义，让道义把酒提到武馆，我们好好喝一场。"说完，吴歌就与他们挥挥手，继续加速跑步前进，追上前面的队伍。经过祖庙路的时候，吴歌见到一个很熟悉的身影，好像是杨霞，她穿着新式女装，骑着单车，从祖庙路拐进龙塘诗社的巷口。吴歌想叫住她，但一晃她就不见了影子。一路上，吴歌在不停地跑着，满脑子都是杨霞的影子，她的音容笑貌，此刻是那么甜美。吴歌突然想起杨霞布置的任务来，至今还没有完成——写一首献给杨霞爱之歌的白话诗。吴歌一边跑着步，一边构思白话诗，跑到终点的时候，诗歌就像仁寿寺里的菩萨一样已经稳稳当当地端坐在吴歌的脑海里了：

　　　　如果你是一艘船

　　　　我就是可爱的汾江河

　　　　滔滔的河水永远把你承载

　　　　我的温柔

　　　　就像汾水的千年梦呓

　　　　在你的耳畔轻轻歌唱

　　　　如果你是一棵白兰树

　　　　我就是梦一般的佛山镇

肥沃的土地永远把你滋润

我的情歌

就像小镇的琼花韵调

在你的耳畔轻轻吟唱

　　黑牛站在那条既是起跑线也是终点线的旁边，他拿着火钳在指指点点，俨然一个威武的裁判。跑在最前面冲刺的是梁焰，接着是吴歌，紧跟着吴歌的是劏牛强，再紧跟着劏牛强的是黄枢。黑牛喊出前四名的名单后，就转身回厨房看柴火了。所有的人都跑回到武馆的时候，和出发的时候相比，就可以用稀稀拉拉来形容了，一个个都喘着粗气，腿脚发软，像喝醉酒的螃蟹。休息了半个小时，众人才恢复元气。

　　龚坤和余道义是最有口福的了，他们到的时候，劏牛强和黑牛已经在厅里摆好了饭桌，一共五桌，众人围着桌子坐下来，说着笑着，很是热闹。大家绕镇跑了一圈，运动量也是蛮大的，肚子早就咕咕叫了，再加上都是贫苦家庭出身，一年到头吃肉的日子屈指可数，今天见了泛着油光的骨头汤、牛骨头和牛头面部，便迫不及待狼吞虎咽起来。很快，汤喝完了，骨头啃完了，骨头上残留的牛肉也被消灭得一干二净。吴歌叫黄枢把那罐菊花酿抬上来，把密封的盖子打开，霎时屋里就飘满了酒香。黄枢和龚坤抬着陶罐，为众人的碗一一斟满。众人喝完，都纷纷说是难得的好酒。在喝第二碗酒的时候，劏牛强站起来说："今天这个牛骨头是李达县长赏赐给我的，他说我宰牛的技术一流，还说我是庖丁的后代，他妈的，我就不明白了，我姓庞，又不姓庖，我想骂他的祖宗。"黑牛大声说："庖丁是宰牛的祖师爷，说你是庖丁的后代，是夸你的技术水平高，没文化，真可怕。"众人便哄堂大笑起来。劁牛强吐了一口浓痰在地上，接着说："李县长知道我可怜，一年到头宰牛无数，可吃肉的机会不多，就叮嘱我把牛头扛回来，让家里人开开荤，我想着大家好久没开荤了，就全扛过来了。李县长说，现在的中国，就像一锅快要煮滚了的水，就缺那个添柴的人。余道义，你是最有新思想的，你说说李县长的话是什么意思呢？"余道义说："当今的中国，军阀混战，政局动荡不安，民不聊生，民怨四起，就像一锅快要煮滚了的水，而缺添柴的人的意思应该就是缺起义的人。中国的政局照这样发展下去，乱糟糟的像一锅粥，你方唱罢我登场，受苦的永远是百姓，百姓起义是必然的。"梁焰说："道义这样一分析，我就全明白了，我们要向道义学习，要多看报纸了解新闻和时事。"众人中就有人嚷嚷开了："梁师父，不是我们不想读报呀，是我们不认识那些字。"梁焰说："既然如此，我们就开一个识字班，每天练武后，大家一起来识字，第一课我来上，以后道义、吴歌也给大家上课，大家意见如何？"众人都说好，还鼓起掌来，掌声如雷，把不知是谁家的狗惊吓住了，突然它箭一样从桌底下跑出武馆来到广场上，由于跑得匆忙，把叼在嘴里的骨头也掉落在地上了。它不知道这群已经吃饱了的人接下来想干什么，是否会无事生非踢它几脚呢？它不得而知，神情很是茫然。

　　吴歌喝得微醺，和黄枢回去的时候，太阳已经落山了。两人在巷子里晃晃荡荡地走着，酒精上头，脚步声就显得有些大，引得那些看家狗不断朝他们吠叫起来。吴歌是练武之人，对于狗们的吠叫，是一点也不会恐惧的，如果它们有胆量冲上来撕咬，等待它们的将会是吴歌愤怒的拳打脚踢，更何况他今天喝了一些酒，趁着酒劲，拳头会更加凌厉，腿脚会更加迅猛。满巷子的狗叫声，此起彼伏，叫得人心烦。吴歌停下脚步，扯开喉咙大声吼叫起来，震天的声音把狗们吓得够呛，便都停止了吠叫，耷拉着脑袋逃之夭夭。黄枢见狗们逃跑了，就哈哈大笑起来，笑完，他说："真是人善被人欺，我们没有发威的时候，狗觉得我们可以欺负，但我们发威的时候，它们就三十六计走为上计了。"吴歌听了也哈哈大笑起来。

经过醉仙酒楼门口的时候，吴歌说要去探望姑父和姑姑，就和黄枢告别了。已是黄昏时候，夕阳已经没有了影子，天色暗了下来，但街灯还没有亮起来。吴歌一个人在槟榔街走着，脚步一个深一个浅。街道尽头处坐落着一所书院，名叫汾江书院，在佛山街是一所响当当的书院，吴歌的姑父陈先生就在这里执教。由于是黄昏时分，学生早已经下课回家了，书院显得很是宁静。进了书院，只见姑姑、姑父和两位表弟陈河、陈海在一起吃晚饭，场面很是温馨。陈河、陈海目前在李兆基的药坊做制药师父，收入还算可以，一家人日子过得还算不错。吴歌和众人问了好，姑姑忙放下碗筷，站起来问吴歌吃过饭了没有，吴歌说已经吃过了。姑姑从屋里拿了一张凳子出来，吴歌坐下后就把父亲病愈的喜讯和摆家宴的事情向众人说了。姑姑听了就激动地抹眼泪："这真是太高兴了，我哥真是福大命大！"陈先生说："吴达仁是很有福分的人，想当年他出生入死闹革命，很多战友丢了性命，他是幸存者，真的是福大命大。为了庆祝达仁身体痊愈，我写一幅书法送给他。"陈先生五十岁左右，书法在佛山街很有名气，在佛山街很多商铺的商号都是陈先生题的。陈先生让吴歌跟他到书房，他在桌面上铺好一张宣纸，磨好了墨，便从笔架上取下来一支大笔，蘸了墨后，就提笔在宣纸上洋洋洒洒写了一幅字，他写的是"宁静致远"，字体潇洒飘逸，很有苏东坡的韵味。待笔墨晾干后，陈先生卷好宣纸，把它递给吴歌："告诉你父亲，我和你父亲的时代已经过去了，在以后的日子里，只有宁静才能致远。"吴歌听了姑父一番言语，知道姑父要表达的意思，就意味深长地点头说："旧时代已经落下帷幕，但新时代还没有到来。"陈先生听了欲言又止。吴歌跟随姑父从屋里出来，和姑姑寒暄了许久，就和他们告别了。回家的路上，他发现月亮已经升上槟榔街的天空了，白天喧闹的槟榔街，此刻宁静得很，月光照在他的身上，影子倒映在地面，长长短短，不远处，隐隐约约传来女子唱粤曲的声音，应是汾江河上紫洞艇里的戏子在唱，歌声悦耳动听，像是天上的仙女在歌唱。

四　祖庙门前起风波　英雄救美北帝赞

这天一大早，东华里的天还蒙蒙亮，吴妈就起来了，把昨天趁圩买回的大肥鸡给宰了，把两个鸡脚塞进鸡屁股下面开膛的地方，经过滚水和凉水来回几番浸泡，一个浑身泛着黄蜡色、鸡头昂扬的拜神鸡就活脱脱地呈现在托盘里。当然，伴随着拜神鸡的还有一道五花腩肉。在这样一个要拜神的日子，吴歌是万万不能睡懒觉的。在吴妈拿刀割鸡脖子的时候，吴太太就拍吴歌的门了："快起来，等一下要去祖庙拜神了。"

吴歌洗漱完毕的时候，吴妈已经准备好香烛、纸金元宝和鞭炮。出门的时候，吴太太望了望天，见是个好天，就不带雨伞了。一行三人穿街过巷，足足走了一炷香的时间才到祖庙。此时天已大亮，阳光普照。来北帝庙拜神的人很多，摩肩接踵，好在小镇的人都很讲究秩序，先到的就先拜，后到的就等别人拜完了再拜。等了半个时辰，终于轮到吴歌他们了，吴太太从竹篮里捧出那盘大肥鸡，放在北帝面前，接着摆放茶杯和酒杯，并一一斟满茶水和酒水，吴歌拿出火柴，烧了黄纸后点燃三炷香，虔诚地插在香炉里。然后就是磕头拜神，吴太太嘴里不停地念叨着，无非就是保佑全家平安、身体健康、生意兴隆，尤其是为吴达仁的身体健康祈福的篇章最多，然后就是祈求北帝保佑吴歌快点娶妻生子，好让吴家子孙满堂。吴妈也跪在吴歌旁边，嘴里也在念叨着，但很小声，吴歌听不到她在说什么。

拜完第一遍，吴太太就开始烧纸钱和大宝，等那些纸变成灰烬后，吴歌就把鞭炮摆在庙门前的空地上，用香点燃鞭炮，鞭炮就噼里啪啦地响个不停，腾起一阵阵烟雾，把北帝庙对面用来酬神唱戏的万福台也朦胧了半边，好像仙境一样。最高兴的就是捡鞭炮的那群孩子，他们掩着耳朵尖叫着，妇人们也在不停地喝叫着他们。烟气朦胧间，吴歌看见有两位姑娘在万福台上踱着碎步唱着戏，搔首弄姿，样子很像黄莺和夜莺。烟全消散的时候，吴歌定睛一看，原来真是黄莺和夜莺她们，她们应该也是来拜北帝，拜完神后就情不自禁地在万福台上唱了起来。也是的，作为一个戏子，能在这个有着二百六十年历史的舞台上演唱，应该是一件很幸福的事情。吴歌想，是呀，二百六十年来，有多少个戏班在这里轮番上演大戏，有多少个文武生、花旦和青衣等角色在这里放声歌唱，有多少个乐手鼓手在这里吹拉弹打。如果有可能的话，现在把曾经在万福台上演过大戏的戏班都集中在一起，估计整个佛山镇都装不下，这样的场景是何等壮观啊！正在发愣间，吴歌听到吴太太在庙里大声叫："吴歌，大宝都烧完了，还不快进来拜神。"吴歌跑着进庙，跪在地上连忙磕了几个头，此刻他在心里对北帝念叨的就是保佑他顺利娶杨霞为妻。

拜神完毕，吴妈和吴太太收拾好酒杯茶杯，把鸡放回竹篮，就提着篮子出庙门了。此时，吴歌见黄莺和夜莺还在万福台上迈着细碎的步子，放声唱着粤曲，一举手一投足很有韵味。吴歌对母亲说："万福台上的两个女子，就是在我们醉仙酒楼唱戏的，我有事要问问她们，你们先回去吧。"吴太太看了一下那两个戏子，觉得很是面熟，就对吴歌说："不要贪玩，早点回家，今天下午在家拜完祖宗后，就去酒楼吃饭，我们要做好迎接宾客的准备。"吴歌说："妈，放心吧，我和她们聊几句，就回去酒楼处理宴会的事，下午赶回去拜祖宗，拜完祖宗后，就和你一起去酒楼。"见吴歌这么一说，吴太太就放心了，她和吴妈循着原路走回家去。

吴歌走到万福台下面，在木凳上坐下来，欣赏着黄莺和夜莺在两米多高的万福台上唱大戏——《卖油郎独占花魁》："席前歌金缕，饮胜佢似花飘泛浊流，饮多杯不醉无归，饮胜佢。夕夕无闲暇，夜夜笙歌奏，羞将色笑迎人为应酬……"二人的唱腔，婉转动人，功力十足，不愧为"醉仙酒楼永远不倒的台柱"，吸引了很多来拜神和游玩的人过来聆听，两人唱毕，吴歌站起来带头鼓掌，很多人也跟着吴歌鼓起掌来。黄莺和夜莺见台下带头鼓掌的是吴歌，就羞涩地用手掩着脸跑下舞台，来到吴歌身边。吴歌问："今天怎么这么有兴趣过来这里唱大戏？"黄莺说："今天下午我们要在酒楼唱大戏，现在过来万福台沾些灵气，唱一唱，找找感觉。"吴歌问黄莺今天下午唱的曲目，黄莺一一回答。吴歌和黄莺两人谈得正欢，夜莺见北帝庙前的灵龟池前挤满了人，也凑过去看热闹。很多人手里都拿着铜板，正专心致志地投掷灵龟的龟头。假如有人投掷中了，现场就响起一阵阵起哄声来，甚为热闹。人群中有一个光头佬，肥头凹耳，身材魁梧，凶神恶煞的样子，胸前挂着一条粗大的金珠，在胸前晃来晃去，闪着耀眼的光。他一见到夜莺，眼睛就放光，原来她就是刚才在戏台上唱戏的，长得很是标致，而且见她身边没有人陪伴，就起了色心。他走到夜莺的背后，两手像老鹰抓小鸡一样把夜莺钳住，夜莺动弹不得，顿时就吓得花容失色，连忙大声喊叫起来："非礼呀，救命呀。"夜莺的呼救声像惊雷一样在北帝庙前灵龟池的上空炸开了，人群顿时像潮水一样散去，个个都惊呆地望着肥佬，没想到他竟然在光天化日里非礼女孩，而且是在北帝庙前，真的是人神共愤。但很多人看见肥佬凶神恶煞的样子，就只敢怒而不敢言。

吴歌听到夜莺的呼救声后，就像箭一样冲过来，到了肥佬跟前，一出手就给了他一记狠狠的拳头，肥佬的脸上马上就开了花，鼻子也歪了，在汩汩地冒着血，眼睛也肿了，肿得比鸡蛋还大。肥佬疼得呱呱叫起来，连忙把夜莺放开，用手来摸索着歪鼻子和肿眼睛。肥佬两手都是血，他挥着血手高声大叫起来："谁敢打我？我要他死全家。"说完，他挥舞着拳头，朝吴歌的脸上打过来。吴歌转身一闪，躲过肥佬的拳头。吴歌忽然抬腿起了一个飞脚，朝肥佬的胸口狠狠地踹过去，肥佬的肋骨咔嚓一声断了几根，现场的人都听到了骨折咔嚓的声音。肥佬瘫在地上，动弹不得，嘴里不停地在痛苦呻吟。人群中有人窃窃私语说："肥佬刘野是刘放副县长的儿子，仗着父亲是副县长，经常和一帮流氓地痞混在一起，干着伤天害理的事情，敲诈勒索，赌博放债，调戏民女，无恶不作，今天终于有了报应，真是大快人心。"

夜莺遭受这一番惊吓，早已经是泪人了。黄莺跑过去揽着她，安慰她。吴歌说："没事了，这个鸟人估计要在床上躺一个月才能出来走动了，对于这种害人精，不教训一下是不会有任何收敛的。"说完，就催促她们赶紧离开这个是非之地。黄莺与夜莺便连忙急脚赶路回酒楼，吴歌在后面一路跟随。还没有走开几步，吴歌就听到有人在背后尖声叫他："吴歌，请留步。"吴歌停住脚，扭头一看，原来是杨霞。杨霞笑着说："刚才太厉害了，英雄救美，在北帝面前狠狠地露了一手。"这时，黄莺与夜莺也停住了脚步，吴歌为她们一一互相做了介绍。杨霞听到介绍她们就是醉仙酒楼唱戏的，就笑着对夜莺说："幸好今天你出事时吴歌在场，不然你就吃大亏了。"吴歌问杨霞："你怎么今天也在这里的？"杨霞笑着说："拜北帝呀，刚出北帝庙门，就见到你在人群里长拳一挥，那胖子'呀'的一声倒地，场面很是壮观，估计北帝看到你的壮举，也是很赞许的。"吴歌听了杨霞的一番恭维，就哈哈大笑起来。这时，杨霞的母亲在庙门口不远的地方大声喊着她的名字，杨霞也大声地回答说："妈，我和同学聊几句，你们先回去吧，我自己会照顾好自己的。"杨霞的母亲很是无奈，于是就和用人走路回去。

一行人走到泥模岗的时候，只见梁焰带着一帮师兄弟，大概有二十人，为首的是梁焰和黑牛，大家手上都拿着家伙，浩浩荡荡朝着祖庙的方向迈进。吴歌大声叫了一下梁焰师父，梁焰便停下脚步，见是吴歌，就大声说："兄弟，你没事吧？刚才黑牛跑回来告诉我说你英雄救美，打了刘副县长的儿子刘野，我怕刘野纠集流氓地痞来找你的麻烦，就拉着一帮兄弟过来帮忙了。"梁焰话音刚落地，只见一群流氓地痞在不远处向吴歌冲杀过来，大概有二十人，个个凶神恶煞的样子，手持着菜刀，刘野被两个小年轻架着，他手指着吴歌大声喊："兄弟们，就是他，大家给我上，弄死他！"为首的是与黑牛同一个村的黑鬼，他在黑牛家里见过梁焰，在黑牛家里和梁焰切磋过武艺，知道梁焰武艺实在高强，是一个不好惹的主，就对着梁焰和黑牛拱了拱手说："焰哥、牛哥，小弟真的不知道刘野惹的是你们鸿胜馆的人，在佛山街，谁敢惹鸿胜馆的人？刘野你回家好好养伤吧，长个教训，以后就别惹鸿胜馆的人了。兄弟们，我们走吧。"与梁焰、黑牛拱手后，黑鬼就大咧咧地扬长而去。刘野见此情景，只能干瞪眼吹胡子唉声叹气，被两个小年轻架着灰溜溜地离开了。

　　见黑鬼和刘野走了，梁焰就和吴歌拱手说："既然没事了，我们就回去了，下午酒楼见。"吴歌说："师父，感谢了。"梁焰说："湿湿碎，小事一桩，都是鸿胜馆的人，不要言谢。"说完就带着大伙撤退了。吴歌一大早起床，连早餐都还没吃，经过一场打斗后，现在已经饥肠辘辘了。吴歌问大家吃过早餐没有，她们都说女孩为了保持苗条的身材，一般早餐都不吃。吴歌听了她们的回答，就捧腹大笑起来说："搁在唐朝，是以肥为美的，你们这么瘦，估计经过巷子的时候，那些流浪的狗都不会瞄你们一眼。"他话音一落地，脑袋上马上就被敲了三个栗暴，每个美女奖励一个。杨霞竖起柳眉，圆睁杏眼说："吴歌你老实说，你是嫌弃我们不够丰满？"吴歌连忙求饶："我没有别的意思，你们不要想多了，我只是想请你们陪我去我的酒楼喝个早茶。"他一说完，黄莺和夜莺就掩嘴笑了起来。杨霞是一个直性子的人，她问："你们笑什么呢？"她们笑着说："终于盼到有人可以管吴老板了，我想吴太太应该是最开心的人了。"杨霞听了就忍不住扑哧笑了起来。吴歌说："我们喝茶去吧，肚子都快饿扁了。"说完就带着三个美女，穿街过巷回到醉仙酒楼，点了一桌子的点心，凤爪、排骨、叉烧包、肠粉什么的，基本上都是杨霞爱吃的。众人一边喝着茶，一边看着汾江的美景，畅谈着人生和未来。杨霞吃得很是开心，把肚子撑得圆鼓鼓的。最后，她站起来，把嘴巴附在吴歌的耳畔轻轻地说："你把我半年来的节食计划全都打乱了，你要对我负责，负全责。"吴歌说："你放心，你的下半生我都负责了。"杨霞听了，竟笑得花枝乱颤。

五 醉仙酒楼宴宾客　秋色巡游闹汾江

　　喝完早茶，吴歌召集刘达、马苏、厨师、楼面人员和黄莺、夜莺等人聚在一起开了一个短会，听了各人的汇报后，就对宴会准备的事项进行了提醒和要求。末了，吴歌让杨霞给大家提点几句。杨霞从茶桌旁站了起来，她走到大伙的面前，对大伙说："今天宴会的目的是庆祝吴老爷身体康复，请了亲朋好友过来一起聚餐，是家庭的聚会，只不过是地点不同而已，大家就像在家里接待亲戚一样，热情待客，让我们的亲朋好友感受到温暖和欢乐，让吴老爷的脸上笑得更加灿烂，拜托大家。"杨霞说完，微笑着与众人拱了拱手，众人听了吩咐就散去，各司其职各就各位了。众人下去的时候，就有人啧啧称赞起这个标致的女子来，说她不仅长得漂亮，又大方得体，且说话又很有水平，应该就是吴老板未来的老婆，也就是醉仙酒楼未来的老板娘了，虽还没过门，但已经在酒楼抛头露脸了，这也是新时代女性的做派吧。

　　吴歌布置完毕，就赶着回家里忙拜祭祖宗的事了。走之前，他请求杨霞做一下监工，对各方面的事情进行监督和督促。

杨霞让吴歌放心地回去，这里的一切她都会处理得妥妥当当的，要知道，她老爸经常在家里设宴，款待各地客商，对于接待的各种细节耳濡目染学习了很多很多。在岭南大学，吴歌和杨霞是学生会骨干，吴歌负责文体和外联，杨霞负责学习和宣传，两人三观很契合，干事都风风火火的，配合很是默契。因为两人是老乡，都是佛山镇人，在工作之余无聊的时候，就会闲谈起佛山的美食。吴歌记得杨霞常常对他提起在快子路口的那家牛杂铺，她津津有味地回味着吃牛杂时的爽快，总感叹说那牛杂简直就是天下最好吃的美味，还有那白萝卜，软软的，甜甜的，入口即化，让人回味无穷。除了牛杂，杨霞还喜欢吃扎蹄、葱油鸡、河虾、鱼生什么的，佛山街的大小酒家杨霞都光顾过了。总的来说，杨霞就是一个美食家。对于吴歌今天给她安排的工作，简直就是小菜一碟。

吴歌回到家里，吴太太和吴妈已经把一切都安排妥当了。吴达仁精神状态很好，满脸春风地和吴声、吴艺谈着他们小时候的趣事，引得他们呵呵地笑个不停。吴歌看到，早上那只拜北帝庙的神鸡已经斩了件，此刻变成了一碟白切鸡，安静地摆在八仙桌上。当然，那块五花肉也被切成了肉块，加上芹菜一炒，就成了香喷喷的五花肉炒芹菜。桌上还有三鲜炒米粉、青椒炒鱿鱼、韭菜煎蛋、烧肉、豆芽炒韭菜、鱼腐酿青椒等，共有八个菜。筷子逐一摆好，酒茶已斟满，白饭装得像小山丘一样，千万不能把祖宗给饿着了。

八仙桌上的神炉，早早就安放在八仙桌的最前面处。吴歌把草纸点着，拿了一把香在火上点燃，顿时屋里就弥漫着檀香的味道，很是芬芳。吴歌把三炷香插在香炉里，也在大小门口的门楣处两边都插上一炷香，好让祖宗找到回家的路。插完香，在吴达仁的一声令下，众人就在八仙桌前俯首叩拜起祖宗来。吴达仁口中喃喃有词，祈求祖宗保佑吴家阖家身体健康，出入平安，顺风顺水，财源广进，兴旺发达，儿孙满堂，聪明伶俐，诸如此类，他此时此刻从嘴里说出来的话应该有一匹布那么长。吴达仁祈了很久的福，那炷香已经烧完一半了他才停下来。等吴达仁祈福完毕，吴歌就用火柴点燃了在天井边缘堆成小山一样用纸做的金银财宝。那火，先是很小很小，冒着青烟，火苗很快就变得大了，吐着红红的光焰，伴随着青烟。火光把屋里照亮了，也把众人的脸照亮了，很是温暖。看到那些随着火焰起舞的灰烬，一片片像雪花一样落到各人的头上和衣服上，吴歌知道，这是祖宗们对后代子孙的安抚和问候，也是祖宗们对后代子孙的谆谆教导：你们在世上一定要好好地活着，要像村头的榕树一样，向上的枝条要把天空扎破，向下的根把大地刺穿，一句话，就是要活出人样来，出人头地，还要早娶妻多生子，把吴家的枝条铺满整个世界。

火光终于消失了，只留下一地的灰烬。吴达仁走到八仙桌旁，取了一杯酒和一杯茶来，把它们倒在纸灰上，酒香和茶香在袅袅的烟气里散发出怀念的气味。吴歌知道，拜祭祖宗的尾声就要到来了。众人再一次跪拜在八仙桌前，三跪九叩后，就收拾好东西，一起去酒楼聚餐。离了东华里这个佛山镇上非富即贵人家的居住区，从东华里走路到槟榔街，也要一炷香的时间。

到了酒楼，由于时间尚早，宾客还没有来。吴歌见酒楼里的人都在忙着宴会的准备工作，虽然忙，但井然有序，忙而不乱。吴歌知道这是杨霞调度有方的结果，在管理上，吴歌自叹不如杨霞。吴歌在大堂里没有见到杨霞的身影，估计她此刻应该是在最重要的战场——厨房。吴歌踱步来到厨房，发现杨霞果然在厨房，正在和大厨及刘达探讨上菜的次序和礼仪。杨霞指示完毕，就和吴歌一起来到大堂门口，和马苏一起迎宾，其时吴达仁和吴太太已经在门口恭候多时了。

客人陆续来了，杨霞问清楚客人的身份，就彬彬有礼地把他们引到已经安排好的位置就座。吴太太见杨霞这么大方得体，且做事干净利落，就拉住吴歌悄悄地问："这个姑娘是我们酒楼请的大堂主管？"吴歌笑着说："妈，这个大堂主管我可请不起哦，她是我的同学杨霞，你未来的儿媳妇。"吴太太说："这个姑娘很不错，是哪里人？"吴歌说："佛山镇人，是盛昌纱行杨老板的千金哦。"吴太太听了就恍然大悟的样子，然后咧开嘴笑着说："哦，原来是她，多年不见，认不出来了，她小时候经常跟着她爸爸过来酒楼喝茶，想不到她很快就要成为我的媳妇了，真是缘分啊，你告诉她，我很满意，我要找镇上最好的媒婆做媒，并尽快完成三书六礼，把她娶进门，快点让我抱上孙子。"看到母亲这么迫不及待地要把杨霞明媒正娶过来，就笑着对母亲说："你们那老一套，什么三书六礼，就不适合我们年轻的一代了，我们到时候到政府民政部门领个结婚证，拍个婚纱照，请大家吃个饭喝个酒就行了。"吴太太听了就急了，黑着脸说："你们这不是胡闹吗？没有经过三书六礼，还叫结婚？我不同意。"吴歌见说不通母亲，就掉头转身找杨霞去了。这样的事情要是搁在以前，吴达仁肯定会板着脸把吴歌狠狠地骂一通，但是现在他想开了，儿孙自有儿孙福嘛，能放手的就尽量放手吧。更何况儿子现在已经长大了，在这个世界上都已经能立足了，就拿现在醉仙酒楼的生意来说，儿子比老子干得还要好，作为父亲的还能说什么呢？他听到他们母子两人的对话后，就淡然笑了一下，竟当没有听到一样，全程没有插过一句话。见儿子离开，他也索性转身来到不远处一张桌子前坐下，和亲戚们一边闲谈，一边舒坦地喝着茶。吴太太在门口瞪了一下吴达仁，吴达仁只装着看不见。

杨霞刚把一拨客人迎到座位安顿好后，又回到门口站立迎接下一拨客人，俨然一个大堂经理的范儿。吴歌来到杨霞身边，体贴地说："辛苦了！"杨霞说："不辛苦，就当是运动嘛，出出汗，身体好。"就在这时，梁焰带着一班徒弟鱼贯而入。他一见到吴歌，就紧紧握着吴歌的手说："吴老板，恭祝你父亲身体健康，你知道的，我们一帮穷人，没有什么礼物可以作为贺礼，但是我们上次喝完劀牛强弄的牛骨头汤，剩下的那只牛头，黑牛说是艺术品，可以挂在你们酒楼戏台的墙上作为装饰，我们就拿来了。"黑牛把那只牛头递给吴歌，吴歌接了端详，觉得梁焰说得一点也不错，真的是一件艺术品，挂在戏台的墙上，绝对是顶好的装饰品。梁焰把牛头递给杨霞，杨霞拿在手上把玩了一会，觉得这真是一件天然的艺术品，竟爱不释手起来。杨霞让马苏马上挂在戏台的墙上，马苏捧着牛头，问刘达拿了一个锤子，跑到戏台上，在墙中间钉了一个钉子，用红绳子绑住两个牛角，打了一个结，妥妥地挂在钉子上。杨霞来到舞台前，端详着墙上的牛头出神了好久。此刻在杨霞的眼中，那个狰狞的牛头，就是琼花舞台上的一个精灵，它睁着空洞的眼眶，好像在对谁说着什么：这是一个混沌的世界，我们活着就是一场艰难的炼狱；这是一个纷争四起你方唱罢我登场的世界，我们找不到前进的方向。

跟着梁焰师父一起来的，有龚坤师父，还有余道义、劀牛强、黄枢等一帮徒弟，把五围台都坐满了。吴歌请梁焰、龚坤和余道义坐主位，他们死活不肯，都说兄弟们都是一介武夫，坐在一起喝酒才能放得开，说话粗声大气也不会有人计较。吴歌见他们都这样说了，就不再勉强了。这时，李达县长带着衙门一帮人来了，吴达仁见李县长来了，就紧紧握着他的手说："兄弟，你这么忙还能过来参加敝人的聚会，十分感谢。"李县长笑呵呵地说："大哥，你我是生死之交的战友啊，你一声令下，我能不来吗？"说完，两人都哈哈大笑起来。

过了不久，李兆基和吴诗选带领龙塘诗社一众诗人也到了酒楼，吴歌接见后就由杨霞安排入座。见人都到齐了，杨霞便催促厨房开始上菜。吴歌站在戏台上，对着众宾客大声说："各位亲朋好友，很感谢诸位今天来到醉仙酒楼，参加吴府的宴会。今天聚会的目的很简单，一是感谢余道义医术高明，把我父亲的病看好了，说实在的，他的蛤蚧酒简直就是神药；二是趁这个机会，难得大家聚一聚，聊聊家常，联络感情，说实在的，现在是个乱世，大家能坐在一起吃个饭、喝个酒、聊个天已经是天底下最幸福的事情了。感谢大家赏脸，大家一定要吃好喝好。"吴歌说完，下面就鼓起掌来，因为他说到了大伙的心坎上了：是的，在乱世生活的人，只能好好地过好今天，至于明天，只能是一种等待，存在很大的变数，今天坐在一起和你喝酒的人，明天出于这样那样的原因有可能变成了孤魂野鬼。

开始上菜，先上的是一个瓦罐，瓦罐里装满了汤，是用枸杞、红枣、玉竹、鲜人参等中药材慢火熬炖的鸡汤。众人喝了都赞叹味道鲜美。喝完汤，跟着上的就是一道道菜，都是佛山本地特色菜，有均安烧猪、陈村粉蒸排骨、荔枝木烧鹅、清蒸草鱼、柱侯鸡、清蒸沙虾、盐水菜心、酿扎猪蹄等，摆满了桌子。还没吃几箸菜，梁焰就站起来拿着酒杯，带着一帮兄弟，过来主围敬吴歌和吴达仁。吴达仁由于身体还在恢复期间，就不喝了。梁焰和兄弟们一连敬了吴歌三杯酒才回去。

鸿胜馆的弟兄回去了，紧接着就是龙塘诗社的诗友过来敬酒，大家嘻嘻哈哈地又喝了一轮。过了不久，吴歌提着酒壶回敬兄弟们，大家高高兴兴，有说有笑，场面很是热闹。大家在喝酒的时候，都说这酒很不错。吴歌说这酒肯定好喝了，是醉仙酒坊的拳头产品菊花酿，都出口到南洋了。

酒已经不知喝了多少巡了，嘘寒问暖的话不知说了多少筐了，大家都摸着滚圆的肚子感到很是幸福。酒足饭饱后，吴歌让黄莺、夜莺、黄枢、庞同、白兰、玫瑰开始奏乐和唱曲。在戏台上，黄枢拉起了高胡，声音高亢而委婉，如泣如诉，接着庞同敲响了扬琴，声音悦耳悠扬。黄莺和夜莺跟着节拍和韵律亮起了嗓子，唱的是《苏东坡梦会朝云》之《梦会》，黄莺演朝云，夜莺演苏东坡。

黄莺和夜莺的演唱，白话纯正，字正腔圆，声音动听，如歌如泣，韵味十足，令在座的人听了如梦如痴，博得了众人的大声喝彩。尤其是黑牛最为夸张，他一边大声喊叫，一边忘乎所以地拍着掌，拍掌的时候忘了把手中的酒杯放下，竟把酒杯给拍碎了，碎片掉了一地，沾在酒杯上的残酒溅进了劏牛强的眼睛，把劏牛强吓了一大跳，他以为是玻璃碎插进眼睛，后来用手揉了揉发现没事，就骂黑牛："你这么激动干吗？没听过唱大戏吗？你肯定是被那两个唱戏的迷住了丢了魂，失魂落魄的样子。"黑牛不停地搓着手里的酒液，嘿嘿地笑而不言。黄莺和夜莺唱完，紧接着就是白兰和玫瑰表演，唱的和演的水平与黄莺和夜莺相当，绕梁的唱腔把在座各位的耳朵都陶醉了。

散席了，吴达仁和吴歌站在门口，一一和李县长、梁焰、余道义、龚坤、李兆基、吴诗选等人握手道别。此时，汾江河畔响起了锣鼓声，咚咚咚，还伴随喧闹的人群声。众人知道，一年一度的佛山秋色巡游活动开始了。杨霞、黄枢、黄莺、夜莺等人就走到窗边，探出头去看，只见汾江河畔已经站满了人，人头攒动，摩肩接踵，人声鼎沸。游行队伍首先出现的是大灯笼，四五十个人提着大灯笼，亮着淡黄色的光，聚合在一起就是一片光的海洋，把汾江照得通亮。接着是唢呐队，四五十人鼓着腮帮，凸起眼睛，吹着唢呐，唢呐声震天般响，把看客的耳膜震得发麻。再接着就是马色，四五十个上身穿着黄色的衣服，裤腰带位置前后就是纸扎的骏马，人走起来，马便一晃一晃地，像是人在骑着马走，活灵活现。再接着就是头牌幡旗、罗伞、耍龙灯、灯色、合面、担头、车心、陆地行舟、十番、锣鼓柜、扮演戏剧、大头佛、踩高跷等。每一支游行的队伍通过都引起路两旁的看客阵阵欢呼。

　　最后要走的是三姑六婆等亲戚，吴歌送他们下楼，并叙谈了许久。上楼后，吴歌和刘达谈着今天剩下的菜如何处理的问题，吴歌说先是让酒楼人员打包拿回家让员工的孩子也打个牙祭，剩下的就打包给街上的乞丐，让他们今天可以吃个饱吧，如今这个年头，生意人的日子都不好过了，更何况乞丐们呢？他们风餐露宿，饥一餐饱一餐的，也是一天不如一天了。吴歌刚和刘达交代清楚，此时，杨霞在窗户边大声朝他喊："吴歌，快点过来看秋色表演，鸿胜馆的人敲锣打鼓舞着狮子走过来了，梁焰师父也在里头咧。"吴歌一听到鸿胜馆的队伍过来了，就飞一般跑过去看了，果然见到梁焰和刚才还在一起喝酒的兄弟们在队伍中行进着，个个威风凛凛。游行队伍浩浩荡荡，前面由大头佛引领着，鸿胜馆子弟打着鼓舞着狮子，他们个个手持兵器，神采奕奕。不同的是喝酒的时候没有穿印有"鸿胜馆"字样的马甲而已。吴歌想梁焰应该是离开醉仙酒楼后，就立刻带着兄弟们赶上秋色游行的队伍，归入鸿胜馆的游行方队。吴歌想到这儿，不禁感叹起来，梁焰真是一个有情有义的人，为了参加吴府的宴会，宁愿迟一点参加秋色游行，等参加完宴会后才匆忙加入游行，应该是花了一番唇舌才取得鸿胜馆同人的同意。鸿胜馆方队是游行队伍最后的一支，应该是组织方特意安排的，也是想让鸿胜馆方队起到殿后和保卫的作用吧。

黄莺和夜莺一直在窗台边嗑着瓜子，偶尔抛头露脸伸长脖子看不断远去的游行队伍。楼下的看客也被楼上两个嗑瓜子的标致女子吸引了，不时吹起口哨来，时不时抬头看着她们，对她们也品头评足起来。游行的队伍过去后，黄莺和夜莺就意犹未尽地对今年的秋色巡游品头评足起来。黄莺说："我觉得今年最好看的应该是鸿胜馆方队，个个魁梧，威风凛凛，够杀气，在这个乱世，保家卫国就是要靠他们才行，其他的都是花拳绣腿。"夜莺笑着说："看来黄莺是想男人了，他们是才子，你就是佳人啰，想想也是，绝配。"黄莺用手戳了一下夜莺的腋窝，夜莺躲避不及，就咯咯笑了起来。突然，黄枢发话了："说到才子佳人，最般配的其实就是吴歌和杨霞，你们说是不是？"在场的人都大声说："一点都没错！"吴歌和杨霞相视而笑，不言也不语。此刻，汾江河畔的人潮已经散去，又恢复了平日的宁静。放眼望去，汾江河上帆影点点，那些挂在船头的火水灯，闪着黄光，在微风的摇曳下一晃一晃的，倒映在河里也是一晃一晃的，像是谁把未用完的胭脂撒在汾江河里，顿时就波光潋滟起来。忽然，从河上传来唱粤曲的声音，隐隐约约的，还伴随着碰杯喝酒的热闹声。吴歌知道，那是有钱人家在河上包了一条紫洞艇泛舟，喝花酒，赏粤曲。杨霞问吴歌有否去过花艇上玩过，吴歌像拨浪鼓一样摇摇头。杨霞说："你答应我，以后不能去那些花天酒地的地方。"吴歌说："我对着汾江河发誓，我永远也不去花艇那样的地方。"杨霞听了就扑哧笑了一下。夜莺说："杨霞真够厉害的，都还没结婚，就管起来了？"杨霞说："不是管，是为了他好，听说花艇上面还有赌博、抽大烟什么的，乌烟瘴气，乱七八糟的，到时把家产赔光了，在佛山哪儿还有立足之地呢？"黄莺说："霞姐说得太对了，作为一个负责任的男人，就应该远离那些地方。"杨霞掩着嘴笑了起来。吴歌说："你们三个女人，如果再说下去，就比升平圩还要长了。时间不早了，我们散了吧，黄枢，你负责送你妹妹黄莺和夜莺，我送杨霞。"一行人就下了楼，黄枢陪着黄莺和夜莺回家。夜莺家就住在黄枢的隔壁，从小就和黄枢姐弟俩玩在一起，夜莺和黄莺是闺密。吴歌骑着单车，载着杨霞奔向汾江河畔的西头杨霞的家。到了杨霞家门口，吴歌说："明天是龙塘诗社中秋诗会，晚饭后我就来这里接你。"杨霞问："你的诗歌写好了没？"吴歌说："那首献给你的诗歌已经在我的血液里奔腾了许久许久，它把我的血管挤得差不多要爆了，把我的小心脏捶得快承受不住了，你说我如何承受得了？"杨霞笑着说："那你就再撑一个晚上吧，明天我洗耳恭听。"说完，两人就依依不舍地告别了。吴歌骑着单车，沿着汾江河畔走，不知是激动的原因，还是其他的原因，觉得此刻映入眼帘的汾江河，河水不是向东流的，而是向西流的。

六　中秋佳节庆团圆　龙塘诗社赛诗会

　　第二天是中秋佳节，在这个亲人团聚、阖家喜庆的日子里，镇上的居民都喜欢买上一斤半斤菊花酿就的米酒或是用肥猪肉浸泡过的玉冰烧米酒，一边喝着酒，一边回味着一年来辛勤劳作的酸甜苦辣。来酒坊买酒的人非常多，吴歌一大早就到酒坊帮忙，搬酒、舀酒、称酒等苦力活，吴歌也是干得不亦乐乎，一干就是一天，腰也酸背也痛。转眼已是黄昏，吴歌要离开酒坊回家吃团圆饭的时候，突然想起今晚举行的龙塘诗社诗会来，何不增设一个奖项和奖品呢？于是就灵机一动用竹篮装了十瓶一斤装的菊花酿，酒瓶是聘请石湾制陶师父精心制作的小陶罐，釉色素淡，和菊花酿的清香淡雅很是般配。吴歌提着篮子，走路回家。一到家，吴太太就催促吴歌赶快洗手吃饭。吴声和吴艺在院子里准备晚上燃放的烟花。

　　今天的饭菜比往日丰盛了许多，有虾，也有蟹，秋风起后的蟹很肥，有黄黄的膏。饭后，吴歌沏了一壶茶，全家人坐在一起喝茶聊天。吴达仁说："又是一年中秋，一家人坐在一起吃个饭，其乐融融，这样的日子我们还能过多久呢？我们老了，你们长大了，你们还有很长的路要走，但现在是个很不平静的世界，到处都是乱糟糟的，以后的路怎么走下去，你们一定要看清楚前方的路。"吴艺笑着说："爸，你又给我们上课了，你放心吧，我们以后的路总是会找到的。"吴歌说："爸爸说得言之有理，他年轻的时候参加了同盟会，对政治是很了解的，现在中国的出路究竟在哪里？我们好像没有看到。"吴太太在用水果刀切月饼，然后分给大家，每人一块。吴歌把月饼放在嘴里，细细嚼着，那五仁瓜子和猪油的香味顿时溢满整个口腔。吴歌说："真香，还是儿时的味道。"吴太太说："吴歌，你年纪已经不年轻了，既然你和杨霞谈恋爱，赶紧结婚吧，趁我们还年轻，可以帮你们带带小孩。我知道你们现在的年轻人不喜欢老的那一套，就算我们同意你们胡来，但你们也要征求杨霞父母的意见呀，总不能不听一下前辈的意见吧，结婚是人生的大事，搞隆重一点，其实也是对亲朋好友的一种交代，如果你们静悄悄地就把婚给结了，就像放一个屁，响都不响一下，就完了，这算怎么一回事呢？"吴太太的一番话引得在座的都笑了起来。吴歌说："我和杨霞，现在还是在恋爱阶段，离结婚还有很长一段距离，妈你就不要操心了。"吴太太急了："赶快结婚就是了，还谈什么恋爱呢？快刀斩乱麻，我们要抱孙子了。"吴艺和吴声无奈地看着吴歌，吴歌沉默不言。吴达仁这时发话了："现在都已经是新时代了，革命都闹了这么多年，孩子们是有新思想的了，他们的事就让他们弄去吧，到时我们可以新旧结合一起来搞的嘛。"吴艺说："还是老爸有办法，到时可以新旧结合，旧瓶装新酒，也是可以的。"吴歌听了父亲和小妹的一席话，就呵呵笑了起来。

吃完月饼，就放烟花，众人移步院子里，吴声点燃了火柴把烟花点着了，烟花便发出噗噗噗的声音来，五颜六色的烟花便像一支支利箭射向天空，然后在天空绽放出绚丽的花朵来，夜空顿时便绚丽多彩起来，但很短暂，就又归于寂静。吴歌看着烟花，不禁感叹起来：人类短暂的一生，在历史的长河里，就像烟花的闪烁一样，是何其短暂啊。吴声放着烟花，吴艺不断地发出哇哇的欢叫声。那轮圆月，高高地挂在夜空，像是杨霞的脸，她好像在说，赶快过来，我们一起去参加龙塘诗社诗会。吴歌恨不得现在就把郁积在胸已经好几天的诗歌朗诵给杨霞听，于是他匆匆告别家人，把装满小罐酒的竹篮带上，挂在单车的车头上，就推着单车出门到街上，飞一般骑着单车赶往汾江河畔。到了汾江河畔，吴歌看到，天上有一轮明月，汾江河里也有一轮明月，两轮明月交相辉映，都分不清月亮究竟是在天上居住还是本来就在汾江河里一直游着泳。

吴歌来到杨霞家，她家正在放烟花，烟花在院子上空开出一朵朵巨大的花来，把汾江河畔也照亮了。吴歌把单车停好，走到门前按了门铃。过了一会，一个胖姑娘出来问吴歌找谁，吴歌说找杨霞去参加诗会。胖姑娘关门回去不久，杨霞就开门出来了。吴歌摆好单车，杨霞坐上后座，吴歌用力一蹬单车，单车就向前进发了。单车在街道上行驶着，月光在前面指路，很快就来到了祖庙大街李兆基家的后花园——龙塘诗社。吴歌把单车停放好，提着装满小罐酒的竹篮，就进了院子。到了院子，吴歌把竹篮放在石凳上，只见院子里已经坐满了人。社长吴诗选一见杨霞和吴歌，就笑着说："你们终于来了，我们都把月亮等瘦了。"宝珠跑过来牵着杨霞的手说："霞姐，为了写新诗，我苦思冥想了两个晚上，像挤牙膏一样终于写成一首，到时你要多多指教。"杨霞说："对于新诗，我也是懵懵懂懂，没有找到写新诗的感觉。"正在谈着，吴诗选对杨霞说："杨霞，可以开始了。"

杨霞踱步来到院子中央，此时的月光如水，照在她那淡青色的连衣裙上，像是笼罩了一层薄薄的轻纱。她对着众人宣布："龙塘诗社中秋诗歌朗诵会现在开始，下面有请吴社长为大家致辞。"吴诗选也踱步来到院子中央，他高高瘦瘦的，穿着旧式衣服，给人的感觉总是文质彬彬的样子。他现在是一位先生，在田心书院任教，年龄和李兆基差不多，也是四十多岁。他清了清嗓子，然后说："龙塘诗社，在李老板的大力支持下，我们诗社的活动得以延续和发展，在此我代表诗社对李老板的鼎力支持表示衷心的感谢。在这样一个动荡的时代里，我们这样一群喜欢诗歌的人，以诗会友，聚在一起，谈谈诗歌，谈谈人生，是一群很幸福的人。生逢乱世，以诗慰忧，幸甚！"吴会长说完，杨霞就请李兆基老板也说几句。李老板坐在龙眼树下石凳上抽着纸烟，他摁灭了烟头，站起来，踱步来到院子中央，对着众人拱拱手笑着说："诸位诗友，晚上好，很高兴大家又见面了，我们生逢乱世，在这个乱糟糟的世界里，我们还能有诗歌，还能以诗的名义聚在一起畅聊诗歌和人生，确实是人生的大幸。说句实在话，我作为一名商人，也是一名诗歌爱好者，对龙塘诗社的聚会我一定会做好后勤保障。在这里我向大家汇报一下，我把大家在上一期诗歌沙龙聚会上创作的诗歌汇印成了小册子，对每一位购买李众胜堂药行的保济丸、保胜油、保和茶、金蝉散等中成药的顾客，我们就赠送一本诗歌小册子，想不到效果很好，顾客们很是喜欢，有的人爱不释手，竟情不自禁朗读起诗歌来。"说完，他让宝珠为大家分发了一本诗歌小册子。小册子印刷得很是精美，还有插画。吴歌打开小册子，看着众人的诗歌变成了竖排的文字，那一个个字就像一只只蝴蝶在眼前翩翩起舞，尤其是看到自己写就的诗歌，是那样熟悉，仿佛文字是有温度一样，此刻用手摸上去是那样温暖。就在这时，他还仿佛聆听到了那些文字正在唱着歌，看到那些文字在跳着舞，是那么欢乐。

吴诗选回到座位，吴歌提着竹篮在社长身边坐下，杨霞也凑过来，站在吴歌身边。吴歌说："社长，和你说个事，事先没有时间和你商量，这次诗会，为了活跃气氛，我拿了醉仙酒坊十罐酒，作为本次诗会被评为十大诗人的奖品，不知会长意下如何？"吴诗选说："这是个好事呀，大家既得了奖，又有酒喝，何乐而不为？"杨霞说："这个中秋之夜必定是很有纪念意义的，有诗歌朗诵，也有好酒，真是绝配。"这时，李兆基见吴会长和吴歌、杨霞在商议事情，就走过来询问，吴会长把吴歌的提议和他说了，他拍着手说："这太好了，厨房里还有一桶螃蟹，是手足从顺德大良乡下弄过来的，等下我叫厨房的人把螃蟹蒸了，朗诵会结束后我们就品酒吃螃蟹，这也是人生一件乐事。"

宝珠跑过来问杨霞朗诵会什么时候开始，杨霞用手拧了一下宝珠胖嘟嘟的脸说："是不是很激动，有一种迫不及待的感觉了？诗歌朗诵马上开始。"说完，她就跨步来到院子中央，大声宣布今天的诗会增加了评选十大诗人的节目，还说会颁发奖品，最后还有螃蟹吃。众人听了无不欢欣雀跃，都鼓起掌来，个个都说吴老板和李老板很懂得生活的情趣。

诗会开始了，第一个朗诵的是宝珠，十五六岁的样子，穿着新式中学的学生装，她来到院子中央，月光透过龙眼树的枝枝叶叶，把一缕缕斑驳的光打在她身上，像是嫦娥下凡，亭亭玉立，楚楚动人。她的大眼睛扑闪扑闪着，先是用右手将了将披肩的长发，然后左手拿着稿纸，清了清嗓子就朗诵起来：

中秋之夜

中秋之夜

我们坐在河边

看着那轮掉落在河里的月亮

扑通扑通挣扎着

溅起无数的浪花

把我们的衣服弄湿

也把我们的心事弄湿

宝珠清脆的声音，如同天籁，龙眼树上的蚂蚁也听醉了，它们一只只踩着摇摇晃晃的脚步，从树上掉下来，落在众人的衣服上。宝珠一朗诵完，众人就鼓起掌来。梦鸽大声尖叫起来："写得太好了，一直都不让我看，原来写的是情诗。"吴章说："写得真不错，'心事'二字已经把两人的情愫表达无遗，绝妙！"接下来朗诵的是梦鸽，也是十五六岁的样子，穿着新式中学的学生装，她款款来到院子中央，扎着马尾辫，头顶上夹着红色的蝴蝶发夹，在月光下闪着宝石一样的光来。梦鸽手上并没有拿着稿纸，那诗歌应该早就在她的脑海里背得滚瓜烂熟了，她在院子中央一站定，便张口就来：

正埠码头

站在正埠码头

踏着不知谁人的脚印

汾江河畔

回响起千年的足音
我站在码头上
与你挥着手告别
你站在船上
也在不停地朝我挥手
你说你要去寻找光明

小船驶向汾江尽头
一拐弯就不见踪影

我深深知道
此次别离
不知何时才能重逢
在这个风雨飘摇的世界里
我们就像汾江河里的小船
不知何时风浪把它淹没

　　梦鸽一朗诵完，院子里就有诗友迫不及待评论起来："这首诗写得太好了，我都听到了诗歌里面有追求光明的脚步声——你站在船上/也在不停地朝我挥手/你说你要去寻找光明。"声音很是耳熟，吴歌定睛一看，原来是余道义，他就站在离院门口不远的地方，应该是刚来不久，跟他一起来的还有梁焰。吴歌走到他们身边，向他们打招呼。吴歌说："你们迟到了哦。"余道义说："我们在武馆练了一下拳才来的。"梁焰笑着说："这儿的文化氛围很好，我对诗歌一窍不通，没办法，余道义硬拉我过来凑热闹，说是接受诗歌的熏陶。"正谈话间，吴章已经在院子中央朗诵起来：

万福台

站在万福台

这个方寸之间舞台上

水袖长舞

唱腔时而婉转

时而激越

唱的都是悲欢

演的都是生活

万福台上

曾演绎过多少悲欢离合

穿过历史的长空

我们仿佛听到

丝竹在呢喃

锣鼓在号叫

应和着众生的喜怒哀乐

吴章的诗歌也博得了众人的喝彩。接着是一个小女孩上场，她十四五岁的样子，中等身材，上穿窄而修长的短袄，下穿不带绣纹的长裙，眼睛大大的，扎着马尾辫，长得秀气文静。吴歌没见过她，就问杨霞，杨霞说是宝珠的邻居万红，很好的姐妹，今年十四岁，是坤贤私塾学生，第一次参加诗会。只见万红落落大方地站在院子中央，像百灵鸟一样朗诵着诗歌：

　　南风古灶

　　古榕树下
　　南风古灶
　　龙钟老态
　　讲述着石湾公仔的
　　前世今生
　　那些经过水和泥充分揉捏的
　　石湾公仔
　　受尽了火和光的炙烤
　　展现了不屈不挠
　　以坚硬的头颅和身躯
　　在这个世界上昂首挺胸

　　众人听了这个十四岁小女孩的诗歌朗诵，无不在心里折服起来，才十四岁哦，就能写出如此深刻的诗歌来，才情惊人。于是，众人都热烈鼓起掌来，百年龙眼树上的叶子也在鼓掌。梁焰的掌声最大，他大声地说："我从万红的诗歌里看到了追求和希望，你们听：石湾公仔/受尽了火和光的炙烤/展现了不屈不挠/以坚硬的头颅和身躯/在这个世界上昂首挺胸。太妙了。"李兆基是认得梁焰的，他大声对他喊："梁师父也给大家来一首，如何？"梁焰用手捋了捋头发，笑着说："我一个农民，也是一介武夫，不敢在各位大诗人面前献丑哦。"李兆基说："其实诗歌就和制药一个道理，把几种中草药搅和在一起，磨成粉，加上蜂蜜，捏成小丸就是药丸。也就是说，中草药是文字，蜂蜜就是情感，药丸就是诗歌，我也就是做一个比喻，不知说得对不对？"李兆基一说完，大家就哄堂大笑起来，都说李老板的比喻很是贴切和新颖。余道义说："下面就请梁师父给大家捏几个药丸，大家鼓掌欢迎。"于是，众人便望着梁焰起劲鼓掌。梁焰见大家都拿眼睛望着他，知是不可推卸了，就硬着头皮站起来给大家即兴朗诵一首诗歌：

鸿胜馆

祥安街上
有一座姓鸿名胜的馆
鸿胜子弟
练拳舞刀
强身健体
保家卫国

梁焰朗诵完，下面就响起欢呼声来。李兆基说："梁师父厉害，看来也是喝了一些墨水的，既能文也能武，犀利！"说完两手高高竖起了大拇指。梁焰拱了拱手对着大家呵呵笑着说："我这个不是诗，是大白话，见笑了。"吴歌说："梁师父就不要谦虚了，写得很不错，张口就来，已经很了不起了。那下一个就请余道义诗人为大家朗诵一首。"余道义迈着大步来到院子中央，用手抹了抹好像打过蜡发亮的头发，扯了扯衣服，然后扯着喉咙大声朗诵起来：

汾江河

汾江河
像玉带一样把古镇缠绕
绵延流长
奔腾的河水
奔向远方

汾江河
像母亲一样把古镇抚育
千秋万代
温柔的河水
歌唱未来

母亲河啊母亲河
我们已经长大
我们要奔向远方
我们要拥抱未来
但不管以后身在何方
你永远都是我们的母亲河

　　我们的血管

　　永远流淌着你奔腾的血液

　　余道义的朗诵充满了激情，把在场诗人眼里的火点燃了，众人的眼里都放着蓝色的光，这是一种充满希望的光芒。大家都被余道义的激情所感染，就大声呼叫起来，像要把百年龙眼树撼倒一样。真没想到，诗歌的力量竟然有这么大，出乎所有人的意料。大家都觉得，赞美汾江河的诗歌，在古镇佛山大小诗社的诗人骚客，都留下了很多精彩的诗句，但今天余道义写就的关于汾江河的白话诗，应该会在佛山古镇诗歌史上留下浓彩的一笔。激动过后，就是寂静，大家都沉默着，像一群就要冬眠的蛇。一阵风吹来，头顶上的树叶发出簌簌的声音，像在鼓着掌。还是杨霞打破了沉默，她宣布接着是请吴歌为大家朗诵，吴歌来到院子中央，气沉丹田，亮起嗓子，像唱大戏一样朗诵起来：

　　如果

　　如果你是一艘船

　　我就是可爱的汾江河

　　滔滔的河水永远把你承载

　　我的温柔

　　就像汾水的千年梦呓

　　在你的耳畔轻轻歌唱

　　如果你是一棵白兰树

汾江河畔

> 我就是梦一般的佛山镇
>
> 肥沃的土地永远把你滋润
>
> 我的情歌
>
> 就像小镇的琼花韵调
>
> 在你的耳畔轻轻吟唱

吴歌一朗诵完，现场就响起了欢呼声和尖叫声。宝珠大声说："诸位，这是我们龙塘诗社成立以来，第一首用白话文写的爱情诗，像奶油一样甜腻，是可以载入诗社的史册的。"宝珠的评论得到了大家的一致认可，并一致认为下一首诗歌朗诵者就非杨霞莫属。杨霞见大家强烈要求，就只好由主持人的身份变为朗诵者了，因为激动，胸脯起伏得很厉害，她调整了一下呼吸，让自己慢慢平静下来，很快，她平复了情绪后，就把她的诗歌向大家娓娓道来：

白兰树

汾江河畔
那棵白兰树亭亭玉立
迎来清晨第一缕霞光
送走夜晚最后一颗星光
每当花开的时候
那一树的芬芳
像涨潮的汾江河水滔滔
像要把谁淹没

有谁知道

此刻白兰树的心事

比一树的芬芳还要浓烈

她多渴望

现在就把满树的芬芳

毫无保留地献给你

像那漫天的星光

照亮你的整个世界

　　杨霞一朗诵完，现场就响起了巨大的欢呼声和尖叫声，声浪一阵比一阵高。宝珠跑上去紧紧抱住杨霞，然后大声说："霞姐，看来爱情的力量真的很伟大，这样优美的爱情诗竟出自杨霞之手，差点惊掉了我的下巴，记得以前霞姐都是写那些中规中矩的古体诗，真是恋爱之后，士别三日，当刮目相看。"众人听了都纷纷附和。宝珠一说完，杨霞的脸上就露出了羞涩的笑容，脸蛋上绯红一片。杨霞扬了扬头，大声说："下面请华英中学顾言老师为大家朗诵。"说完就回到座位上了。顾言迈着箭步来到院子中央，他二十多岁的样子，中等身材，五官标致，鼻梁上架着厚厚的眼镜，身上穿着新式西装，笔挺的，头上梳着四六分头，脚上穿着崭新的皮鞋，皮鞋应是搽了鞋油，泛着牛皮发亮的光，一副新知识分子的派头。顾言是吴章的朋友，第一次跟着吴章过来参加诗会。梦鸽一见到顾言风流倜傥的样子，就和宝珠窃窃私语："顾老师长得很帅哩，我们诗社的有生力量是越来越强大了。"宝珠也小声地说："这么快就有感觉了？告诉我，是不是有那种怦然心动的感觉？"梦鸽用手指头点了一下宝珠的额头说笑着："你个扎蹄，就你事多。"这时，顾言开始朗诵诗歌了：

祖庙

千年佛山古镇
人杰地灵
物产丰富
商业发达
祖庙庇佑
北帝显灵
香火旺盛
庶民顶礼膜拜

时代风云汹涌
你方唱罢
我方登场
生逢乱世
无所适从
你我诸位
皆为北帝
拯救水火万民

顾言朗诵完毕，还给大家深深鞠了一个躬，如此彬彬有礼的绅士风度，引起众人啧啧称赞，尤其是梦鸽，目不转睛地盯着他，眼里满是渴慕。宝珠用手肘碰了碰梦鸽的手臂，梦鸽如梦方醒般醒过神来。宝珠在梦鸽耳畔轻声说："放心，如是你的菜，永远都是你的菜，走不了的。"梦鸽打了一下宝珠的手臂，然后说："想不到，祖庙这个老题材他还写出了新意。"宝珠说："看来你都还没有开始爱，就已经爱屋及乌了，真是天下奇谈。"梦鸽对宝珠瞪着眼睛说："哼！你这个扎蹄，看来要多用几条稻草绳起劲地多扎几圈才行。"此时，杨霞宣布下一个朗诵者——庞美丽上场，杨霞说庞美丽是她的好友，现在在广州女子师范学校就读，也是第一次参加诗会。她一说完，就见庞美丽从人堆里站起来，一米六的个头，五官清秀，穿着标准的学生装，留着长长的黑得发亮的头发，像瀑布一样洒在肩上，戴着黑框眼镜，一看就知道将来是要为人师表的。庞美丽站在院子中央，像唱歌一样朗诵起诗歌来：

琼花

方寸舞台

一出戏

演绎了多少才子风流

卿卿我我

爱恨情仇

或是家仇国恨

历史风云

很快就烟消云散

剩下的便是锣鼓喧嚣

佛山古镇

琼花诞生地

生旦净末丑

伴着锣鼓丝竹弦翩翩起舞

每一出大戏都精彩纷呈

琼花灿烂耀古镇

在这个动荡不安的时代

我们究竟是演秦桧

还是演花木兰呢

问问川流不息的汾江河吧

它会给我们一个响亮的答案

　　庞美丽的《琼花》一落地，令众人眼前一亮，大家都觉得这个师范生不仅诗歌写得精彩，而且思想还很高尚，于是众人报以热烈的掌声以示鼓励。接下来，是吴诗选社长和其他诗人大概十人朗诵了他们新近创作的旧体诗。整个诗会，花了应该有一个时辰，大家借诗社聚会之机，切磋诗艺，共促交流，气氛很是融洽。朗诵诗歌环节结束，月亮已是升上中天，皎洁的月光照在院子里的地上，像铺了一层白纱，人踩在上面，像是在泼墨作画。杨霞见诗歌朗诵会已近尾声，就再次走到院子中央，开始评选十大诗人，她宣布评选的规则，就是大家对每一首诗歌都进行无记名投票，得票最多的前十名就被评为十大诗人。当杨霞宣布作者和诗歌的名称时，宝珠和梦鸽就把撕成火柴盒大小的纸片发给大家填写，如喜欢的就打钩，不喜欢的就打叉，发一个收一个，很有条理，不会出错。经过一番忙乱，最后统计出得钩最多的前十名诗人分别是庞美丽、顾言、万红、余道义、吴章、宝珠、梦鸽、杨霞、吴歌、梁焰，写旧体诗的竟然没有一个上榜，都很出乎大家的意料，应该是众人都觉得新诗很有感召力和艺术感染力吧。宣布获奖名单后，就是颁奖环节，十位诗人在院子中央排成一行，李兆基为每位诗人颁发了一盒众胜堂出品的保济丸，吴诗选为每人颁发了醉仙酒坊出品的小罐菊花酿酒。在佛山，众胜堂的保济丸名号很响，醉仙酒坊出品的醉仙菊花酿酒也很出名，与陈太吉酒庄的玉冰烧齐名。颁奖完毕，李兆基让厨房里的人把蒸好的螃蟹端上来，用三个簸箕装着，有上百个这么多，还冒着腾腾的热气，顿时，院子里溢满了螃蟹的清香。

　　吃螃蟹是离不开酒来助兴的，吴歌提议十大诗人都把自己得奖的醉仙菊花酿酒贡献出来，大伙都高兴地说这是必需的，如果保济丸也能助兴，大家也乐意贡献出来。李兆基让用人把酒杯拿出来，开了酒罐的盖子，为每人的酒杯都斟满，那带着淡淡菊花味道的酒香扑鼻而来，众人浅尝一口，都纷纷称赞这酒味道不错，清香甘洌，入口绵柔，喝完后菊花香残留在口腔内，让人回味无穷。众人七手八脚从簸箕里拿了螃蟹，掰开来吃，秋天的螃蟹，肥厚，膏黄，汁多，大家一边吃着一边说笑。宝珠一边吃着螃蟹一边说：“我们刚朗诵完诗歌，享受了一场精神的盛宴，现在吃着螃蟹，喝着美酒，大家有说有笑，嘻嘻哈哈的，美哉极了。”众人都附和，觉得宝珠言之有理。梁焰站起来举起酒杯说："我敬大家一杯，我今天很高兴，一个大老粗，在你们一帮诗人的感染下，刚才也朗诵了一首诗歌，这是我人生的第一首诗，还是古人说得好呀，近朱者赤近墨者黑，一点也不错。"众人都仰头喝了。吴诗选也站起来举起酒杯说："梁师父，以后你要经常参加我们的聚会，诗歌是一门艺术，可以丰富我们的精神生活。今天的诗歌朗诵会很成功，尤其是新诗，感谢大家，我们一起喝一杯。"于是众人便又喝了一杯。过了不久，余道义也站起来举起酒杯敬大家一杯，然后说："刚才大家不约而同地为佛山很多圣地赋诗，我有一个想法，就是想绘一本佛山旅游地图，把所有的名胜古迹都在地图上标上，有祖庙、万福台、泥模岗、塔坡庙、仁寿寺、汾江河、南风古灶、通济桥、槟榔街等地标，并附上我们的诗歌，当然，为了促进商业发展，也把我们佛山著名的店铺都标上，比如李兆基的李众胜堂药铺、陈太吉酒庄、醉仙酒楼、醉仙酒坊、德心斋、黄祥华如意油药铺、冯了性药铺、鸿胜馆等，都一一在街道上标明，方便商家、游客经商和旅游。"众人对余道义的提议大声叫好，都说此举可以促进佛山的商业和旅游发展。因为高兴，众人便你敬我我敬你，很快就乱了起来，热闹得很。此时，月亮当空照，月光如水，洒在院子里，就变成了一层薄纱，透着一股菊花的清香。

　　酒足蟹饱后，众人就散了。吴歌骑着单车，载着杨霞，穿过满城的月光，来到汾江河畔。已是夜深，汾江河安静得很，它静静地躺在那里，一言也不发。突然，杨霞两手紧紧环抱着吴歌的腰，把头枕在吴歌的腰上。吴歌愣了一下，然后心跳便加速了起来，怦怦怦地跳个不停。他加快了骑车的速度。杨霞在他的背后说："吴歌，能和你在一起，我感到很幸福。"吴歌也说："能和你在一起，我也感到很幸福。"很快，到了杨霞的家门口，杨霞从单车后座跳下来，站在吴歌的面前，一个劲地盯着吴歌傻笑。吴歌知道，她喝了一点酒，应该是酒上脑了。过了一会，杨霞突然在吴歌的脸上吻了一下，就逃也似的跑进屋去了。吴歌见杨霞进了屋，就掉转车头骑着单车飞快地在汾江河畔上行驶着。吴歌单手握着车把，摸着那块刚被杨霞吻过的地方，此刻滚烫热辣得很，内心感到很是幸福，那满地的月光，吴歌也闻到了幸福的味道，这些月光应该是月亮对他祝福的话语，洋洋洒洒，满地都是。

七　水稻田里收割忙　紫洞艇上解劫难

　　中秋过后，就是晚稻收割的时节了。这天一大早，天还蒙蒙亮，梁焰和母亲吃过了番薯，就戴着草帽离开家门，匆匆赶往田里。水稻已经熟透了，望过去满眼都是金黄。金黄的稻谷低垂着头，在等待着收割。梁焰家里有五亩水田，地是租地主家的，每年所得除了要交田租外，还要交国民政府这样那样的苛捐杂税，剩下的稻谷能放进家里谷仓的就不多了，不能维持一家六口人的生活。因此，梁焰还要经常和母亲去给人家清理粪便，一家人的生活才有着落。

　　梁焰头戴着草帽，赤着脚，手持镰刀，来到水田里，他刚一弯腰，就见到一群麻雀忽然从稻田里飞起，箭一般飞向天空。梁焰想，这是个什么样的世道，连麻雀也过来和我们争食，还让不让人活了？他深深地叹了一口气，就埋头收割起水稻来。左手握着一把水稻中间的位置，右手握着镰刀割向水稻的茎部，手起刀落，很快水稻就被割倒了一大片。梁焰母亲看到梁焰已经抛离她很大一段距离，就对着梁焰喊："不要用蛮力，割水稻最重要的是耐力。"梁焰听了就说："知道了。"他站了起来，遥望着前面一大片金黄的稻浪，有一种眩晕的感觉，他知道，作为农人，每遇到风调雨顺年，稻谷丰收，在收割的季节里，不管怎么说，内心总是很喜悦的。要知道，如遇到灾年，颗粒无收，还要交田租和各种各样的苛捐杂税，生活的压力会压得你喘不过气来，那真是叫天不应叫地不灵，连死的心都有。

　　太阳升起来后，阳光随着时间的推移慢慢热了起来，照在背脊上，虽然穿着衣服，但炙烤的感觉还是很强烈，满身出着汗，衣服湿透了又干、干了又湿透。谷粒尖尖的，碰到手臂的皮肤上，就会凸起疙瘩来，痒得很。两人弯腰割了两个时辰，终于把五亩田的一半给收割了。母亲说午饭的时间到了，两人就到田埂上吃番薯。梁焰吃着番薯，抬头望向村里，隐隐约约可以见到通济桥在洛水河上耸立着，是那样安详。见到通济桥，梁焰就想起了去年行通济的愿望来：通吾困，济吾贫。但是，经过一年的忙忙碌碌，依然是一样的困和贫。

　　几个番薯填进肚里，就又有了能量。梁焰和母亲又下到田里，归拢起水稻，放在簸箕里，用扁担挑到村里的晒谷场上。两人来回走了不知多少回，终于把田里收割的水稻挑到晒谷场上。这时，梁焰肩上的皮肤被磨破了，这应该是这几年农活儿干得少的缘故。水稻在晒谷场上铺了一地，谷粒闪着金黄的光。梁焰母亲从邻居处借来了一头黄牛，把特制的木架子套在牛犊身上，一声吆喝，牛便拉着石磙，一遍遍，一圈圈。牛不紧不慢地走着，石磙紧随其后，吱吱扭扭地叫着。牛不断地在溜着圈走着，稻谷就不断地从稻穗上脱落下来。梁焰拿着铁叉，把黄牛走过的稻穗翻过来，如此反复操作，稻谷就慢慢地脱落净了。梁焰母亲把黄牛赶出场外，卸下木架子，赶着牛送还给邻居。梁焰用铁叉把已经脱落净了的稻穗归拢到场外暴晒，晒谷场上剩下的就是金灿灿的稻谷了，每一粒都是梁焰和母亲挥霍了汾江河那么多汗水才换来今天的丰收果实，无比珍贵。稻谷静静地躺在那里，接受着阳光的炙烤。梁焰看着稻谷金灿灿可爱的样子，不知是激动还是难受的缘故，眼里满眶都是泪水。或是两者兼有，激动的是今年风调雨顺获得丰收，有余粮可以填饥，难受的是大部分都要缴交给地主，自己只能留下一小部分。梁焰想，这真是一个很不公平的世界，地主们可以不劳而获，而佃农一年到头干死干活吃了这顿不知道下顿在哪里。在这样一个乱糟糟的世界上，做一个农民，是何等悲惨，这样的日子何时才到头呢？梁焰今年才二十多岁，虽然年纪轻，但经历了一些事情后，对社会和人生的思考经常让他陷入沉思，但他没有找到答案，他感到很是茫然。

　　母亲到菜地上择菜，好做今晚的晚餐。梁焰则拖着疲乏的脚步回到家里，躺在竹椅上美美睡一觉。睡醒了，来到门口看了看太阳，太阳快要落山了，梁焰就来到晒谷场上，用扫把把谷子扫成一堆，再用稻草把谷子盖上，这些谷子要连续晒几天才能装入谷仓。回到家里，已是傍晚了，母亲已经煮好了饭菜，梁焰胡乱吃了一些饭菜填饱肚子，就到水井处挑了两桶水回来，在洗澡房里洗了个澡，换上练功的服装，离开家门大踏步朝鸿胜馆的方向走去。也就走了一炷香的时间，就到了武馆。一踏进武馆大门，就见到黑牛、吴歌、余道义、龚坤、黄枢、劏牛强、崩牙强等人聚在一起商议着事情。黑牛一见梁焰进来，就大声说："嘿，说曹操曹操就到，我还想着回村里找你呢。"吴歌的神情有些慌张，黄枢扭曲着脸，都快要哭出来了。梁焰见吴歌和黄枢此情形，就知道肯定是出大事了，不然他们不会这样不知所措的。梁焰安慰吴歌："不要慌张，天塌下来有我们顶住，究竟出了什么事？"吴歌说："是这样的，昨天晚上，夜莺和黄莺在醉仙酒楼唱完了粤曲，已经是晚上十点的光景了，黄枢平时负责送她们回家的，但昨晚黄枢被丰昌典当铺老板陈风拉住喝酒，喝醉了，就在酒楼睡了一晚，今天一大早，黄枢酒醒回家洗澡，发现夜莺和黄莺昨晚并没有回家，这是从来没有发生过的事，应该是被人劫持了。"梁焰沉思了一下，然后说："会不会是刘野那个仆街做的呢？"吴歌说："我也是这么想的，他知道我父亲和李县长是沙煲兄弟，不敢明着来弄我，现在是暗着来使阴招，把我酒楼的头牌花旦给劫持，摆明就是剃我的眉毛。"黑牛大声说："大家操家伙，我们现在就去找刘野，这回一定要把他的腿打折，让他爬着出街。"龚坤说："刘野经常来理发店理发，都是我给他理的，他经常在我面前吹嘘说在碉楼赌场通宵赌博的热闹，也经常说到在紫洞艇上喝花酒的刺激，他现在应该不是在快子路碉楼赌场赌博就是在汾江河的紫洞艇上喝花酒逍遥自在。"商议完毕，众人就操家伙，有的拿长铁棍，有的拿铁叉，有的拿大刀，众人鱼贯般离开武馆，直奔快子路碉楼。到了碉楼门口，只见有两个彪形大汉在看守门口，一个穿着黑衣，一个穿着蓝衣，手中拿着大刀，他们一见梁焰一行人拿着家伙气势汹汹的样子，就拿着刀指着他们呵斥："你们想干什么？"龚坤问："我们是来找人的，刘野是否在里面？"黑衣说："刘野今天没有来。"龚坤接着问："昨天晚上他有没有来过？"黑衣汉子回答："没有。"梁焰说："这位兄弟，我们不是来搞事的，我们有事找刘野，也不是不相信你，只是眼见为实，你放我们进去找一下，如果没有我们就马上撤退。"蓝衣汉子大声说："我们老板有规定，除了来赌博的，其余人一律不得进入。"这时，黑牛呵斥："你个仆街，那就问一下我的铁棍是不是答应。"说时迟那时快，黑牛手持铁棍箭步上前，只几下就把两人撂倒地上，解除了他们的武装。黑牛瞪着眼大声说："怎么样？现在我们可以进去了没有？"就在这时，从碉楼里冲出一行人，有五六个，个个都操着家伙，为首的是忠义武馆教头庞功，与梁焰和吴歌都认识，他一见是梁焰和吴歌，就忙上前做了一个拱手问候。吴歌笑着说："原来这个碉楼是庞师父在把持，今天我和梁焰带着一帮兄弟是来找刘野的，不关你们的事，请问刘野有没有在里面赌博？"庞功笑着说："两位兄弟，我以我的人头担保，刘野现在没有在碉楼里面，如果他在，我肯定没有必要阻拦大家，也请你们通融一下，上面正在热闹着呢，你们这样一进去，肯定把那些赌客吓得屁滚尿流，我们对老板交不了差。"梁焰见庞功说得如此情真意切，就知道刘野今晚没来碉楼。于是，他朝庞功拱了拱手说："庞师父，打扰了，有得罪之处请多包涵。"说完，就带着一帮人朝汾江河畔进发。

到了汾江河畔正埠码头处，只见汾江河上行驶着几艘紫洞艇，首尾都挂着大红灯笼，红光倒映在河上，像花旦脸上刚洗去的胭脂。码头旁边，有一个老伯蹲在小船上在抽水烟筒，火柴点着了，亮起一丝光来，火柴点燃烟丝后，老伯就吧嗒吧嗒地抽起水烟筒来，烟的味道很劲辣，梁焰他们都闻到了。梁焰问老者："老伯，冒昧问一下，你认识刘野吗？就是刘放副县长的儿子。"老者吐了一口烟，放下水烟筒说："刘野化成灰我都认得，他经常坐我的船到方东老板的花船上喝花酒，昨天晚上还带了两个美女到了船上，到现在都还没有上岸。"梁焰说："我们有点事要找刘野，麻烦老伯载我们几个过去。"老伯说："那就请各位老板上船。"众人跳上了船，老伯摇着桨，小船就晃悠悠地向着花艇驶去。靠近花艇，吴歌给了老伯船费，梁焰就带领一行人跳上花艇。花艇上有两个打手在抽着水烟筒，他们一见到梁焰他们，就大声说："你们有何贵干？"吴歌说："我们来找方老板。"很快，方老板闻声从船舱里走出来，他一见到吴歌，就忙不迭地说："吴老板，你来了就好了，我都已经一夜没合过眼了，昨晚刘野劫持了你酒楼的头牌过来这里唱戏，我就知道大事不妙，我劝他放了她们，他死活不肯，他带了几个喽啰，最后没办法，我和他一再叮嘱，既然你已经把她们劫持过来了，唱戏是可以的，如果要是糟蹋了这两个姑娘，招惹了吴歌老板，那肯定是会出人命的。还好他还是听了我的劝，两位姑娘现在只是在唱戏，并没有发生其他。"吴歌两手紧紧握着方东的手说："方老板，感谢你的搭救之恩，改日我做东，请你到醉仙酒楼吃饭喝酒。"方东笑着说："吴老板言重了，都是生意人，赚些生活费而已，但不能做伤天害理之事，头顶上方三尺有神明，北帝会看着我们的。"说完，方老板就领着一行人进了船舱，只见舱内摆着一张长方形的红木桌子，桌子末端处，黄莺坐在凳子上抱着琵琶在弹，夜莺也坐在凳子上敲着扬琴，她们一边弄着乐器一边唱着粤曲，声音清丽，但带着哭腔和惊慌。夜莺和黄莺一见吴歌他们进来，就停止了唱曲，把乐器丢在桌上连忙跑到吴歌旁边。桌子前端主位坐着一位四十岁左右的中年人，穿着警察样式的服装，闭着眼睛在摇头晃脑听着小曲，很陶醉的样子，两边都有如花似玉的美女在斟茶递酒。站在中年人后面的也是穿着警察服装的人，估计是他的侍卫。在美女旁边坐的就是刘野，满脸红光，估计酒喝得差不多了。服侍刘野的也是两名美女，百媚娇生的那种。坐在刘野对面的，是他的拜把兄弟，每位兄弟也有一位美女相伴。

方老板走到刘野身边，在他的耳畔耳语了几句，刘野的脸色顿时就变青了。他站了起来，朝吴歌拱了拱手说："吴老板，得罪了，我就是请夜莺和黄莺过来为广东省警察厅陈福禄厅长唱唱小曲，本来我是想登门和你说一下这个事，下聘书盛情邀请她们过来的，但又怕你不同意，于是就请她们过来在方老板船上为陈厅长唱戏了，有得罪的地方请多包涵。"说完，他就坐了下来，不再出声。此时，陈福禄睁开了醉眼，他看着众人厉声说："你们想干什么？不要打扰我听曲喝酒，通通滚出去。"刘野跟着起哄说："就是了，陈厅长都发话了，你们赶紧滚出去。"黑牛大声说："刘野你这个仆街，你劫持了人家过来这里唱戏，还有理了？"陈福禄盯着刘野说："你让她们过来唱戏，是劫持的？"刘野说："我是怕她们不肯，就请她们过来为大哥助兴，庆祝你荣升厅长嘛。"梁焰说："陈厅长，我认识你，我是鸿胜馆的，去年武术大赛第一名，是你为我颁的奖。"陈福禄定睛一看，原来是梁焰，他笑着说："原来是梁焰，我知道你，功夫了得，打遍佛山无敌手，想不到今天我们在这里见面，这样吧，要不你来警察厅做特别行动队队长，如何？"梁焰说："鄙人在家务农也挺好的，陈厅长的好意吴某领了。"黄枢大声说："刘野，今天这事，你打算怎么处理？"刘野说："这个要问陈厅长，他的雅兴都还没尽，我做不了主。"黑牛扯着喉咙说："兄弟们，我们把刘野这小子宰了，丢进汾江河里喂鱼。"说完，就操着长铁棍向刘野挥去，长铁棍落在刘野的肩膀上，顿时刘野就被打得鬼哭狼嚎起来，刘野的喽啰见这个情景，都不敢出手。陈福禄的卫士见状就想拔枪，但被陈福禄阻止了，他知道这个事情处理不好传出去对他的仕途是会影响很大的，尤其是现在广州政府的政治斗争这么激烈，现在唯有夹着尾巴做人才行。于是，他假惺惺地对梁焰说："梁师父，看在我曾为你颁过奖的份上，你们就放了刘野，有什么要求，你们尽管提，让他照办就是了。"梁焰问吴歌的意见，吴歌说："既然陈厅长和梁焰师父都认识，那这件事情就这样处理吧，一是刘野向两位姑娘赔礼道歉，二是赔付一百大洋给两位姑娘压压惊。"陈福禄沉吟了一会，然后问刘野："你的意见如何？"刘野见陈福禄问他，知道陈福禄已经同意了对方的要求，就只好嗫嚅地说："我没意见。"说完，他当着众人向夜莺和黄莺深深鞠了一躬道了歉，然后说："两位美女，让你们受惊吓了，我赔礼道歉。"说完，让方老板从他存在这里的三百大洋里拿一百大洋给吴歌。方老板走到柜台处，取出一百大洋来，用布袋子装好后，递给吴歌，吴歌接了，然后转交给黄枢，黄枢把大洋从袋里倒出来，细细数了，然后他对梁焰说："没错，是整整一百大洋。"

梁焰见事情已经圆满解决，就对着陈福禄拱了拱手说："今天幸好陈厅长在场，不然这件事情真不知如何收拾，现在既然事情得以解决，我们就告退了。"说完众人就在梁焰的带领之下，跳到方老板已经准备好的小船上，原来还是刚才那个老伯的小船。船靠了岸，老伯说："刘野那个小子，整天不干正事，都是干那些伤天害理的事，迟早会得报应的。"吴歌给了船费，就与大家一起上岸了。夜莺和黄莺还是一副惊魂未定的样子，身体在不停地抖着，像筛糠一样。吴歌见她们抖得厉害，就与众人告别，和黄枢扶着她们赶紧回到酒楼，拿了一盒定惊丸给她们用温水送服，过了一个时辰她们才回过魂来。见她们已经回了魂，吴歌就和黄枢送她们到家，然后再走路回家。回家的路上，经过大烟馆时，吴歌发现，那些已经被大烟摧残得只剩下皮包骨的人，迈着细碎的步子走进大烟馆，那瘦削的背影，让人见了很是心痛，但又怒其不争。吴歌想，在这样一个乱纷纷的国度，能允许那些不法商人光明正大地开着大烟馆，赚着丧天良的钱，明知是非法的，但那些官员又不管，他们肯定是和不法商人蛇鼠一窝，受了贿赂中饱私囊，腐败透顶。更可怕的是，那些吸大烟倾家荡产的人，没有了钱财，就经常偷鸡摸狗，危害乡邻，把一个原本宁静的地方搅得乌烟瘴气。生活在这样一个腐败透顶的国度里，平民百姓只有遭殃的份。吴歌一边走着，一边想，越想越生气，脚步便迈得很大。此时，夜色已浓，街灯把吴歌的身影拉得很长很长，像一个巨大的孤独的感叹号！

八　古镇地图汇四方　汾江河畔把情定

一九一八年十一月十一日，是第一次世界大战的停战日。也就是这一天，全世界都欢呼的这一天，余道义绘制了一个月的佛山古镇名胜古迹和街道图终于见到了雏形，就差在地图上把商家给标上。这天一大早，余道义在家里吃完早餐后，就拿着地图徒步来到醉仙酒楼找吴歌。吴歌在酒楼上，刚吃完早餐，和槟榔街的一班老板在喝茶聊天，商议今年年底槟榔街演大戏的事情，大家你一言我一语的，嘻嘻哈哈，甚为热闹。说到演大戏，同心金铺老板罗金成最为兴奋，他扯着沙哑的喉咙说："今年演大戏，我的金行虽然赚不了什么钱，但为了图一个热闹，我赞助五十大洋包一场吧。"有米典当铺老板麦财进说："罗老板，你太谦虚了，你可是我们槟榔街的首富哦，前几年把一千大洋购进的石巷建筑群一转手，炒房产就净赚了九千大洋，现在开了佛山最大的金铺，日进斗金，你是我们的榜样，以后有什么发财的项目，也把我们顺带拉上，我们合股干大事嘛，大家说是不是？"罗金成拱了拱手对大家说："也就是瞎猫逮了一个耗子，贩卖石湾缸瓦十多年，长年累月在外面漂泊，赚了一千多大洋，但太辛苦了，就把缸瓦生意停了，拿着钱也不知道要投资什么，刚好石巷刘老板家道中落，急着用钱，要出售石巷建筑群，我看了是一个可以投资的项目，就出手了，放了几年，有人看中这个项目，我就出手了。诸位，说我是槟榔街首富我可不敢当，益兴化纱行李富贵老板才是名副其实的槟榔街首富。你们知道吗，他现在在槟榔街开着纱行，还在桂园附近买了十五亩地，建设了一座大庄园，里面不仅有楼房，还有汽船码头，船经外涌可直达广州，槟榔街卖的纱布都是从广州直接进的货，生意做得可大了。"李富贵正在和吴歌谈着该请哪个戏班，听罗金成说他是槟榔街的首富，就站了起来笑着说："罗老板夸张了，我也就是一个扛纱布的，从广州把纱布扛到槟榔街发展，赚些小钱，和在座各位相比，就是蚊子和牛比。不过，为了槟榔街的生意兴隆，请戏班过来槟榔街热闹一番是应该的，我也赞助五十大洋包一场。"他一说完，其他大小老板就跟着附和了，麻行会馆老板古天、参药行会馆老板马地、永安药房总行杨少泉、琼南西货行会馆王京、烟行会馆郭海等老板都纷纷表示赞助，你三十我五十的，场面甚为热闹，加上一帮茶客也在看热闹帮着起哄，可谓人声鼎沸。刘达用毛笔在大红纸上把各位老板的名字和捐款数额一一写下来，最后经统计，数额共有五百多大洋，款项足够唱十晚大戏，剩余的还可买些烟火来放。刘达把红纸张贴在酒楼门口的墙壁上进行公示，茶客们纷纷跑过去看，对老板们的慷慨纷纷表示赞许，都说今年春节槟榔街又可以热闹一番，大家都可以过一把戏瘾了。

捐完了款，接着就是讨论请戏班的事情了。吴歌说："罗老板是戏痴，罗老板推荐一个吧。"罗金成沙哑着说："五十大洋一晚，可以请到红船班丰寿年，是个中型班，花旦是红驹东，他唱平喉，是佛山戏曲界的一颗新星，他唱的那曲《客途秋恨》太好听了——凉风有信，秋月无边……"罗老板哼了几句，虽没有红驹东演绎得哀怨、苍凉，但众人听了也感人至深，听者难忘。李富贵说："既然罗老板说好的就是好的，那就请红船班丰寿年吧，诸位意见如何？"众人都说没意见。完成了一件大事，众人便有说有笑地吃起点心喝起茶来。

余道义见众人消停了，便凑过来找吴歌。吴歌让余道义拿一张椅子坐到他身边，吴歌斟满了一杯茶，递给余道义，余道义接了细细品了一口，茶香很是醇厚，就忙不迭地说："这茶好香！"吴歌说："这茶是罗老板的私家货，珍藏了二十年了，我也是第一次喝到这么好的茶，你有福了。"说完就把与自己年纪相仿年轻有为的余道义介绍给诸位老板认识，余道义站了起来和诸位拱了拱手问好，诸位老板也和余道义拱了拱手，都说幸会。余道义在诸位老板面前把那古镇地图展开，和诸位老板谈他宏伟的构想——把所有的名胜古迹和商家收录在这张地图上后，方便游客旅游和经商人士来佛山谈生意，说这是一个好酒也要宣传的年代，你看我们佛山古镇半年前创刊的那个《佛山商报》，不也是天天在登载广告吗？但我们的地图和报纸不一样，我们弄的是旅游与商业综合的地图，针对性很强。当然，由于印刷需要经费，需要商家给予赞助，届时会根据赞助的经费给予相应数量的地图，现在接受预订。吴歌说："我第一个预订，这是一件好事，既可以促进旅游业的发展，也可以促进商业发展，大家要大力支持。"众人听了余道义的一番推介，都觉得这是一件很有意义的事情，更何况是吴歌的兄弟，都说要大力支持。于是众人就纷纷报上商家的名号和具体的位置，余道义拿着铅笔，一一在地图上做了标记，并在一本小本上记录众人订购的数量。很快，地图上槟榔街这条小小的街道上，就密密麻麻布满了商家名号。众人看着自己经营的商家大号此刻标记在地图上，像一个个印章一样印在地图上，个个脸上都洋溢着满意的笑容来。吴歌说："余老板你要尽快跑遍整个佛山古镇，把所有大大小小的商家都搜罗进来，以最快的速度把地图印出来，把地图送给诸位老板好做宣传，以后凡是来佛山做生意的商家或者来佛山游玩的游客，拿着我们佛山古镇的地图，就可以尽情地吃喝玩乐，岂不妙哉！"余道义见大家这么支持，就站起来激动地大声说："吴老板所言甚是，我会加快办这件事的速度，说实在的，我们佛山古镇肇迹于晋，得名于唐，盛于明清，历史悠久，文化底蕴深厚，商业兴旺发达，有南风古灶、祖庙、仁寿寺、通济桥等名胜古迹，也有石湾公仔、剪纸、武术、醒狮、秋色、粤剧等传统文化，有盲公饼、得心斋扎蹄、柱侯鸡、鱼生、烧猪等出名的美食，也有冯了性药房、众胜药房保济丸、黄祥华如意油等中药名品，有陈太吉酒庄玉冰烧、醉仙酒坊菊花酿等名酒，还有在座各位的大小商号。诸位，不久的将来，在我们这张佛山古镇的地图上，星罗棋布布满名胜古迹和商家名录，相信我们今天干的这件事情，对促进佛山的旅游和商业的发展一定会起到很好的促进作用，感谢大家！"众人听了，无不拍手称赞。

众老板个个都茶足点心饱，就忙着回去打理生意了。吴歌送众老板到门口，又回来陪余道义喝茶，吃点心。还在喝着茶，远远就听到有人在门口叫："吴歌，你看我今天带谁来了？"吴歌抬头一看，原来是梁焰、方圆和龚坤他们，跟在他们后面的还有一位二十七八岁的青年人，吴歌不认识。吴歌忙离开座位，跑过去紧紧握着方圆师父的手说："好久没见了，方师父。"方师父看上去三十多岁的样子，一米七的个子，由于常年练习武功和做泥水工，身材很是敦实，尤其是两个手臂，有一棵树那么粗。

方圆笑着和大家说："我在广州的工程结束了，又回佛山了。"
吴歌忙招呼众人坐下，为众人斟了茶，让马苏赶快安排上点心，
马蹄糕、叉烧包、肠粉、排骨、凤爪什么的，摆满了桌子。方圆
把坐在龚坤身边的那位年轻人介绍给吴歌："他是麦燃，曾在大
排档当过杂工，在公仔档当过掌柜，曾在公正路上开过读书社，
还做过小学教师，现在做建筑工。"吴歌说："那读书社我去看
过一次，卖的都是进步书籍，觉得很了不起，幸会！"麦燃说：
"办读书社，就是想让人们在黑暗中寻找一些亮光，那时来看书
的人还是很多的，都是一些贫苦子弟，可惜办的时间不长，被警
察关张了。"梁焰说："吴歌，我们武馆识字班已经举办五期
了，我和余道义已经各上了两堂课，今天晚上请你过去给大家上
课，不知有没有时间？"吴歌说："这段时间，酒楼、酒坊和家
里的事情很多，都没有时间到武馆练武，今天晚上我一定过去给
大家上课。"方圆说："你们举办的这个识字班很及时，让我们
的学员识字、读报，增长知识，开阔视野，挺好的。"大家一边
喝着茶，一边吃着点心，天南地北地聊着天。

众人风卷残云般把点心吃完后，吴歌让马苏把碗碟撤走，
清扫一番后，便喝起茶来。余道义徐徐把地图在众人面前打开，
介绍了一番，众人都说这个甚好。梁焰要求把鸿胜馆标上，余道
义说："梁师父，你不说我都会把鸿胜馆给标上去的，而且是免
费的。佛山镇的武术文化里面，鸿胜馆是最耀眼的那一颗星。"
他一说完，众人就笑了起来。麦燃说起那段办读书社的时光来，
显得很是激动："那时候，我们的书报社提供的书籍主要是全国
各地的报纸杂志，最受欢迎的就是《新青年》，通过阅读《新青
年》，我结识了一帮年轻人，大家经常聚在一起谈读书体会，
日子虽然过得苦巴巴的，但内心很是幸福。"余道义说："我

觉得麦燃办的读书会这种形式很好，我们应该继续办下去，这样吧，我们定期在我的药房二楼那里，交流读书心得，大家意见如何？"方圆说："余道义这个提议很好，我们每个星期六晚上八点，集中到快子路博爱药房二楼，谈谈读书心得体会，大家交流一下思想。"众人都同意余道义和方圆的提议。把两壶茶都喝淡了，众人就散了。

余道义拿着地图，穿街过巷，挨家挨户上门与老板们谈合作事宜。吴歌想起母亲以往的叮嘱——年纪确实不小了，应该谈婚论嫁了，便去约杨霞吃西餐。他骑着单车，经过汾江河畔，来到杨霞家门口，按响了别墅门口的门铃，很快，胖姑娘开门探出头来，她见是吴歌，就哭丧着脸说："吴歌，你来了就好了，小姐在屋里哭着呢！"吴歌一听杨霞在哭，就连忙问："她怎么了？"胖姑娘说："老爷给她介绍了广州的西关少爷，说他的父亲是省里当官的，小姐死活不肯，两人正在屋里吵着呢。"吴歌说："我想请杨霞去吃西餐，你去和她说一下，我在门口等你回复。"胖姑娘把头缩回去，关门走了。吴歌像热锅上的蚂蚁在门口处转来转去，浑身不自在。过了好久，门开了，只见杨霞披头散发冲了出来，她睁着哭肿了的眼睛对吴歌说："走，我们去吃西餐。"说完，她就坐到单车后座，吴歌用力一蹬，单车就箭一样驶向汾江河畔。杨霞在后座用双手紧紧抱住吴歌的后腰，放声哭了起来，哭声很是凄厉，把汾江河畔树上的鸟儿都吓得一愣一愣的。哭完，杨霞问："吴歌，你娶不娶我做你的老婆？"吴歌说："我今天过来就是想和你商量，你什么时候可以嫁给我，想不到你爸爸不同意我们的婚事。"杨霞说："我爸爸是个势利鬼，要把我嫁给西关少爷，他的父亲是省政府里做官的，好让他的生意做得越来越大，但我要嫁的是你。我一直都没有和父亲谈过你，刚才我和他说了，我非吴歌不嫁，他没有说话，没有说反对就应该是默许了。"吴歌说："那你妈的意见呢？"杨霞说："我妈是很开明的，她听说我要嫁的是你，是一百个支持的。"

到了升平路的巴黎之梦西餐厅，两人找了靠窗的位置坐好，刚坐下，穿着西式装束长得很帅气的小伙子拿着菜谱递给吴歌，问二位要点什么，吴歌拿询问的眼神望着杨霞，杨霞说："这餐厅刚开不久，我是第一次来，就点这里的招牌菜吧。"吴歌问小伙子："你们这里的招牌菜有什么呢？"小伙子说："我们这里的招牌菜就是牛排和红酒，牛排有黑胡椒味和番茄味的，红酒有罗纳红谷、阿尔萨斯、波尔多产区的，不知二位想点什么味的牛排和哪个产区的红酒呢？"杨霞看了一下菜牌，然后说："那就来两份番茄味的牛排，来一瓶波尔多产区的木桐庄红酒。"小伙子写了菜谱，和杨霞核实了她点的牛排味和红酒的名称和数量后，就回去把菜单交给柜台了。杨霞扑闪扑闪着眼睛望着吴歌说："刚才我算了一下，一份牛排两个大洋，一瓶红酒十个大洋，我们一顿西餐就花了十四个大洋，太奢侈了吧。"吴歌笑着说："又不是天天来吃西餐，偶尔来一次，我们浪漫一下，再贵也是值得的。我告诉你，今天我可是来向你求婚的，只有这样的环境才配。"杨霞听吴歌说到求婚，就扑哧笑了一下，然后低下头来，一言不发，但脸上一片红霞。吴歌见她没有言语，就急了，但他接下来也不知道说什么好。于是，两人就沉默了一会。吴歌发现，西餐厅装修得很是高档，墙壁上铺了香槟色的墙纸，地板是用橡木铺就，发出淡淡的橡木味道，很是好闻。大厅中央吊着几盏巨大的风扇水晶灯，灯泡亮着淡黄色的光，风扇在缓缓转动着，把那黄色的光割裂成一缕缕的，像汾江河上的晚霞，营造着温馨的氛围。包间桌椅都是用橡木打造的，座位上还铺了一层牛皮，牛皮下面应该是棉布，坐上去软软的，很是舒服，每个包间的桌子上都摆着一个花瓶，花瓶上插着鲜艳的红玫瑰和白玫瑰，像是在窃窃私语。

两位学生模样的姑娘把牛排和红酒端上来了，她们把铁板牛排的盖子掀开，铁板上的牛排吱吱冒着腾腾的热气来，她们把番茄汁倒在牛排上，牛肉香和番茄的味道混杂在一起，挑逗着吴歌和杨霞的味蕾。吴歌为两人的红酒杯里倒了一点红酒，红酒呈玛瑙色，发出橡木和果香味。吴歌举起酒杯，望着杨霞说："杨霞，这是我人生中第一次喝红酒，在这个重要的日子里，我觉得只有红酒才配，因为我希望我们以后的日子是幸福的，像这红酒一样红红火火。"杨霞浅浅抿了一口，觉得很是醇厚，满嘴都是葡萄的芳香，然后笑着说："吴歌，你这是向我求婚了？"杨霞看到吴歌的眼睛里此时含着一把火，她知道那是幸福的火光在燃烧。吴歌说："杨霞，我现在正式向你求婚，嫁给我好吗？"说完，他从裤袋里掏出那个装了钻石戒指的包装盒来，然后打开，那枚在吴歌裤袋里焐得滚烫的钻石戒指，此刻正闪着金色的光芒。吴歌把钻石戒指从盒子里取出来，拿在手上，他此刻渴望的是杨霞把她的纤纤细手伸过来，然后他把金戒指在她右手的无名指戴上去。杨霞的嘴角抿了一下，然后一脸认真地对吴歌说："吴歌，你知道吗，我为什么选择你作为我的郎君，而不是那个从未谋面的西关少爷？因为我知道，你不仅是一个善良正直的人，更重要的是你有远大的理想，追求光明。我们生在这样一个纷乱的时代里，如果浑浑噩噩地过日子，一味地贪图享乐，没有追求，和那些贪官污吏有什么两样呢？简直就是同流合污。"说完，她把右手伸给吴歌，吴歌用左手抓住，用右手把戒指轻轻地戴在杨霞右手的无名指上。在戴上的那一刻，吴歌看到，杨霞的右手无名指颤抖了一下，吴歌还看到，杨霞的脸上流淌着两行眼泪。吴歌知道，那是幸福的泪花，就像离此处不远的汾江河上的浪花一样，在翻滚着，在奔腾着。

　　吃完牛排，喝完红酒，两个人的脸上就像西天的晚霞一样，泛着玛瑙一样的红来。吴歌结了账，就用单车载着杨霞回家。吴夫人和吴达仁都在家，他们一见到吴歌带着杨霞踏入家门的那一刻，就明白发生什么事情了，杨霞一进门就向两位问好。吴夫人紧紧地拉着杨霞的手笑着说："杨霞，吴歌这个人呀，有你来管他，我就一百个放心了。"杨霞听吴夫人这么一说，就扑哧笑了一下。吴歌说："妈，你放心，我一切听杨霞的。"吴达仁见杨霞端庄大方贤良淑德的样子，满心里都是欢喜。他为杨霞斟了一杯茶，然后笑着说："我们这个家，由你来主持大局，是吴家百年修来的福哦。"杨霞羞涩地说："伯父伯母，以后请你们多多关照。"吴达仁和吴夫人望着杨霞，露出满意的笑容。吴夫人让吴妈把那红苹果洗了端上来，吴夫人拿了一个大苹果，用刀把苹果皮给削了，再把苹果切成一小块一小块的，在苹果块上插了牙签，然后递给杨霞，杨霞摆了摆手说："伯母，你太客气了。"吴夫人说："以后我们就是一家人了，不要客气。你们的事，你父母那边是什么意见呢？"杨霞说了，吴达仁和吴夫人听了就陷入沉思。过了一会，吴夫人打破了沉默："既然你父亲没有反对，就是同意你们走在一起了，这样吧，我知道你们肯定不喜欢老一套那种繁文缛节的结婚方式，但是毕竟我们两家在槟榔街都是有头有脸的，程序上还是要走一下的，不然我们两家的亲戚会笑话我们的，我们还是要请佛山最有头面的媒人上门下聘书，结婚时还是要八音锣鼓迎亲，抬花轿拜堂成亲等这些还是不能免的，既然是结婚，我们就要热热闹闹，你们的意见呢？"吴歌说："刚才不是说不要那些繁文缛节的吗，怎么又要了呢？"
吴夫人说："中西合璧吧，你们照样去照相馆照婚纱照什么的，
但我们也要注意礼数嘛，不能让街坊指着我们的鼻梁骨骂呀，儿
子呀，你就同意我们热热闹闹搞一场婚礼吧。"吴夫人一番话说
得在情在理，杨霞就扯了一下吴歌的衣服，吴歌就把嘴边的话吞
回去了。吴夫人见杨霞阻止了吴歌说话，就知道杨霞也同意了，
就开心地大声对吴妈说："吴妈，你去找媒婆刘大姐过来，我们
要商量一下，筹备聘礼。"吴歌见没他什么事了，就拉着杨霞的
手，步出家门，踩着单车，载着杨霞朝汾江河畔驶去。

　　到了杨霞家，吴歌跟着杨霞第一次踏入杨家，这是一座富
丽堂皇的别墅。杨盛昌在客厅里喝茶看报纸，杨夫人在看小说，
是冯梦龙的《喻世明言》。吴歌一进门就向两位问好。他们一见
杨霞和吴歌进来，杨夫人就放下小说，看到杨霞脸上洋溢着幸福
的笑容，就明白一切了，她说："你们吃过午饭了没有？"杨霞
说："我们刚吃过了，吃的是牛排。"杨夫人说："杨霞，刚才
我和你爸商量过了，对于你们的事，我们是同意的，但是婚礼如
何操办，你们要听我们的。"杨霞忙跑过去抱着杨夫人笑着说：
"还是妈妈明白事理。"这时，杨盛昌笑着对杨霞说："听你这
么一说，你爸爸就是不明白事理的人了？"杨霞撇着嘴巴说：
"你要我嫁给那个西关少爷，就是不明白事理。"杨盛昌说：
"你有没有和我说过你要嫁的人是吴歌呢？如果早知道是他，我
就不会自作主张了。"杨霞听父亲这么一说，就扑哧笑了起来，
然后她把刚才去见了吴歌父母的情况对她的父母说了一遍，他们
听了后，就说："既然如此，你们就抓紧时间办婚礼吧，你们年
纪也不小了，该成家立室了。"坐了一会，聊了一会天，吴歌就
告辞了，他骑着单车，在汾江河畔上飞快地骑着，他想到自己很

快就要结婚了，要把心爱的人儿娶回家，那个幸福的滋味，是无法用语言来描绘的，只知道此刻他的小心脏，在胸腔里怦怦地跳着，像疯狂的狮子踩着铿锵的鼓点在舞着跳着，摇头晃脑的，忽上忽下，都快要把人晃得眩晕和窒息。

九 鸿胜馆练真功夫 开设启蒙识字班

吴歌回到酒楼，满面春风的样子，看到那些平凡无比的桌子椅子此时都感觉很是亲切。他亲切地朝着酒楼里所有的人打招呼，酒楼里的伙计都感觉到今天吴歌和往日很不一样，莫非发了横财？吴歌坐在靠窗的茶桌上泡茶喝，此刻在他的眼里，酒楼里所有的一切都是那么完美。刘达和马苏见吴歌如此高兴，就凑过来坐在吴歌的前面，吴歌为他们斟了热茶。吴歌喝了一口茶，然后深深地舒了一口气说："今天这茶喝起来和往日不一样，特别香甜。"马苏笑着说："我觉得今天的茶也是和往日不一样，特别香甜。"刘达喝了一口，然后一脸蒙地说："吴老板，今天的茶也是平时你泡的普洱呀，我觉得没什么特别呀。"马苏用手指头在刘达的额头上轻轻敲了一下，然后一本正经地说："刘主管呀，你就是一个木头，不解风情呀。"刘达说："吴老板又不是女的，我们还要解什么风情呢？"马苏听了哈哈大笑起来，笑完了他说："你没发觉吴老板今天春风得意喜气洋洋吗？一定是有天大的喜事。"吴歌听他们两个在神聊，并不插话，只是一味地傻笑着。此时，黄莺和夜莺走过来，吴歌也为她们各斟了一杯茶。夜莺一边喝着茶一边笑着说："人逢喜事精神爽，我看吴老板今天肯定是走桃花运了。"黄莺也附和着说："我看也是，肯定是。"吴歌向靠椅背上靠了一下，然后清了清嗓音说："还是夜莺和黄莺厉害，我走桃花运都被看出来了。告诉你们，我要结婚了。"夜莺笑着说："你们看，还是我猜着了吧，我们以后要醒目一点，以后这里是老板娘的天下了。"黄莺说："如果没猜错的话，老板娘肯定就是杨霞。"刘达和马苏一个劲地要吴歌承认，吴歌却不言也不语。夜莺笑着说："你们两个都是蠢猪，吴老板不明说就是默认了嘛。"吴歌听了就嘿嘿笑个不停。吴歌要结婚的消息像旋风一样很快就在酒楼里传开了，酒楼里搞卫生的阿姨、厨房里的大厨都跑了过来，纷纷向吴歌祝福。吴歌站了起来对大家说："诸位，我向大家宣布一件事，我要结婚了，夫人是你们都见过的，是杨霞，等我们结婚后，她就是这个酒楼的老板娘了，你们以后要多多关照她。"众人听了都替吴歌高兴，都说以后有杨霞这么一个精明能干的老板娘来协助吴歌管理酒楼，生意那肯定是无比兴隆。吴歌问刘达："上个月的薪水和赏钱发了没有？"刘达说："已经发了，大伙领到钱都兴奋得很呢，说吴老板是佛山镇里最好的老板，加薪水，还有赏钱。"吴歌说："你们好好干，我的酒楼赚钱了，肯定会奖励你们的，你们也是辛苦赚来的，现在是个兵荒马乱的年头，物价飞涨，大家伙都不容易，只要我吴歌有赚的，你们也都有份。"众人听了都开心地拍起掌来。

　　吴歌给大家吩咐了工作任务后，就离开酒楼，骑着单车来到酒坊。酒坊里此时众人正忙得不可开交，烧火的烧火，搬陶罐的搬陶罐，接酒的接酒，各司其职。众人见吴歌来了，都向吴老板问好。吴歌已经有一段日子没来了，他问掌柜杨昌红和麻亮师父关于酒坊生意的情况，他们都说一切正常，酒的品质不错，出货的量比以前有所增加。吴歌嘱咐麻亮带着霍香他们一帮徒弟好好干，麻亮拍着胸脯红着脸说："吴老板一百个放心，我们会好好干的，有你这么好的东家，我们上哪里找去？"吴歌问杨昌红："上个月的薪水和赏金都发了没有？"杨昌红说："都发了，涨薪水了，他们很高兴，他们都说要集资到乡下买些鸡和猪感谢你。"吴歌说："诸位，你们的心意我领了，那是你们辛苦赚的钱，是应得的，你们跟着我吴歌干活儿，我是知道你们的辛苦的，但我吴歌不是黑心老板，只要大家好好干，我的酒坊有钱赚，你们也会过上好日子的。在这个兵荒马乱的年头，物价飞涨得厉害，你们的日子过不下去了，肯定也没心情干活儿，宁愿我少赚一些，分给大家一些，大伙的生活好了，你们干活儿的劲头大了，酒的品质越来越好，我的酒坊生意就会越做越大，你们说是不是这个道理呀？"麻亮高声说："吴老板说得在理，请老板放心，我们会努力打好这份工的。"吴歌和众人拱了拱手，就和杨昌红离开酿酒坊，来到柜台处。杨昌红把账本和账单拿出来，吴歌拿着算盘，一项一项盘点起来。大概过了两个时辰，终于把账算完了。吴歌看看门外的天色，太阳已经快要落山了，和杨昌红交代了几句，就提着十斤重的一罐酒离开了酒坊。

　　刚到门口，就被余道义叫住了。吴歌定睛看了他一眼，他风尘仆仆的样子，手里还拿着地图和本子，应该是刚扫完街回来。余道义说："我今天扫了几条街，升平街、豆豉巷、公正街，洽谈了上百家，大部分都很支持，我腿都软了，嗓子都说哑了。"吴歌笑着说："我很佩服你，说干就干，还很有成效，你是我学习的榜样呀。"余道义嘿嘿笑着说："没办法，既然都把头洗湿了，就只有豁出去了。"吴歌说："我好久没去武馆练拳，我们一起去，怎么样？"余道义听说是去武馆练拳，手脚就痒了起来，他迅疾把地图和本子交给看店铺的叔叔，和他耳语几句，就抱着那罐酒坐上吴歌的单车后座，箭一样来到鸿胜武馆。刚到武馆门口，就看到劀牛强远远地从巷口那头走过来，无精打采的样子。吴歌在门口处等劀牛强，见了面就劈头问劀牛强："怎么了？谁欺负你了？"劀牛强说："大哥，我刚给同心金铺罗金成罗老板宰完牛，他今晚搞全牛宴，招待客人，我问他能不能把那副牛头和牛骨送给我，让鸿胜馆的兄弟们打打牙祭，他抠门得很，说：'放下两个大洋就可以拿走，不然我给狗吃也不给你们吃。'"吴歌闻言，就从裤兜里掏了三块大洋递给劀牛强，让他去把那副牛头和牛骨搬回来，还买一些药材和青菜什么的，让兄弟们今天好好聚一聚。劀牛强领了大洋，就大踏步去了。

　　进到武馆，吴歌发现今天来练武的人很多。方圆、麦燃、梁焰都在，梁焰见了吴歌就哈哈大笑起来说："真是应了那句话，白天不能说人晚上不能说鬼，他们问今天晚上识字班的老师是谁，我说是我们鸿胜馆子弟最有文化的吴歌，刚说完，你就来了。"吴歌和余道义向众师父问了好，众师父也回了礼。余道义对着众师兄弟说："今天晚上有牛头肉吃，有牛骨头汤喝，大家要好好练习。"众师兄弟听了今晚有肉吃有汤喝，练习的劲头比往日更起劲了，个个脚步矫健，拳拳生风。

　　吴歌和余道义来到后院的房间，把身上的衣服脱了，换上练功服，来到练武大厅。两人先舒展了一下筋骨，热了热身，然后在大厅上比试着拳脚，你来我往的，高手过招，招招精彩，吸引了其他师兄弟围在一起观摩。打到精彩处，众人便喝起彩来。打了十来个回合，停下来休息的时候，方圆师父点评了他们的拳路，都说到了点子上，吴歌和余道义纷纷点头称是。接着，他们又过起招来，比刚才是进步了很多。众师兄弟喝彩的声音更是热烈了，雷鸣般的喝彩声和掌声仿佛要把武馆的屋顶掀翻一样。两人过完了几百招，下场来已是满头大汗，气喘吁吁。此时，众师兄弟嚷着要方师父和梁焰师父过招，让大家开开眼界。也是的，由于方师父前段时间去广州做工程去了，已经很久没见过方师父和梁师父过招了。就在这时，龚坤和在金鱼街开季华武馆的邹侠也来到武馆，他们和诸位拱了拱手说："今天很热闹呀。"众人也和他们两人笑呵呵地拱了拱手。

方师父和梁师父上场了，两人都是蔡李佛拳的高手，过起招来就像两个猛虎下山争夺地盘，虎虎生威，你一拳来我一拳去，变化多端，脚步腰身腾挪翻滚，拳拳生风，拳拳要命，稍不留神，就会一命呜呼。好在师徒两人只是在过招，并不是真正地要取对方性命，但每一招数，都把在场的人看得一愣一愣的，直呼过瘾，便都大声喝彩起来，比刚才吴歌和余道义比武时的喝彩声还要大。还在比着武，黑牛和崩牙强抬出那架牛皮大鼓来，黑牛拿起鼓槌，拼着命敲了起来。在鼓声中，方师父和梁师父踩着鼓点，出拳的速度越来越快，招数越来越变化多端。过了几百招，两人下场来竟然一点气喘也没有。众人见两位师父过完招，还是一副气定神闲的样子，可见武功是多么深厚，都惊呆了。也就在这个时候，劏牛强扛着牛头和牛骨头走进屋来，他的右手还提着一大把青菜和一扇腩肉。劏牛强顿了一下脚，懊悔地说："扛着牛骨头回来，错过了精彩的搏斗，真是太遗憾了，早知道这样，就让黑牛去扛了。"黑牛大声说："劏牛强，你的武功这么差，看了也是白看。"众人听了就哄堂大笑起来。

邹侠是个年轻的后生，身材魁梧。他见两位师父功力如此深厚，就跑上来紧紧握着方师父的手说："方师父功夫了得，以后要多多指教。"方师父笑着说："哪里哪里，我就是比你们年轻人多喝几晚夜粥而已，等你们多喝几晚夜粥后，就会比我厉害了。"龚坤知道邹侠也想比试比试，就叫他上场。邹侠走进场，和龚坤比试起来。龚坤练的是蔡李佛拳，邹侠练的是太极拳，虽是两种不同的拳种，但打斗的场面很是精彩。这是一场刚与柔的搏斗，刚的迅猛有力，拳拳生风，柔的四两拨千斤，借力打力，几百个回合过后，谁也没有占上风。下场的时候，邹侠笑着说："我知道是龚师父让着我的，不让我难堪而已。"龚坤说："周师父谦虚了，我们彼此彼此。"

比武完毕，就是众人练武的时候。梁焰走进练拳的队伍里，指点着众徒弟的一招一式。练了一个时辰，众人都气喘吁吁，大汗淋漓。劏牛强和黑牛在厨房里忙活了一个时辰，终于把牛骨汤炖好，红烧了腩肉，炒了青菜，也煮好了饭，在厨房里烟熏火燎的，弄得满头大汗，比练功还辛苦。饭菜上桌，大家分了五桌围着坐了下来，因为都是练武之人，大家都很豪爽，大碗吃饭，大口吃菜，大口吃肉，大碗喝酒，大碗喝牛骨汤，场面很是热闹。

酒足饭饱，众人三下五除二收拾了桌子，摆放了几十张椅子，把用黑漆涂就的黑板推出来，今晚的识字班就开始上课了。梁焰宣布今晚给大家上课的是鸿胜馆最有文化的吴歌。众人听了是吴歌给大家上课，便起劲鼓起掌来。吴歌快步走到黑板前，给大家深深鞠了一个躬，然后说："诸位，很荣幸今天能站在鸿胜馆的识字班给大家上课，虽然我大学毕业，但从未做过老师，老师是个很神圣的职业，因此我还是感到有压力的，害怕教不好大家。到现在已经是第五节课了，前面一、二节是梁焰老师给大家上的课，三、四节是龚坤老师给大家上的课。这样吧，我建议梁老师和龚老师先给大家上复习课，接下来我上新课，大家意下如何？"众人都说好。吴歌退下，梁焰快步走到黑板前，拿起粉笔在黑板上歪歪扭扭写下一串文字：天、地、人、上、中、下、前、后、左、右，梁焰把字写得很大，而且歪歪扭扭，看上去每一个字就像一坨牛屎趴在黑板上。他拿起教鞭，指着每一个文字让学员齐声朗读，众学员便随着梁焰的教鞭一上一下指点的文字，齐声朗读起来，虽然个个都不懂得朗诵要抑扬顿挫和声情并茂，但好在个个都声音洪亮，像牛皮大鼓在咚咚咚响着。梁焰一节课教五个字，两节课十个字，学员都记住了。

梁焰退下，紧接着是龚坤来到黑板前，他拿起粉笔在黑板上龙飞凤舞写下如下文字：我、你、他、们、家、国、佛、山、大、小，龚坤把字写得细细长长的，看上去每一个字就像一条蚯蚓在蠢蠢欲动。学员们跟着龚坤的教鞭的指点一声一声朗读起来，个个声音如雷，汇成声音的洪流，比汾江河涨潮时的河水还要凶猛。

龚坤退下，吴歌就快步走到黑板前，清了清嗓音说："诸位，刚才的复习课很精彩，两位老师教给大家二十个字，大家也都记住了，我觉得大家这种热爱学习的劲头非常好。下面，我也教给大家几个字。"吴歌一边大声念着一边工工整整地在黑板上写下如下一串文字：华、民、族、振、兴、团、结、奋、斗。吴歌一个个字来教，首先从它的笔画入手，教会大家学会认字和写字，每一个字都要写五遍，然后再解释文字的含义。在讲述的过程中，还冷不丁地抽查那些走神的学员，让他们站起来朗读和说出文字的含义来。吴歌这一招很有用，立马就让课堂的学习紧张度提高了很多。在上课期间，剽牛强和黑牛常常走神，偶尔交头接耳，应该是在回味着牛骨髓的甘香和酒香，谈到高兴处两人还嘿嘿掩嘴偷笑。但见到吴歌随时点名抽查学员的学习情况，想到自己千万不能在课堂上出丑，就只有老老实实认真听起课来。吴歌为了巩固学习的效果，在课堂上让每一个学员都站起来认字并朗读，根本就没有漏网之鱼。点到剐牛强的时候，剐牛强扭扭捏捏地站起来，右手不停地摸着短头发，九个字读错了五个，读完了他一副苦瓜相苦恼地说："吴老师，那几个字它们认识我，可我不认识它们。"剐牛强的一番话引得大家哄堂大笑起来。吴歌接着笑着说："剐牛强，要想认识它们，就要有庖丁解牛的狠劲，你就把一个个文字看作一头头牛，宰了它，你就认识了。"剐牛强听了吴歌的一番话，就嘿嘿笑着说："吴老师，我明白了，经你这么一说，黑板上的文字真的就像一群牛在排着队，等着我宰呢。"黑牛高声说："剐牛强，等你把黑板上的那群牛都宰了，估计蚊子都睡了。"众人听了又哄堂大笑起来。

　　吴歌用教鞭指着黑板上的二十九个文字问大家："现在，大家都认识黑板上各个牛的名字了，不管是水牛还是黄牛，如果把它们放在一起，两个牛就组成了词语，大家看黑板，现在我把中字和华字放在一起，就组成了词语'中华'，把民字和族字放在一起，就组成了词语'民族'，再把中华和民族两个词语放在一起，就是中华民族，我们在座的各位都是中华民族儿女。你们觉得是不是很有意思呢？下面，请大家把认识的牛放在一起，组成新的牛群，会的请举手。"学员们你看着我、我看着你，没有人敢举手。突然，剐牛强高高举起了手说："吴老师，我认识四个牛，中国和佛山。"吴歌笑着说："不错，就是中国牛和佛山牛。"崩牙强高高举着手，扯着喉咙说："我们、你们和他们，我认识了六个牛。"黑牛大声说："哪里有六个牛？充其量你就认识了四个牛，有两个牛是重复的。"黑牛一说完，众人又哄堂大笑起来。

　　吴歌真想不到学员们的学习积极性这么高，他让大伙在练习本上把一只只有关系的牛排成队，变成一句句牛话。听了吴老师的布置，五十多个学员就在纸上写起牛话来，很快屋子里就发出沙沙的声音来，像是风吹树叶发出的声音。过了一会，吴歌问大伙写好了没有，大伙都说写好了。吴歌让学员举手发言，劏牛强、黑牛、崩牙强都很积极，把手举得高高的。吴歌点了劏牛强的名，劏牛强站了起来大声说："天地人，你我他，中国大家。"吴歌刚想表扬劏牛强说得好，崩牙强高声说："吴老师，我也想说一句。"吴歌点了点头，示意他说。崩牙强清了清嗓音说："天下，地上，你们他们我们，小佛山，大中国。"崩牙强话音刚落，黑牛就站起来接着大声说："我们大家团结、奋斗，振兴中华民族。"吴歌真想不到，劏牛强、黑牛、崩牙强三人的思想竟然有如此高的境界，不过吴歌细想一下，觉得他们能有今天的思想境界也是顺理成章、水到渠成的，天天和方圆和梁焰在一起，耳濡目染，他们的思想境界能不高吗？吴歌笑着说："劏牛强、黑牛、崩牙强说得都非常好，我们鸿胜馆的子弟在方师父和梁师父的教导下，思想进步得很快。下面请劏牛强、黑牛、崩牙强在黑板上把那三句话写下来。"劏牛强、黑牛、崩牙强屁颠颠地跑到黑板前，依次在黑板上写下句子，那三行句子就像三群牛在摇头晃脑悠闲地吃着草。吴歌用教鞭指着黑板上的那三句话，让所有学员齐声朗读，于是，五十多个鸿胜馆的子弟，便齐声朗诵起来，声音如雷，把屋檐下燕窝里的雏燕吓得一愣一愣的，在窝里扑腾着稚嫩的翅膀。它们晃着毛茸茸的小脑袋在想：这群疯子，整天不是打拳就是打鼓，不是舞棍就是弄刀，以前经常在喊打喊杀，今天可奇了怪了，怎么说起如此文绉绉的话语来？

十　龙塘诗社出雅集　古镇地图露芳容

　　还有十几天就要过年了，镇上的各条街道比往日更加繁忙，尤其是槟榔街、升平街、豆豉巷、福贤路、公正路、汾流大街、筷子正街三角市、福禄大街，商铺林立，人流如织，熙熙攘攘，摩肩接踵，来采购年货的人尤其多，有来佛山镇购买年货和批发商品的客商，也有走路进城挎着篮子买年货的乡下人，也有趁着空闲逛街买年货的城里人，讨价还价的声音此起彼伏，很是热闹。各路商家为了招徕客商，各出奇招，在商铺门口更新了宣传招牌，以各种各样的打折标语来吸引顾客，都希望在春节之前能大赚一笔。街道上招牌林立，锦旗飘飘，五颜六色，色彩斑斓，把街道点缀得花枝招展起来，商业氛围显得比往日更加浓厚，洋溢着欢乐的气氛。要说最热闹的应该是汾江河边的正埠码头，在那里，那些已经进好了货的外地客商，正在指挥着搬运工把琳琅满目的商品搬运到船上。还有那些刚采购完的客商，正匆匆忙忙跟着拉货物的牛车在街道上快步飞奔，牛蹄在街道上发出嗒嗒的声音，而牛车的车轮，也发出吱吱呀呀的声音，一路朝着汾江河畔正埠码头飞奔而来，把小镇浓郁的商业气息带到了码头，然后通过货船带到很远很远的地方。

在这些重要的日子里，吴歌当然比往日就更加忙碌了。醉仙酒坊的菊花酿现在比往日出更多的货，醉仙酒楼忙着招待来自五湖四海人流如织的各路商客，简直就是忙翻天。

这天一大早，吴歌在酒楼里里外外地忙着，像个陀螺在转。刚坐下来泡茶喝的时候，李兆基、吴诗选和余道义就过来了。吴歌一见他们，就笑着说："你们来得真是时候，我也就是刚忙完，刚坐下来喝今天的第一口茶，你们就来了。"说完，为他们每人都斟了一杯茶。李兆基见酒楼里坐满了茶客，人声鼎沸，就笑着对吴歌说："吴老板，酒楼生意很好哦，看来我这个做药的要转行做酒楼才行。"吴歌笑着说："李老板，术业有专攻呀，你现在做药就很好，做出了大名堂，生意都做到美国了，我很羡慕呀！大家做生意都是你看我好我看你好，都有一本难念的经呀，做酒楼就是花的时间太多了，从早忙到晚，每天都像个陀螺在转，那是一个累呀，我父亲就是这样累出病来的，到现在还在休养，不是人过的日子，比牛还辛苦。"李兆基感叹了一下，然后说："其实做哪一行都不容易，在这样一个纷乱的世界里，我们能找到有饭吃的行当，已经很不错了。"吴歌问他们吃过早餐没有，他们都说已经在家吃过了。李兆基喝了一口茶，就把大家的来意说了，说是龙塘诗社的诗集已经出版，余道义弄的佛山古镇商旅地图也已经出版，想在酒楼弄个首发式和诗歌朗诵会，不仅图个热闹，也可以在酒楼这个人流如织的地方好好宣传宣传。吴歌对李兆基的提议很是赞同，觉得这是一件实实在在的好事，佛山古镇地图方便客商做生意和游人游览，龙塘诗社诗集通过诗歌宣传佛山古镇，两者相得益彰，对古镇来说，这应该是一件可以载入《忠义乡志》的雅事了。

　　李兆基把龙塘诗社的诗歌集递给吴歌，余道义把佛山古镇商旅地图也递给吴歌。吴歌先是打开诗歌集，诗歌集散发着油墨香，十六开本大小的样子，大概有一百页，白纸黑字，登载了三四十首新诗，三四十首旧体诗，作者都是龙塘诗社的会员，李兆基、吴诗选、吴歌、杨霞、宝珠、梦鸽、吴章、梁焰等人赫然在列，部分诗歌已经在龙塘诗社朗诵会上进行了朗诵。吴歌看着那些熟悉的名字和曾经聆听过的诗句，他忍不住用手抚摸着它们，那些句子此刻滚烫滚烫的，摸上去很是烫手，尤其是摸到杨霞的名字和她写就的诗句，有一种颤抖的感觉。吴歌知道，此刻他的内心很是激动，有一种触电的感觉。他仿佛听到，杨霞此刻就在他的耳畔朗诵着她的诗句，声音是那么优美，韵律是那么动听，就像天籁一般。吴歌出神了很久很久，看着这些长句和短句，汇聚在一起，汇成了一本诗集，此刻就摆在他的面前，他爱不释手，不停地阅读着，沉浸到诗意当中，完全把李兆基、吴诗选和余道义此刻就在身边等他一起谈论首发式这件事情抛到了九霄云外。

　　众人见吴歌看诗歌如此入迷，就只好静静地等待，都心照不宣地喝着茶，默不作声。他们也没想到，诗歌竟然有如此巨大的震撼力量，把吴歌的魂魄都摄过去了，应该是到了爪哇国，过一段时间才能回来。他们你看着我、我看着你，默默地喝着茶，把一壶茶都喝淡了，吴歌终于把所有的诗歌阅读完毕，他轻轻地把诗集放在桌面上，然后激动地说："太过瘾了！"然后他抬头看到李兆基、吴诗选和余道义在面前，就忙不迭地说："不好意思，我看着看着就着迷了，竟然把你们和我谈首发式这件事给忘了。"李兆基笑着说："吴老板对诗歌很是热爱，我们都自愧不如。"吴歌说："每日忙忙碌碌地，都是在干着稻粱谋的营生，今天难得和诗神对话，就不知不觉沉浸进去，竟然拔不出来了，不过我告诉你们，阅读完这些诗歌后，我现在感觉到内心很是宁静，有一种幸福的感觉。"余道义笑着说："尤其是阅读到杨霞那首诗歌的时候，你应该感觉到很是激动吧？有一种心潮澎湃的感觉难以控制吧？"吴歌听了就一个劲地嘿嘿笑着。

看完诗歌集，吴歌把佛山古镇商旅地图也打开来看，他看着那些熟悉的街道，此刻横亘在这张纸上，它们或直或弯，都在陈述着佛山这座城市的前世今生。那些坐落在街道旁边的名胜古迹和商家名号，此刻被定格在它们本来就应该在的位置，还被刻上了名字，无不显示着佛山古镇灿烂的文化和商业的繁荣。祖庙、万福台、塔坡井、仁寿寺、汾江河畔正埠码头、通济桥、南风古灶、鸿胜馆、关帝庙、接官亭、南风古灶等名胜古迹都一一在地图上标示，李众胜堂、黄祥华如意油、冯了性、蛇王满、集兰堂、永安药房、益兴花纱行、盛昌纱行、同心金铺、有米典当铺、茂隆酒庄、陈太吉酒庄、醉仙酒坊、笑尘寰酒楼、英聚酒楼、德昌茶楼、天海茶楼、醉仙酒楼、得心斋、三品楼等著名商家名号也都一一在地图上标示，可以说是一张地图，包罗了佛山古镇的万象，吃喝玩乐一条龙服务，应有俱有。吴歌看完，竟情不自禁地击掌笑着说："真的是太棒了！一图在手，佛山在握。"

桌面上那壶茶早就已经喝淡了，吴歌把茶渣倒出来，从抽屉里拿出那饼吴达仁珍藏了三十年的老班章拿出来，用茶刀把茶叶剔出来，放到茶壶里，然后倒进煮沸了的开水，洗了两道茶后，再一一为众人斟满茶杯。李兆基细细品了一口，就大声说："这茶确实是好茶，回甘，醇厚，香甜。"吴歌笑着说："能得到李老板的赞美，真好。这茶确实是好茶，三十年的老班章，镇店之宝，如不是你们来了，我还舍不得喝呢！何况你们今天带来了诗歌和地图，我很高兴，只有这茶，才配得上谈诗！"李兆基听了就开心地笑着说："吴老板说得甚是，只有好茶才能配好诗！"李兆基和吴歌一唱一和的，把吴诗选和余道义也逗乐了。余道义说："我和李老板商量过了，首发仪式的时间就定在今天晚上，地点就在你们酒楼的小戏台，等你们酒楼的饭市过后，喝夜茶的时候进行，只有这个时候各路商家才有空儿参加，我们等一下就分头去通知他们，吴老板你的意见如何？"吴歌略微沉吟了一下，就说："我提一个建议，既然要搞，就往大里搞，我们今天下午就在酒楼临街门口处，挂上宣传横幅：佛山龙塘诗社诗歌集、佛山古镇商旅地图首发仪式暨诗歌朗诵会。请上鸿胜馆一帮师弟过来打鼓舞狮，弄出个大动静出来，吸引镇上的人也过来参观，好好宣传一番，也热闹一番。"余道义说："如果人来得太多，那岂不是把你们酒楼挤爆了？"吴歌说："来看热闹的人，不一定会参加朗诵会，但李老板和梁老板可以在门口处摆上两张桌子，售卖你们的产品，李老板卖保济丸送诗歌集，余老板就卖地图，你看这些日子，镇上来采购货物的商人很多，生意应该不错。"吴诗选笑着说："吴老板真是做生意的天才，有这么好的点子，生意绝对是兴隆。"李兆基笑呵呵地说："那就这么定了，大家分头行动，酒楼这边的宣传布置就麻烦吴老板了，还要麻烦你去通知梁焰安排人过来打鼓舞狮，我和吴诗选通知龙塘诗社的人过来参加诗歌朗诵会，余老板去通知各路商家。"既然商议已定，李兆基他们把杯里的茶喝了就撤，各忙各的了。

吴歌在菜单里写上宣传横幅一行字，便把马苏叫过来，吩咐他马上到公正路上写对联的杨文瀚那里，照着菜单上的字写一幅横幅，有多大就写多大，要一式两份，届时一份挂在酒楼临街的门口，一份贴在小戏台的墙壁上。马苏接了吴歌递给他的菜单，就准备出发了。吴歌把他叫住，他在另一张菜单上写了两副对联的字样来：龙塘诗社诗歌神采飞扬，佛山古镇地图包罗万象。吴歌把菜单交给马苏，也说是一式两份。马苏拿着两张菜单，就飞一般离了酒楼，朝公正路奔去了。到了杨文瀚的店铺，只见杨文瀚拿着大号毛笔在聚精会神地挥着毫，应该是上了年纪的原因，额上在冒着汗，他不时拿着毛巾在擦。马苏等他写完了字，就把菜单递给他，他一看是马苏，就说："是谁让你过来让我写字的？"马苏说："是吴歌老板，要写的字都在菜单上呢，好像是要搞什么诗歌和地图的首发式。"杨文瀚定了定眼睛，把老花眼镜架到耳朵上，然后仔细看着菜单上的字，看完后他说："你们吴老板厉害呀，开酒楼赚得盆满钵满，现在还搞起文化来了，我杨某人真是佩服得五体投地。可以这么说，我在公正路上开着这家专写春联的店已经三十多年了，第一次写这样的首发仪式的字。"说完，他走进屋里，抱出一沓红纸来。他把红纸在书台上展平，用大号的毛笔在砚台上蘸了墨汁，便深呼吸聚精会神写起字来。不一会工夫，菜单上的文字就像猴子一样跳到红纸上了，红屁股，黑眼睛，活脱脱一只只猴子，欢蹦乱跳。马苏付了润笔费，就抱着一沓红纸跑着回酒楼。吴歌看了杨文瀚写就的字，就一个劲地称赞："佛山书法第一人，这个称号是名副其实呀。"于是他就让马苏和刘达把那些字在门口挂好，在小戏台的墙壁上贴好。他们两人听了吩咐就屁颠颠忙开了。

吴歌叫黄枢到鸿胜馆去找梁焰，就说是诗歌集和地图首发仪式要用到狮鼓，让他派几个弟兄带上牛皮大鼓和狮子到酒楼来，要狮鼓喧天整整一个下午。黄枢听了吩咐就屁颠颠地去了。黄枢到了鸿胜馆，发现鸿胜馆关着门，人影都不见一个。他绕着鸿胜馆走了一圈，并没有发现有什么异样。黄枢来到鸿胜馆广场对面居住的一户人家处，只见老妇正在淘米做饭，他问老妇："鸿胜馆关着门，你知道他们去哪里了吗？"老妇说："一大早他们还在操练，官府的人过来请他们去张槎富贵村剿匪去了，听官府的人说，富贵村那边的土匪最近很猖獗，需要鸿胜馆出面剿匪，一帮人拿着刀枪，跟着官府的人出去了。"黄枢听了就傻眼了，因为他没有武馆的钥匙，狮鼓弄不出来，看来今天是要亲自跑一趟富贵村找到梁焰才行，可富贵村离这里有十多里路，走路需要很长时间，要想在短时间找到梁焰他们，看来只能跑过去了。黄枢一鼓作气，足足跑了半个时辰，才跑到张槎富贵村。到了村口，只见众官兵和鸿胜馆子弟已经把富贵村包围，围得水泄不通。黄枢见到梁焰就站在村口处，马上跑过去和梁焰说了吴歌的事情，梁焰说："这边的事情很快就可以结束了，土匪见到官兵来了这么多人，开始还反抗，被我们的人打得满地找牙，现在已经投降了，我们回去就马上安排几个弟兄过去，首发式这么大件事，我们是一定要支持的。"黄枢问梁焰："这边要我来帮忙吗？现在这个时势，外面已经足够兵荒马乱的了，我们这里还闹起了土匪，还让不让人活了？"梁焰说："不用了，你赶快回去告诉吴歌，我们这边一结束就派弟兄们过去。现在的土匪很猖狂呀，杀人放火，打家劫舍，什么都干，简直就是无法无天了。官府派人问了很多武馆，请他们派人马过来剿匪，但他们都不敢出马，我们想着是为民除害，就带着兄弟们过来帮忙了。"于是，黄枢就又跑着回酒楼了，也足足花了半个时辰。黄枢气喘吁吁地回到酒楼，满头大汗，衣服也湿透了，像是从水里拎起来一样。吴歌问发生了什么事，黄枢把刚才所见所闻对吴歌复述了一遍。吴歌听了就感叹起来："在佛山也就是梁焰才有这个金刚钻，敢揽这个瓷器活儿。"

　　吴歌召集酒楼里的人集中大堂开短会，对今天晚上的首发式的各项事务进行分工。人到齐了，吴歌刚想发话，杨霞就款款走进来了。吴歌一见到杨霞，就把刚到嘴边的话吞回去了。他招了招手，让杨霞站到他的身边来。吴歌说："我们这边都还没准备好呢，我想着准备好了就去叫你过来指导工作的，谁知你现在就过来了。"杨霞撇了一下嘴巴，然后说："你还好意思说，我要批评你了，这么大的事情也不提早告诉我，让我也来给你分忧，铺排铺排，把这个事情办得漂亮一些。"吴歌把嘴巴附在杨霞的耳畔小声说："我的姑奶奶，我这不是心疼你吗？现在让你休息一下，以后要劳驾你的事情有很多很多呢。"杨霞听了就掩嘴扑哧笑了起来，此时，吴歌看到杨霞的脸上已经绯红一片。杨霞说："你们忙吧，我过来就是想喝茶。"吴歌领了令，就对大伙进行了分工，刘达、杨昌红负责楼面茶食安排，马苏负责接待，黄枢、夜莺和黄莺负责朗诵会的事务安排及演唱粤曲，其余楼面人员及厨房人员各就各位。工作安排就绪，众人听了就散了，各忙各的了。

　　杨霞坐在茶桌前，气定神闲地泡着茶喝，一副老板娘的派头。吴歌在杨霞对面坐下，杨霞为吴歌的茶杯斟满了茶。杨霞一边喝着茶一边笑着说："吴老板现在果然厉害，做事情都一套一套的，是名副其实的老板了。"吴歌皱着眉头问："难道我不是名副其实的老板？"杨霞说："我是说你现在是可以独当一面了，表扬你呢。"吴歌嬉皮笑脸地说："还需要老板娘多多指导！"杨霞见他嬉皮笑脸的样子，就一本正经地说："前天，你父母亲派大妗姐到我们家，已经择了吉日，说是这个月的二十六日是我们成亲的日子，今天是十六，还有十天的时间准备婚礼，这么大的事情，你怎么也不来和我商量商量呢？"吴歌说："既然双方父母在操办这个事情，我们就接受安排吧。明天我们一起去公正路的容芳照相馆照婚纱照，好不好？"杨霞高兴地说："好的，明天上午你过去接我。"吴歌说："杨霞，你就要成为我的老婆，我感到很是幸福，能娶到你这样美貌才智兼收、贤良淑德的女子，是我吴某前世修来的福哦，你放心，我会待你很好很好的。"杨霞羞涩地笑了一下，然后竖起眉毛瞪着杏眼说："如果你敢对我不好，我就把你从这窗丢出去，丢到汾江河里喂鱼。"吴歌说："你不知道吗？我会一口气游到汾江河对岸的哦。"杨霞笑着说："你想得美，先五花大绑捆了你，然后再丢到汾江河，让汾江河的鱼饱饱美食一顿。"吴歌假装求饶笑嘻嘻地说："我怕你了，我的姑奶奶，都还没结婚，我就战战兢兢了，结了婚之后，我还不天天颤抖着过日子？看来这婚我是结不成啰。"杨霞说："你敢？"说完她扬起手来，假装作势要打吴歌的耳光的样子，吴歌就把脸凑上去，一个劲地说："有本事你就打，打是亲骂是爱！"杨霞就趁势把打人的手换成了轻轻地在吴歌的额头上点了一下，然后说："别闹了，下面响鼓了，我们开始干活儿吧。"

　　杨霞的话音刚落，酒楼下面的鼓声一阵比一阵急了，像是在催命。吴歌拉着杨霞的手，急匆匆跑着下楼。只见黑牛在使劲敲着鼓，咚咚咚，鼓声震天。崩牙强在打着镲，嚓嚓嚓，急促的鼓声和打镲声汇聚成声音的海洋，巨大的声浪像要把槟榔街搅翻天。劁牛强和招才在舞着狮子，狮子踩着铿锵的鼓点威风凛凛地腾跃着，脚步矫健，忽高忽低，探头探脑，活灵活现，很是惹人喜爱。鼓声响起不久，街上的行人就停下急匆匆的脚步，凑过来看个究竟。在首发仪式的宣传横幅下面，摆着两张桌子，桌上摆放着盒装保济丸、诗歌集和地图，堆得像小山般。围观的人越来越多，狮鼓就停了下来。

李众胜堂的店小二李风扯着喉咙在喊："诸位过来看看，龙塘诗社诗歌集出版，购买一盒保济丸，送一本诗歌集。"余道义也扯着喉咙在喊："诸位过来看看，佛山古镇商旅地图正式出版，一图在手，佛山在握。"人群中有本地居民，也有外地客商，他们拿着诗歌集和地图翻阅了一下，都纷纷竖起大拇指，买药送诗歌集，不是说在佛山就是在全中国估计也是头一遭。有人掏钱买保济丸，李风收了钱后便把诗歌集和保济丸送到顾客手上。买地图的多为外地客商和游客，他们见了地图犹如见了宝贝一样，都纷纷掏钱购买。整个下午，李风售出五百盒保济丸，送了五百本诗歌集，余道义售出了六百张地图，销售效果如此出奇地好，大大出乎他们的意料。

晚饭的时候快到了，吴歌让黄枢骑着单车到鸿胜馆和李众胜堂分别叫梁焰和李兆基到酒楼来聚一聚。黄枢是刚不久才学会骑单车，他骑着吴歌的单车，一歪一扭地在街道上前行着，但很快他就离开槟榔街，消失在街道的尽头。也就一炷香的时间，黄枢又骑着单车把梁焰送往醉仙酒楼。在回来的路上，由于梁焰身材魁梧，吨位够重，黄枢骑着单车很是吃力，单车在街道上歪歪扭扭地前行着，像吐着芯子的蛇在街道上游行，街道上的人见状便纷纷躲避。梁焰到酒楼门口的时候，余道义也刚到。黑牛和崩牙强一见到两位师父来了，打鼓和打镲的力度就更强了，削牛强舞狮子的气势比之前更加起劲，鼓声镲声喧天，槟榔街充满了喜庆的气息。梁焰和余道义向徒弟们拱了拱手算是打了招呼，就跟着黄枢上楼。吴歌在忙着张罗晚饭，他让厨房弄了一桌子菜，虽是家常菜式，鸡鸭鱼河虾什么的，但做法很地道，都是本地人喜欢的。杨霞忙着帮忙布置碗筷。

吴歌一见到梁焰，就连忙走过去和梁焰握了握手，招呼他到茶桌前喝茶。吴歌为梁焰斟了一杯茶，梁焰一边喝着茶一边说："今天和兄弟们跟着官兵去了一趟张槎富贵村剿匪，黑牛他们很勇敢，把那些土匪打得满地找牙，回来的路上，官府里的人偷偷告诉我，那些土匪现在这么猖狂，其实他们和陈福禄关系很密切，他们经常送钱给陈福禄，受到陈福禄这个省警察厅厅长的庇护，你看看现在都什么世道了，为了发不义之财，竟然官匪互相勾结。"吴歌说："既然知道陈福禄是后台老板，那官府为什么又这么积极去打击呢？不怕陈福禄报复吗？"梁焰说："地方报案堆积如山，民怨沸腾，地方不去打击也交不了差。"吴歌说："这个世道简直是糟透了。"

李兆基来了，众人互相问候后就聚在一起喝茶聊天。喝了几道茶，天色便完全暗了下来。吴歌抬头看了看窗外的汾江河，发现河面上此时铺满了金色的晚霞，波光潋滟。吴歌让黄枢通知黑牛他们收工吃饭。很快，黑牛、劏牛强他们就上来了，个个满头大汗，衣服都湿透了。杨霞招呼大家上席就座。谦让了好久，最后在吴歌的一再坚持下，梁焰才坐了主位，吴歌和李兆基坐在梁焰两边，杨霞挨着吴歌坐下，余道义、黑牛、劏牛强、崩牙强、招才、黄枢、李风也都找了位置坐下。杨霞把珍藏了十年的菊花酿打开，一一为众人的酒杯斟酒。吴歌举起酒杯站起来对诸位说："今天我要敬大家三杯酒：第一杯是敬梁焰师父，梁焰师父今天辛苦了，你带着鸿胜馆的子弟剿了张槎富贵村的土匪，保一方平安，为民除害，立了大功，这是一件很了不起的事情，我们一起敬梁焰师父。"众人听了都纷纷举杯，把杯中酒仰脖喝了。李兆基喝完了酒，朝梁焰师父竖起了大拇指说："梁师父，李某很是佩服你的壮举。"杨霞一一为众人的酒杯又斟满了酒。吴歌接着说："第二杯敬李老板，李老板慷慨解囊，支持龙塘诗社开展各项活动，让诗歌文化在佛山古镇发扬光大，让佛山保留了文脉，我们一起敬李老板。"众人听了也都纷纷举杯，也把杯中酒仰脖喝了。吴歌接着说："第三杯敬余老板，余老板为了佛山古镇的商旅地图呕心沥血，这张小小的地图，不仅方便了游客，更促进了商业发展，对佛山的发展会起到很好的促进作用，可以说是一件功德无量的事情，我们一起敬余老板。"众人听了也都纷纷举杯，也把杯中酒仰脖喝了。

酒过三巡，众人便纷纷拿起筷子夹菜吃。酒足饭饱后，楼面人员把碗碟撤去，抹干净桌子后，杨霞一一为众人上了茶。此时，参加诗歌集及古镇商旅地图首发式的人陆续进场了，都是古镇的老板和龙塘诗社的社员，还有就是来喝茶的茶客。刘达和马苏马不停蹄，招呼众人找位置坐好，很多人都是认识的，大家互问寒暖。每个桌子上，都摆放着花生、糖果、鸡仔饼、果仁、香蕉什么的，堆成了小山。来迟了的，没有了座位，就只好站着了。整个酒楼大堂，包括坐着的和站着的，有二百余人，挤得水泄不通，很是热闹。

人到齐了，杨霞就宣布活动开始。首先举行的是龙塘诗歌集和古镇商旅地图首发式，李兆基和余道义相继上台发了言，无非就是感谢感恩和希望诸如此类的客套话，但也赢得了在座的阵阵掌声。因为这是佛山古镇的一件大事，也是一件新鲜事，众人为他们的创新之举给予鼓励和支持。诗歌不知道能不能当饭吃，但古镇的商旅地图已经把在座很多商家的大号刻到地图上了，方便商家过来洽谈生意，这是实实在在眼前可以见到的利益。就为了这个唾手可得的利益，在座很多商家把手掌都快要拍烂了。接着是诗歌朗诵，诗人们一个接着一个上台，放声朗诵诗歌，商人和茶客们虽然听不懂，但他们在剥着花生把花生米放进嘴里的时候，诗人们在台上激情地朗诵着诗歌的时候一本正经的样子，让他们感觉到很是新奇，整个会场安静得很。尤其是轮到梁焰和万红上台朗诵的时候，台下的人都报以热烈的掌声。梁焰是一介武夫，竟然还会写诗歌，让在座的人差点惊掉了下巴。万红还是一个小女孩，竟然能写出如此有温度的诗歌，很是让人吃惊。诗歌朗诵结束，接下来就是夜莺和黄莺唱粤曲，演唱的都是茶客们喜欢的曲目。在座的很多人都是粤曲发烧友，听着如此优美的曲子觉得很是享受，有些人便跟随着音乐的节奏，用手在桌上打着节拍，闭着眼睛摇头晃脑跟着哼了起来。整个首发式，历时一个时辰，开得很成功。众人离开酒楼的时候，都纷纷地说："想不到，我有生以来，能参加这么一次盛事，真的是幸运，举办这样的盛事，真的是建镇以来第一次。"

十一　容芳照相创先河　祖庙桑基艺术照

　　这天是星期六，一大早，吴歌就起来了，洗漱一番，从衣柜里把在大学毕业时只穿过一次的西装拿出来穿在身上，还打了领带，穿着打了蜡的皮鞋，在镜子前一照，觉得整个人显得很是精神，很有风流倜傥的味道。吴歌对着镜子笑了一下，镜子里的人也朝他笑了一下。吴歌禁不住在心里自言自语起来：今天我要和心爱的人去照婚纱照，是应该在心里乐一乐的。于是，他迈着矫健的脚步笑着来到客厅。此时，父母和弟弟妹妹已经坐在饭桌前等他来吃早餐了。他们一见到吴歌穿成这个模样，就都笑了。吴艺拿眼睛上下打量了吴歌一番，然后笑着说："哥，今天穿着这身衣服去照婚纱照，应该是佛山最靓的那一个。"吴声说："哥穿着西装，比穿马褂精神很多，年轻了十岁。"吴夫人的脸上洋溢着笑容，只一个劲地点着头，不说话。吴达仁咳了几下，然后说："粥都快凉了，快吃，吃完就去忙吧。"喝粥的时候，吴艺说："哥，你和杨霞姐姐今天去哪一个照相馆照相呢？"吴歌说："镇上最好的，容芳照相馆。"吴艺说："听说他们照婚纱照的时候，要到祖庙门口拍，还要到汾江河畔、通济桥、桑基鱼塘等地方拍照呢，挺新潮的。"吴歌说："怎么什么事情你都知道呢？"吴艺说："我的闺密告诉我的，她的哥哥前不久拍了一套，很有艺术的韵味。"吴夫人说："今天抓紧把婚纱照拍好，过几天把婚结了，你们现在趁年轻，也趁我们年轻，可以帮你们看一下小孩，赶紧生几个，等你们以后老了，回忆一下现在穿着婚纱照的甜蜜美好的时光，想想也是很幸福的。"吴歌正喝着粥，听母亲说要生几个小孩，他马上就是要做父亲的人了，但他现在一点心理准备都还没有。突然，一口粥堵在喉咙里，咽不下去，就猛地咳了起来，咳得满脸通红。吴艺扑哧笑着说："哥，不是吧？母亲一说到你要生几个小孩，就这么激动？不过你升级做父亲了，我岂不也升级了，我要被叫姑姑了。"吴夫人说："别这么激动，都快要做父亲的人了，遇到事情要稳重，别毛毛躁躁的。"听到母亲和妹妹两人一唱一和的，吴歌咳得更加厉害，脸涨得更加通红了，他想说些什么，但欲言又止。过了一会，喉咙里那口白粥终于缓缓吞到肚子里了。吴歌缓了一口气，赶快喝了几口粥，就离开家说要去照婚纱照了。吴夫人大声叮嘱吴歌现在挨年近晚了，要注意安全。吴歌快步离开家里的时候，他的脑海里有一个问题像陀螺在转个不停：我是快要结婚了，但这意味着我很快就要成为一个父亲了，而且是几个小孩的父亲，我做好准备了没有呢？他一边走一边点头，但隔了不久又莫名其妙地摇起头来，活像个拨浪鼓。骑着单车来到汾江河畔的时候，他还在想着这个问题：我就要成为几个孩子的父亲了？我做好准备了没有？恐怕这个问题也不是我能做决定的吧？也要问一下杨霞的意见吧？

到了杨霞家门口，他停下车，还在不停地点着头摇着头。杨霞站在二楼的窗口处朝门口不停地引颈观望，见吴歌终于到了，就快步下楼，急速开了大门。杨霞见吴歌精神恍惚的样子，不停地在摇着头点着头，像是中了魔一样。她用手在吴歌的眼前挥了挥："怎么了？拍个婚纱照就这么紧张了？不停地点头和摇头，你老实交代，是不是不想和我结婚？"吴歌听了杨霞在问他，猛地惊醒了过来，像是被人用木棍敲打了一下脑袋。吴歌拿眼睛直直地望着杨霞说："刚刚在家里吃早餐的时候，母亲说我们结婚后，要趁年轻抓紧时间生几个小孩，我一听到我马上就要做几个小孩的父亲，想到我们幸福的二人世界都还没有开始享受呢，就马上要进入天天一把屎一把尿奶孩子的日子，思想有点转不过弯来。更何况，这个事情还要征询你的意见呢，于是我就恍惚了。"杨霞听了就扑哧一笑说："想那么多干吗，今天的事情今天干，先去拍婚纱照吧，顺其自然吧，明天的事情明天再说。"说完，她一跃就坐上了单车的后座，吴歌用力一蹬，单车就缓缓前进，向公正路进发。一路上，杨霞用手紧紧抱着吴歌的腰，她把头靠在吴歌的腰上。吴歌听到杨霞在他的背后喃喃地说："我要嫁人喽，我要为人妻为人母喽，我要和柴米油盐锅碗瓢盆打交道喽！"说完，杨霞就大声笑了起来，银铃般的笑声在风中飘荡着，也飘进了吴歌的耳畔，他感到很是幸福。

到了容芳照相馆门口，吴歌停好单车后，便拉着杨霞的手，有说有笑地走进照相馆。一进门，就见到刘野坐在凳子上，正襟危坐的样子，戴着警帽，穿着警服，在照相馆老板杨艺术的指导下摆好坐姿，然后听到咔嚓一声后，便照完相了。刘野站起来，付钱后离开照相馆，经过吴歌身边的时候，吴歌看到刘野的脸上满是轻蔑的神情。吴歌本想和他打个招呼，但见他这个表情，也就不理睬他了。杨艺术见吴歌过来，就堆起满脸笑容说："吴老板今天过来是拍婚纱照的吧？"吴歌说："是的，我们今天过来就是想拍婚纱照，除了在室内，还想在室外也拍一些。"杨艺术说："不是吹水，在佛山，容芳照相馆拍婚纱照认第二，没人敢认第一。"吴歌知道，这个杨艺术，在佛山也算是一个人物了，此人很有美术天赋，早年在广州读的美术专科学校，毕业后在广州的大牌照相馆学艺，由于是美术科班出身，又肯钻研摄影技术，没几年就名震广州的摄影界，去年回到故土佛山，开了这间照相馆，不到一年的时间，就名震佛山了。当然，除了照相外，他还经常背着画板，在佛山的角角落落写生。他在画画的时候，神情很是专注，经常有一帮小孩子跟在他身后看热闹，在他的艺术熏陶之下，竟然有几个孩子也慢慢地喜欢上了画画，拜杨艺术为师，成了小镇上的一段佳话。杨艺术已经是快三十岁的人了，但至今他还没有结婚，至于为什么他到现在都还没有结婚，在小镇上可是个谜，有人开玩笑说他有可能是皇宫里放出来的太监，但这些小道消息究竟是真是假，谁也不知道。

杨艺术指着靠墙的衣橱对吴歌说："婚纱只有一款，款式还是很不错的。你们拿了衣服，到里屋换了，就开始照相。"说完，他就开始布置起拍照的背景来。吴歌把那件挂在衣橱里的婚纱取下来，和杨霞进了里屋，把门关上后，杨霞就把上衣外套脱了，穿上那件白色的婚纱，活脱脱仙女下凡一样，楚楚动人，妩媚至极。杨霞穿着婚纱，在吴歌面前转了几个圈，然后问吴歌："怎么样？漂亮不？"吴歌说："太美了，像仙女下凡一样，我的老婆就算不穿婚纱，也是天底下最美的女孩。"说完，他在杨霞的脸颊上轻轻吻了一下。杨霞闭上眼睛，幸福地笑了，此刻她的脸上已经绯红一片。

打开门，吴歌和杨霞来到杨艺术已经布置好的背景前坐下来。杨艺术问杨霞："请问要不要化妆？"杨霞说："化妆就算了，我对自己的脸还是有信心的。"于是，在杨艺术的艺术指导下，摆拍了几组照片，几番折腾，室内拍照告一段落。拍完室内，就要转移阵地到室外拍。杨艺术把照相馆的大门一关，在门口处叫了两辆黄包车，他自己抱着照相机坐一辆，吴歌和杨霞坐一辆。先是去祖庙，吴歌西装革履，杨霞穿着一袭婚纱，站在祖庙面前摆姿势，活像两个木偶站在那里，任由杨艺术摆弄，或抬头挺胸，或搔首弄姿，或玉树临风，或笑口兮兮，或揽肩搭背，一会转左，又一会转右。站在祖庙门口拍婚纱照，在佛山这个小镇，怎么说也是一件新鲜事，更何况是一对金童玉女在搔首弄姿，本身就是一道亮丽的风景，吸引了一众路人驻足观望，有的在窃窃私语，有的在掩着嘴笑。杨艺术是个对艺术有追求的人，就算是拍照也不能马虎，他双手抱着硕大的照相机，左眼凑在取景框处，嘴里不停地叫着："预备……笑一笑……茄子……"吴歌和杨霞随着杨艺术的口令一会做笑状，一会做沉思状，把围观的人都逗笑了。他们都说这两个人真像两只被耍的猴子，还人模狗样的，叫干什么就干什么。吴歌和杨霞听了也不好说什么，就有点哭笑不得的感觉。

好不容易在祖庙取完景，杨艺术就匆忙指挥着黄包车，带着吴歌和杨霞赶往剩余景点——通济桥、汾江河畔、桑基鱼塘等地方取景拍照。忙活了一个上午，吴歌和杨霞的脸出于笑的原因都快要僵掉了。回到照相馆，杨霞脱掉婚纱的那一刻，就忍不住和吴歌说："真想不到，拍个婚纱照，竟然这么累人。"吴歌说："在这个世界上，要想获得幸福和甜蜜，都是要付出才能得到的。今天我们的付出，就是为了明天当我们老了的时候，可以回忆我们今天的甜蜜和欣赏有纪念价值的婚纱照。"两人回到酒楼，已是中午，由于一个上午滴水未进，喉咙早已冒烟，于是吴歌赶紧泡了一壶茶，杨霞一连喝了五杯，才长长地舒了一口气。她用手摸着圆滚滚的肚子说："刚才在汾江河边的时候，我就渴得要命，真想跑回酒楼喝一杯茶，但见到杨艺术一副认真的样子，就忍住了。"就在这时，一个清脆的女声在杨霞和吴歌的耳畔响起："霞姐姐，吴大哥，很高兴在这里碰到你们，今天我跟着父亲过来喝茶，父亲问我想去哪个酒楼喝茶，我就推荐醉仙酒楼。"吴歌抬头一看，原来是万红，她说话的时候，大眼睛扑闪扑闪着。杨霞一见到是万红，就朝她挥挥手笑着说："我们龙塘诗社最小的社员真会说话，过来霞姐姐这里，我们好好聊聊天。"万红坐在杨霞旁边，吴歌为她斟了一杯茶，万红捧着茶杯喝了起来。杨霞笑着对她说："我听宝珠说，你现在在坤贤私塾读书，你见到你哥哥在那里就读，强烈向父亲提出来要读书，这种追求知识的精神是值得赞扬的。"就在此时，吴歌看到，离此不远的茶桌，万红的父亲在品着茶，他时不时拿眼睛望向这里。吴歌微笑着向他挥了挥手示意，他也微笑着向吴歌挥了挥手。万红望着杨霞说："我觉得不管是男还是女的，活在这个世界上，就应该要有所追求，我见到哥哥从书塾带回来的课本，看着那些方块文字，虽然不认识，但感觉很是亲切，有一种似曾相识的感觉，我渴望认识它们，因此我向父亲提出来要像哥哥一样去读书。开始的时候，父亲不同意我去读书，他觉得我一个女孩子家，读那么多书干什么呢？女孩子年龄大了就要嫁人相夫生子。我不是这样想的，我要像那些在大戏里的女才子那样活得精彩，比如李清照，她写的词太优美了，可以传世。"杨霞说："想不到我们的万红能有如此的志向，你想成为李清照那样的大诗人，写出可以传世的诗歌，霞姐支持你，多读书，多思考，多写作，龙塘诗社就后继有人了。"万红羞涩地笑着说："霞姐真会取笑人，我要向你们学习，以后也要读大学，读更多的书，走更多的路。"杨霞说："姐支持你，你是一块读书的料，说不定在我们佛山能出一个大学问家。"吴歌不停地为万红和杨霞斟茶，万红一连喝了好几杯。她摸着圆滚滚的肚子笑着说："刚才吃了好多点心，现在一连喝了几杯茶，饱得要命，我要过去了，以后我们再聊。"说完，她就回去了。

　　吴歌低声对杨霞说："这个女孩，很有才气，干事干净利落，以后应该不得了。"杨霞说："你会算命？"吴歌神秘地说："我是凭感觉感知的。"杨霞说："不过说真的，这段时间我无聊的时候，翻了一下那些算命的书，觉得这个女孩骨格清奇，以后肯定不一般。"吴歌说："你还会算命？你给我算算，我的命会怎么样？"杨霞伸出右手来，食指和拇指故弄玄虚掐了一会，然后神秘兮兮地对吴歌说："你的命掌握在我的手里，也掌握在你的手里。"说完竟掩着嘴笑个不停。吴歌笑着说："你说得一点都没错，很快我们就要结婚了，你说过如果我对你不好，你就会把我丢到汾江河里喂鱼。"杨霞听了笑而不语。

十二　操练功夫迎比赛　大摆宴席贺新婚

　　梁焰这段时间忙得很，天天在武馆训练弟子。精武会已经开了会，说在春节前举行武术擂台赛和舞狮子表演大赛。梁焰和方圆商量过了，决定派弟子参加武术擂台赛和狮子表演赛，不管输赢如何，重要的是可以展示鸿胜馆蔡李佛拳的风采，同时也可以让鸿胜馆弟子趁这个机会锻炼一下。方圆和梁焰召集了所有弟子开了会，大家都一致同意两位师父的意见。既然大政方针已经定了，剩下来的事情就只有刻苦训练了，加强体能训练、搏击训练、舞狮的技能训练等，整个鸿胜馆每天都鼓声喧天，喊声震天，热闹非凡。

　　黑牛、劏牛强是鸿胜馆最有潜质的拳术后起之秀，有力量，也有技巧，于是方圆和梁焰悉心指导他们，届时让他们代表鸿胜馆参加武术擂台大赛。而崩牙强和黄枢，身手敏捷，舞狮子的技术一流，就让他们届时代表鸿胜馆参加狮子表演大赛。每天早晨大概六点，黑牛、劏牛强、崩牙强和黄枢四人一起床，洗漱一番后，就集中在鸿胜馆，由梁焰带队跑步训练，绕着古镇跑两圈，足足有四十里路，众人跑完步气喘吁吁回到武馆的时候，梁焰就带着他们到武馆隔壁的粥档吃肠粉和及第粥。吃完早餐，就开始一天魔鬼式的训练。黑牛、劁牛强在方圆和梁焰的指导下，先是练习搏击技能的训练，然后分别和五十多个师兄弟轮番比武，每天都练到精疲力竭。崩牙强和黄枢则在方圆的指导下，崩牙强托着狮头，黄枢弓着狮尾，两人配合得天衣无缝，在木桩上左腾右跃，忽上忽下，狮子晃头晃脑的，扑闪着灵动的眼睛，像是冲下山的狮子，杀气腾腾，很是威风。崩牙强和黄枢也是从早练到晚，也是练到呼吸都疼。经过大概十天的高强度训练，黑牛、劁牛强、崩牙强和黄枢都进步神速。

吴歌这些天也是忙得一塌糊涂，忙着婚礼前的筹备工作。虽然吴歌和杨霞是同学，不是媒婆介绍认识，但双方父母还是坚持要完成三书六礼的所有程序。吴歌和杨霞遵循双方父母的意见，把各自的生辰八字写在红纸上，然后双方父母都各自请了算命先生掐算了，掐算的结果是并无相克，而是大吉大利，然后又把"年庚"放在祖宗牌位前，三日内均平安大吉，并没有发生不吉利的事情。吴歌和杨霞对父母搞这一套都很反感，都什么年代了，还搞这些老皇历的东西，但他们同时也很担心，假如算命先生掐算的结果是他们相生相克，他们这个婚是结还是不结呢？杨霞和吴歌谈过这个问题，商议的结果是无论结果如何这个婚都必须结，在佛山结不成，就远走高飞，到天涯海角也要成双成对。好在，问卜的结果是大吉大利。接下来最忙的事情就是写请柬了，由于亲朋好友众多，吴歌和杨霞各自待在家里，花了两天的时间写了好几百份请柬，手都写软了。请柬写好后，还要亲自上门送请柬，由于吴达仁身体还在休养中，吴歌就骑着单车挨家挨户送，也花了两天的时间。最后一封请柬还没有送出去，是请鸿胜馆的师父和师兄弟们的。

　　这天一大早，吴歌陪着黄枢从酒楼跑步到武馆。刚到武馆门口，只见梁焰和方圆在广场上打着拳，每一招一式都有一种气定山河的杀气。待两人打完拳，吴歌快步上前问候两位师父，把来意说了，然后把请柬毕恭毕敬地递给梁焰和方圆。梁焰接了看了一下，然后说："恭喜你的大喜日子，后天我和方师父带着弟兄们一起过去凑热闹，沾沾喜气。吴老板你也太客气了，送请柬这样的小事情，让黄枢来的时候顺便把请柬带过来就可以了，你还亲自跑一趟。"吴歌说："不管怎么忙，请师父和师兄弟的这份请柬，我还是要亲自送的，时间迟了一点，请师父包涵。"吴歌说完，朝方圆和梁焰师父拱了拱手。方圆和梁焰也向吴歌拱了拱手。就在此时，劏牛强、黑牛和崩牙强也到了武馆，梁焰让劏牛强带队跑步，劏牛强得令，就带着他们迈步跑开了。梁焰问吴歌吃过早餐没有，吴歌摇了摇头。梁焰和方圆便带着吴歌到隔壁的粥店，每人都叫了一碗生滚及第粥。很快，粥上来了，热气腾腾，粥里面有很多肉，是新鲜的猪肝、猪肠和瘦肉，粥里撒了一些姜葱，味道一流。在南方冬天的早晨，北风呼呼地吹着，虽没有北方冰天雪地刺骨的寒冷，但那种阴冷的冻也让人感受到一阵阵寒意。在这样寒冷的日子里，喝上这么一碗热气腾腾的及第粥，却是一件很幸福的事情。喝完粥，吴歌知道梁焰要抓紧时间训练弟子，自己也有一身的事务要忙，大家就匆匆告别了。

　　吴歌经过几天忙活，在吴夫人的指导下，终于把结婚前的各项工作做好了安排。终于到了迎亲的日子，吴歌这天一大早就从床上匆匆起来，昨晚因为想着马上就要把杨霞娶回家，心情很是激动，竟然一夜没能合上眼，洗漱一番后，眼睛还是红红的。吃早餐的时候，吴艺见到哥哥的熊猫眼，就笑着说："昨晚新郎哥肯定是一夜无眠。"吴歌笑而不语。吃完早餐，吴歌到酒楼走了一趟，检查备膳的情况。吃过午饭后，吴歌穿上吴夫人早就准备好了的蓝色长袍、青马褂，头戴小礼帽，脚穿青缎粉底官靴，胸前戴着大红花。吴歌踱步来到大门口，就和已经等候多时的迎亲队伍出发了，走在队伍最前面的是一帮鼓乐手，他们鼓着腮帮起劲吹着唢呐，顿时喜庆的音乐便响彻整个东华里，以及通往汾江河畔经过的几条街道。紧跟着的是大红花轿，由四个轿夫抬着，晃晃悠悠串街走巷。黑牛、劁牛强、黄枢、马苏等一班兄弟陪着吴歌，走在花轿的后面。不到一炷香的时间，迎亲的队伍就到了汾江河畔杨府。杨府的门紧闭着，黑牛走上前拍门，拍了好久都没有人来开门。黄枢扯着喉咙朝着里面喊："快开门，新郎哥来接新娘了。"从门里面传出一个女人的声音："开门利市带了没有？"黑牛大声喊："带来了，你们赶快开门。"又有一个女的大声说："你们把开门利市从门缝里塞进来，我们要看你们的诚意够不够才开门。"这时，劁牛强扯着喉咙叫了起来："吴老板带来很多大洋，塞不进去，你们先开门放我们进去，每人一个大洋。"忽然门响了一下，应该是要开门的意思，但很快又安静了。里面的人说话了："你们要把大洋塞进来我们才开门，不然我们不开门。"劁牛强听了就火冒三丈，他跳将起来骂道："你们再不开门，我们就把门给拆了。"说完，他示意黑牛用力拍门，把门拍得震天响。劁牛强退后几步，纵身一跃爬上了围墙，然后跳进了院子。院子里的人见劁牛强跳进来，就乱作一团惊叫起来。为首的是宝珠，她招呼姐妹们挡住劁牛强不让他开门。但一众女流哪里是劁牛强的对手，很快门就被劁牛强打开了。外面的人见门打开了，就如潮水般涌进来。姐妹们见招架不住，就只剩下惊叫了。唢呐声欢快地叫着，把她们的惊叫声掩盖住了。宝珠也是一个泼辣的女子，她带着一众姐妹团团围住吴歌讨要利市，吴歌没能脱身，只能笑着从裤袋里掏出早就准备好的大洋，每人一个分发给一众姑娘。众姐妹领到了开门利市，就一个劲地恭喜新郎哥，然后一窝蜂跟着吴歌进到屋里。吴歌见了杨霞的父母就深深鞠了一躬，然后就进了杨霞的闺房。此时，大妗姐正在给杨霞梳头，她一边梳着头一边说："一梳到发尾夫妻就好首尾，二梳呢梳到你的白发齐眉，三梳呢好兴趣就儿孙满地，四梳呢百年好合永结连理，五梳呢一家和顺翁娌笑眯眯，六梳呢福临你的豪宅家地，七梳呢逢凶化吉将祸避，八梳呢生意投资一本万利，九梳呢夫妻恩爱乐膳百味，十梳呢一世够运百无禁忌。"大妗姐说的比唱的还好听，把吴歌和杨霞都逗乐了，两人笑得前俯后仰的。出门的时辰到了，吴歌和杨霞在客厅里为父母敬了茶后，杨霞头戴着红巾，由大妗姐背着上了大红轿子，起轿的那一刻，停歇了的鼓乐手又忙活起来，喧天的乐声沿着汾江河畔一路震天般响起来。大红花轿晃晃悠悠，走过寓意早生贵子的快子路，然后再经过繁华的公正路，再走到普君圩市的走马灯、长生树、线香街和福禄路，最后才回到东华里吴府。轿子停在吴府大门口，黄枢点燃了鞭炮，噼噼啪啪地响着，巷子里弥漫着喜庆的烟火味。在炮声中，大妗姐将杨霞背着下了花轿，跨过红红火火的火盆，把杨霞背进大厅。接着就是拜堂成亲，在姑父陈先生的一番主持下，吴歌和杨霞完成了一拜天地，二拜高堂，夫妻对拜等规定动作后，吴歌挽扶着杨霞进新房后，还没待杨霞坐到床沿上，就迫不及待地掀起了盖在杨霞头上的红头巾来。此时，杨霞的脸上一片绯红，吴歌深情地在杨霞的脸颊上轻轻地吻了一下，然后情不自禁地拥着杨霞说："从今天开始，你不是你，我也不是我了，而是我们了，在这个兵荒马乱的世界里，我们一定要好好的。"杨霞也深情地望着吴歌说："不管以后遇到什么，我们都会一起去面对，夫妻同心，其利断金，我会让你幸福的。"就在这时，大妗姐走进来，说酒席快要开始了，要出发去酒楼了。于是，吴歌和杨霞走出新房，和吴达仁及吴夫人一行人来到门口，坐上已经等候多时的十多辆黄包车，浩浩荡荡朝醉仙酒楼出发。一到门口，众人下了车，映入眼帘的就是摆在酒楼门口硕大的招牌：吴府杨府联婚。黄枢一见众人下车，就点燃了从二楼吊下来的鞭炮，噼里啪啦响个不停，红纸纷纷扬扬，落了一地，鞭炮的烟火味在槟榔街上空弥漫着，像是在告诉世人，槟榔街上正在上演一出喜庆的大戏。

上了楼，只见杨霞的父母早就到了，已经站在门口等候宾客了。吴达仁、吴夫人和杨盛昌、杨夫人握手问好后，也站在门口等候宾客的到来。杨霞走到杨夫人身边，杨夫人紧紧抱着杨霞说："从今天开始，你就是为人妻了，父母见到你找到了好郎君，也很替你开心。"吴歌走过来站在杨霞身边说："妈，请放心，我会让杨霞幸福的。"杨夫人笑着对吴歌说："以后我们就是一家人了，你们要好好的，我们作为父母就放心了。"此时，客人陆续过来了，都是两家的亲朋好友，一番问候后，就由夜莺和黄莺引导入席。队伍最庞大的是鸿胜馆方圆、梁焰和龚坤带领着一帮弟子过来，其次就是龙塘诗社吴诗选带领着一帮诗人过来，一帮能文，另一帮能武，他们纷纷和吴歌、杨霞握手恭贺后，就鱼贯入场就座，大家嘻嘻哈哈的，有说有笑，场面很是热闹。宝珠一见到余道义，就气冲冲地对他说："你这个小气鬼，什么时候把那地图给我呢？"余道义笑着说："我的姑奶奶，你一个老佛山，还需要什么地图呢？你想去哪里，我带你去。"梦鸽这时插话说："余大哥你就不懂风情了，人家宝珠要的不仅是地图，最要紧的是你以什么方式送给她。"余道义听了就用手摸了摸头，他想了一下然后说："吃完吴歌的喜酒，我和你一起到我的药铺去拿，好吗？"宝珠笑着说："黑灯瞎火的，我才不去你的药铺呢。"黑牛阴阳怪气地重复了一遍宝珠的话语，引得众人呵呵大笑起来。

　　宾客来齐，婚礼就开始了。夜莺站在台上，宣布婚礼马上开始。她邀请新娘和新郎上台，吴歌拉着杨霞的手，徐徐走向戏台。诸位宾客都感到很是新鲜，在佛山这个小镇，婚宴一般都是在家里摆的，在酒楼摆婚宴应该是破天荒头一回。夜莺让吴歌和杨霞分别介绍他们相爱的过程。吴歌看着杨霞，杨霞也看着吴歌，都笑而不语。这时，黑牛在下面大声说："吴老板，不要扭扭捏捏的，你就给大伙大大方方地说说你们是怎么爱上的。"黑牛的话音一落，下面的人就都哄堂大笑起来。吴歌拉着杨霞的手说："我们在广州岭南大学读书的时候就认识了，因为我们是老乡嘛，都是佛山人，更重要的是在汾江河畔长大的，我们一开始只是同学关系，慢慢地就加深了感情，就从友情变成了爱情。在这里，我最要感谢的是汾江河，让我们找到了共同的话题，我们说起小时候在汾江里游泳的趣事，总是滔滔不绝。在这里，我更要感谢的是岳父和岳母，是他们培养了这么一个优秀女孩，天使一般来到我的身边。我会对杨霞很好很好的，请你们放心。"吴歌话音刚落，下面就鼓起掌来。夜莺接着说："刚才吴老板说了很多，下面请杨霞也和大家说一下。"杨霞清了清嗓音说："我们的相识是自然而然的，我们由同学和老乡的关系慢慢发展成为有情人，今天成为夫妻，是上天赐给我们的缘分，也感谢爸爸、妈妈培养了这么一个优秀的儿子，来到我的身边。从今天开始，我和吴歌结成夫妻，在佛山这个小镇谋生活，谋发展，还请在座的各位亲朋好友多多关照。"杨霞一说完，下面也鼓起掌来。夜莺大声对着大家说："刚才，吴歌和杨霞说得太好了，下面交换戒指。"吴歌和杨霞交换了戒指，并为对方戴上。戒指戴完，夜莺就宣布婚宴正式开始。这时，下面的人都纷纷感叹起来，都说这场中西合璧的婚礼很有意思。

婚宴正式开始，戏台上黄枢拉着高胡、夜莺敲着扬琴、黄莺吹着笛子，奏起喜庆的音乐来。伴随着轻快的乐声，负责上菜的妇人排着队，从厨房里依次出来，把一盘盘充满了好意头的菜端上来：大拼盘（生活美满、丰富多彩）、炒粉（福运绵长、幸福美满）、鸳鸯鸡（共鸣春报晓）、白灼虾（群龙贺新喜）、菠萝生炒骨（黄金铺满地、生活有滋有味）、上汤白果猪肚（白头偕老、早生贵子）、蒸带子（生儿子带儿子是一种快乐）、水鱼鸡汤（沉鱼落雁的美好）、蒸花枝片（贵气逼人）、腰果丁（金腰怀太子）、蒸白鸽（幸福美满、白头到老）、豆沙糖水（婚后生活圆圆满满、甜甜蜜蜜），摆了满满一桌。在音乐声中，众宾客开始进餐。整个大厅共摆了三十围酒席，最热闹的就是鸿胜馆子弟那五围台。大家都是练武之人，且大多是贫苦出身，今天能有这个机会在酒楼里好酒好菜饱餐一顿，个个都放开肚皮大吃大喝起来。

不知酒过几巡了，吴歌被灌了好几轮，鸿胜馆的弟兄刚纠缠完，接着就是龙塘诗社的诗人们，还有槟榔街上的一帮老板，大家轮番上阵，好在吴歌是开酒坊的，有喝酒的本钱和基因，但猛地一下子喝这么多，也有一点感觉了。抵挡住几轮轰炸后，吴歌带着余道义、龚坤、黑牛、劏牛强等一帮弟兄，走马灯一样给每围台的宾客敬酒。在敬酒的时候，宾客都高声恭喜，吴歌笑呵呵地向众人道谢。吴歌大多数时候虽然只是做个样子碰碰酒杯，但遇到很相熟的亲朋好友，被对方硬拉着一定要喝了才能离开，这样一轮转下来也喝了不少，回到座位的时候，就有一些醉意了，脸红得像被搽了胭脂。杨霞见吴歌有了醉意，就笑着摇摇头说："看来做新郎也是一件不容易的事情。"吴歌说："还是做新娘好呀，等一下你去敬茶，他们不会给你灌酒，而是给你利市。"杨霞低下头笑而不语。吃了一些菜，杨霞就带着一帮姐妹，在大妗姐的带领下，给每围台的宾客敬茶，宾客也都高声恭喜，杨霞落落大方笑口嘻嘻地对他们说："饮杯新抱茶，富贵又荣华！"喝完了新抱茶，众人便纷纷把已经准备好了的利市红包放在茶托上。一轮下来，大家都喝了新抱茶，就意味着今天的喜宴已经接近尾声了。很快，吴歌和杨霞两家人就离了座位，来到酒楼门口站着，等候送客了。宾客们陆续离开座位，走到门口的时候就纷纷和主家道别。最后走的是剐牛强和黑牛，他们已经喝得酩酊大醉，不能走路，要一帮师弟扶着走才行。但他们嘴里一个劲地大声嚷着："我没醉，我还要喝。"梁焰向吴歌拱了拱手笑着说："恭喜新婚之喜，他们也是为你高兴，喝高了，竟然喝醉了。"吴歌说："大家开心就好，说实在的，在这个兵荒马乱的年代里，能开心一天就是一天吧，感谢你们大驾光临敝人的婚礼，蓬荜生辉。"梁焰笑着说："吴歌，能参加你的婚礼是我们的荣幸。"说完，就带着一众兄弟回去了。

吴歌和杨霞忙了一天，迎来送往的，骨架子都累散了。吴歌和杨霞离开酒楼，杨霞扶着吴歌，披着满天的星星走路回家。吴歌一边走着一边醉眼蒙眬地唱着歌："从此被困，做个老衬。"歌声在古镇的街道上飘扬着，像汾江河上的水汽在弥漫着。杨霞也大声唱起歌来："你个老衬，从此被困。"唱完，就哈哈哈大笑起来。回到家里，跟跟跄跄进了新房，由于实在是太累和醉了，吴歌一见到床就趴在床上呼呼大睡起来。杨霞躺在床上，数了几万只羊也睡不着，到快天亮的时候，才迷迷糊糊入睡。

十三　万福台上比武忙　鸿胜子弟两夺魁

　　武术比武大赛和狮子表演大赛在年二十五这一天如期举行，武术比武大赛的地点就设在万福台，狮子表演大赛的地点就在万福台旁边的广场上。佛山大大小小二十多个武馆各派出两名代表按照抽签的顺序轮番上台比武，比赛安排了五天。而狮子表演大赛，各武馆派出一支参赛队伍，比赛也要安排五天。每天来观看比赛的人都很多，人山人海，摩肩接踵。

　　两场比赛均由佛山精武会来主持，同时举办两场重大的武术赛事，这在佛山的武术历史上可以说是破天荒和史无前例。而最值得一说的是举行比赛的地点，就设在北帝庙前本来唱戏的万福台上和隔壁的广场，方便北帝观看比赛。白天，万福台就由戏台变成比武台，各路武术名家在戏台上都使出浑身的本事，拳打脚踢，旋风掌和无影脚什么的，每一招式都神出鬼没，如形随影，甚为精彩，赢得台下的观众发出阵阵的喝彩声。万福台旁边，狮子表演大赛也热闹非凡，鼓声喧天，场上的狮子左腾右跃，忽高忽低，精神抖擞，舞到精彩处，场下的观众便高声叫好。到了晚上，万福台又由比武台回归戏台的角色，准备新年到各乡村演出的戏班，年前一连十几个晚上在演酬神戏，丝竹管乐声不断，回荡在北帝庙的上空。出于白天有两场比赛和晚上有大戏看的缘故，吸引了四乡的人过来观看，万福台前及旁边的广场上塞满了人，人声鼎沸，人们的喝彩声和小孩的哭闹声汇合在一起，汇成了声音的巨流，像是要把万福台上的琉璃瓦震碎的样子。

由于鸿胜馆子弟剀牛强、黑牛、崩牙强和黄枢基本功扎实，穷苦出身的人能吃苦，肯拼搏，经过激烈的争斗，鸿胜馆囊括两项比赛的第一名。方圆和梁焰分别代表鸿胜馆上台领奖，从李县长的手上接过沉甸甸的奖杯和奖金后，他们高高地举着奖杯和奖金，然后深深地向着北帝庙鞠了三个躬，台下便响起了雷鸣般的掌声，尤其是鸿胜馆子弟，更是欢呼雀跃。颁奖的时候吴歌也在场，他也很是激动，眼里竟噙满了泪水。

对于鸿胜馆的获胜，佛山保安大队队长刘野此刻很不高兴。他所撑腰的兴义武馆并没有进入前三名，而是排名第十一，连前十都进不了。但结果已经出来了，任何人也更改不了，更何况本次比赛的评委都是由精武会德高望重的武术名家来担任，在佛山谁敢对精武会的权威质疑呢？刘野知道自己的斤两，因此，他也不好发作，但铁青着脸，很是沮丧。颁奖完毕，他带着一帮喽啰气冲冲地离开了。

夺魁的当天晚上，为了庆祝夺魁和犒劳弟子，方圆和梁焰决定在鸿胜馆举办庆功宴。剀牛强和黑牛到通济村的一户农家里购买了一头猪、十只鸡和几篮青菜，农人用木车把猪、鸡和青菜拉到鸿胜馆后就回去了。崩牙强早就在广场上用石头垒砌了一口灶，上面安放了一口大锅，锅里盛满了水，灶里火柴烧得正旺的时候，就见到剀牛强和黑牛回来了。水开了，就开始宰猪杀鸡。猪有两百多斤，黑牛和崩牙强身手敏捷，合力把猪掀翻，胖猪像是感受到了末日来临的样子，惊恐地睁着大眼，撕心裂肺般尖叫起来。黑牛用手抓住了猪前脚，崩牙强也用手抓住了猪后脚，此时猪叫得更加厉害了，但它被死死地按在地上，动弹不得。劏牛强拿着已经磨得明晃晃的尖刀，朝猪脖子狠劲地一捅，猪脖子就汩汩流出血来，流到早已经准备好的盆子里。血流了一大盆，猪便停止了挣扎和尖叫。黑牛从大锅里舀了一大盆开水，朝猪身上淋着，滚烫的开水把猪的皮和毛泡软，劏牛强便拿起刮刀，给猪刮起毛来。很快，猪毛已经褪尽，露出白白的猪皮来，泛着白白的光。劏牛强不仅是个劏牛的行家，也是劏猪的好手。如果庖丁在世，应该会把他招为入室弟子。他拿着明晃晃的骨刀，气定神闲地砍骨切肉，刀起刀落间，都拿捏得很到位。很快，一头大胖猪就不见了影子，只见一堆堆骨头、肉和猪内脏摆放在众人的面前。围观的人都称赞劏牛强是再世的庖丁，劏牛强笑而不语。他把所有的骨头、肉、猪内脏和猪头用清水洗过后，一一放进大锅里煮。先出锅的是猪内脏，他用勺子把猪内脏捞出来，放在大盆子里，用剪刀把它们剪成一块块，撒上一把盐巴和一碗酱油，就成了天下最美味的一道菜肴了。

从开始杀猪的那一刻开始，众人的肚子就开始饿得咕咕叫了，大家纷纷拿起筷子，很快就把猪肝、猪肠、猪肺、猪肚一扫而空。吴歌把从醉仙酒坊搬过来的酒坛子打开，一一为众人斟满了酒，酒香扑鼻，众人喝了都大声称赞好酒。

紧接着，劏牛强把肉从锅里捞出来，在砧板上刀起刀落，肥肉、瘦肉、五花腩分门别类放在大盆里，也撒上一把盐巴和三碗酱油。肉香混着酱油的味道，撩拨着众人的食欲。大家也纷纷拿着筷子，把一块块肉塞进嘴里，满嘴都是油光。大家一边吃一边有说有笑的，很是快活。有肉吃的日子就是幸福的日子，但这样幸福的日子对鸿胜馆的子弟来说，一年里也没有几回，屈指可数。大家都是穷苦出身，在家里每天吃的都是番薯芋头为主，一年里也就是逢年过节才舍得吃肉。在今天这个可喜可贺的日子里，大家开开心心地聚在一起，享受一次肉的盛宴，也是享受成功的喜悦。

　　方圆见大家吃得开心喝得酣畅，就站起来说："诸位，今天是我们鸿胜馆值得纪念的日子，在大家的共同努力下，我们获得了佛山武术比赛和狮子表演大赛的第一名，这个成绩的取得是来之不易的，是大家齐心合力努力拼搏取得的，我代表鸿胜馆感谢大家！"说完，他举起酒杯敬大家一杯。众人见师父喝了，就高声地喊："鸿胜馆威武，蔡李佛威武。"众人喊完，都仰脖子喝了。接着，方圆继续说："在这里我和大家分享一篇文章，我记得是去年的《新青年》发表的一篇文章《体育之研究》，作者是二十八画生，他在文章里明确地指出：国力苶弱，武风不振，民族之体质，日趋轻细，此甚可忧之现象也。他认为体育的作用在于能'强筋骨''增知识''调感情''强意志'，最重要的是健身可以强国。我们鸿胜馆招收贫穷子弟练习武术，开办识字班，我们今天所做的，竟和这个二十八画生说的不谋而合。体育可以强国，武术更可以强国，希望大家要认真练习武术，不仅可以强壮身体，更重要的是可以保家卫国。我知道，我们鸿胜馆的子弟，大多家庭贫穷，家里能吃肉的日子不多，这次比赛获得的奖金共有两百大洋，我和梁焰商量了，拿出十个大洋筹备今天的庆功宴，还剩下一百九十大洋，大家议一下这笔经费该如何使用。"大家听说要分钱，趁着酒劲，就一个个嚷起来了，有的打着饱嗝高兴地说："有钱分，太好了。"有的喷着酒气高声说："今天真是个好日子，有肉吃，有酒喝，也有钱分，太高兴了。"众人你一言我一语，甚为热闹。

黄枢在戏班跑龙套，也经常在醉仙酒楼客串唱戏，见的世面多，他站起来让大家安静，众人见黄枢要说话，便都安静下来，都拿眼睛看着黄枢。黄枢对着众人大声说："我个人认为，人这么多，奖金不是很多，分了也没什么用，我建议不如用这笔钱来办个实业，比如开一间药店，或者买一个铺位出租，或者开一家推拿店，收入用于鸿胜馆平时的开支，起码以后我们聚餐也不用大家凑份子钱了。"梁焰听了黄枢的发言，觉得很有见地，也站起来接着说："我觉得黄枢这个建议很有见地，我觉得我们可以发挥鸿胜馆的优势，用奖金余下的钱开一家推拿馆，专治颈椎腰骨疼痛，我们祖传的医术是没得说的，趁现在我们武馆的名声打出去了，就开一家平民价格的推拿馆，悬壶济世，服务大众，这是一件很有意义的事情。大家的意见如何？"众人听了都觉得这个想法很好，就一致赞成。方圆说："梁焰这个想法很好，以后我们鸿胜馆也有收入了，可以改善一下大家的伙食了。那么如何具体经营呢？因为我们都不是经商的，大家要好好筹划筹划。"黄枢说："关于如何经营，请吴歌老板为大家谋划一下。"吴歌站了起来，朝众人拱了拱手，沉吟了一下，然后说："鸿胜馆走到今天，很不容易，但鸿胜馆能在佛山武馆林立的地方站稳脚跟，并能得到很好的发展，最主要的是为贫苦大众服务，说到奖金的使用，刚才大家已经同意用这笔钱开一家推拿馆，我觉得这个思路很好，佛山的武术和医药都很出名，鸿胜馆发挥自己的优势，练武之人变身推拿师，既可以解除病人颈椎腰骨之疼，又可以让我们的子弟拿到工资，更可以改善鸿胜馆子弟的伙食，是一举多得的好事。既然是开推拿馆，就是一门生意，要做好这门生意，是有很大讲究的。做生意最重要的首先是口碑，也就是推拿技术要规范，推拿效果要明显，来看病的人如果是躺着进来能走着出去就是最好的效果。"吴歌说到这里，在座的人都哄堂大笑起来。

等大家笑完，吴歌接着说："我知道方师父的推拿手法很厉害，给很多人治病的效果都很不错。因此，鸿胜馆子弟在练武之余，要好好跟方师父练习推拿的手法，一定要规范掌握推拿技术的要领。然后就是要规范管理，培训合格的徒弟，才能上岗，对于那些技术手法不行的，就要及时清退，能在推拿馆上班的，一定是技术一流和服务态度好的，只有这样才能保证质量和口碑，才能留得住顾客。最后就是规范账目管理，定期盘点，总结经营的得与失，经验与教训，不断取得进步。"吴歌这一番话，说到了点子上，句句在理，针针见血，在座的上百号人无不心悦诚服，大家都热烈地鼓起掌来。

既然大事已经谋定，接下来的事情就是喝酒和吃肉。酒足肉饱后，就是喝猪红汤，劏牛强为每人的碗里盛了满满的一大碗猪红韭菜汤，其中还有一大块骨头。锅里的一头猪就这样被消灭得一干二净了，更不用说桌上的那盘小鸡了。众人海吃海喝，吃得满头大汗，满嘴油光，肚皮鼓鼓的，个个都很是心满意足地离开武馆，踏着月色回家去了。

十四　鸿胜坊免费义诊　黑社会收保护费

　　梁焰在黑牛的陪同下，在普君圩找了一个临街的铺位，大概有一百平方米。梁焰找人花了三天的时间简单装修了一下，并和黑牛购置了六张推拿用的木床、被单、枕头和供顾客休息的实木椅子，把鸿胜坊推拿馆的招牌在门口墙上一挂，就算是开张了。开张当天的上午，鸿胜坊推拿馆门前狮鼓喧天，鞭炮震耳，把整个普君圩都搅得热闹非凡。鸿胜馆的弟子都过来捧场，加上来趁圩的人也过来凑热闹，人来人往，把小小的推拿馆挤得水泄不通。

　　在招牌旁边，张贴了这么一张广告，是汾江书院陈先生用一张大红纸写的：鸿胜坊推拿馆专治腰椎脖颈疼痛，开张两天内，每天免费治疗四十八人，每人半个时辰，欢迎惠顾！很多人围着看广告，议论纷纷。有的说："免费治疗，有这么好的事，我要去试试，我的腰椎突出疼得很厉害，连牛都使唤不了。"还有的说："鸿胜馆功夫了得，前不久的武术大赛和狮子表演大赛获得了花魁，推拿应该也是了得的，我马上进去让他们医治一下我的千年老腰。"很快，走进武馆推拿的人多了起来，有二三十个，大多是来趁圩的乡下人。但床位只有六个，治疗也需要时间，黑牛就拿一张红纸，撕成一张张像大洋大小的纸条，上面写了顾客的名字和序号，然后交回顾客手中，叮嘱他们先去趁圩，并告知他们大概什么时候过来就诊。农民们拿着纸条，就乐呵呵地趁圩去了。

方圆和梁焰对于黑牛写纸条排号的方式甚为赞许，免了顾客排队之苦。黑牛见师父表扬他，就用右手摸了摸头发说："你们既然让我做这个店长，我肯定要想办法经营好，不然对不起大家的。"梁焰说："在普君圩，黑牛是个人物，一定可以把推拿馆经营得很好的。"余道义听了笑着说："等以后有机会再印古镇地图的时候，一定要把鸿胜坊推拿馆标上才行。"黑牛笑着说："那当然了，让来佛山旅游的人都过来我们这里推一下拿一下，浑身轻松地回去。"黑牛说完，众人都大笑起来。

开张了两天，每天都满满当当地排满了号，来免费就诊的人得到了很好的治疗，治疗效果很是明显。这一天已经是年二十八，明天就是年二十九，店铺要关门休假了。黑牛曾经问过梁焰为什么要赶在年前开业，开业不久就要休假，白白浪费铺租。梁焰说年前开业可以帮助一些贫苦大众免受腰椎的痛楚过年，也是我们鸿胜坊应该做的一件好事，更何况不管你在什么时候开业，该休假的时候还是要休假的。黑牛觉得梁焰说得很有道理。

送走了最后一个客人，黑牛、崩牙强和几位师弟在喝茶聊天。突然，从门口冲进来一群人，共有六个人，为首的是一名彪形大汉，满脸横肉，胡子拉碴。他瞪着眼对黑牛说："谁是这里的老板？"黑牛闻言就站起来说："我就是，请问有何贵干？"大汉说："我是来收保护费的，凡是在普君圩开档口做生意的，按规矩每个月都要交五块大洋。"崩牙强听了就咬牙切齿地说："每个月要交五块大洋？你不如去抢！你也不打听打听是谁在这里开的推拿馆。"大汉大声说："不管是谁，在普君圩开店铺，一律都要交保护费。"黑牛大声说："就凭你们几个，也敢过来收保护费？"跟在大汉后面的几个后生嚷了起来："识相的就赶快交，不然我们就把你的小店给砸了，到时你就问鬼去赔。"崩牙强用手指着他们大声说："在佛山街，我都没见过这么嚣张的，光天化日竟然敢跑过来收保护费，真是闻所未闻，你们有本事就过来收，先问问我的拳头同不同意。"彪形大汉左右摇了摇脖子，然后梗着脖子乜斜着眼望着崩牙强说："你的意思是不交保护费？兄弟们上，弄死他们。"此时，黑牛上前一步用手制止他们动手，然后大声说："不要激动，既然你们想打架，我有个提议，我们到门口的空地上比武吧。"大汉听了头也不回就带领喽啰们走出去。

黑牛、崩牙强和五位师弟一行七人也来到门口处的空地上，只见大汉已经摆好了一副比武的架势，用眼睛乜斜着黑牛。黑牛在心里想，这厮肯定不是佛山武馆的人，如是武馆的人，肯定听过黑牛的名字或见过黑牛，因为他是今年佛山武术比武大赛的花魁呀，在佛山武术界谁人不知道黑牛的厉害呢？黑牛知道，这帮人肯定是外江人，刚来佛山混吃混喝的。黑牛站在离门口不远处的地方，大汉快步向前朝黑牛狠狠地挥了几拳，黑牛敏捷地闪开了。大汉见挥拳扑了空，就一连起了几个飞脚。黑牛手脚并用，只十来个回合就把大汉打趴在地上了。这时，围着看热闹的人很多，水泄不通。那大汉躺在地上动弹不得，其他几人见大汉都被打趴了，就一动也不敢动。黑牛见大汉起不来，就让那帮喽啰把他抬回去，众喽啰一哄而上，把大汉抬起来，急匆匆地往外走，人群便像泄洪的河堤顿时崩开一个缺口，让他们灰溜溜地离去。黑牛狠狠地对他们说："以后还见到你们过来普君圩收保护费，见一次打一次。"围观的人听说是打收保护费的，就大声叫："打得好，打得好！"在附近做生意的都围着黑牛，你一言我一语对黑牛诉起苦来。有的说："现在生意这么难做，每个月要交五块大洋的保护费，还要不要让人活了。"有的说："这是一个弱肉强食的野蛮时代，我们作为蚁民，活着就已经很憋屈了，还经常被欺负。"

黑牛听了众人的诉苦后，就站在鸿胜坊门前高声对大家说："刚才，我听了大家的诉苦，知道大家深受被勒索的苦。在这个弱肉强食的年代，如果我们不反抗，那么我们就永远被欺负。但是，我们靠什么反抗呢？对付武力我们就要用武力才行。因此，我们要首先组织年轻人练习武术，练好武术不仅可以强身，可以保护自己不受欺负，更可以强国。其次是要团结，只要我们普君圩的人团结一致了，对付敌人就易如反掌，如果还像一盘散沙，那就永远都会被人欺负。"众人听了黑牛一番话，都觉得黑牛说得很有见地，有些人以前和黑牛是很熟的，但他现在都有些不认识黑牛了，觉得他变了，变得都有些不认识了。也是的，黑牛天天跟着方圆和梁焰混在一起，耳濡目染，受了新思想的熏陶，进步飞快，由量变导致了质变，已经是一个和以往任何时候都不一样的黑牛了。

"黑牛哥，有你出头为我们伸张正义，我们就放心了。你问问大家，在普君圩开铺摆地摊的，谁没有被收过保护费？现在生意难做，还要交保护费，杀人的心都有了。"人群中有人大声说。黑牛定睛一看，原来说话的是和黑牛同村的在市场里开卖鱼档的黑鬼七。

　　卖大福饼的胡须红大声说："黑鬼七说得好，我们每天没日没夜地往死里去干，赚那么一点辛苦钱养家糊口，大部分被一帮流氓地痞搜刮去了，我们还怎么活？这是要我们的命呀。"胡须红刚说完，卖猪肉的猪肉金接着说："以前我们是忍气吞声，敢怒不敢言，现在好了，有黑牛大哥为我们撑腰，我们拿起家伙，和他们拼了。"向黑牛诉苦水的人很多，神情很是无奈，语气很是愤怒，大家你一言我一语，如果把那些愤怒的话语垒起来，估计有一箩筐那么多。

　　黑牛听完大家的诉苦后，看着众人堆满无奈和愤怒的脸庞，他也感到很是愤怒。黑牛清了清嗓子，朝着众人大声说："敢来普君圩收保护费的，那些喽啰只是打手而已，背后肯定有人在撑腰，不然他们肯定不敢来收保护费。"黑鬼七扯着喉咙说："听说他们现在的后台是保安大队，队长是副县长刘放的儿子刘野，整天不干正事，就知道欺压百姓收保护费和吃喝嫖赌。"

　　众人听了就愤愤不平地骂开了。黑鬼七瞪眼骂着说："保安队不保我们的平安，还压榨我们，这是一个什么鬼世道？"胡须红挥着拳头骂着说："这个世道，那些当官的，大都是贪官污吏，哪有考虑我们这些平头百姓的生死呢？"猪肉金跳脚骂着说："我们把那些没良心的狗官和喽啰给宰了喂狗吃！"众人群情汹涌，骂声汇聚成了一条愤怒的河流，比汾江河水还要大，把几只凑过来看热闹的狗吓得一愣一愣的，耷拉着耳朵，不敢吠叫。它们看着一群愤怒的人在说着什么，声音很大，还扭曲着脸，像是要杀人的样子，于是它们赶紧撒腿逃离了。

　　狗刚逃离了愤怒的人群，迎面碰见了一群杀气腾腾的人，荷枪实弹，威风凛凛跑步前进。狗由于躲避不及，被这帮人狠劲地踢了几脚，狗便发出了凄厉的叫声来。愤怒的人群里有人听到狗的哀叫声，发现保安队的人杀过来了，便大声叫了起来："保安队的人过来了。"话音未落，只见保安队的人已经把众人团团围了起来。黑牛定睛一看，为首的竟是刘野，他穿着保安大队的制服，戴着大盖帽，腰里别着一支手枪。保安队员有十多人，个个手里都持着枪，枪口对着众人。众人见此架势，虽然很是愤怒，但也很惊慌，都低着头不敢言语。刚才落荒而逃的喽啰附在刘野的耳畔嘀咕了几句，刘野点了点头，就用手指着黑牛说："你很沙胆，光天化日之下把人给打残了，现在我们要把你带回保安队问话。"

黑牛高声质问："刘队长，你要弄清楚我为什么要打他，我的店刚试业，都还没有开张，一个大洋都还没有赚到，他来收什么保护费？就算我赚了钱，我一个子也不会给他。难道你作为佛山保安队长，是允许他们这么嚣张地在佛山街收保护费的？"众人听了也附和说："就是，难道佛山保安大队对这种收保护费的行为也是允许的？没有人管一管这种行为了？普天之下就没有王法了？"

刘野黑着脸，好一阵不言也不语。过了一会，他从裤袋里拿出一包纸烟，弹出一支，用火柴点燃了，狠狠地吸了一口，把浓烟缓缓从嘴里吐出来，然后说："诸位，今天我来处理的不是收不收保护费的问题，而是处理打架伤人事件，刚才有人到保安大队报案了，说被鸿胜坊的黑牛打伤了，我们要把黑牛带回保安大队进行询问，请黑牛师父跟我们走一趟，了解事情的发生过程。"

崩牙强见刘野要带走黑牛，就振振有词地大声喊："不能把人带走！事情很简单，那个人带领一帮喽啰过来收保护费，我们说不交，他就要打人，但他打不过黑牛，黑牛把他打了也是应该的，因为他们无法无天，你们要抓就抓那个来收保护费的，大家说是不是？"众人听了就齐声回答："是。"

刘野狠狠吸了最后一口烟，把烟蒂丢在地上，脚用力把烟蒂踩了几下，然后向众人拱了拱手，满脸堆笑地说："诸位乡亲，我也是办公差而已，谁让我是保安队的队长呢，既然有人报案，我就要带人过来处理，请黑牛师父跟我们走一趟，也就是问问话做个笔录什么的，事情调查清楚了，如果黑牛师父没有犯事，那么他很快就可以回家，明天就要过年了，我希望尽快处理这件事情，给大家一个交代，我也不想黑牛师父蹲在保安大队的班房里过年呀，请各位不要阻碍办差，谁阻碍办差就抓谁。"说完，他朝黑牛做了一个请的姿势。黑牛瞪着眼说："既然刘队长一定要请我到保安大队走一趟，我就跟你去，我也想看一看，在这个世道上还有没有公理？"说完，他离开众人跟着刘野向着保安大队公署的方向走，跟在他身后的，是一群荷枪实弹的保安队员。看着黑牛师父被带走，众人个个都火冒三丈，但都很无奈。

崩牙强见此阵势，就和众师兄弟撒腿一口气跑回鸿胜馆。到了武馆，见方圆和梁焰都在，就急忙和他们把事情的来龙去脉说了一番。方圆听了就跺着脚骂道："这是一个什么世道，收保护费的没事，拒交保护费的反而被抓了？"梁焰听了崩牙强的汇报后，沉思了一会，然后说："既然事情已经发生了，我们就要想办法解决。这样吧，方师父你和崩牙强到保安大队了解一下情况，我现在过去找一下吴歌，看他有没有什么办法。"方圆点了点头说："好，我们分头行动。"说完就和崩牙强一行人出发了。梁焰也离了武馆，大步流星来到街上，朝槟榔街的方向走去。梁焰到了醉仙酒楼，见了吴歌，吴歌正在和杨霞商量着年三十家宴的菜谱。梁焰把黑牛被抓的事情和吴歌说了，吴歌闻言就对杨霞说："菜谱的事情你定夺吧，我和梁焰赶快去处理一下黑牛的事情。"说完就和梁焰快步下了酒楼，找到那辆停放在门口的单车，吴歌让梁焰跳上后座，把单车骑得飞快。梁焰问吴歌："我们现在是去哪里呢？"吴歌说："先去县政府找李县长，让他出面把这个事情摆平，然后去保安大队接黑牛。"梁焰听了就呵呵大笑起来，然后说："这是一个什么世道，被勒索的人反而要去求情。"吴歌说："我们也是没有办法呀，保安大队手里有枪，我们硬来是不行的，就只有找比他们更大的官来压他们，这是目前唯一的办法了。无奈呀，人在屋檐下，不得不低头。"梁焰说："现在这个世道，不仅兵荒马乱，而且贪官污吏横行，都没办法让人活了。"

很快就到了县衙，吴歌和门卫很熟，打了招呼就进去了。吴歌和梁焰上了楼，来到县长办公室门口。吴歌敲了一下门，里面的人应了一声："进来。"吴歌和梁焰推开门，进了县长办公室。吴歌一见李县长，就笑着和李县长握着手说："伯父，冒昧打扰了。"李县长笑呵呵地说："世侄别客气，你父亲最近身体怎么样了？"吴歌说："多谢伯父关心，父亲的身体恢复得很不错，现在每天都打打太极，吃睡都正常。"李县长笑着说："达仁有你这么优秀的儿子，帮忙打理生意，而且比他做得还风生水起，他现在可以放心地退休颐养天年了，我就不如他啰，还在水深火热当中呀。"吴歌说："伯父你主政一方，日理万机，为佛山的发展出力，辛苦一点也是值得的。"李县长让吴歌和梁焰坐下来，他沏了一壶茶，为大家都斟了一杯。吴歌向李县长介绍了梁焰，李县长握了握梁焰的手说："梁师父的名字我久仰了，上一届的武术大赛冠军，武艺高强呀。"梁焰说："那都是过往的事情了。"李县长一边喝茶一边问："你们今天过来，是要我办什么事情呢？"吴歌见李县长问了，就把黑牛被抓的事情说了。

李县长听了就沉默了一会，他用食指在茶桌上轻轻地敲了几下。喝了几口茶，李县长站起来说："收保护费这种事情发生在佛山街的地头，我也早有耳闻了，一直想处理，但背景很复杂，后台老板很强大，听说后台老板是省警察厅厅长陈福禄，你说我一个小小的县长，怎么敢挖省警察厅厅长的墙脚呢？对于在佛山街头发生这种事情，我作为县长也处理不了，很是无奈。但是，我可以写个纸条给刘野，让他马上放人，这点权力我还是有的。"说完，李县长就回到办公桌前，写了纸条，然后把纸条交给吴歌，吴歌紧紧握着李县长的手激动地说："非常感谢伯父的大力帮忙，世侄改天登门拜访致谢。"说完，就和李县长告别，和梁焰匆匆离开了县衙，骑着单车飞快来到保安大队公署。

刚到门口，只见方圆满脸愁容地在公署门口不停地来回踱着步，崩牙强和其他鸿胜馆子弟则一个个蹲在地上，不停地唉声叹气，像一棵棵被霜打蔫了的菜趴在菜地上。佛山的冬天虽然不是很冷，但北风刮在脸上，也是冷飕飕的，像刀子一般，众人的脸上都被风吹得红红的，像红萝卜一样。崩牙强一见到梁焰和吴歌来了，就大声喊道："梁师父来了。"众人见了就像见了救兵一样赶紧围过来。梁焰说："大家请放心，吴歌找了李县长，李县长写了放人的纸条，黑牛马上就可以放出来了。"众人听了就都露出了笑脸，开心得很。崩牙强笑着说："究竟还是吴老板厉害，黑白两道通吃。"

吴歌快步来到保安大队公署门口，和守门的保安说要见刘队长。保安横着脸说："你是什么人？刘队长是你说见就能见的吗？有没有预约呢？"吴歌说："我有县长的手谕，如果因为你误了事，信不信到时你吃不了要兜着走。"保安见吴歌穿着很是光鲜，有大老板的风范，和门口那班穷鬼完全两个模样，于是就进去通报了。很快，保安就出来了，带吴歌进去找刘队长。到了刘队长办公室，刘野一见是吴歌，就笑着说："吴老板今天怎么有雅兴过来保安大队呢？我们也没有生意来往。"吴歌拱了拱手笑着说："首先恭喜刘队长荣升，吴某人今天过来是有一件事情请刘队长帮忙，恳请把黑牛给放了，他一介武夫，有得罪的地方，就请刘队长多多包涵。"刘野听了就哈哈大笑起来，他从办公桌上拿起一包纸烟，弹出一支，递给吴歌，吴歌摇了摇头说："我不会抽。"刘野说："这烟是南洋烟草公司生产的，双喜牌，澜石黎涌简照南托人送给我的，我抽了，觉得这烟不错。佛山人真是厉害，弄起了烟草的生意，还销往了全世界，真是了不起。"说完，他用火柴把烟点燃了，缓缓地吸了起来，屋子里顿时弥漫了烟草的味道。吴歌说："简照南是个很了不起的人，我曾经和他吃过饭，他经商的思维是值得学习的。"刘野说："说实在的，你吴老板在佛山也是商界的后起之秀，年纪轻轻的就混得风生水起，也是一个了不起的人物。"吴歌说："刘队长过奖了，刚才我去找了李县长，他让我把一张纸条给你，大家都是在佛山这个小镇里混吃混喝的，低头不见抬头见，烦请刘队长关照一下。"说完，从裤兜里把纸条取出来，递给刘野。刘野眯着眼细细看了李县长的手谕后，皱了一下眉头，然后又从烟盒里取了一支烟来，用火柴点燃后，又狠命地吸了起来。他一边踱着步一边吸着烟。屋子里顿时烟雾缭绕，满是香烟的味道。吴歌在耐心等待着刘野的决定。他看到沉浸在烟雾中的刘野，此刻心神很是不定，一副惆怅不已的样子。

也就两根烟的时间，刘野终于开口了，他很客气地问吴歌：“吴老板，请问你和李县长什么关系？”吴歌说：“我父亲和李县长一起加入同盟会，一起参加了辛亥革命，是出生入死的兄弟。”刘野听了吴歌一番话后，他在心里就打了一个鼓，原来吴歌的父亲和李县长是同盟会的人，同盟会的人能量还是很大的，在各行各业都有千丝万缕的人脉，不能得罪，于是就紧紧握着吴老板的手笑着说：“吴老板，得罪了，既然你是李县长的人，这个面子我还是要给的，我马上叫手下放人，以后要多多关照。”吴歌拱了拱手说：“刘队长客气了，我一个经商的，就是谋两餐饭而已，还请刘队长以后多多关照吴某人。”

刘野亲自带着吴歌，到了关着黑牛的牢房，指示手下赶快开锁放人。手下开了锁，黑牛就跟着吴歌出了牢房。走到公署门口，吴歌握着刘队长的手说：“多谢关照。”刘野说：“有得罪之处还请吴老板多多包涵。”说完他就进去了。众人见了黑牛，就赶紧围上来，嘘寒问暖。

崩牙强问：“在里面有没有被打？”黑牛说：“他们想打我，但有人认识我是鸿胜馆的，是武术比赛的冠军，就不敢动手了。你们看，我现在不是毫发无损吗？”崩牙强说：“看来鸿胜馆这个招牌还是很管用。”众人听了就哈哈大笑起来。吴歌提议为了给黑牛压压惊，请众人到醉仙酒楼聚餐，记得要叫上余道义、龚坤和剐牛强。方圆说：“吴老板太客气了，麻烦你跑了腿，还让你破费，我们怎么好意思？”吴歌说：“就弄几个小菜，花不了什么钱。明天就要过年了，我们兄弟们年前聚在一起好好聊一聊，同时也为黑牛洗洗牢里的尘。”方圆听吴歌这么说了，就不再推辞，只好同意了。

吴歌用单车载着方圆回醉仙酒楼，其余人员走路前往。一路上，方圆和吴歌说了很多感谢的话，说什么这件事情如果不是吴歌出手帮忙，黑牛就要在牢房里过年了。吴歌听了就说这是应该做的，不用客气诸如此类的话。回到酒楼，吴歌吩咐厨房炒菜，然后和方圆坐下来一起喝茶。杨霞沏了一壶好茶，为两人的茶杯都斟满了。方圆说："吴老板的生意现在是越做越好呀，有杨霞给你做助手，更是如虎添翼呀。"吴歌笑着说："方师父你有所不知呀，我现在只是一个打工的，一切都听杨老板的吩咐。"杨霞听了就咯咯笑了起来。

也就一壶茶的时间，梁焰带着众兄弟来了。余道义和龚坤一见到方师父就嚷嚷开了："方师父，发生了这么大的事情，也不把我们叫上。"方圆笑着说："十万火急呀，这个事情也就是吴歌可以搞定，我们不是去打架，人多没用。"

说话间，菜也上齐了，满满的一桌。杨霞招呼大家入席，吴歌到柜台上取了一坛十斤装的菊花酿来，打开坛盖，一阵菊花的酒香便扑鼻而来。崩牙强闻了酒香竟控制不住大声叫了起来："太香了。"吴歌说："这酒已经放了二十年了，醇香得很，为了给黑牛压惊，今天我们一定要喝高兴。"酒楼大厅里基本上满座了，其他食客闻了酒香也都说这酒很不错。席间，众人说着黑牛如何被抓如何被救的事情，你敬我我敬你，杯起杯落，气氛很是热闹。酒足饭饱后，众人坐下来聊着明年的发展大计，围绕着鸿胜馆如何做大做强、鸿胜坊如何经营发展的议题各抒己见。不知道是把第几壶茶喝淡了，大家还意犹未尽。众人离开酒楼的时候已是满天星光。

十五　北帝庙前求保佑　英雄出手惩恶霸

这天是大年三十，整个佛山镇沉浸在欢乐祥和的气氛里。家家户户都在忙着贴春联，拜神拜祖宗，准备年夜饭。鞭炮声此起彼伏，像是在约好了似的噼里啪啦地响个不停，整个镇上弥漫着鞭炮的烟火味，这种味道是喜悦的，也是充满希望的。眼看今年就要过去了，人人都辛苦了一年，不管收获了多少或亏本了多少，年总还是要过的，收成好的就过个丰富的年，收成不好的就过简单的年，不管怎么样，人人都在憧憬着来年有个好收成。

吃完午饭，吴歌和杨霞跟着吴夫人走路到北帝庙拜神，吴歌手里提着篮子，篮子里装着大肥鸡和纸金元宝之类的东西。到了北帝庙，只见来拜神的人很多，人山人海，摩肩接踵，把庙门口挤得水泄不通，就只好在庙外排队进场。庙里香火旺盛，烟雾缭绕的，庙外鞭炮声响个不停，也是烟气腾腾。万福台上，戏班正在演着《六国封相》，你方唱罢我登场，丝竹声和锣鼓声响成一片，甚为热闹。等了好久，好不容易才挤进庙里去了，吴夫人便把大肥鸡摆放在案台上，吴歌用火柴把纸金元宝点燃，接着把香也点燃，然后把它们安安稳稳地插在香炉里。三人在北帝庙前三拜九叩，吴夫人嘴里喃喃有词，求北帝保佑阖家平安、身体健康、财源广进和早生贵子。吴歌听到母亲在北帝前说要早生贵子，就用手拉了一下杨霞的衣袖，杨霞也听到了吴夫人求神的话语，她朝吴歌微笑了一下，然后又一本正经地跪着拜神了。拜完神，吴歌从篮子里拿出一串鞭炮来，在北帝庙前的空地上用火柴点燃引信后，鞭炮便欢快地响个不停。吴歌在心里默默地想，一九一八年已经过去，一九一九年就要来临，希望来年国泰民安，风调雨顺，财源广进，阖家安康。

放完鞭炮，吴夫人和杨霞也从北帝庙里出来了。吴歌走过去与她们会合，一起走路回家。回到家，杨霞和吴夫人就在厨房里忙开了。吴妈年前就已经回家了，厨房工作就只能落在吴夫人和杨霞身上了。杨霞按照年前拟定的菜谱，和吴夫人在厨房里忙得不可开交，淘米、洗菜、割肉、炒菜什么的，虽然烟熏火燎，但在吴夫人的指导下，杨霞的厨房工作完成得也很不错，炒了几样色香味俱全的菜品。这得益于她这一段时间在酒楼里当老板娘的历练，天天巡查厨房，耳濡目染，多少也学会了不少炒菜的功夫。

杨霞弄了一桌子菜，一家人坐下来吃年夜饭。吴夫人和吴达仁品尝了几道菜后，觉得味道一流，便眉开眼笑不停地夸奖杨霞的厨艺高超。吴艺和吴声品尝后也对嫂子的厨艺大为赞扬，说比母亲做的菜好吃多了。杨霞听到大家的夸奖，心里很是开心，她不停地夹菜给吴歌，吴歌的碗里堆满了菜。吴歌笑着说："刚才他们都夸奖你了，我还没有夸你，你肯定觉得奇怪为什么我没有夸你呢？你就拼命夹菜给我，是想让我品尝完你做的菜，然后我一定要夸你，是吗？"吴艺说："哥，在座的人谁都可以不夸，唯独你不能不夸，就算是咸了苦了你都要说好吃，嫂子你说是不是？"吴艺说完，在座的人都呵呵笑了起来。吴歌看着吴艺说："我的妹妹现在成熟了，看来当时送你去读华英学校是送对了。"吴艺说："别打岔，你觉得嫂子今天做菜的水平怎么样？你可是醉仙酒楼的大老板，对菜品是最有发言权的。"吴声也附和。吴歌笑着对杨霞说："你喜欢听真话还是听假话呢？"杨霞说："肯定是想听真话了。"吴歌说："说真的，我也是第一次品尝杨霞做的菜，我觉得做得很好，色香味俱全，我希望这样的日子以后可以经常有。"杨霞听了就扑哧笑了。吴达仁说："好了，菜都凉了，别顾着说话了，我们赶紧吃菜。"于是，一家人其乐融融地吃菜，喝菊花酿。

吃完年夜饭，吴歌从屋里捧出几个烟花在院子里放。烟花有水桶那么大，吴声点燃了一炷香，用香点燃了烟花，烟花便像箭一样噗噗地冲向天空，然后在天空上绽开一朵朵绚丽的花来，花有几个簸箕那么大，色彩斑斓，甚为绚丽。每一朵花在夜空中闪烁的时间虽是昙花一现，但灿烂夺目。吴艺伸长脖子看着烟花在天空绽放，兴奋地拍着手掌，不时尖叫起来。吴歌看着在天空绽放转瞬即逝的烟花，也不禁感慨万千：在漫漫的岁月长河里，人类的生命何其短暂，中华文明上下五千年，吾辈也就区区几十年，最多也就一百年，在吾辈有限的生命里，能为这个国家、民族和社会做些什么呢？我们的人生又能留下什么痕迹呢？父亲年轻时加入了同盟会，与李县长他们一起参加辛亥革命，出生入死，最后革命成功了，但后来由于革命成果最后被袁世凯夺去了，父亲心灰意冷了，不问政事，回到佛山专心致志做起生意来，也闯出了一片天地。而吾辈呢？能做什么呢？吴歌感到很是茫然。

杨霞见吴歌看着烟花出神，在冥思苦想，以为他是诗兴大发，就对吴歌说："在构思诗歌？"吴歌说："我是在感叹人生。"杨霞说："我知道我的夫君在忧国忧民，国家风雨飘摇，民族蒙受灾难，人民水深火热，国家、民族何去何从，实在是令人心忧。"吴歌说："知我者，杨霞也。大厦将倾，岂有完卵？吾辈蚁民，生死难卜。"杨霞双手挽住吴歌的手臂，把头靠在吴歌的肩膀上，轻轻地说："不管明天怎么样，我们永远都要在一起，幸福地活着。"吴歌转过身来，把杨霞抱得紧紧的，他把嘴巴附在她的耳畔轻轻地说："一定会的。"

烟花放完，洗漱一番，吴歌和杨霞换上了新衣服，走出吴家大院，离了东华里，走到大街上。鞭炮声此起彼伏，烟花不时在小镇上空绽放，戏班在小镇的不同角落上演着大戏，锣鼓丝竹声隐隐约约，此时的佛山小镇，完全沉浸在欢乐喜庆的氛围里。杨霞提议走路到北帝庙看戏。拐了几个弯，两人走了不久，就到了北帝庙。只见万福台前，已经坐满了人，万福台上正上演着《客途秋恨》，生旦在万福台上放声演唱："凉风有信，秋月无边……"声音哀怨苍凉，感人至深。吴歌和杨霞站在北帝庙前不远处看戏正看得迷，忽然吴歌听到身后有人在叫他。他转过头来一看，原来是余道义，和他在一起的还有宝珠。吴歌用拳头在余道义的肩膀上捶了一下，然后说："你们也来看戏呀。"杨霞见了宝珠，就笑着对宝珠说："你们什么时候走在一起了？神不知鬼不觉的，也太神秘了吧？你这叫秘而不宣，要批评，什么时候请我们喝喜酒呢？"听杨霞这么一说，宝珠和余道义都哈哈大笑起来。

宝珠也有一段时间没见杨霞了，现在见了杨霞，就鸡啄米一样不断地和杨霞絮叨着。吴歌和余道义聊着明年生意的大计。万福台上上演着生死离别，万福台下四人在聊着家常和生意。戏台上的高胡与二胡声一浪高过一浪，两种乐器声不时交织在一起，如泣如诉，如慕如怨，极具岭南韵味。宝珠和杨霞谈得兴起的时候，两人竟哈哈捧腹大笑起来，吴歌和余道义不知道她们在谈着什么，但见她们这么开心，也都停下说话，侧过头看着她们。宝珠和杨霞见两个男人瞪着她们看，便掩嘴小声咯咯地笑着。不远处，有一档牛杂档，卖牛杂的是一个看上去四十多岁的妇人，有很多人围着买牛杂吃。宝珠提议去买牛杂吃，一行人便走过去。到了牛杂档前，只见锅里翻滚着牛肚、牛百叶、牛肠、牛肺和白萝卜什么的，香气扑鼻，惹人食欲大开。顾客很多，妇人在忙个不停，左手拿着铁钩勾着牛杂，右手拿着剪刀在为顾客剪着牛杂，然后用竹签把剪好的牛杂串起来淋上辣椒酱再交给顾客，顾客拿着一串串牛杂就在旁边开吃，痛快淋漓。

　　好不容易终于轮到宝珠了，她让妇人给剪四串。妇人正在忙着，忽然，有四个流里流气的年轻仔冲到牛杂档前，其中一个脸上长满横肉的光头佬冲着妇人大声说："在这里摆摊要交一块大洋的摆摊费哦，赶快交。"妇人抬起头看了看光头佬说："我正在忙着呢，等我剪完这几串牛杂就把钱交给你们。"光头佬说："快点，我们赶时间呢。"妇人手忙脚乱，终于剪完了四串牛杂，淋上辣椒酱后，把它们交给宝珠，宝珠把牛杂分给杨霞、吴歌和余道义每人一串。众人便拿着新鲜滚热辣的牛杂品尝起来，牛杂混合着花椒八角和白萝卜的味道，口感很好。妇人从钱包里拿出一块大洋，递给光头佬，光头佬接了，便招呼身后的三个年轻人准备扬长而去。吴歌和余道义使了一个眼色，两人便上前拦住了他们的去路。吴歌说："你们凭什么收钱呢？是北帝庙允许你们收的还是大魁堂的人让你们收的？"光头佬望着吴歌轻蔑地笑了一下，然后说："大过年的，你想找死吗？"余道义说："你们想过没有，她一个妇道人家，大过年的都在做生意，说不定一家人都靠着她卖牛杂赚钱生活，你们这样敲诈勒索，有没有问过自己的良心？你的良心都给狗吃了吗？"光头佬见两个人文质彬彬的模样，便目露凶光大声说："我告诉你们，在佛山街，我们收保护费从来没有人敢说半个'不'字，你们两个今天要打抱不平、逞能，我们就让你们逞个够，兄弟们都上，弄死他们两个。"其他三人见光头佬下命令了，就蜂拥而上，朝着吴歌和余道义大挥拳脚。但他们哪里是吴歌和余道义的对手，只几个回合，就被打得趴在地上啃泥了。吴歌蹲下去在光头佬面前伸手，光头佬乖乖地把那一块还没焐热的大洋交给吴歌，吴歌站起来回到牛杂档，把大洋递给妇人。妇人显得很是惊慌失措的样子，两手绞着围裙，战战兢兢地筛着身体，接过大洋的时候，一个劲地说着谢谢。这时，围观的人很多，他们见到吴歌和余道义的壮举都纷纷拍手鼓掌，对趴在地上痛苦呻吟的四条大汉指指点点，纷纷指责。

过了许久，光头佬和其他三人艰难地从地上爬起来，耷拉着眼睛，不敢直视吴歌和余道义。余道义看着他们说："现在国家的形势已经是兵荒马乱，你们还欺压老百姓，他们还怎么活？在佛山街，如果见到你们下一次还敢收保护费，我们就见一次打一次。"光头佬嗫嗫嚅嚅地说："两位大侠，小人有眼不识泰山，得罪了。"说完就招呼其他三人灰溜溜地趔趄着走了。

吴歌和余道义见事情已经摆平，就要离去。妇人忙上前拉住吴歌流着眼泪说："多谢两位好汉出手相助，我一个妇道人家，丈夫早年在石湾做窑工，得病死了，我带着四个小孩，靠卖牛杂赚些生活费，但大部分都被这些流氓地痞敲诈去了，平时敢怒不敢言，现在有你们出手相助，我给你们跪下。"说完就咚地跪了下去。吴歌连忙把妇人搀扶起来说："路见不平，挺身而出，这是我们应该做的。"

就在这时，人群中冲出两个人来，其中一人大声地对着吴歌和余道义说："两位英雄好汉请留步，为了感谢你们的壮举，我请你们继续吃牛杂。"原来说话的是黑牛，跟在他后面的是梁焰。吴歌和余道义见是他们后就哈哈大笑起来。围观的人群有认识黑牛和梁焰的，都纷纷说怪不得他们会出手相助，原来是鸿胜馆子弟！在佛山街这么多武馆，鸿胜馆的子弟都是穷苦出身，对穷人遇难肯定会出手打抱不平的。

杨霞让妇人继续剪十几串牛杂，妇人剪好后把牛杂递给杨霞，杨霞转手把牛杂递给黑牛和梁焰。黑牛和梁焰接了，牛杂的味道香喷喷，引得他们流口水，他们迫不及待把牛杂往嘴里塞，狼吞虎咽起来，一个劲地说好吃。黑牛一边吃着牛杂一边说："我现在最痛恨的就是那些收保护费的，老百姓的日子已经是穷得底朝天了，那些流氓地痞整天无所事事，净干坏事，就知道欺压百姓，花天酒地，如果刚才我见了也把他们打得屁滚尿流，满地找牙。"余道义说："我估计那些喽啰应该也是刘野的手下，他们现在应该已经纠集一班人正赶往这里找我们算账。这样吧，大过年的，我们就不和他们计较了，好汉不吃眼前亏，让妇人赶快回家，我们也撤了。"说完，余道义就叫妇人收拾东西回家，妇人听了就赶紧收拾东西，担着箩筐快步离开了。众人见妇人安全离开了，就各自散开回家了。果然不出余道义所料，刘野带着一帮喽啰荷枪实弹气势汹汹地赶到北帝庙前，来到刚才事发的地方，但哪里还有人影呢？众人面面相觑，在人群里胡乱转了一圈，没有找到，便悻悻地骂爹骂娘离开了。万福台上还在上演着才子佳人的大戏，唱腔时而激越，时而婉约，高胡二胡和锣鼓的声音依然响个不停，像是要把这个大年三十的夜搅得支离破碎。

十六　东华里狮鼓迎春　槟榔街上唱大戏

正月初一，是中国人迎接新一年的第一天。就在这一天，在中国的大地上，家家户户都在家门口不约而同地燃放起鞭炮来，噼里啪啦，此起彼伏，炮声隆隆。有的人彻夜不眠在时钟刚过十二点就迫不及待燃放起鞭炮来，有的人睡了个囫囵觉早早就爬起来趁天还蒙蒙亮也火急火燎燃放鞭炮，有的人睡足了觉天已大亮才爬起来从容不迫地燃放鞭炮，不管燃放鞭炮的时辰是哪一个点，都各有各的理由，但不变的是放的都是希望，放的都是期盼，期盼新年能有一个好的收成，能有一个幸福安康祥和的日子。

这一天，是佛山镇炮声隆隆充满着喜庆和欢乐的日子。时钟刚过十二点，鞭炮声就在小镇的不同角落响了起来。吴歌和杨霞躺在被窝里，被这些此起彼伏的炮声搅得睡不安宁，就算最后入睡了，也是迷迷糊糊的。好不容易挨到了天亮，就匆忙起床，洗漱一番，穿着新衣，来到饭厅。此时吴夫人、吴达仁、吴艺和吴声早就已经在餐桌上等候吴歌和杨霞一起吃早餐了。吴歌和杨霞来到饭桌前，和大家互道了新年的祝福。吴夫人把两个大利

157

市递给吴歌和杨霞，吴歌和杨霞接了，对父母大人说了祝福的话语。杨霞也把大利市递给吴艺和吴声，他们接了后也说了祝福的话语。然后一家人坐下来吃红薯糖水。吴夫人笑着说："新年初一，一家人吃红薯糖水，期望今年我们的日子过得红红火火，甜甜蜜蜜。"吃完红薯糖水，吴歌就从屋里搬出大红鞭炮，有簸箕那么大，他走上二楼，在阳台上把鞭炮放下来，吴声划着了火柴，点燃了鞭炮，鞭炮便在门口处炸了起来，噼里啪啦，电光四射，红色的炮纸纷纷扬扬，从空中飘逸而下，很快就在门口的空地铺了一层厚厚的纸，像红色的地毯。

　　杨霞和吴艺掩住耳朵，出神地看着那些纷纷扬扬的炮纸，在眼前一片一片落在地上。鞭炮放了好久才停，浓烟弥漫了整个巷子，也弥漫了吴家大院，杨霞和吴艺便上了二楼阳台躲避。此时，门口处聚集了一帮孩子，在捡着地上散落的哑炮，每捡到一个鞭炮他们就快乐地尖叫起来，很是开心的样子。他们是隔壁家的孩子，都穿着新衣服，脸上红扑扑的，洋溢着幸福的笑容，是那样天真可爱。杨霞依偎着吴歌，吴歌抱着杨霞，看着那帮快乐的小孩出神。吴歌喃喃地说："新的一年了，我们也都老一岁了哦。"杨霞说："我们还年轻，还有很多事情等着我们去做。"吴歌说："比如呢？"杨霞说："我们要经营好酒楼和酒坊，还要生儿育女。"吴艺这时在旁边笑着说："大嫂你要给我们吴家多生几个孩子，趁爹妈还年轻，可以看护他们，你就多生几个，吴家的希望就寄托在你的身上了。"杨霞听了就扑哧笑了起来。吴歌用手捧着杨霞的脸，望着杨霞说："吴艺的意见我觉得很好，你打算要多少个孩子呢？"杨霞昂着脸说："和下面的孩子一样多。"吴歌数了一下门口处还在捡鞭炮的孩子，一共有五个，他笑着对杨霞说："你准备生五个？比我妈还厉害。"杨霞说："孩子是我们的未来，我们要把他们抚养成人，都要培养成大学生，成为国家的栋梁。"吴歌听了就紧紧地把杨霞抱在怀里说："那就听你的，吴家的希望就真的寄托在你的身上了。"

就在这时，巷口处传来了咚咚咚的鼓声。还在地上捡哑炮的孩子们欢呼起来："狮班来了。"吴歌探头看了一下，只见梁焰走在最前面，带领着一只黄狮子和一只红狮子和两架大鼓浩浩荡荡从巷口走过来。吴歌知道是梁焰带着狮班过来拜年来了。他飞快地下了楼，刚到门口，梁焰已经在那里等候了。吴歌紧紧地握着梁焰的手说："梁师父这么早就带狮班过来拜年，辛苦大家，大家新年快乐，万事胜意。"梁焰说："我们刚从鸿胜馆出来，你家是第一个拜年的。"吴歌说："非常感谢师父。"黑牛和劏牛强捧着狮头，在门口处踩着鼓点舞了起来，忽而登高，忽而望远，腾挪翻滚，探头探脑，活灵活现，狮子眼睛忽闪忽闪的，很是威猛。崩牙强和黄枢在敲着大鼓，鼓声铿锵有力，节奏分明。在门口处舞完了，就到大厅里舞。吴歌拿着一条竹竿，竹竿的尾部吊着一封用红纸包着二十个大洋的大利市，和蒜苗捆在一起。两只狮子围着竹竿舞了好久，才采了青，吐青后又舞了好久，最后才吃了红包。吴歌放了一串鞭炮，狮子在炮声中舞得更是卖力。临走的时候，吴歌挽留梁焰他们留下来喝茶，梁焰摆手说："今天要带着他们走街串巷拜年，今晚鸿胜馆聚餐，你一定要过去，方师父也在，我们好好聚一下，聊一下今年的发展大计。"狮子离了吴家大院，就在东华里挨家挨户舞起狮子拜起年来。顿时，整个东华里就热闹起来，鼓声喧天，狮子舞动，鞭炮声此起彼伏，家家户户忙着接狮子送狮子，欢乐声不断，甚为喜庆。吴歌跟着梁焰和狮子走访了东华里几户人家，每到一户人家，大家都开心地互相问候和祝福：恭喜发财，身体健康，万事如意。不一会，在热闹的鼓声中，狮子在东华里几户人家里已经拜完年，取了各家各户的青和发财利市后，就踏着铿锵的鼓点威风凛凛而去。吴歌与众人告别，梁焰临别的时候一再叮嘱吴歌，一定要参加今晚在鸿胜馆举办的开年聚餐，吴歌和梁焰用力握了握手大声说："放心吧，我一定参加。"看着狮子摇头晃脑地走出巷子，吴歌的内心很是快乐，他在心里默默祈祷起来：一九一八年已经过去，迎来了崭新的一九一九年，期望在新的一年里，风调雨顺，国泰民安。

由于吴歌要参加鸿胜馆的聚餐，到了下午五点左右，吴夫人早早就做好了饭菜，一家人坐在一起吃饭，其乐融融。吃了一点后，吴歌便骑着单车来到鸿胜馆，还未到门口，就听到铿锵的鼓声响个不停。到了门口，只见梁焰站在广场边上，指导着徒弟们在木凳上舞着狮子，练习着高难度的采青动作。除了黑牛带着几个人在厨房里忙着饭菜的事情外，其余人员都站在广场边观摩舞狮。木桩上的狮子舞得很是生猛，引得场上的观众不时发出阵阵喝彩声来。吴歌停好单车，来到梁焰身边，梁焰紧紧握着吴歌的手说："你能来参加我们的聚餐，真好！"吴歌说："鸿胜馆是我们的大家庭，能来的我一定会来。"梁焰在吴歌面前竖起了大拇指，吴歌笑了。此时，木桩上的狮子正舞得欢，但脚步有些忙乱。梁焰朝着他们大声喊："狗剩，不要慌，脚步要稳准狠。"刚说完，只见木桩上的狮子左前脚踩着木桩的边缘，差点踏空，好在狗剩身手敏捷，差点踏空的脚步很快又稳稳地落在木桩上，显得很是轻盈。梁焰和吴歌揪着的心终于可以放下来。狮子在木桩上舞了好久，把十多个花式表演完，才把青采完，然后威风凛凛地跳到了地上。狮子落地的那一刻，鼓声也停了。狗剩把狮头放到地上，和舞狮尾的招才满头大汗地站在梁焰面前，深深地鞠了一个躬。梁焰笑着对他们说："舞得不错，就是有些急躁，记住在桩上舞狮要沉得住气，脚步要稳准狠。"两位徒弟听了师父的教导，就高声回答："师父的教导，我们记住了。"说完，就到广场边上休息去了。

就在此时，方圆、龚坤、余道义一行人从屋里出来，他们一见吴歌来了，就纷纷道贺起新年来。闲聊了一会，黑牛从屋里出来，说宴席已经安排妥当。梁焰便招呼众人进屋就座。众人进了屋，只见屋里厅堂已经摆好了十围酒席，鸡鸭鱼虾什么的摆满了桌子，徒弟们已经就座，就等师父们在主席位就座了。方圆、梁焰、龚坤、余道义、吴歌等人在座位上坐好后，方圆拿起酒杯站了起来，朝着众人说："诸位，今天我们鸿胜馆的同人们聚在一起，庆贺新年，这是一个很开心的时刻。去年，我们虽经历了风风雨雨，但是一切都已经过去，一年来，我们鸿胜馆的队伍越来越壮大，更高兴的是，黑牛带领着大家创业，开了功夫推拿馆鸿胜坊，武医结合，为徒弟们的谋生开辟了一条新路，我觉得这是很好的一件事，习武之人心系苍生，是值得在座各位学习的。新的一年了，可是我们的国家现在仍处于半殖民地半封建的状态，风雨飘摇，军阀混战，民不聊生，我们作为国人，也是忧心忡忡，国家的前途何在？民族的前途何在？我们找不到答案。但不管怎么样，作为鸿胜馆人，我们永远都要记住，我们鸿胜馆是为贫苦大众服务的。今天是开年饭，在新的一年里，我祝愿在座的各位心想事成、万事如意、身体健康。干杯！"众人听了方师父一番训话后，就纷纷鼓起掌来。鼓完掌后，众人就纷纷举起酒杯喝酒，杯起杯落，甚为热闹。菜虽是家常菜式，但兄弟们聚在一起吃饭，内心是很快乐的，众人你敬我我敬你，欢乐声不断，整个鸿胜馆大厅，充满了快乐和喜庆。

酒过三巡，在酒精的作用下，很多人的脸上已经绯红了。吴歌拿起酒杯，朝众人说："各位师父，师兄弟们，今天我在这里向大家发出邀请，等一下吃完饭后，移步到槟榔街看大戏，我们请了红船班丰寿年，听红驹东唱大戏，希望大家都能去捧场。"众人听了就纷纷说好。余道义一听说是红驹东的戏，就眉飞色舞地说："红驹东唱的平喉，那声音苍凉哀怨，能把人的耳朵听出油来。"龚坤接着说："他的戏我听过，确实唱得好，在佛山，你们槟榔街能请到红驹东的戏班，是下了血本哦。"梁焰笑着说："我没听过他唱的戏，本来我都不想去的，听你们这么一说，我倒要过去看一下了，不去看就蚀本了。"众人听了都哈哈大笑起来。

酒足饭饱后，众人就在吴歌的带领下，一百多号人离了鸿胜馆，浩浩荡荡来到槟榔街口的广场上。只见广场的南面搭建了一个戏台，戏台上挂着明亮的电灯，灯火通明，把整个戏台都照得亮堂堂的。戏还没开始演出，但戏台下已经黑压压地坐满了人，大家都在翘首以待，有的在嗑着瓜子聊天，有的在织着毛衣。最开心的就是孩子们，在戏台下你追我赶，嘻嘻哈哈，很是快乐，银铃般的笑声响彻整个槟榔街的上空。因为座位有限，吴歌把几位师父请进已经安排好的座位就座，紧挨着吴达仁、吴夫人和杨霞，其余徒弟在外围站着观看。吴歌和槟榔街的众老板互道新年问候，也问候了等候多时的岳父岳母。

忽然，戏台上的响锣欢快地叫了起来，紧接着是高胡高亢地尖叫起来，戏台上的帷幕就徐徐拉开。戏开演了，今晚演的是《郭子仪祝寿之醉打金枝》，讲述的是唐代宗之女升平公主与驸马郭暧闹事争吵，公主自恃尊贵，拒不出席家翁子仪寿诞，郭暧因此被兄嫂嘲笑，气愤而责骂公主，气盛之下打了公主。公主入宫哭诉，子仪父子上殿请罪，代宗为免伤和气，特免无罪，还予升级晋爵，并劝导夫妇和好，全剧喜剧气氛浓厚。红驹东演郭暖，声情并茂，惟妙惟肖，尤其是他那特别的唱腔，令台下的观众听得如痴如醉，很是过瘾。其中有几场很是精彩，不时引得观众阵阵喝彩。

　　杨霞是第一次这么认真地看粤剧，她把头靠在吴歌的肩膀上，右手在吴歌的大腿上很有节奏地敲着。吴歌看着杨霞认真看戏和陶醉的样子，一副小鸟依人的样子，感到很是幸福。他在心里想，真的很希望这样幸福的日子永远持续下去，直到永远永远，那该有多好呀。在此时，吴歌忽然想起那首著名的《汾江竹枝词》来："梨园歌舞赛繁华，一带红船泊晚沙。但到年年天贶节，万人围住看琼花。"此情此景，就很有万人围住看琼花的境况哦。只是随着时代的变迁，汾江河上的红船已不复当年的辉煌，数量逐渐减少。但不远处，汾江河依然在波澜不惊地静静地流着，它在静静地听着戏子们在戏台上的演唱，细细地品味着人间烟火和喜怒哀乐。

　　戏班在槟榔街从年初一一直唱到年初十。对吴歌这个戏迷来说，看戏是一种享受。而看戏对杨霞来说，虽说不上是享受，也说不上讨厌。但为了陪吴歌，杨霞就只好舍命陪君子了，一连看完了十场戏后，也慢慢地体会到了粤剧的魅力所在：剧情不仅充满了人间烟火味，而且教会了人们明辨善恶，更教导人们要饱含家国情怀，心系苍生。

十七　古镇商铺开年忙　未来新星发雏声

　　春节过得很快，不知不觉就到了年十二，也就在这一天，佛山镇上的很多商铺要开门营业了。一大早，镇上大街小巷就响起了震天的鼓声来，狮子在街道上耀武扬威起来，到了商铺门口，各商家笑呵呵地用竹竿吊着大红包和蒜苗，引着狮子在门口舞着。大红包和蒜苗是祈盼来年生意兴隆财源滚滚的开年利市。狮子威风凛凛地摇头晃脑，把所有的花式舞完，采完了青，就在鞭炮声中舞着狮子走向下一家。

　　天还蒙蒙亮，梁焰和黑牛、崩牙强、劏牛强、招才、狗剩等一众徒弟，在鸿胜馆附近的早餐档吃了早餐后，就带领他们舞着狮子开始给商铺拜年，一路上沿着普君圩、福宁路、公正街、筷子街一直舞来，最后是到升平街、槟榔街。

　　吴歌和杨霞早早就到了醉仙酒楼，员工们也早早就在门口等候了，他们一见两位老板到来，就纷纷向老板恭贺新年。杨霞以老板娘的身份给员工派了开年利市，众人接了利市，个个的脸上都笑得花一般灿烂。吴歌给众人吩咐了工作，就和杨霞骑着单车来到醉仙酒坊。掌柜杨昌红和麻亮师父及一众伙计霍香、庞冲、古栋、杨浩等人已经早早就在酒坊里忙开了。他们一见到老板来了，就纷纷聚过来向老板道贺新年。吴歌给每一位员工派了利市，众人笑得很开心，都说吴歌是整个佛山街最好的老板。吴歌吩咐杨昌红准备好迎接狮子的蒜苗和红包，杨昌红就跑到院子里找竹竿去了。吴歌带着杨霞到酒坊里面参观，酒坊里飘逸着酒的清香，都快要把杨霞醺醉了。来到蒸酒坊，她见到几口巨大的铁锅和蒸炉排成一排，冒着腾腾的热气。出了蒸酒坊，就是存放酒窖的仓库，放眼望去，仓库里密封的酒窖密密麻麻一片，感到很是惊奇和兴奋。杨霞知道，醉仙酒坊能在佛山众多酒坊激烈的竞争当中站住脚，靠的就是品质和诚信，永不掺假，价格公道。当然，还有就是吴歌对工人很讲仁义，开出佛山街酒坊界最高的人工工钱，于是工人对吴歌很是死心塌地，都没有二心，都一心一意把控好酒的品质。杨霞望着那些密密麻麻的酒窖出神，像是在发呆。吴歌见杨霞发呆的神情，就用手轻轻地扯了扯杨霞的衣袖说："在想什么呢？"杨霞悠悠地说："我在想，一个成功的商人的成功之道，靠的就是品质、诚信和仁义。"吴歌说："看来我的老婆都快成哲学家了。"杨霞说："我说得不对吗？"吴歌笑着说："说得很对，但我们做得还不够，还要努力。"

就在此时，杨昌红跑进来，说狮子就要来了。吴歌和杨霞快步来到门口，只见狮子已经在余道义的博爱药房门口舞开了，劏牛强在使劲敲着鼓，招才敲着锣。舞狮的是黑牛，因为是自己兄弟的商铺，就舞得更起劲了。梁焰见吴歌出来了，就跑过来和吴歌握手。余道义站在门口处，手拿着红包高高举着，狮子舞完所有的套路，采青后，就踩着鞭炮向酒坊舞过来。黑牛在狮头里大声向吴歌说恭喜发财，吴歌也拱拱手说恭喜发财。狮子在酒坊门口舞完后，就到酒坊里面，朝着酒锅、酒炉和酒窖也舞了一番，吴歌拿着绑了红包和蒜苗的竹竿，在酒窖前高高举着，狮子采了青，众人就和吴歌道别了。吴歌和梁焰说："等一下酒楼见。"梁焰说："应该还有半个时辰就到酒楼。"说完，就带着狮子往其他商家拜年去了。吴歌和杨霞回到醉仙酒楼，检查大堂和厨房的准备情况，忙活了一番。也就是半个时辰左右，狮子从槟榔街那头挨家挨户舞过来了。狮子舞到醉仙酒楼时，吴歌早已经在门口恭候多时了。舞狮的是劏牛强，由于过年吃得好喝得好，很有气力，把狮子舞得很是生猛。采完青后，吴歌放了一串有簸箕那么大的鞭炮，顿时，槟榔街的上空就弥漫了鞭炮的浓烟，很是呛鼻。鞭炮燃放完毕，落了一地的红纸，充满了喜庆的味道。

此时，已是中午时分，吴歌招呼众人到酒楼吃饭，梁焰说："你们酒楼刚开年，有很多工作要做，就不打扰了。"吴歌说："都已经安排妥当了，难得我们一起吃酒楼的开年饭，就不要客气了。"梁焰拗不过吴歌的盛情邀请，就答应了。他吩咐徒弟们把狮子、鼓锣和旗帜放在酒楼门口处，就跟着吴歌上楼了。吴歌让厨房弄了两桌菜，众人坐下来便吃起来。吴歌叫马苏把那坛二十年的菊花酿捧过来，马苏应了后很快就把放在柜台下面的那罐菊花酿屁颠颠地捧过来，放在桌子上。杨霞把酒坛盖子打开，菊花酿的清香就扑鼻而来，大厅内顿时酒香四溢。她一一为各人的碗里倒满了酒。黑牛闻着这么清冽的酒香，禁不住就咂了咂嘴唇说："太香了，真是好酒。说真的，佛山街我就只认两种酒，一个是陈太吉的玉冰烧，另一个就是醉仙酒坊的菊花酿。"劏牛强说："黑牛的嘴是越来越刁了，喝的都是佛山的名酒。"崩牙强说："黑牛现在不一样了，是鸿胜坊的老板了。"黑牛嘿嘿笑着说："我们那个叫什么生意，靠力气吃饭，希望能混口饭吃就不错了。"吴歌说："黑牛，你们是学武出身的，推拿专业水平高，只要价钱公道，服务好，生意肯定会越来越好的。"
黑牛说："我们的价钱是佛山街最便宜的，如果是贫苦大众拿不
出钱的，我们免费给他们治疗。"吴歌对黑牛的经营理念很是赞
赏，他号召大家拿起大碗酒一起敬黑牛。众人听了吴歌的号召，
就齐齐拿起大碗酒来敬黑牛。黑牛听了吴歌的表扬，感觉很是温
暖。他拿着大碗酒，和众人的碗一一碰完后，就一扬脖子咕咕地
把酒灌进肚子里了。酒足饭饱，梁焰就带着徒弟们舞着狮子到普
君圩的商铺拜年去了。

　　刚送走梁焰，吴歌回到茶台上喝茶。只见一行人进来，为
首的是丰年寿戏班的红驹东，他们找了一张桌子坐下来，其中
一个年轻人高声说："伙计，来点菜。"马苏正在柜台处忙着把
那坛二十年的菊花酿放回柜台下面，听见客人叫点菜，就忙站
了起来，也高声说："老板，来了。"声音高亢清亮。马苏快步
来到那位年轻人的身边，问他们要点什么菜。年轻人点了几个醉
仙酒楼的招牌菜，马苏一一记下了，正准备转身去厨房的时候，
红驹东发话了："刚才听你的声音，很有唱粤剧的天赋，你想不
想学粤剧呢？你叫什么名字？我是丰年寿班的班主，我想收你为
徒，跟着我在丰年寿班唱粤剧，如何？"马苏听红驹东要收他为
徒，心里很是激动，他说："我叫马苏，承蒙红老板看得起我这
个无名小卒，非常感谢。拜师学艺这是个大事，我要回去和父母
亲商量才能决定，更何况，吴老板对我很好，我也要听一下他的
意见。"红驹东说："你们老板在吗？我想和他谈一下。"吴歌
听到红驹东在找他，就离了茶台来到红驹东旁边，拱了拱手说：
"红老板，久仰大名，我叫吴歌，请多指教。"红驹东也站了起
来，拱了拱手说："吴老板，我发现马苏是个唱粤剧的料子，
我想收他为入室弟子，他想听一下你的意见，不知吴老板意见如

何？"吴歌说："马苏在我们酒楼是很能干的，他今年才十六岁，承蒙红老板提携，我是举双手赞成的，希望马苏在红老板的教导下，早日学成，扬名佛山。"红驹东说："我早就听别人说，醉仙酒楼的吴老板是最开明的老板，菜的品质好，价钱也公道，也很仁义，工人工资是佛山街酒楼界最高的，今天我看中了你的得力干将，你二话没说就放人，我是佩服得五体投地。"吴歌说："红老板客气了，马苏有唱戏的天赋，但千里马也要有伯乐看中才行呀，你能看上他，我觉得是他的福分和造化，马苏能有一个好的发展我绝对支持。"红驹东哈哈大笑说："好，有你这句话我就放心了，马苏，吴老板很赞成，你今天晚上和父母商量好，明天来回复我。"马苏听了就忙点头，然后拿着菜单到厨房去了。

吴歌回到茶台，杨霞把凉了的茶水倒了，斟了一杯热茶递给吴歌。吴歌一边喝着茶一边说："红老板发现马苏有唱戏的天赋，想收他为徒，我支持马苏去唱戏。"杨霞说："这是一个很难得的机会，说不定马苏以后会扬名立万。"吴歌说："让马苏一定要抓住这个机会，趁他们还在吃饭，事不宜迟，现在就让他跑回家和父母亲商量，尽快把这个事情落实。"杨霞也同意，于是她快步进了厨房，见了马苏后，就让他赶紧回家。马苏听了就飞一般离了酒楼，跑步回家，他的家就在仁寿寺后面，离槟榔街不远。

到了家，马苏父母亲都在家，忙着做午饭，他们听了马苏说红驹东看上他了，要收他为徒学唱戏，他们激动得半天也说不出话，一个劲地说阿弥陀佛观音菩萨保佑马苏发达有望了。马苏的父母亲知道，现在在戏班里唱戏的收入还可以，如果能入名班就更不得了，他们听了有这么一件好的事，也就二话不说点头同意了。马苏见父母亲同意了，就一溜烟跑回酒楼。马苏气喘吁吁地跑上酒楼，红驹东他们还在吃饭喝酒，个个都喝得很是酣畅，脸红红的。马苏站在红驹东的身边说："师父，我的父母亲同意了。"红驹东听了脸上就绽开了花，他斟了满满的一碗酒，把它递给马苏，马苏接了。红驹东高兴地说："来，你喝了这碗酒，就算你拜师了。"马苏深呼吸喘定了气后，仰脖子咕咕地把酒给喝了，喝完酒，他把碗放在桌上，然后咕咚跪在地上，朝师父拜了三拜。红驹东见马苏跪下去了，就连忙走过去把他扶起来。红驹东对众人说："诸位，这位是我的入室弟子，大家以后就是一家人了，你们要多担待一些。"众人见师父这么说了，就齐声说明白。红驹东在他的身边安插了一个座位，让马苏坐来一起吃饭喝酒，并一一把诸师兄介绍给马苏认识。马苏见过众师兄后，就站起来斟了一碗酒敬大家，众人也都喝了。吃完饭，红驹东结了账后，就和马苏说："明后两天，你把酒楼这边的事情了结一下，后天晚上我们在普君圩的演出结束了，你就跟着我们走吧。"说完，红驹东就带着徒弟们走了。马苏把师父送到一楼门口，看着他们远去后，就上楼找吴歌。吴歌见马苏上来了，就招手让他过来喝茶。

马苏在茶台前坐下，杨霞斟了一杯茶放在马苏面前，马苏拿起茶喝了，觉得这茶很是香醇。杨霞说："马苏，人逢喜事精神爽呀，今天你遇到了贵人，要好好珍惜，把戏学好了，将来扬名立万。"马苏说："我也不知道学戏的路能不能走下去，见步行步吧。"吴歌说："路是人走出来的，既然眼前有这么一条好路，就要勇往直前。"马苏听了就不停地点头。就在这时，大堂里厨房里的人都听说马苏要离开酒楼去学唱戏了，都为马苏感到高兴，纷纷过来祝贺马苏。

就在这时，黄枢、黄莺和夜莺像一阵风一样刮进来。他们见大堂里聚集了这么多人，都感觉到很惊讶，以为开会迟到了。黄枢问吴歌："吴老板，今天开会吗？"吴歌笑着说："是的，是开欢送会，欢送马苏去学唱戏。"黄莺瞪着眼睛问马苏："你去学唱戏？怎么之前一直没听你说过？跟谁学呢？"马苏说："纯属意外，是丰年寿的红驹东师父要收我为徒。"夜莺听了就惊叫起来，然后说："好你个马苏，你终于走运了，跟着红驹东，很快就可以吃香的喝辣的了，恭喜！"黄枢紧紧握着马苏的手说："说实在的，你的声线很好，确实是一块唱戏的料，好好干，弄个前程出来。"马苏见大家都鼓励他往前冲，他很是激动，泪水就吧嗒吧嗒地流下来了。

吴歌让刘达支十块大洋给马苏，刘达从柜台里拿了十块大洋走过来，递给马苏，马苏忙摆手说："吴老板，年前的工资已经结了，刚开年，我也是今天才开始上班，怎么能领额外的工资呢？"吴歌笑着说："这是我支持你去学唱戏的学费，以后要经常回来看看，说实在的，我是舍不得你离开的，你来酒楼也工作三年了，为酒楼也是做了贡献的，以后你发达了，要记得回来醉仙酒楼摆几围，让我们在座的大家都风光风光，你们说是不是？"众人都说是。马苏接了刘达递过来的大洋，然后扑通一声跪了下去，朝吴歌叩了三个响头。吴歌连忙上前把马苏扶起来说："七尺男儿有泪不轻弹，也不要轻易跪，膝下有黄金呀，你我能在一起工作，就是缘分，以后记住我们的缘分就够了，回去收拾一下吧，去开创你的新天地。"

因为激动，马苏抑制不住，眼泪还在吧嗒吧嗒地流着。他和大家道别后，就依依不舍地回去了。

十八　元宵龙塘诗朗诵　正月十六行通济

元宵节到了，佛山镇又热闹起来。就在这一天，家家户户张灯结彩，宰鸡杀鸭，人们都会扶老携幼到祖庙拜北帝。从早到晚，街巷不时响起鞭炮声来，噼里啪啦响个不停，此起彼伏。拜完神、吃完饭、放完鞭炮和烟花后，佛山人还有一件事要干，那就是行通济。行通济的时间是正月十六，人们为了取得好彩头，往往在刚过正月十五，迎来正月十六的那一刻走过通济桥才是最好的彩头。因此，为了博得好彩头，时辰还没到，往年人们就早早地在通济桥的北面等候了，排的队伍很长很长，足足有三里地那么远。

宝珠在年前就向吴诗选和李兆基提议，今年的元宵节搞一个龙塘诗社诗会，搞完诗歌朗诵会后，一起去行通济。吴诗选和李兆基都说宝珠的提议不错，于是就分头行动通知社员。各社员接到通知后，都说一定过来参加。

当天晚上，吴歌和杨霞在家里吃完饭，就徒步来到祖庙大街李兆基的李众胜堂，进了后花园，发现龙塘诗社的社员都到了。院子中央燃起了一堆篝火，火势很旺。宝珠一见吴歌和杨霞进来，就高声喊："又是你们两个迟到，要罚。你们说，罚什么呢？"梦鸽说："罚他们马上给我们生一个娃！成为我们龙塘诗社最小的社员。"余道义、吴章、顾言、庞美丽、万红等人都在，众人听了都哈哈大笑起来。

吴诗选见人齐了，就宣布龙塘诗社诗会开始。首先朗诵的是宝珠，她走到院子中央，电灯把她的身影照得很长很长。宝珠清了清嗓子，然后朗诵起她的新作：

石湾公仔

一把泥

一瓢水

一番揉捏和敲打

泥已不是泥

水已不是水

风干后再上色

再经柴火炙烤

泥已不见

水已遁形

石湾公仔

横空出世

那就是你

那就是我

你就是我

我就是你

宝珠的诗作，清新淳朴，在座的人听了都叫好。梦鸽大声说："想不到宝珠的诗风大变，不但简洁，且很有哲理性。"说完，她也走向院子中央，大声朗诵起她的新作：

佛山剪纸

谁人知道我的疼痛
剪刀刺向我
皮肤纷纷脱落
剩下一个镂空的骨架
迎着春天微笑

梦鸽朗诵完，就回到了座位。吴章叫了起来："完了？"梦鸽说："完了。"吴章说："太精彩了，诗虽短，但寓意深刻呀，妙！"众人也都说妙。吴章见没有人争着上场，就自告奋勇上场朗诵了：

佛山醒狮

咚咚咚
鼓声响彻大街小巷
醒狮闻歌起舞

汾江河畔

左腾右挪

忽上忽下

摇头晃脑

威风凛凛

噼里啪啦

鞭炮响彻千家万户

醒狮走街串巷

送福上门

千家万户

风调雨顺

国泰民安

吴章的话音一落，就博得了大家的一致喝彩。余道义走上场说："刚才几位的诗作写得太好了，我就献丑了。"说完他就朗诵起来：

佛山铸铁

叮叮当

是谁在敲打

延续了几百年的声音

绵延不断

在佛山上空回荡

请你把火再烧旺一些

用尽全力敲打吧

中国这块烂铁

需要反复地敲打

才能锻造出一个

全新的未来

余道义朗诵完，全场鸦雀无声。过了好一会，大家都鼓起掌来。顾言激动地站起来，跑上来紧紧地拥抱了余道义一下，拥抱完后，他大声说："余道义的诗歌写得太棒了——请你把火再烧旺一些/用尽全力敲打吧/中国这块烂铁/需要反复地敲打/才能锻造出一个/全新的未来。"说完，他也朗诵起他的诗作：

新青年

剪掉辫子

就剪掉了旧思想

脱去长袍

就脱去了陈规陋习

新青年

新在哪里

新青年的思想

又新在哪里

我不得而知

前路漫漫

我只有不停地前行

才能找到一条拯救中国的路

顾言朗诵完后，竟朝天大笑起来。众人都感到很是惊讶。余道义说："他应该是入戏太深了。"说完就跑上去把顾言拉下场来坐好，顾言由于激动，身体在不停地颤抖着，像在筛糠。余道义不停地对他说不要太激动，安慰了好一会他才平静下来。庞美丽一边拍着手掌一边说："太妙了，好一个新青年！"说完，她来到场上，也朗诵起她的诗作：

桃李芬芳

三尺讲坛

散发桃李芬芳

春的消息

第一时间告知

万千学子

追求奋发向上

我们的国

需要大家建设

庞美丽不愧是师范生，诗言志嘛，句句不离自己的追求。

诗句虽然稚嫩，但志气很高。庞美丽甩着长长的辫子还没回到座位，万红就迫不及待地迈着大步上场了，刚一站定，她就晃着马尾辫亮起嗓子朗诵起来：

红棉花开

红棉花开

绽放满树的奔放

把天空染红一片

一阵微风袭来

红棉花徐徐降落

碧绿的草地也被你

——染红

红棉花呀红棉花

你的鲜血

为谁而绽放

万红一朗诵完，现场就响起了热烈的掌声。万红显得很是羞涩的样子，快步跑下场来。吴歌听了众人的诗歌朗诵，心里早就痒痒的了，尤其是听到万红的诗歌，他很是感叹：她才十五岁，竟然写出如此深刻的诗歌，太有才情了！此刻，他恨不得就把捂在脑袋里已经快要煨熟了的地瓜般的诗歌拎出来，让众人品尝一下。他快步走上场，清了清嗓音就朗诵起来：

佛山米酒

稻谷橙黄
每一粒
都饱含着
农人的艰辛

米饭芬芳
每一粒
都浸透着
岭南的味道

把米饭和酒糟搅在一起
加上时间的等待
再经过锅炉的蒸馏
就酿出了佛山米酒
米酒加上肥猪肉浸泡
就是冰清玉洁的玉冰烧
米酒加上菊花浸泡
就是清冽芬芳的菊花酿

佛山米酒
像汾水一样

　　滋润着我们

　　成为一群有血性的人

　　像稻谷一样

　　高昂着骄傲的头颅

　　守卫着像稻田一样可爱的

　　家园

　　吴歌朗诵诗歌像唱粤剧一样动听，充满了韵律。众人听了他的朗诵，都觉得很是不可思议，佛山米酒也可以入诗？但听完后，像是喝了一斤米酒一样，都陶醉了。众人都嚷着要喝米酒，很快李兆基从屋里捧出一坛酒来，是菊花酿，他为每人都斟上一杯。众人一边吃着花生米，一边喝酒，觉得很是痛快，就连一向不怎么喝酒的万红也浅浅地抿了一口。余道义几口就把碗里的酒咕咚咕咚喝完了，吴章接着为他的碗又续满了酒。余道义一扬脖子，又把碗里的酒喝了。喝完，他痛快地说："今天我很高兴，我们一班志同道合的诗人在这里吟诗作对，感叹人生，展望未来，是一件很幸福的事情。"说完，他嚷着还要喝酒。这时，宝珠走到余道义面前，瞪着眼睛看了他几眼，余道义就安静地坐下来，不再嚷嚷了。这时，梦鸽大声说："下面请我们的美女诗人杨霞压轴出场。"

　　杨霞应声而出，她款款来到场上，刚站定就张口朗诵起来：

龙塘诗社

元宵节晚上
我们聚在龙塘诗社
大声朗诵诗歌
痛快喝酒作乐
歌声笑声响彻佛山的夜空

篝火旺盛
照得我们很是温暖
今晚我们的诗歌
就像这噼啪的柴火
快乐地燃烧着我们奔放的青春

　　杨霞一朗诵完，现场就响起热烈的掌声。庞美丽大声说："梦鸽一点也没有说错，杨霞今晚确实是压轴的诗人，她写得多好呀：今晚我们的诗歌，就像这噼啪的柴火，快乐地燃烧着我们奔放的青春。这样的诗句很有激情，也很有力量。"众人都附和，都说杨霞的诗歌是越来越有水平了。杨霞羞涩地笑了。

　　诗歌朗诵完毕，李兆基叫家人从屋里抱出几个烟火来，放在院子中央放了起来，一束束烟花箭一样射向夜空，然后在夜空里绽放出一朵朵亮丽的花瓣，虽然闪烁的时间很是短暂，但确实很美丽。众人抬头欣赏着烟花的惊艳，不时发出阵阵惊叹声来。烟花放毕，李兆基叫家人抬出一个大锅来，锅里盛满了汤圆，冒着腾腾的热气。李兆基为每人舀了满满的一碗汤圆，众人接了就吸溜着吃了起来。汤圆是甜的，在这南方湿冷的冬季的夜里，能吃上这么一碗热气腾腾的汤圆，简直就是人生的享受。余道义一连喝了三碗，狼吞虎咽，像饿鬼一样，宝珠就调侃他说："你没吃过汤圆吗？就算是好吃也不能贪吃，不然就成猪了。"余道义说："这个年头物价飞涨，猪的日子也不好过哦，我在吃着汤圆的时候，就念叨着你的名字，不知不觉竟然吃了这么多。"宝珠说："你真是一头傻猪！"梦鸽笑着说："我听到两头猪在说情话，一头是公的，另一头是母的。"顾言大声说："这两头猪应该是佛山街最有文采的，会吟诗作对。"众人听了都哈哈大笑起来。宝珠害羞地笑了，余道义傻傻地也跟着众人一起笑。

　　吃完汤圆，已是夜深。下一个节目就是行通济，李兆基为各人都准备了一盏灯笼、一架风车和一把生菜。在李兆基的带领下，众人左手拿着风车和生菜，右手拿着灯笼，就浩浩荡荡地出发了。灯笼影影绰绰的，闪着红色的光。灯笼里面是麻绳点着猪油在燃烧，虽是豆大的光，但也能看清路面。众人走了半个时辰，终于到了通济桥北畔。聚集在通济桥北畔的人很多，人头攒动，摩肩接踵，大家都是为了讨一个好意头，早早就在桥头等候了，待正月十六子时时辰一到，就走过桥去。很多人手里都拿着风车或是一把生菜，都期望来年顺顺利利、财源广进。

　　等了好久，正月十六子时终于到了，站在桥头边的人群缓缓上了桥，跟在后面的队伍就缓缓往前移动着。李兆基在前面带队，众人就跟着前行，吴歌一边走着一边对杨霞说："行通济，无闭翳，希望你每天都开开心心的。"杨霞高高举着风车，也笑着对吴歌说："行通济，无闭翳，也希望你每天都乐呵呵。以前我来行通济都是跟着父母白天来的，这是我第一次晚上来行通济，想不到真是太热闹了。"宝珠就在杨霞身边，她说："我也是第一次晚上来行通济，想不到竟然有这么多人，人山人海。"余道义说："佛山有这个习俗，我觉得很好，人们通过行通济，期望来年无闭翳，不管是对个人，还是对国家和民族，都希望无闭翳，希望我们的国家风调雨顺，国泰民安，这就是佛山人通济天下的情怀。"杨霞听了余道义的一番话，就很有感触地说："余道义不愧是佛山的大才子，所言甚是，由桥想到佛山和佛山人，想到国家和民族，格局够大。"宝珠听了就扑哧笑了一下。余道义笑着说："在吴歌和杨霞两位正牌的大学生面前，我算是班门弄斧了。"吴歌说："你弄的不是斧，是锯。"宝珠听了就哈哈大笑起来，笑得花枝乱颤。

还有一箭之地才能到达通济桥，虽然通济桥就在眼前，但因为人很多，队伍移动得很慢很慢，比乌龟爬行还要慢。走了很久，众人终于到了桥上。吴歌在桥上放眼望去，在夜空下，洛水河此刻很是安静，它静静地流淌着，与喧闹的人群相比，显得那样突兀。它仿佛在说：你们尽情狂欢吧，我已经累了，我要好好地睡一觉。吴歌此刻也很兴奋，他想着自己大学毕业后，承了父业，稳步发展，在佛山镇算是站稳了脚跟，而今也结了婚，人生也算比较顺利妥当，夫复何求？假以时日，酒坊和酒楼的事业做大做强，就真的可以光宗耀祖了。吴歌美滋滋地构想着美好的未来，竟情不自禁地唱起了粤剧来。杨霞见吴歌如此兴奋，就问吴歌究竟遇到什么开心事了，吴歌摇头不语。就在这时，前面的人群突然骚动了起来，一个劲地往后退。很快就听到有人大声喊了起来："有人打架了！"吴歌在桥上站稳脚跟，朝前面后退的人大声喊了起来："不要后退，不要慌！"但前面的人也是没有办法，像退潮的潮水一样被裹挟着纷纷后退。吴歌护着杨霞，余道义护着宝珠，龙塘诗社其他人也都纷纷互相护着，纷纷后退。幸好后退的速度很慢，通济桥上并没有人摔倒，不然就麻烦大了。

　　突然，人群里有人吼了起来："你们都住手，有什么事情过了桥再说。"但打架的人已经打红了眼，听不进劝架，更何况双方都是两三个混混，竟打得更欢了。说时迟，那时快，吼叫的人便叫了一帮人冲进去，略施功夫，三下五除二，就把打架的双方给制服了。吴歌定睛一看，出手制服打架的大汉原来是梁焰和黑牛他们，他们穿着鸿胜馆的马甲，一直在桥上做保卫。梁焰和黑牛一行人押着打架的双方朝桥头走去。行通济的队伍又恢复正常行进的速度了，人们不禁长吁了一口气，都在赞叹刚才出手制止打架的好汉来。行了好久，众人终于有惊无险过了桥，李兆基大声说："刚才太危险了，好在梁焰师父及时出手，不然在桥上发生踩踏事件，你推我我推你，后果不堪设想。"吴歌放眼望去，只见梁焰和黑牛他们把打架的人押往离桥不远处作为治安大队临时办公的地方。吴歌想过去和他们打招呼，但杨霞揉着眼睛一个劲地打哈欠说困得很。于是，吴歌就和李兆基说："夜深了，我们回去吧。"李兆基听了就在前面带队，后面的人都提着灯笼跟着李兆基回龙塘诗社了。回到龙塘诗社，吴歌安排相关人员，把各女孩安全送到家后，就和众人告别，与杨霞踩着夜色回家了。两人走在巷子里，此刻巷子里很是安静，灯笼闪着昏暗的光，一晃一晃地，引得那些站在门口的狗，不停地朝着他们吠叫。狗叫声像是会传染一样，一路上，狗吠叫个不停，杨霞显得很是慌张，吴歌停下脚步，朝吠叫的狗们说："再叫就不客气了。"但狗们依然在叫，比刚才叫得更欢了。吴歌知道，此时此刻一定要找一个狗痛下杀手，才能警告其他狗，停止吠叫，不然它们的叫声会把杨霞吓坏的。走了一段路，不知是谁家的狗，竟然从屋门口处吠叫着朝吴歌和杨霞飞奔直冲过来，吴歌见恶狗来者不善，便伸手护着杨霞，让她躲在身后，正面朝着那狗狠劲地起了一个飞脚，那狗中了飞脚，在半空中打了几个跟斗，然后重重地摔在石板上，过了半天才好不容易缓过劲来，艰难地从地上爬起来，凄厉地惨叫着落荒而逃。其他狗听到了那只狗凄厉的惨叫声，像是收到了信号一样，顿时，整条街马上安静了下来。接下来回家的路上，吴歌只听到狗紧张的呼吸声，并没有再听到狗的吠叫声。吴歌对杨霞说："刚才我已经警告它们了，但它们还是执迷不悟，我就只有教训它们了。人善被人欺，国弱被人骑。有时候，反抗是必须的。"杨霞扑哧笑了一下，然后说："夫君说得甚是。"

十九　鸿胜馆义气冲天　子弟大闹霍公馆

　　过了正月十六，黑牛忙完了春节的事务，鸿胜坊终于可以开门营业了。由于黑牛、崩牙强等人的功夫了得，推拿技术一流，鸿胜坊的功夫推拿很快就在佛山街打响了名号，很多人都慕名而来，腰骨痛、腰椎骨质增生、骨折等症状，黑牛都拿手。

　　这天下午，黑牛在坊里正喝着茶，突然门外响起一片嘈杂声来，一行人用门板抬着一个老农，冲进屋来。老农在门板上呻吟着，他的身上盖着一条棉被。黑牛见此光景，就忙问："怎么了？伤到哪里了？"为首的一个汉子回答说："说起来都一把泪，具体怎么伤的等一下再说吧，救人要紧。他的脚骨被打骨折了。黑师父，他们都说你的医术厉害，我们就赶着把他送过来了，请黑师父帮忙医治一下。"因为天气很是寒冷，黑牛叫崩牙强把屋里的火炉烧旺一些，崩牙强跑出屋外，抱了一捆木柴进来，他把木柴丢进火炉，柴火很快就旺了起来，屋里顿时温暖起来。黑牛把棉被掀起来，汉子把老农的裤腿卷了上来。黑牛用手摸了一下老农的脚骨，摸到其骨折的地方，轻轻一按，老农就痛得叫了起来，额上流淌着豆大的汗珠。

黑牛用跌打药酒搽在骨折部位，然后把专门治疗骨折的药膏敷在骨折部位，用纱布紧紧缠绕后，再用夹板固定住小腿，然后用纱布把夹板紧紧夹住小腿。经过一番治疗，药酒和药膏发挥了作用，老汉的疼痛减缓了很多，不再呻吟了。黑牛问汉子老人家的伤究竟是怎么一回事，汉子说："老人家是我的大伯，中年得女，只有一个女儿，今年十八岁，生得如花似玉，还没婚嫁，我大伯租了大财主霍金的田耕种，前几天霍金到伯父家催租的时候，霍金看上了我的侄女，昨天派媒人上门做媒，说是要娶她为妾，我大伯死活不肯，今天有一帮人上门抢人，我大伯与他们硬拼，腿被打折了。"黑牛听了汉子的一番话语，很是气愤，他气呼呼地说："光天化日之下，在佛山竟然发生这样的事情，普天之下，难道就没有王法了吗？"汉子说："听街坊说，带队的是霍金的手下牛筋，是佛山街的恶霸。"黑牛咬牙切齿地说："岂有此理！"崩牙强说："简直无法无天了。"黑牛问："你的侄女现在何处？"汉子说："已被霍金的家丁用轿子抬走了，现在应该在霍金家。"黑牛说："霍金这个人我认识，佛山最有名的'三毒'老板，他在佛山街开赌档、烟馆、妓院，人模狗样的，赚了很多钱，既然有钱，很多女人都可以明媒正娶了，竟要做出这些伤天害理的事情，天理不容呀。"老汉听了黑牛的一番话，就放声哭了起来。汉子一脸惆怅，他低沉着声音说："他们有枪，我们也没有办法。"崩牙强说："总有一天，我们会找他们算总账的。"

黑牛经过一番忙活，总算舒缓了老汉的痛苦，他告诉汉子，每天都要过来换药，估计一个月后就可以痊愈了。汉子听了就一个劲地对黑牛说谢谢，黑牛摆了摆手说："我们开这个鸿胜坊，就是为穷苦百姓服务的，在这个兵荒马乱的年代，大家活着都不容易，我们靠手艺吃饭，收费低廉，尽可能减轻穷苦百姓的负担，也算是力所能及做一些事情吧。"汉子说："佛山有你们鸿胜坊这样有良心的习武之人，服务大众，是功德无量的。"汉子说完，就招呼与他一起来的人抬着老汉回去了。黑牛和崩牙强看着汉子一行人离去后，坐在一起喝茶的时候，说起老汉和他的女儿的悲惨遭遇来，不禁唉声叹气起来。黑牛说："这算是什么事？光天化日的，发生这样悲惨的事情，有钱的大老板能这样欺负老百姓，他们和当官的勾结在一起，欺压老百姓，这个国家是没得救了。"崩牙强恨恨地说："如果有机会，我们一定要砸烂这个黑暗的世界，让老百姓在一个公平的世界里生活，活得有尊严。"

就在这时，方圆和梁焰走进屋来。黑牛见两位师父过来，就忙着斟茶。方圆是第一次来，他在屋里走了一圈，觉得布局什么的很是不错，就连连称赞黑牛经营有方。黑牛听到方师父的表扬，就用右手挠了挠头发，然后嗫嚅着说："我也是赶鸭子上架，边干边积累经验。"方圆说："鸿胜馆的徒弟们，如果个个都像你这样，能为老百姓做些力所能及的好事和善事，作为你们的师父，我就脸上有光了。"梁焰说："鸿胜坊虽然开业不久，但由于手艺了得，而且收费便宜，很快就在佛山打响了名号，这是很难得的。"崩牙强说："都是师父教导有方，我们主要是为穷苦大众服务，和鸿胜馆的宗旨是一脉相承的。黑牛现在天天捧着医书研究骨伤疗法，医术进步很快。"梁焰说："真想不到，我们的黑牛上道了，骨伤疗法，是要深入研究的，希望你们在这方面取得更大的成绩，把中医发扬光大。"黑牛说："我也就是边干边学，祖上流传下来的秘方，我需要了解更多，于是就找了一些医书来看，希望能找到骨伤最好的疗法。"

喝淡了一壶茶，黑牛和两位师父说起老汉的遭遇来，众人又是一番唏嘘。方圆说："目前，我们的国家虽然已经是民国了，但都是当官和有钱人说了算，他们有些人为非作歹，发生很多不公平的事，贫苦大众没钱没地位，只能逆来顺受。大家想一下，如果老汉的事情发生在我们在座的任何人身上，我们应该怎么做？"黑牛说："我就和他们拼了，舍得一身剐，皇帝也拉下马。"崩牙强说："对，我们只有拼个鱼死网破，才能生天。"方圆说："个人的力量是很渺小的，你去和他拼了，拿着刀的去和拿着枪的比拼，能有胜算吗？还不是送死？现在的中国人就是一盘散沙，都是自扫门前雪，哪管他人瓦上霜，事不关己，高高挂起。就算发生了事情，如果没有牵涉自己，就觉得那是别人的事，到了枪已经指到自己的头上了，才意识到问题的严重性，但真的到了那一天的时候，说什么都已经迟了。因此，我们一定要团结起来，只有团结才有力量。我们鸿胜馆在佛山为什么能有立足之地？就是因为团结了一帮穷苦大众，大家遇到了困难，一起想办法解决，这就是群体的力量。"众人听了方圆语重心长的一番话，都觉得很受教育和鼓舞，一致认为作为鸿胜馆的子弟就应该团结一致，众人拾柴火焰高。

佛山正月的天气，依然寒冷。众人喝着茶，围着火炉取暖。突然，余道义从门口冲进来，手里提着三尾大鱼。他一进门口，见众人都在，就大声说："我刚刚去了鸿胜馆，他们说两位师父来了这里，我就赶着来这里了。这是汾江河里的大鲩鱼，我们今天来弄个火锅，大家一起喝烧酒，驱驱寒气。"黑牛接过余道义递过来的鱼，掂了一下然后说："鲩鱼很大哦，每条应该有五六斤重。"说完，他把鱼给了崩牙强，崩牙强接了就到厨房忙着杀鱼去了。梁焰说："汾江河里的鱼，没有腥味，味道一流。"

也就一壶茶的时间，崩牙强已经把一切都弄好了，他在火炉上安放了一口大锅，锅里放了几勺水，撒了几片姜，放了川芎和白芷等中药材，很快水煮开了，顿时屋里就弥漫了中药材的味道，清香扑鼻。崩牙强见水沸腾了，就把鱼头、鱼尾和鱼骨头一股脑倒进锅里煮，清汤马上就变白了，像牛奶一样。接着，崩牙强和黑牛从厨房里捧出一盘盘已经切好的薄如蝉翼的鱼片来，还有蒜蓉、姜丝、砂姜、酱油等配料。众人用筷子夹了鱼片，在锅里泡几秒钟的时间，鱼片就熟透了，闪着白白的光。鱼片很是鲜美，众人吃着鱼片，喝着玉冰烧，你敬我我敬你，杯起杯落，喝得很是酣畅。不知是火炉的原因，还是烧酒的原因，众人的额头上都冒了汗，亮光光的。于是，众人都脱了厚厚的棉衣，继续吃鱼喝酒。

席间，余道义说起一件事来，说是他的远房亲戚的女儿被霍金抢去做妾，亲戚在和抢亲的人争抢时后腿被打骨折了，想请大家帮忙出面和霍金协调一下。黑牛见余道义说了这件事情，就大声说：“大哥，你那亲戚刚才还在我手上治疗，现在已经回去了。你来之前，我们还在唏嘘一番，想不到是你的亲戚。霍金手上有枪，我们赤手空拳去找他，是谈不出什么结果的。”崩牙强说：“如果我们一帮人操着家伙去谈判，估计效果还是有的。我家有几把沙枪，是专门打鸟的，威力也是很惊人的，到时我们带上它们。”对于是否组织兄弟们去找霍金算账，梁焰征询方圆的意见，方师父沉吟了一下，然后说：“既然是余道义兄弟的亲戚有难，我们就不要袖手旁观了，这样吧，崩牙强回家拿砂枪，我们现在就回馆里集合，等崩牙强一到我们就出发去找霍金算账。”众人见方师父发话了，就匆匆离开鸿胜坊朝鸿胜馆出发了。

很快，崩牙强拿着四把沙枪到鸿胜馆集合，崩牙强、黑牛、劏牛强、余道义拿了沙枪，其他人拿了大刀、铁叉什么的，一行人共三十多人，浩浩荡荡来到霍金位于莲花地附近的霍府门口。大宅古色古香，富丽堂皇，门紧闭着，但从里面传出阵阵音乐声来，还有人在唱粤剧，咿咿呀呀地，甚为热闹。余道义用力拍了拍门，发出砰砰的声响来。过了许久，才有一个中年男人开了门，他见众人操着家伙，就高声问："你们是什么人？想干什么？"说完，他想关门，黑牛箭一样冲上去用力打开门，并用身体撞开那个中年男人，此时中年男人脚跟站不稳，就重重跌倒在地上，他想高声喊叫，黑牛用沙枪指着他的脑袋说："不要出声，出声就给你一枪，一身沙。"中年男人见了黑洞洞的枪口，身体就像筛糠一样蜷缩着瑟瑟发起抖来，不敢出声。

众人潮水般冲进院子，只见院子里正在摆婚宴，应该有十多围台。戏台上正鼓乐喧天咿咿呀呀唱着粤剧，曲调很是欢庆。牛筋见外面冲进来一帮人，就穷凶极恶地大声喊："你们是什么人？真是胆大包天，竟敢来打砸我们霍老板的婚宴？你们知道我们霍老板在佛山街的分量吗？"黑牛挺身而出，站在队伍的最前面，瞪着眼睛对牛筋说："我们今天来，不是砸你们霍老板结婚的场面，但是你们霍老板强抢民女，那民女是我们兄弟的亲戚，我们今天过来就是要讨还一个公道，赶快把民女交还，不然我们就不客气了。"

就在这时，一个老板模样的中年男人从席间跑了过来，他朝黑牛和梁焰拱了拱手说："梁师父、黑师父，鄙人不知你们今天大驾光临，有失远迎，有什么事情，我们坐下来喝茶再谈。"说完，他做了一个请的姿势。黑牛说："霍老板，喝茶就免了。刚才你也听到了，你今天迎娶的女孩是我兄弟的亲戚，她是被你们抢过来的，她的父亲也被你们的人给打骨折了。俗话说，强扭的瓜不甜呀，既然女孩不同意嫁给你，就请霍老板今天看在我黑牛的脸上放了她回家。"霍老板看着面前二三十人的队伍，个个都操着家伙，有枪有刀什么的，个个都凶神恶煞的样子，心里不禁打起鼓来：这里只有几个马仔，如果和他们拼起来，不一定会赢，眼下只能好汉不吃眼前亏。于是他就笑着说："黑师父，这个事情是个误会，我手下人见我喜欢翠梅，说媒不行就硬着抢来，既然是你兄弟的亲戚，我立马放人。"说完，他挥了挥手，一个喽啰模样的人跑了上来，霍金在他的耳边嘀咕了几句，那喽啰就跑进屋去了。不一会，喽啰和几个妇人领着翠梅从屋里出来。余道义一见翠梅，就跑上去和她相见。翠梅见是余道义，就大声哭了起来。余道义问翠梅："霍老板有没有欺负你？"翠梅停止了哭泣，然后摇了摇头说："没有。"余道义说："没有就好，我们回家。"翠梅说："我父亲的腿怎么样了？"余道义说："已经在敷药，应该没有大碍。"

霍金苦笑着对梁焰说："看在鸿胜馆的面子上，人我已经放了，婚宴已经安排好的了，各位大侠索性就留下来吃个便饭，大家喝一杯？"梁焰摇了摇头说："霍老板，饭我们就不吃了，非常感谢你能给我们薄面，放了翠梅，说实在的，今天打扰了你的大事，我们也不想，但兄弟的亲戚，我们肯定要出手帮忙的，也请霍老板包涵。还有一事请霍老板帮忙，就是老伯的大腿已经被你们的人打骨折了，现在正在敷药，大概要躺一个多月，他是一个手停口停的人，看病要钱，吃饭要钱，也请霍老板给予一定的经济补偿才行哦。"霍老板听了就让管家拿了十块大洋给翠梅。翠梅接了，想到父亲竟然被打骨折要承受疼痛的折磨，就忍不住放声哭了起来，眼泪吧嗒吧嗒流着。

梁焰见事情已经完全解决，就和霍老板拱了拱手告别，带着队伍离开霍家大院，回鸿胜馆了。

二十　娘子军游行示威　抵制日货倡国货

　　一转眼已是夏天，天气逐渐变得燥热起来。每年一到这个时节，汾江河水便暴涨起来。也就是这个时节，刚过端午，汾江河里的鱼虾最为肥美鲜甜。每天来醉仙酒楼吃饭的食客，都点名要吃汾江河的鱼虾。每天上午，吴歌就早早起床，洗漱一番，吃完早餐后，就骑着单车匆匆赶往汾江河正埠码头，收购渔民刚刚打上来的新鲜鱼虾。陪着吴歌一起的，还有酒楼主管刘达。

　　这天一大早，吴歌和刘达就在码头处等候渔民了。等了不久，平时一直都与吴歌有交易的渔民见大主顾来了，就纷纷划船靠岸，一共有五条。吴歌和刘达跳上渔船，渔民便把放在船底鱼槽里的鱼虾捕捞上来，鱼虾生猛地蹦跳着。吴歌见货色很是不错，五条船鱼槽里的鱼虾加起来应该有二百余斤。吴歌和渔民谈好了价格后，就叫渔民用水桶装好鱼虾，挑到酒楼里称重和算账。渔民听了，都开心地说："跟吴老板做生意，就是爽快，讲仁义，价钱公道，不像那些有了一点臭钱就会欺负我们这些小老百姓的人。"吴歌听了就说："打鱼谋生也好，做生意也好，都是小老百姓，在这个社会上，我们大家要一起互相帮衬才行的，你帮衬我，我帮衬你，就比如我和你们，我买你们的鱼虾，你们有钱了到我的酒楼喝茶吃饭，这就是互相帮衬，你中有我，我中有你，何乐而不为？你们说是不是？"渔民听了吴歌的一番说辞，就纷纷点头称是。渔民们从船尾拿来水桶，跳到鱼槽里，把鱼虾舀到水桶里。

就在渔民忙个不停的时候，有一条客船靠岸了，是从广州回来的。只见从客船上下来的是一群女学生打扮的年轻人，年龄在十七八岁的样子，大概有三十人，穿着布衫短裙和皮鞋。许是天气的原因，或是兴奋的原因，她们的鼻尖和额头上冒出几粒汗珠来，她们嘻嘻哈哈地说笑着，很是兴奋，充满了青春和希望的气息。

吴歌看到这帮姑娘，情不自禁想到了自己读大学的时光来，也就是和她们一样的年纪，自己对人生也充满了憧憬和希望，但如今，憧憬和希望已经破灭，只是浑浑噩噩地度日而已。读大学的唯一收获，就是认识了杨霞，收获了爱情。想到这，他不禁在心里笑开了。

"我们去醉仙酒楼喝早茶吧，就在前面不远，我们走路过去，那里的茶点在佛山街是最出名的。"一个女孩左手提着旅行箱，用右手指着前面的醉仙酒楼和大伙说。

"醉仙酒楼的河鲜味道一流，鱼虾就是这条汾江河里的，货真价实。"又一个女孩大声说。

"既然曾中帼和黄度都说这家酒楼不错，那肯定是不错的，我们赶紧过去吃早餐，吃完早餐就开始干活。"另一个女孩说。

吴歌听了这帮姑娘的对话，脸上就绽开了幸福的笑容。他没想到，他现在经营的醉仙酒楼在佛山街已经大名鼎鼎了。此时，渔民已经把鱼虾都装在木桶里了，桶的上面用一张荷叶盖着，防止鱼虾从桶里跳出来。小姑娘们在前面走着，吴歌、刘达和渔民跟在后面。很快，就到了酒楼，吴歌和渔民从后门进厨房，小姑娘们上楼后在大堂里找了三张桌子坐下，就和伙计嚷嚷着点茶点和粥，无非就是艇仔粥、状元及第粥、蒸排骨、肠粉、萝卜糕、叉烧包、虾饺、糯米鸡、猪红汤什么的。其中有位姑娘嚷着说要吃河鲜，店小二说："现在是喝早茶的时候，没有河鲜，中午和晚上才有河鲜供应，都是汾江河里的鱼虾，味道很是鲜美，欢迎大家到时过来品尝。"那位姑娘听了店小二的介绍，就又嚷开了："既然这样，我们中午和晚上都过来这里吃饭，我们从广州坐船过来佛山，肯定要吃汾江河里的鱼虾，大家说好不好？"众人听了都纷纷附和。

吴歌在厨房里和渔民把鱼虾称了重，付了款给渔民，渔民们开心地离去了。吴歌说要留他们吃完早餐才走，渔民们说："还是不要打搅了，我们这些粗人吃那些包点什么的不顶饿，还是要回去家里吃个番薯芋头顶饿。"吴歌听了就不勉强了，和他们挥了挥手告别后，就来到二楼的茶台前坐好，泡茶喝。

很快，小姑娘们点的茶点和粥陆续上来了。她们一边吃着热气腾腾的茶点，一边忙不迭地称赞茶点出品不错。吴歌听她们的口音，得知她们当中只有个别人是本镇上的，其他人大多是三水、高明、顺德和南海其他镇的人。她们都是在广州女子师范读书的学生，为首的那个女孩叫曾中帼，是佛山镇本地人。

曾中帼年纪看上去不大，只有十七八岁，但她有与她这个年龄不相符的干练和果敢。见众人风卷残云般把桌上的美食都一扫而光的时候，曾中帼站起来举着茶杯和伙伴们说："各位同学，我们今天的任务非常重，我们要宣传革命的'新思想'：反对帝国主义、反对封建主义，提倡男女平等，提倡民主和科学，我们不仅要举行演讲，还要派发传单，干革命是一件很艰辛的事情，我们希望通过我们的努力，破除旧社会和旧思想，迎来新的自由和民主！"众人听了就纷纷举着茶杯干杯。曾中帼结了账，就和众人离开茶楼到街上忙活去了。

曾中帼带领着众人，来到槟榔街广场上集合。曾中帼一声令下，众人纷纷从布包里拿出早就在学校印好了的传单和横幅来。众人把横幅渐次拉开来的时候，万红和她的妹妹万艳刚好经过广场，她们目睹了红布黑字的横幅是这样写的：反对帝国主义、反对封建主义，提倡男女平等，提倡民主和科学；收回青岛，严惩卖国贼；抵制日货，提倡国货。还有那些写满了字的红色的传单：抵制日货；收回青岛；提倡国货；反对帝国主义；反对封建主义；提倡男女平等；提倡民主和科学等。众人在曾中帼的带领下，在广场上喊叫横幅和传单上的口号，声音很是齐整和洪亮。口号喊完，队伍就浩浩荡荡朝着公正路的方向进发，一边走一边喊着口号。

一路上，看热闹的人很多，人们都觉得很好奇，都纷纷对她们指指点点和品头论足起来。有的人说，这个世界究竟怎么了，女孩子不好好在家相夫教子，竟然抛头露脸在大街上大喊小叫，还叫嚣着闹革命，真是反了！还有的人说，男女如果真的平等了，这个世界还得了？成何体统？哼，真是胡闹！更有的人说，这些不知天高地厚的学生，学别人搞什么示威游行，扰乱了社会秩序，到时被抓进牢房，就知道苦头了。但也有很多人对游行队伍竖起了大拇指，都说她们喊出了国人的心声，旧中国真的需要来一场彻头彻尾的革命，让中国得以重生，把旧世界砸个稀巴烂，新世界一切都是新的。

　　万红跟着队伍前进，听着游行队伍震天的口号声，感到很是激动。她看到这么一群朝气蓬勃的姑娘，竟然这么有勇气干出这么一件惊天动地的事情来，觉得她们太伟大了，不禁在心里对她们肃然起敬起来。突然，有一女青年把传单递给万红和她的妹妹万艳。她们手里拿着传单，只看几眼那些像烙铁一样滚烫激情澎湃的文字，内心就激动起来。就在这时，曾中帼走了过来，她热情地对万红姐妹说："中国需要革命，只有破除旧社会和旧思想，废除一切不平等的条约，新中国才有新希望。来吧，加入我们的行列，为自由和民主共同奋斗！"万红看到曾中帼的眼神很是坚定，头顶上像是有一团火在燃烧。万红被曾中帼头顶上的那团火感染了，于是就拉着妹妹跟着她们一起沿街喊口号和派发传单。

　　游行队伍沿着槟榔街、升平街、快子路、莲花路一路进发。一路上，女学生们大声喊着口号，给路人派发着传单。每到一条街人流较多最热闹的地方，队伍就停止前进，向邻近的商铺老板借一张桌子，曾中帼就像猴子一样身手敏捷地跳到桌子上去，她向着群众振臂高呼："同胞们，日本人想占领我们的青岛，我们能答应吗？不能，我们要收回青岛，我们要严惩卖国贼。既然日本人想侵占我们的青岛，我们就要团结起来一起抵制日货，提倡国货。你们说好不好？"现场的群众大多都说好，但也有部分麻木不仁的群众只是在当一个看客，在他们的眼里，这帮示威游行的姑娘简直就是胡闹，革命是你们想革就革的吗？简直就是吃饱了撑的！

　　聚集的人越来越多，有看热闹的，也有被点燃了爱国情怀，内心里是支持游行的。游行队伍每到一条街道，那条街道都会被人群围得水泄不通。游行队伍游行到快子路的时候，余道义在店铺里正全神贯注地给一个肾亏得厉害的老男人望闻问切。他用右手的食指和中指在老男人的手腕上寻找着微弱的脉搏，好不容易找到了，却被门口的吵闹声和欢呼声打扰，总不能静下心来。他用纸巾把两个耳朵塞住，屏住呼吸，过了好一会，他长舒了一口气，才慢条斯理地对老男人说："严重肾亏，如果你还不节制，再这样下去，你的身体就像被抽干了水的枯井，神仙也救不了你。你先喝一个月蛤蚧酒，看有没有效果，如果有效果，你再过来找我。"老男人欢喜地提着一大罐蛤蚧酒出了博爱药房，余道义这才把纸做的耳塞拔了下来，此时他听到人群的欢呼声更加热烈，雷鸣一般，震天地响。

他快步来到门口，只见一个女青年正站在桌子上激动地演讲着，手舞足蹈，滔滔不绝。该女子中等身材，面目清秀，扎着马尾辫，是一个标致的女子。她说的是山东青岛主权归属的事情，语调很是激昂。余道义最近也在看报纸，得知该事件的起因：中国作为第一次世界大战战胜国之一，在和会上提出废除外国在中国的势力范围、撤退外国在中国的军队和取消《二十一条》等正义要求，但巴黎和会不顾中国也是战胜国之一，拒绝了中国代表提出的要求，竟然决定将德国在中国山东的权益转让给日本。此消息传到中国后，北京学生群情激愤，学生、工商业者、教育界和许多爱国团体纷纷通电，斥责日本的无理行径，并且要求中国政府坚持国家主权。这种情况下，和会代表提交了关于山东问题的说帖，要求归还中国在山东的德租界和胶济铁路主权，以及要求废除《二十一条》等不合法条约。但结果，北洋政府屈服于帝国主义的压力，居然准备在《协约国和参战各国对德和约》上签字。最终，英、美、法、日、意等国不顾中国民众呼声，还是签订了《协约国和参战各国对德和约》，即《凡尔赛和约》，仍然将德国在山东的权利转送日本。在巴黎和会中，中国政府的外交失败，直接引发了中国民众的强烈不满，从而引发了五四运动。北京、天津、上海、广州、南京、杭州、武汉、济南的学生、工人也给予支持，于是乎，全国很多城市相继发起了游行示威。

余道义想不到，佛山一个小小的镇也被波及了，而且首先发起游行示威的竟然是一帮娘子军。余道义在心里想，这就是革命呀，我也一定要像她们一样身先士卒，挺身而出！闹革命怎么可以缺少我余道义呢？他看到人群中万红在派发传单，于是便一个箭步跑上去，万红看也没看就把传单派发给他，定睛一看，原来接传单的人竟然是余道义，就高兴地大声说："道义哥，她们是从广州来的，太厉害了，演讲、派发传单什么都会，我都被感染了，就跟着她们干起来了，你也和我们一起干吧。"余道义问队伍带头的是谁，万红就在人群里大声喊着曾中帼的名字，那个叫曾中帼的女孩从人群里钻出来，她问万红找她什么事，万红努了努嘴说："不是我找你，是余道义找你，他是对面博爱药房的老板，也是诗人。"余道义对曾中帼笑了笑，然后问："你是游行队伍的头？"曾中帼也笑着说："算是吧，我组织她们一起回来的。"余道义听了就对面前的女孩子肃然起敬起来，他按捺不住内心的激动，然后说："我想加入你们的队伍，我觉得你们的队伍只有女孩，没有男的加入，力量有点单薄。"曾中帼听了就激动地握着余道义的手说："余诗人，欢迎加入我们革命的队伍！"

就这样，余道义加入了曾中帼和万红等人的革命队伍。余道义是天生的演讲家，他听了曾中帼在台上激情四射的演讲后，结合近期看报纸杂志得知的时事和思考，站在演讲台上，就滔滔不绝地演讲一个小时，而且讲得非常精彩，有理有据，说服力够，煽动性强，关键是能调动听众的情绪，和听众互动良好。

"佛山的父老乡亲们，现在的中国，就是一所老房子，木头已经腐朽，瓦片已经破烂不堪，我们住在这样的一所老房子里，总是担惊受怕，总怕哪一天台风来了，房子被吹倒了会压到自己，性命难保。房子老了，我们肯定要把瓦片和木头换新的，但换什么样的瓦片和木头呢？现在屋里的人吵了起来，甚至打了起来，大家互不相让，斗个你死我活。于是，老房子一天比一天更加衰老，都快要倒塌了。但老房子里的人还在吵个不停，打个不停。这就是我们悲哀的中国……现如今，我们作为战胜国，竟然连青岛的主权都要不回来，究其原因，就是西方列强根本就不把中国放在眼里，在他们的眼里，中国人就是一盘散沙，一盘只会窝里斗的散沙，他们知道，中国这所摇摇欲坠的老房子很快就要倾倒了。因此，对于中国要求收回青岛主权的诉求，他们竟然可以这样视而不见。同胞们，醒醒吧，我们作为中国人，一定要团结起来，只有团结才能救中国。因此，在现阶段，抵制日货，提倡国货，就显得非常重要了，在抵制日货这件事情上，国人要拧成一股绳，展现国人众志成城、一致抗日的决心……"

余道义是个天生的革命家！曾中帼听了余道义的演讲后，给出了这么一个评价，万红听了曾中帼的评价后，也觉得这个评价很中肯。余道义听了她们的赞扬，就哈哈大笑起来。笑完，他摸了摸头不禁问起自己来：我真的是一个天生的革命家？

其实除了余道义主动加入了革命的队伍外，在公正路上做土布生意的丰收谷商店经理麦博，也被革命的氛围感染，主动加入革命队伍。他带领着十多名店员，也积极参加抵制日货的宣传行动，沿街散发传单，告诫各铺户不再卖日货，转卖国货。

游行队伍最后一站是公正路有售卖日本布匹的商店，参加游行的群众越来越多，都聚集在商店门前，高喊着抵制日货的口号。曾中帼、余道义和麦博轮番上阵，站在桌子上，对着几百号人声嘶力竭地演讲，群众的革命热情像鞭炮一样，被曾中帼、余道义和麦博他们点燃了，此刻在台下噼里啪啦地响着了。群众在高声喊着："抵制日货，提倡国货！"巨大的声音洪流震彻整个小镇，那些平日在镇里的大街小巷里嚣张霸道的狗此刻蜷缩在墙角处，连大气也不敢出。

公正路上有一售卖日本布匹的商店老板，名叫潘东，他见此情景，就害怕得要命，他怕群情汹涌，大伙一下冲进商店来，不管三七二十一把国货和日本货都拉出去一把火给烧了，那就比窦娥还冤了。潘东的商人朋友当中有人认识余道义，于是，他和那个朋友在人群里找到余道义，和余道义说了他的担忧。余道义问他商店里有多少日本货，他说有三匹。余道义让他趁现在群众的情绪还可控的时候，赶紧把布匹搬出来，支持抵制日货，"如你现在不主动把日本布交出来，等到群情汹涌，人们进入商店翻找到日本布匹后，有些人可能会失去理性，这个时候就不只是没收日本布这么简单了，有可能会殃及池鱼，把他们惹毛了，有可能会把你店里所有的布匹都搬出去烧个一干二净，到那个时候就很麻烦了"。潘老板听了就害怕起来，按照余道义的吩咐，连忙跑进店里，他和伙计合力把日本生产的布匹都搬出来，并举着布匹大声对众人说："为了支持抵制日货，我把店里剩下的三匹布，交给大家处理，这也算是我潘某人对这次运动的一点支持。"众人见潘老板如此识相和支持配合，口号就喊得更加响亮了。公正路上有很多布匹店，也有一些商店有售卖日本货的，那些老板见潘老板已经把日本布匹上缴，就纷纷也把店里的日本布匹搬出来，交给游行示威的群众。有人提议，干脆就把日本布匹拉到汾江河畔一把火烧了，众人附和。于是，一行人扛着二十来匹布浩浩荡荡朝汾江河畔出发，后面跟着黑压压的人群，熙熙攘攘，摩肩接踵。

很快就到了汾江河畔，扛着布匹的几个人把布匹放在一堆，然后在不远处找到几根干柴和一堆稻草来，余道义用火柴点燃稻草，火焰很快就把布匹点燃了，火光冲天，火焰上面冒着青烟，发出阵阵难闻的味道来。围观的群众很多，把汾江河畔挤得水泄不通。大家都显得很是兴奋，那些正在烧着的日本布匹，是他们呐喊了一天的辉煌战果。

午餐是在醉仙酒楼解决的，余道义请客，他带领一帮姑娘来到醉仙酒楼的时候，吴歌感到很惊讶，连忙问余道义："什么时候加入革命队伍的？"余道义笑着说："也就是不久前才加入革命的队伍，我搞了三场演讲，现在是口干舌燥，喉咙都冒烟了。"吴歌听了就连忙为余道义斟了一杯浓茶，他拿起茶杯一仰脖子就把茶喝干了。吴歌说："慢一点，茶有的是！"其他人见余道义喝茶猴急的样子，都哈哈大笑起来。余道义一边喝茶一边给吴歌讲述刚才在街头演讲的情景，说站在人山人海的群众面前，第一次滔滔不绝地演讲，而且还得到了听众的掌声，就别提有多高兴了。吴歌听了就说："你现在的心情我能体会得到，我第一次在观众面前亮嗓子唱粤剧的时候，也和你现在一样兴奋！"曾中帼听吴歌说会唱粤剧，就起哄让吴歌露一手。吴歌亮嗓子唱了几句，博得了众人的喝彩。曾中帼在吴歌面前竖起了大拇指。这时，菜上来了，吴歌就安排众人吃菜，众人尝了一下河鲜的味道，都纷纷点赞汾江河出产的河鲜就是不一样，很是鲜美。余道义因为兴奋，在喝酒的时候，对于姑娘们的碰杯，都来者不拒，喝得很是尽兴。到散场的时候，他迈着趔趄的脚步一歪一扭地走向槟榔街广场的路上，嘴里还在嘟囔着："我终于是一个革命者了！"

吃完饭，游行队伍在槟榔广场上聚集，众人不停地喊着口号，余道义、曾中帼、万红等人轮番上台演讲，因为刚吃饱喝完，充满了力气，声音比先前喊得更加大声："抵制日货！还我青岛！宁为玉碎，不为瓦全！"来趁圩的人都觉得很是好奇，他们聚集在一起像池塘里的鸭子，伸长着脖子观望和聆听演讲，把整个广场挤得水泄不通。台上的人演讲到激动处，引起听众的共鸣时，众人就热烈地拍掌，场面很是热烈。游行示威活动在佛山小镇是第一次，把负责安保的刘野吓得够呛，他带着一帮人在场外观望，但看到群情汹涌，比丰水期的汾江河的河水还要汹涌，就不敢妄动。他在心里一直嘀咕着："这就是革命的力量？看来革命的洪流汇聚在一起也是他妈的可怕！"

二十一　学生工人齐游行　广场话剧显神威

　　示威游行一连搞了一个星期，在这一周里，佛山织布行业、餐饮行业工人也积极支持爱国学生的正义行动，投入抵制日货运动。佛山镇学生联合会和刚成立的佛山救亡社、爱国鱼贩演讲团等团体，也积极组织游行队伍参加了宣传和抵制日货活动。

　　按照计划，这是游行示威最后的一天了。这天上午，游行队伍在街道上喊口号、派发传单，佛山华英中学的进步教师顾言带着华英中学的二百多名学生也加入了游行队伍，年轻的工人也加入队伍中来，把整个佛山镇搅得群情激奋。到了下午，学生们在槟榔街的戏台上演话剧，话剧的主题主要就是抵制日货，提倡国货。学生们在台上演得很是生动，人物扮相惟妙惟肖，故事也通俗易懂。话剧对佛山镇人来说，是一件很陌生和新鲜的事情，于是便吸引了很多人跑过来驻足观看，把整个槟榔街广场围得水泄不通。台上的学生每演完一个话剧后，就有人站出来在台上演讲，演讲的人不分男女都中气十足，语言极具煽动性和激情，把场下观众的激情也点燃了。台上的人演讲结束，众人就跟着台上的人大声喊："抵制日货，提倡国货！宁为玉碎，不为瓦全！"

喊声震天，震耳欲聋，把槟榔街广场旁边大榕树上的喜鹊吓着了，它正在巢里睡觉，一下子惊醒过来，它振了振翅膀，飞离了鸟巢，朝广场飞去，见到广场上人群黑压压一片，还在喊着口号，心里就嘀咕起来："以前小镇上的人们都是很平和的，怎么今天人们开始变得这么疯狂了！莫名其妙，真是不可思议！"

太阳像烧红了的铁锅，把佛山镇的街道炒得热烘烘的。游行队伍回到槟榔广场，余道义在戏台上给大家演讲，一如既往充满了激情，他拿着喇叭，在戏台上，一边大声喊叫着，一边手舞足蹈。方圆和梁焰听黑牛说余道义演讲的事情后，就召集鸿胜馆的子弟赶着出来捧场。龚坤、吴歌等人放下手头的工作也来了。由于聚集的人实在是太多，众人就只能远远地站在外围观看和聆听。吴歌看着在台上正在激情澎湃地演讲的那个人，竟然是余道义。他把这种感觉告诉众人，众人也说打死都不相信。说完，众人就感叹起来。方圆听了众人的感叹后就说："这应该就是革命的力量！"黑牛接着说："师父说得对，余道义参加了革命的队伍，整个人都变了，以前他都不怎么说话的，现在竟然滔滔不绝，说得比一匹布还要长。"黑牛说完，众人就都笑了起来。

余道义演讲完毕，接着就是演话剧《抵制日货》。一群学生打扮的人冲入还在贩卖日本布匹的商店，他们苦口婆心和商店老板做工作，要求他把日本布匹交出来，但老板死活不肯。学生们见老板冥顽不化，就冲上去把老板给打了，顿时老板头破血流，学生们便把日本布匹抬走并焚烧。老板见布匹被焚烧了，就呼天抢地哭哭啼啼地说："那是我的大洋呀，我的辛苦钱呀。"这时，有一女学生对老板说："我们今天搞的抵制日货游行示威，就是希望唤醒所有中国人，不管是学生、农民、军人，还是商人，都要团结一致，反对日本帝国强行侵占青岛。抵制日货，是我们的一种行动，你作为国人，要支持我们的行动。"布匹老板受了学生的一番训斥，就灰溜溜地走了。

学生们的演出很是精彩，引得广场上的观众不时喝彩。话剧演出完毕，接着又是演讲。余道义在台上又开始了激情澎湃的演讲："同胞们，青岛主权永远属于我国，不能由日本任意宰割。我们作为国人，要振臂高呼，要让全世界知道，我们中国人是爱国的，是团结的，不是一盘散沙，我们要团结起来，强烈反对日本侵占青岛，一致抵制日货……"余道义的声音响彻整个广场，高亢而激越。吴歌听了余道义的演讲，也觉得他说得很对，现在的中国，因为积贫积弱，就算是作为第一次世界大战的胜利国，发出的声音别的列强都可以当你没有说一样，就像空气一样，阔佬懒理。这是一件多么悲哀的事情，吴歌想到这总是控制不住感叹许久。

余道义演讲结束，就宣布本次历时一个星期的游行示威结束。广场上的人群如潮水般散去，学生们也依依不舍地告别。余道义和学生们一一告别后，见广场上只剩下鸿胜馆的子弟，就高兴地跑过来拜见师父和师兄弟。寒暄一番后，众人纷纷赞扬余道义在台上演讲的口才确实了得，余道义就笑着说："说实在的，我也不知道我的口才竟然进步神速，应该是革命的力量使然，当我站在街头或者台上的时候，感觉到浑身充满了力量，有一种使不完的劲，演讲的思路也很清晰。"黑牛说："我知道了，你天天和一群女学生在一起，肯定是被她们迷晕了，被狐狸精附了体，你这段时间应该不是人，应该是鬼。"黑牛说完，众人就哈哈大笑起来。

吴歌提议为了庆祝余道义加入革命的队伍而且街头演讲有如神助，到醉仙酒楼聚一聚。众人便朝醉仙酒楼走去。上了楼，杨霞招呼众人，坐满一围台，为众人斟了茶，并点了菜。很快，菜上来了，虽是平常的菜式，但做得很是可口。吴歌从柜台处提了一罐菊花酿过来，为众人都满满斟了一杯酒。吴歌拿着酒杯，走到余道义身边说：“这杯酒是慰劳你的，也是感谢你的，青岛的主权我们是一定要夺回来的，通过你们的游行示威，佛山人都知道我们虽是战胜国，但一个小小的青岛竟然还要不回来，这说明什么问题？国弱无外交！你们的游行示威，对佛山人也是一种教育，可以说是一种革命精神的洗礼，抵制日货，提倡国货，这就是一种革命精神，它日本豺狼都欺负上门了，我们还和豺狼做生意吗？难道让他们赚了钱购买炮弹和我们打仗，继续占领我们的国土吗？日本太可恨了，一个屁大的岛国，竟敢欺负我们泱泱中华！”说完，就仰脖子把酒喝了。余道义也仰脖子把酒喝了。紧接着，黑牛、龚坤等几个要好的兄弟一个接着一个轮着来和余道义干杯喝酒。余道义是来者不拒，他是卖蛤蚧酒的，天天都喝，锻炼了一身酒胆。菜都还没有开始吃，余道义一连喝了六杯酒，一杯二两，一斤多酒已经入肚，脸上已经绯红。其他人还想着过来敬酒，吴歌就把他们拦住了，吴歌说：“要让我们的英雄好好吃菜，你们这样是故意把他灌醉了，想多吃菜，是吗？”吴歌一番话，把众人都逗乐了。于是众人就停止敬酒，一心一意吃起菜来。

众人有说有笑地吃着菜，很是开心。酒足饭饱后，方圆让余道义谈谈游行示威和演讲的感受。余道义站了起来，清了清嗓子，然后说：“这几天，我和学生们一起游行示威，参与派发传单和演讲，我最大的感受就是群体的力量是巨大的，人群是汹涌的，声音是震天的。这几天，我也一直在想，为什么作为战胜国的一员，连个小小的青岛都要不回来？那是因为国家太弱了，别人根本就不把你放在眼里，你说的话根本就是在放屁！当我看到曾中帼带着一帮女学生回来佛山游行示威，我的内心很是震撼，她们一介女流都这样爱国，都敢这样干革命，我就完全被她们感染了，于是就加入了她们的队伍，参加派发传单和演讲。由于一直都在看报，对于国内外时事都有所了解，于是在演讲的时候，旁征博引，就像汾江河水一样滔滔不绝了，我也是想不到，通过这次演讲的锻炼，我觉得我完全可以做个教员什么的。"余道义一说完，黑牛就大声鼓起掌来，其他人也跟着鼓掌。

就在这时，宝珠不知什么时候进了酒楼，她笑着对余道义说："你的演讲我场场都听了，太精彩了，但我就想问你一个问题，你演讲的灵感和源泉来自哪里呢？是不是那个姓曾的给了你灵感呢？你们天天都混在一起，又叫又喊的，太有激情了。"黑牛听宝珠这么一问，就起哄说："对，快老实交代，你演讲的灵感是不是从姓曾的那里得来的？"余道义见宝珠从天而降，就笑着说："宝珠，你放心，我们只是革命的战友，就是一起派发传单，一起演讲而已，而且是一大帮人，又不是孤男寡女。"宝珠瞪大眼睛说："你为了和她们一起革命，竟然一连七天都没有来找过我，你说说，你是不是太过分了？"余道义连忙走到宝珠身边，轻声和她说："为了革命，没有时间去找你，请原谅。"宝珠听余道义道歉了，就扑哧笑了。杨霞见宝珠笑了，就走过来拉她到茶台那边泡茶喝。

方圆站起来说："余道义这几天辛苦了，但他的行为值得我们在座的学习。他为了革命，参加了革命的队伍，虽然这只是一场要求抵制日货提倡国货的游行示威，但这是响应全国发起的一场革命，抵制日货，谁要是阻挠，就革了他的命。我看了报纸，这场抵制日货的革命，在全国很多城市都开展得如火如荼。"

黑牛大声说："余道义，我批评你呀，你也有做得不对的地方，既然你参加了革命，也不叫上我，你太不地道了。不过我想了一下，你做得也对，你天天和那帮漂亮的女生混在一起，又喊又叫的，充满了激情，我一个大老粗夹在里面，不会喊又不会叫，像个发瘟鸡，也不是个办法。"黑牛说完，众人就哄堂大笑起来。尤其是坐在茶台边喝茶的宝珠，笑得花枝乱颤，把刚喝到嘴里的茶喷了一地。

二十二　醉仙酒楼唱新曲　汾江河畔红花开

　　佛山镇经历了一场如炎热夏天一般火辣辣的革命浪潮后，一切又恢复了往日的模样，街上人流如织，熙熙攘攘，叫卖声此起彼伏，很是热闹。革命后，醉仙酒楼的茶客就多了一些谈资，茶客们一边喝着茶一边眉飞色舞地说着游行队伍示威和街头演讲的事情来。黄枢、黄莺和夜莺被曾中帼的革命英雄气概所感染，以粤曲的调式，创作了一些革命小曲，如《红棉颂》《汾江河畔红花开》等，黄莺和夜莺她们在醉仙酒楼把新曲唱给茶客听，竟博得了众人的一致叫好，还得到了一帮老板的奖赏。吴歌见革命小曲大受欢迎，就鼓励黄莺和夜莺多创作，一是可以吸引更多的食客过来帮衬，二是可以借此机会向广大群众宣扬革命文化。

　　这天下午，醉仙酒楼里一如往常爆棚，厅里坐满了人。小戏台上，黄枢拉着二弦，黄莺拉着高胡，夜莺敲着扬琴，正在唱着粤曲新调《汾江河畔红花开》：汾江河畔红花开，一片艳红夺目来。游行队伍闹古镇，街头演讲派传单。日本霸占青岛，国人奋起要抵抗。抵制日货烧日布，火光冲天耀神州。汾江河畔红花开，一片艳红夺目来……

茶客们一边品着茶，一边摇头晃脑地聆听着，很是陶醉。突然，刘野带着保安队的人冲了进来，大概有二十人，个个手里都拿着枪。刘野用枪指着黄莺和夜莺说："停下来，别唱革命歌曲了。"黄枢、黄莺和夜莺见此情景，就惊慌失措起来，赶紧闭嘴了。众茶客见此情景，感到很是茫然，不知道发生了什么事情。就在这时，吴歌刚从厨房出来，见这个架势，就连忙跑到刘野身边，拱了拱手笑着说："刘队长大驾光临，有失远迎，你带着一帮兄弟来到酒楼，不知是发生了什么事情呢？"刘野撇了撇嘴巴说："吴老板，我们收到很多投诉，说你们酒楼天天在唱革命小曲，败坏古镇的风气。"吴歌说："刘队长，你听过哪些革命小曲吗？难道号召民众要觉醒，要抗争，要夺回青岛，这还有错吗？难道我们不能发声，任由列强欺凌，占我河山，做亡国奴吗？"刘野被吴歌说得一愣一愣的，无言以对。他清了清嗓子，然后说："我真没听过，那这样吧，我索性听一下你们的革命小曲，究竟是不是他们所说的败坏古镇的风气。"

吴歌请刘野到茶台前坐着，为他斟了一杯茶后，就让黄莺和夜莺一连唱了几首革命小曲。刘野听了黄莺和夜莺的演唱后，心潮竟澎湃了起来。他一边喝着茶一边对吴歌说："妈的，那些浑蛋，中伤了你，我也是中国人，我觉得这些革命小曲就很好，没有了国哪里还有家？就要抗日到底，把青岛夺回来。你们好好享受，继续唱，我们收队了。"说完，他就带着兄弟们撤退了。茶客们见刘野走了，就叽叽喳喳说开了："这个世道，真是什么人都有，听个小曲都有人举报。"

经历了举报被查的事件后，来醉仙酒楼喝茶吃饭听粤曲的人就更多了，听革命小曲已成为醉仙酒楼的招牌了。这很出乎吴歌、黄枢、黄莺和夜莺的预料。当初，黄枢、黄莺和夜莺也就是被曾中帼的英雄气概感染，有感而发创作了革命小曲，吴歌第一次听了她们的演唱后，也被深深感动，于是就让她们在酒楼的小戏台上试放新声，看茶客们的反应如何，想不到竟然大受欢迎。吴歌想，佛山是粤剧发源地，以后可能要加上一个新的名号：革命小曲的发源地，创始人就是黄枢、黄莺和夜莺。吴歌把这个想法和他们说了，黄莺和夜莺她们听了就哈哈大笑起来，花枝乱颤。

这天下午，马苏所在的戏班休息，就回来醉仙酒楼拜访吴歌。他刚进门的时候，就听到黄莺唱戏的声音，很是悦耳动听。他细细品味曲调和唱词，觉得这曲子很是新颖，每一句唱词无不透露着新时代的气息。吴歌和刘达在柜台忙着，马苏走向柜台，向吴歌和刘达问好。吴歌听到有人叫他，就抬头看了一下，发现原来是马苏，就连忙走出柜台，与马苏紧紧握了一下手，上下打量着眼前这个帅气的小伙子：头发梳着三七分，应是抹了头油，闪着油光，身上穿着合身的西装，脚上穿着黑皮鞋，风流倜傥。吴歌满意地点了点头说："一别已大半年，你已长高长胖，更加帅气了。"马苏腼腆地笑着说："天天要练功，不仅要吊嗓子，还要练身段，一身水一身汗，每餐能吃三碗饭呢，能不长高长胖吗？"吴歌说："男子汉就是要能吃才能干，吃都吃不了，还能干什么呢？"说完，吴歌邀请马苏到茶台处坐下喝茶。

水是用煤炉煮的，水开的时候水壶吱吱吱地叫了起来。吴歌把茶壶里的茶叶倒了出来，然后用开水倒进茶壶里清洗一番，再用开水把茶杯消毒一遍，接着就从茶罐里拿出已经很有年份的普洱茶来，掰一些放进茶壶里，然后冲水洗茶和泡茶。吴歌泡茶的整个流程行云流水，已到出神入化的地步了。他为马苏倒了一杯茶，也为自己倒了一杯。两人捧着茶杯，先是闻了闻茶香，再把茶水缓缓吸进嘴里，让那茶水的甘醇味道久久存留唇齿间。

马苏坐在这里喝茶，恍如隔世一般，大半年前，他还是这里的员工，现而今，他是一名流落江湖的戏子，天天站在戏台上演绎着别人的人生，演唱着别人撰写好的歌词和曲调，就是没有自己的生活。每天一大早就要起来练功，下午要和同人一起排练剧本，夜幕降临的时候，就要登台表演，表演的地点五花八门，有时在镇上，大多是在乡下地方。在旺季的时候，这个地方唱几台戏后，就赶着往下一个地方赶。戏班人员的吃住都在红船上，虽是为了生活颠沛流离，但不管刮风下雨还是雷雨闪电，总算有个安稳的地方可以遮风挡雨。可以这么说，马苏的每天晚上，都是枕着汾江河水、东平河水、西江河水或是北江河水沉沉入睡的，那滔滔的河水声，已经潜移默化成他的歌声，在镇上或是乡间广袤的大地上飘荡着。

吴歌问马苏大半年以来的生活，马苏一一说了。吴歌听了就说："既然选择了唱戏这个行当，辛苦是必然的，但是你要这样想，你终于有一技可以傍身，可以在这个世上谋到生路，找到立足的地方。作为一个男人，在这个人世间走一趟，是必经的一个阶段，等到你老去的时候，你会感激这段经历的，是这段经历给了你宝贵的财富，因为它教会了你要坚强，要吃得苦，方能成为人上人。"马苏说："大哥你说得对，以后我一定要成为师父红驹东那样的名人，也成立一个戏班，做老板。"吴歌说："你已经找到了人生奋斗的目标，就继续努力吧，哥等待你的好消息。"马苏听了就开心地捧着茶杯与吴歌的茶杯碰了一下说："我一定会努力的，我的戏班，以后要唱遍汾江河畔。"吴歌大声说："何止汾江河畔，格局小了，要唱响珠江河畔，唱到省城广州去，让他们听听佛山戏班的丽音。"

　　就在这时，黄枢、黄莺和夜莺从戏台上下来。黄枢一见到马苏就大声说："马苏，你这个靓仔，出去这么久也不回来看一下我们，发达了就不认识我们了？"夜莺也附和，但黄莺不出声。马苏用右手挠着头说："因为一直都很忙，天天练功、排练和登台唱戏，根本就没有私人的空间，近段时间戏班没有接到戏，可以休息一段时间了，我就赶着回来和大家见面了，说实在的，我也很想你们。"夜莺说："你想的是黄莺吧？你们经常通信，什么汾江滔滔的河水就是我停歇不住的思念等，肉麻得很。"马苏用眼睛瞄了一下黄莺，然后略显羞涩地说："也都想大家。"

　　吴歌见此情景，已经明白了几分，就笑着说："你们不要站着，都坐下来喝茶。说实在的，你们四个人都是唱戏的，能走在一起也是缘分呀。黄枢和夜莺、黄莺和马苏，你们结婚的那一天，酒席我全包了。"接着，吴歌就笑着问黄莺："黄枢和夜莺经常在一起切磋，日久生情，合情合理，你怎么在我们的眼皮底下就被马苏给勾走了呢？"黄莺说："马苏拜师红驹东，我就想通过马苏把学到的红驹东的本领传授给我，于是我就写信给马苏，一来二往，我们就走在一起了。"吴歌听了就哈哈大笑了起来，然后说："缘分真是一个很奇妙的东西！"话音刚落，只见杨霞慢吞吞走进来，她用手抚摸着大肚子轻声细语问吴歌："你们在说什么缘分呀？"吴歌拿了一把凳子给杨霞安坐，和她说了马苏和黄莺的事。杨霞听了就扑哧笑了说："既然上天赐予你们缘分，就要好好珍惜，一直到永远。"众人听了老板娘的话语，都觉得很有道理，都一个劲地点头。

　　马苏说："我这次回来，有一个很大的心愿，就是请大家撮一顿。"吴歌说："你这个心愿我来帮你完成。"马苏说："大哥，你的心意我领了，这次由我来做东，我请大家，一是感谢吴老板及诸位长期以来对我的关照，二是也是我郑重其事地第一次请黄莺吃饭。"夜莺说："马苏这顿饭一定要请，待会你要和你未来老婆的哥哥好好喝一杯。"杨霞说："也要和你未来老婆的嫂子好好喝一杯。"黄莺笑着说："我可不会喝酒哦。"杨霞笑着说："今天高兴，就喝一杯嘛。"黄莺凑过来，把耳朵贴在杨霞隆起的肚皮上听胎音，她轻轻地说："我想和他喝！"杨霞笑了笑，不出声。

吴歌招手叫刘达过来，他交代了菜品后，刘达就走进厨房安排厨师干活去了。很快，菜就上来了。吴歌到柜台处搬出那罐二十年的菊花酿，放在桌上。刘达打开酒罐子，酒香顿时就溢满了大厅，惹得厅内的食客都大呼好酒。刘达说："马苏你今天是尊贵的贵人哦，如果不是尊贵的贵人，吴老板是不会拿出二十年的菊花酿来招待的，现在二十年的菊花酿很珍贵，喝一两少一两了。"马苏听了就感激地对吴歌说："大哥，感谢你拿出好酒招待。"吴歌说："你我之间就不要说这些客气话了，好酒招待好兄弟嘛。"说完，吴歌就招呼大家上桌吃饭。黄莺拿着酒壶，为各人的酒杯都斟满了酒。杨霞把酒杯递给吴歌说："我一大肚婆，为了孩子的健康，就不喝酒了，等我生下孩子后，再与你们好好喝一顿。"夜莺笑着说："等你生孩子后，你天天在吃猪脚姜和鸡煲酒，那个时候，你喝酒如喝水，我们才不敢和你喝酒呢！"杨霞听了就咯咯地笑个不停。

席间，由于是兄弟久别重逢，大家都很高兴，吴歌、黄枢和马苏就频频碰杯，菜都还没吃多少，每人半斤酒就已经下肚了。黄枢不胜酒力，脸上已经绯红了，他大着舌头说："马苏，你给大家讲讲你的江湖故事。"马苏红着脸站起来说："这大半年来，我跟着红驹东师父，白天练功和排练，晚上唱戏，吃住都在红船，在城市和乡间兜兜转转，虽然累，但收获很多，我已经有一技可以傍身了。说实在的，我在醉仙酒楼天天听你们唱粤曲，耳濡目染，几年来我也学会唱很多曲目。这大半年来，红驹东师父对我教导有方，无论是唱腔还是身段，我都进步神速，红驹东师父夸我是天才，很有演戏天分，唱词过目不忘，表演也很是到位，因此他让我也参与了一些演出。我们演出的大多是传统剧目，比如《西厢记》《搜孤救孤》《李仙刺目》，还有就是'新江湖十八本''大排场十八本'等。当然还有一些新剧目，都是辛亥革命以后志士班的同人创作的，比如《新罗马传奇》《熊飞起义》《文天祥殉国》《袁崇焕督师》《岳飞报国仇》《温生才打孚琦》，也很受观众的欢迎。"马苏说话的语速很快，像机枪在扫射一样，但众人听了都觉得马苏很了不起，短短大半年的时间，就可以学习到这么多的剧目，这样的机会真是千载难逢。

黄枢在戏班里也混了三年，由于不是入室弟子，没有马苏这样的学习机会，混到现在也还是个跑龙套的角色。这让黄枢感到很是沮丧。但他很为马苏感到高兴，短短的大半年时间，能有机会接触到这么多优秀的剧目，已经是很了不起的了。假以时日，不断学习和揣摩，马苏一定会成为名角的。黄枢往自己的碗倒满了酒，也为马苏的碗倒满了酒。他端起碗来，对马苏说："兄弟，真的替你感到开心，你遇到了一个好师父，要好好珍惜，学到真本事，成为名角，扬名佛山，以后我就跟着你混。"黄莺说："哥、夜莺，你们放心，等到以后马苏有机会成立戏班，我们就一起干，把吴老板也拉进来入股，把我们的戏班做大做强，不仅扬名佛山，还要扬名省港澳和南洋。"夜莺听了就拍着手说："有黄莺今天这番表态，以后我们就跟着马苏混了。"吴歌见大家这么高兴，就提议马苏现场为大家唱几句，马苏站起来说："我为大家唱一首《岳飞报国仇》吧。"说完，他张口就唱了起来：

> 莫等闲，白了少年头，空悲切！
> 靖康耻，犹未雪；臣子恨，何时灭！
> 驾长车踏破贺兰山缺！
> ……

马苏把曲子唱得有板有眼，字正腔圆，铿锵有力，博得了大厅里所有食客的阵阵掌声。不知是谁在人群中大声对马苏说："佛山粤剧界很快就会冒起一颗新星，这颗新星就是马苏。"马苏听了就朝众人拱了拱手说："多谢诸位鼓励，马某会不断学习和努力的，希望以后有机会能为大家演出。"

马苏唱罢，吴歌、黄枢邀马苏继续喝酒。三人杯起杯落，甚为豪爽，估计每人有一斤酒下肚，就都晕乎乎地趴在桌子上睡过去了。夜莺、黄莺和杨霞守着他们，把三壶茶都喝淡了，他们才酒醒过来，其时已经夜深。离开酒楼的时候，相互告别后众人就踩着夜色，各自走在回家的路上。吴歌在杨霞的搀扶之下，走在大街小巷，脚步一脚深、一脚浅，他不知是这个夜晚醉了，还是他醉了，已经找不到北。这时，他在心里不禁感叹起来：在这个世界上，幸好有自己的爱人，可以在黑暗的夜里扶你一把，找到回家的路。

二十三　新青年读《新青年》　复活汾江读书社

　　经过了街头革命的洗礼后，这四个月以来，余道义不管是在药店还是在家里，一有空就反复阅读发表在一九一八年十月《新青年》第五卷第五号上登载的李大钊的文章《庶民的胜利》。这是李大钊为庆祝协约国战胜，发表的著名演说稿。

　　在文章中，李大钊指出："大……主义就是专制的隐语，就是仗着自己的强力蹂躏他人、欺压他人的主义。有了这种主义，人类社会就不安宁了。大家为抵抗这种强暴势力的横行，乃靠着互助的精神，提倡一种平等自由的道理。这等道理，表现在政治上，叫作民主主义。民主主义战胜，就是庶民的胜利。"

　　在文章中，李大钊充满深情地说："第一，须知一个新生命的诞生，必经一番苦痛，必冒许多危险。有了母亲诞孕的劳苦痛楚，才能有儿子的生命。这新纪元的创造，也是一样的艰难。这等艰难，是进化途中所必须经过的，不要害怕，不要逃避的。第二，须知这种潮流，是只能迎，不可抗拒的。我们应该准备怎么适应这个潮流，不可抵抗这个潮流。"

　　在文章中，李大钊最后不无忧虑地说："凡是不做工吃干饭的人，都是强盗。强盗和强盗夺不正的资产，也是一种强盗，没有什么差异。我们中国人贪惰成性，不是强盗，便是乞丐，总是希图自己不做工，抢人家的饭吃，讨人家的饭吃。到了世界成一大工厂，有工大家做，有饭大家吃的时候，如何能有我们这样贪惰的民族立足之地呢？"

李大钊的《庶民的胜利》，写得真是太好了。余道义研读了很久，刚开始，他总弄不明白什么叫民主主义，后来反复地朗诵和联系实际思考，在某个夜晚竟然如醍醐灌顶一般悟到了真谛，他欣喜若狂了许多天，真真切切感受到了真理的力量和读书的好处。余道义在想，我一个庶民，何时才能迎来属于我自己的胜利呢？紧接着，余道义又认真阅读李大钊另一篇重要的文章《布尔什维克的胜利》。该文章指出第一次世界大战终结的真正原因，是德国的社会主义战胜了德国的军国主义，是民主主义把帝制打倒。文章热情歌颂了十月革命，热烈欢呼社会主义的胜利。同时指出十月革命的胜利，就是布尔什维主义的胜利。文章认为，世界的历史进入了社会主义革命的新时代，"试看将来的环球，必是赤旗的世界"。中国人民应该沿着十月革命的道路前进，只有这样，才能战胜封建军阀和帝国主义列强，使黑暗的中国重见光明。

从《庶民的胜利》《布尔什维克的胜利》这两篇文章中，余道义仿佛找到了一道光，那就是革命的光，这是一条革命之光的道路，要想实现中国庶民的胜利，就要开展像俄国那样的十月革命，夺取社会主义的胜利。余道义掉在书堆里几个月，眼圈黑了，身体瘦了，但眼睛始终炯炯有神。他苦思冥想了几个月终于找到了答案的那一刻，他整个人深深地陷在酸枝椅上的时候，与泡在玻璃酒瓶里的蛤蚧对视了很久很久，此刻蛤蚧的尸体你挨着我挨着你，它们静静地匍匐在瓶底，一动也不动，好像在等待着什么。余道义想，如果革命的洪流就像这酒瓶里的酒，那么此刻的蛤蚧就是那些闹革命牺牲的人民，庶民的胜利是要付出代价的，而且是巨大的代价。李大钊先生说得太好了："须知一个新生命的诞生，必经一番苦痛，必冒许多危险。有了母亲诞孕的劳苦痛楚，才能有儿子的生命。这新纪元的创造，也是一样的艰难。"余道义在想，为了新中国的诞生，为了庶民的胜利，他甘愿经历一番苦痛，甘愿冒许多危险。

这些天，余道义像打了鸡血一样，烦躁不安，夜里总睡不着。他总感觉到胸膛里燃烧着一团火，而且越烧越旺，他需要把这团火从胸膛里拿出来。这天晚上，他从快子路一直跑步到鸿胜馆，其时方圆、梁焰和龚坤都在，他们刚打完拳，坐在一起喝茶。梁焰见余道义瘦了一圈，眼眶又黑漆漆的，就赶紧问余道义："怎么这几个月不见你来武馆练功呢？是生意出了问题？是失眠吗？眼眶这么黑，整个人又瘦了许多。"余道义苦笑着说："都是《新青年》和李大钊惹的祸，自从上次街头闹革命后，近段时间我闭门读书，主要是读《新青年》，被李大钊的《庶民的胜利》和《布尔什维克的胜利》这两篇文章害惨了，读了后百思不得其解，天天茶饭不思，只是一味苦思冥想，熬了四个月，我终于读懂弄通了李大钊先生的文章，找到了革命的真理。因此，我迫不及待地跑过来和你们分享一下。"

方圆听了就很感兴趣，他说："古人说，书中自有黄金屋，赶快把你的黄金搬出来给我们看一看，究竟是多少成色的。"余道义说到他的读书心得体会，那简直就是滔滔不绝，像汾江河水一样。他说话的神情很是激动，简直就是激情澎湃。余道义说了很多很多，最后他总结说："归根到底，要想实现中国庶民的胜利，就要开展像俄国那样的十月革命，夺取社会主义的胜利。"众人听了余道义的读书分享后，都觉得余道义是花了九牛二虎之力，终于读懂了李大钊先生文章的意思，这是一件多么了不起的事情。

余道义把心里想说的话一股脑掏了出来，胸膛里那团火就慢慢熄灭了，整个人就舒服多了，竟然没有了烦躁和不安。方圆见余道义的神情渐归平静，他说："刚才余道义和我们分享了他读那两篇文章的心得体会，很令我感动。他花了几个月的时间来读这么重要的文章，且悟到了真谛，这种爱学习的精神是值得我们敬佩的。李大钊先生是北大教授，参与编辑《新青年》，是新文化运动的旗手，他的文章是值得我们好好去研读的。正如他所说的，要想实现中国庶民的胜利，就要开展像俄国那样的十月革命，夺取社会主义的胜利。他说得多好呀，如果我们中国也来一场像俄国那样的十月革命，夺取社会主义的胜利，那么，我们就会迎来庶民的胜利。"

梁焰和龚坤听了余道义和方圆的对话，像是在听天书。梁焰说："我真想不到，一篇文章竟然产生这么大的威力，竟然可以把余道义搞到神魂颠倒。"龚坤笑着说："古人说，书中自有颜如玉，余道义找了几个月都找不到颜如玉，换谁都着急。"众人听龚坤调侃余道义，就都哈哈大笑起来。

就在此时，劏牛强扛着一副牛骨大咧咧地走进来，他一边走一边大声对着大家喊："乱了，佛山又乱了！"梁焰大声问："劏牛强，佛山街又乱什么了？"劏牛强把扶着牛骨头的右手捋了捋头发，头发上顿时沾了一些带血丝的肉屑，泛着肉的光彩。劏牛强说："刚才我扛牛骨头从屠宰场出来，经过正埠码头的时候，看见一帮学生，应该有五六十人，个个人高马大，都拿着红缨枪，听说是佛山镇学生联合会组织了一帮学生在码头检查来往货物渡船，当场查获了一批日货，被查到进了日本货品的老板就和学生们大声理论，希望手下留情放过他们，但学生们根本就不理他们，老板们见学生不理他们，就和学生们大吵大闹，还扯着布呀温水壶什么的不给学生们拿走，学生们见老板们在闹，就都拿着红缨枪围攻他们，老板见学生们人多势众，群情汹涌，怕伤着自己，就不敢出声了，任由学生扛着日货到商会处理了。一群学生扛着日货浩浩荡荡在前面走着，一边走一边喊：'抵制日货，打倒奸商！'后面跟着一群老板，像鹌鹑一样耷拉着脑袋，沿路的群众也在高声声援学生，也在不停地跟着学生们一起喊。喊声比牛叫得大多了。"有一只苍蝇，嘤嘤嘤地飞着，像个屎壳郎一样趴在劏牛强头发上黏着的肉屑上。劏牛强还想说些什么，方圆忙制止了他，扛着一副牛骨头也是很辛苦的，就挥挥手让他赶紧进厨房处理牛骨头去了。劏牛强屁颠颠扛着牛骨头进厨房去了。

余道义喝了一口茶，然后说："佛山镇学生联合会竟然干了这么一件大事，敢把老板们的日货给没收，这也算是庶民胜利的一种表现吧。"龚坤说："看来余道义已经掉进《庶民的胜利》这个坑了，什么事都往这个坑里扔。"余道义听了就哈哈大笑起来。

方圆为各人的茶杯续满了茶水，喝了一口茶，然后说："三水那边刚传过来消息，说是三水中学学生会建立了一支近二百人的纠察队，他们统一服装、携带木枪、纪律严明，在交通要道、码头巡逻，打击偷运日货的奸商，甚至还派出缉私艇，巡查西、北、绥三江交汇的河面。纠察队多次劝说西南悦和海味铺，但对方仍继续出售日本鲍鱼。纠察队发现后，当场将这批日货没收。纠察队还曾查出两起奸商偷运的洋纱，当众烧毁。三水那边游行的场面也很大，县城河口的工人罢工、商人罢市，以实际行动支持学生的反帝爱国运动。"

龚坤说："我也听说了，也就是前几天，日本三井洋行运载白报纸两船共三十包，为避免学生检查，准备午夜运往佛山镇与和安泰商号交易。广州市的中学以上学生联合会闻讯后，马上召集会议，讨论对付办法，并决定星夜前往拦截。跟踪追赶到天亮，学生们把这两船洋纸截回广州，靠泊长堤天字码头。当时，日本驻广州领事向广东督军莫荣新交涉，后者即令警察将该批日货搬回广州商会了事。广东中等以上学生联合会与佛山镇学生联合会共商对策，议定密切配合，打击奸商。过了几天，这批日货再被运到佛山。佛山镇的学生依计行事，要求和安泰商号到佛山商会谈判。双方谈判之际，广东中等以上学生联合会乘机用船将这批日货运回广州，一早就在南堤东园门前当众烧毁，并散发传单，广泛宣传。当时围观者人山人海，无不拍手称快。"

方圆说："报纸上说了，这就是惊动一时的烧毁和安泰劣纸事件。在这次事件中，佛山镇学生联合会提供了大力支持，特别是华英中学的学生贡献最大，在协助活动和关怀同学生活等各方面都做得非常周到。"余道义说："同志们，这应该就是庶民的胜利！"众人听了都点头称是。

就在这时，麦燃兴冲冲从外面冲了进来，跟着他进来的是在普君圩卖鱼的黑鬼七、卖猪肉的猪肉金和卖大福饼的胡须红。麦燃把三人一一介绍给大家，方圆为他们斟了茶。麦燃喝了一口茶，茶滚烫得很，他不停地咂着嘴唇。咂完嘴后，麦燃说："方师父，说一个比这茶还滚烫热辣的事情给你听，黑鬼七、猪肉金和胡须红听了余道义的演讲后，在黑鬼七的带领下，成立了爱国鱼贩演讲团，有好几十人，他们三人带着演讲团的人经常在中午做完生意后，在普君圩市场前的空地上站在猪肉案台上演讲，号召群众抵制日货，支持国货，在普君圩也是响当当的人物。他们听了我以前曾经开办过汾江读书社后来被逼关闭的事情后，就以爱国鱼贩演讲团的名义，在普君圩附近找了一个荒废多年的祠堂，简单搞了卫生，从学堂里搬了一些淘汰了的桌椅，收集了一些进步书籍和报刊，在祠堂门口挂了汾江读书社的牌子，汾江读书社就复活了，今天下午想请方师父到普君圩给汾江读书社揭牌。"方圆听了就站起来大声说："这真是天大的好事情呀，你们不声不响弄了一个炸雷，放了一个响炮，复活了汾江读书社，弄了一个地方让大家坐下来阅读进步书籍，开阔视野，可以经常交流读书心得体会，共同进步，这个揭牌仪式，我们是一定要去捧场的。"黑鬼七听了方圆的一番话语，就开心地对着猪肉金和胡须红说："你们看，我说得一点都没有错吧？方师父一定会支持我们的，当时我问了黑牛的意见，黑牛也建议让我找方师父。"猪肉金和胡须红听了也一个劲地附和和傻笑。

喝了几口茶后，黑鬼七、猪肉金和胡须红缠着梁焰师父教他们学功夫。梁焰没办法，只好来到场上，手把手地教他们，从最基本的扎马步开始教，然后再教出拳和收拳的姿势。黑牛在厨房里听到黑鬼七、猪肉金和胡须红他们在学打拳，不时从厨房里跑出来，手里拿着火棍也在旁指指点点，说他们的姿势不标准，惹得黑鬼七大声对黑牛说："就因为不懂才学嘛，就你多嘴！等我学好了，我和你比武，把你打趴在地上求饶。"黑牛听了就嘿嘿地笑个不停，又跑着回厨房忙去了。

黑鬼七、猪肉金和胡须红在梁焰的指导下，练功很是认真。经过一番苦练，气喘吁吁。劏牛强和黑牛从厨房里气定神闲

汾江河畔

地出来，张罗着桌椅和碗筷的时候，黑鬼七、猪肉金和胡须红才停止练习武功。

众人坐下来喝牛骨汤，吃牛头肉，嘻嘻哈哈，有说有笑。因为都是血气方刚的年轻人，众人风卷残云般把汤和肉消灭得一干二净后，方圆就带着一众师父和徒弟跟着黑鬼七来到普君圩旁边已经废弃了的祠堂。只见祠堂门口的墙壁上挂着一块牌匾，上面覆盖着一块红布，红布两头有长长的红绳子。祠堂里面，有二三十人在阅读报刊书籍，都是爱国鱼贩演讲团的团员。黑鬼七把方师父介绍给众人，众人就拍起掌来，欢迎方师父一行人的到来。黑鬼七招呼众人来到祠堂门口站好，然后他清了清嗓子说："诸位，今天是我们汾江读书社起死回生的日子，这是普君圩一件最值得庆贺的事情，我们有幸邀请了鸿胜馆的方圆师父和梁焰师父过来和我们一起揭牌，我们感到无比光荣。下面，请方师父和梁师父和我们一起揭牌。"黑鬼七说完，就和方师父、梁师父、胡须红、猪肉金站在牌匾的两边，为牌匾揭牌。红布脱落的那一刻，现场就响起了热烈的掌声。

揭牌仪式结束，黑鬼七请方圆给大家说几句。方圆站在门口，对着众人大声说："汾江读书社，原来是麦燃创办的，主要售卖进步报刊，后来被警察关闭了，今天，汾江读书社复活了，这是一件了不起的事情，是你们在座各位的功劳，希望你们经常组织开展读书会，交流读书心得体会，共同进步。"方圆话音刚落，众人就起劲地鼓起掌来。黑鬼七邀请方圆等人到读书社大厅参观，众人在黑鬼七的引领下，参观了读书社大厅。大厅里摆设着破旧的桌椅，布置虽然简陋，但在书架上摆放的却都是《新青年》《广东中华新报》等进步报刊。报刊虽然不多，但开张之初，能让社员有一个聚会落脚和学习的地方，已经是很不错的进展了。方圆一边看一边夸赞黑鬼七："想不到你一个卖鱼佬，竟然有这样的思想觉悟，你不仅自己进步，还带领大家共同进步，这种精神很可贵。"黑鬼七说："这其实都是麦燃的功劳，我们听了他介绍当年创办汾江读书社的艰难和辛酸后，爱国鱼贩演讲团众人决定集资，把汾江读书社重新建立起来，让我们爱国鱼贩演讲团也有一个活动的场所，一举两得。"梁焰说："有了汾江书报社，爱国鱼贩演讲团的团员经常可以阅读进步的书籍，素质会提升得很快，你们团也会发展得越来越好的。"黑鬼七笑着说："我们团刚刚成立，和鸿胜馆相比，就差得远了，你们办的识字班很牛，像黑牛这些从来都没进过学堂的人现在都可以阅读报纸了，鸿胜馆干了一件功德无量的事情，我是佩服得五体投地。我们也准备向你们学习，开办识字班，我们这些卖鱼的也要读书阅报，及时了解这个世界上究竟发生了什么事情。梁师父，到时我们邀请你们鸿胜馆的师父过来上课，你们要大力支持哦。"梁焰说："这个我们绝对大力支持。"余道义笑着说："我们来上课的时候，你们要煮好鱼片骨腩粥招呼我们才行哦，记得要多放一些姜葱。"黑鬼七笑着说："我们没本事让你们喝牛骨汤，但鱼片骨腩粥肯定管够。"众人听了余道义和黑鬼七的对话，就哄堂大笑起来。

方圆一行人参观完毕，就带领众人步行回鸿胜馆。回到馆里，众人围坐在一起喝茶，你一句我一句闲聊着，主题无非就是感叹黑鬼七复活汾江读书社这个事情。众人还在感叹的时候，忽然，有一个女的从外面冲了进来，她一边跑一边大声喊："黑牛，救命！"声音充满了恐惧，众人听了她在叫黑牛的名字，觉得很是惊讶。黑牛其时正在厨房烧水，他从厨房里冲了出来，手里还拿着火钳。那女子一见黑牛，就放声哭了起来，眼泪吧嗒吧嗒地流个不停。黑牛问："翠梅，发生什么事情了？"翠梅说："那个短命的霍金，收买了佛山治安大队长刘野，带着一帮人，和媒婆一起到了我家，和我爹说要纳我为妾，我刚刚在房里听了他们的谈话，就从后门逃了出来。黑牛大哥，我死也不会嫁给霍金做妾，自从那次你救了我之后，我就认定你是我可以依靠的人了，我要嫁给你，你一定要救救我。"说完，她又号啕大哭起来，声音凄厉无比。黑牛听了翠梅大胆的表白后，内心狂喜不已。虽然只有一次短暂的谋面，但黑牛对翠梅感觉很好，也曾有过想和她深入交往的念头，但碍于自己的贫苦出身，家徒四壁，就把与翠梅深入交往的念头掐灭了。但令他想不到的是，原来翠梅自那次被他英雄救美后，竟然看上了他，至今还念念不忘，这应该就是缘分使然，也是命运的造化，上天把这么一位美丽善良贤惠的女孩送到他身边，这是他做梦也不会想到的天大的喜事。黑牛不禁喜形于色起来。但他一想到霍金那个乌龟王八蛋，竟然还对自己的女人心心念念，便火冒三丈，他用力地挥舞着手中的火钳大声地说："翠梅，你放心，有我在，我绝对不会让霍金那个乌龟王八蛋得逞的，就算是刘野那个仆街给他撑腰，有谁敢动我的女人一根毫毛，我一定会和他拼命。"

梁焰让黑牛和翠梅坐下来喝茶。梁焰说："既然是黑牛的事，我们鸿胜馆肯定是要帮忙的，我们现在就到翠梅家，与霍金和刘野他们谈一下，让他们死了这条心。"众人听了都赞同，都嚷着说一起去，现在马上就去。梁焰让方圆留在馆里坐镇，由他带着兄弟们去谈判。方圆叮嘱大家一定要注意安全。梁焰让家里有沙枪的徒弟赶紧回去拿沙枪，崩牙强等人就跑着回去拿家伙。很快，崩牙强等人拿着砂枪回来了，共有五把。梁焰让其他人拿着铁叉、木棍等家伙，就浩浩荡荡朝翠梅家出发了。

　　很快就到了翠梅家，一进门口，众人就听到刘野粗声粗气地说："我告诉你，把女儿嫁给霍老板，是天上掉馅饼的事情，你竟然食古不化，别不吃敬酒吃罚酒，霍老板生气了，到时就有你见棺材流泪的时候。"站在门口警卫的喽啰见梁焰一众人冲了进来，就大声朝着他们喊："你们是什么人？还拿着家伙，想找死吗？"霍金定睛一看，发现原来是梁焰他们，就堆起笑脸说："梁师父，是什么风把你们鸿胜馆的人吹来了？"梁焰拱了拱手说："霍老板、刘队长，是这样的，翠梅早就已经许配给我们鸿胜子弟黑牛了，今天你们过来谈婚论嫁，纯属就是一场误会。"霍金瞪着眼睛说："有这样的事？我们刚才和庞才谈了半天，他也没说这个事情，只是一味地搪塞。庞才，有这样的事？"庞才望了望梁焰，支吾了半天，也没说出一个字来。梁焰说："是这样的，翠梅和黑牛早就已经好上了，翠梅已经是黑牛的菜，只不过他们还没来得及和庞才说，你们就不要惦记了。古人有云，强扭的瓜不甜，请两位回去吧。"刘野看着霍金，想说些什么，但又欲言又止。霍金沉吟了许久才说："既然翠梅已经名花有主，而且是鸿胜馆子弟黑牛的媳妇，那我就不和黑牛争了，那我们就告退了。"说完，就起身带着队伍离去了。刘野跟在霍金的身后一脸的不忿。翠梅一直没有进屋，她躲在屋角处，见霍金他们远去，就跑着进屋，她一见庞才就哭得梨花带雨。哭停后，庞才就问翠梅和黑牛的事，翠梅绯红着脸说："自从上次黑牛救了我之后，我就看上了他，只是一直没有表白的机会，刚才我从后门跑出去到鸿胜馆找黑牛求救，已经和他表白了，他也同意了。"庞才听了闺女的一番话，就呵呵地笑了起来，笑完，他说："既然你们都已经情投意合，我作为父亲的就只有同意了。"黑牛见庞才已经同意他和翠梅的事，他就立马站在庞才面前，扑通一下跪了下来，磕了三个响头。庞才连忙上前把黑牛搀扶起来，他说："我把翠梅交给你，我是一百个放心的，以后翠梅就到你的鸿胜坊给你们煮饭做菜吧。"黑牛嘿嘿地笑着说："听岳父大人的。"崩牙强一听说翠梅过来鸿胜坊帮忙煮饭做菜，就开心地大声说："太好了，我终于可以解放了。天天买菜做饭，做完饭菜，累得像狗一样，就不想吃了。"劏牛强说："那是你做的饭菜你都不想吃而已！现在好了，你解放了，我们也有口福了。"众人听了就哈哈大笑起来。

梁焰问黑牛什么时候把翠梅娶回家，黑牛说希望越快越好。于是，梁焰就问庞才的意见，庞才说："都是贫苦人家，在家里随便摆几围，请亲戚朋友吃一顿饭，就算把婚结了。"梁焰说："那就简单了，我们挑个好日子，让黑牛把翠梅娶回家，鸿胜馆很快就有小弟子了。"黑牛听了就嘿嘿笑了起来，只见牙不见眼睛。梁焰见事情已经摆平，就带领兄弟们回鸿胜馆了。

二十四　得月楼里起风波　学生抗议抓奸商

　　刘野和霍金带领着队伍从庞才家里出来，刘野由于没有完成霍老板交代的任务，感到很是不爽，他耷拉着脑袋，走起路来摇摇晃晃的，像喝醉了酒。霍金是个见过大世面的人，他见到刘野无精打采的样子，就和他说："不就是一个女人吗？我有的是钱，没的是时间，走，跟我去得月楼喝酒听曲去。"刘野听到有酒喝有曲听，轻浮的脚步马上就铿锵起来，脸上像怒放的花儿般绽开了笑容。他笑嘻嘻地对霍金说："大哥，又让你破费，怎么好意思呢？"霍金说："钱是好东西，但是你不用，它就不是你的，等到两眼一闭两脚一伸的那一天，你所有的钱就是别人的了，刘老弟，要及时行乐呀。"刘野说："大哥说得很对，人生就是要及时行乐，不然等到上面没牙下面也没牙了，什么也吃不到了，到那时有再多的钱又有什么用？"霍金听了就哈哈大笑起来。

　　到了得月楼，刚一进大门，妈咪见是贵客霍金和刘野来了，就娇声娇气地说："哎哟，是霍老板和刘队长，你们都有好些日子没来了，不管生意和工作多忙，放松一下总是必需的。"

说完，她就在前面引路，上了二楼，到了月梅所在的包房。月梅是霍金的老相好，她只有二十来岁，如花似玉，弹得一手好古筝，粤曲唱得好，又能喝酒，且能说会道，可以把树上的鸟儿哄到窗棂上唱歌。霍金每次来得月楼消遣，找的都是月梅，喝着小酒，听着粤曲，就别提有多开心了，骨头都酥软了。

月梅见霍金进来，就娇滴滴地说："霍老板，你已经有一个多月没来了，听说你娶四姨太了？娶了姨太太，也不要把我给忘了哦，经常过来喝喝酒、听听曲，也是一种享受嘛。"刘野给月梅递了一个眼色，摇了摇头，月梅就知道是怎么回事了。霍金笑着说："四姨太太还在丈母娘家养着呢！"月梅听了就掩嘴扑哧笑了起来，她安好座位给霍金和刘野坐好后，就忙着沏茶。就在这时，妈咪也接着说："你们这么久没来，月梅和月季天天叨念你们呢。"说完她就一阵风似的出去了，过了一会，又风风火火地进来。跟着她进来的还有月季，是刘野的老相好，比月梅更年轻，只有十八岁，也是一个能说会道的小蹄子，生得如花似玉，能唱又会喝。月季一见霍金和刘野，就忙不迭地笑着问好。刘野向月季招了招手，月季走过来坐到刘野旁边的椅子上。刘野对月季说："好久没见你了，想死我了。"月季笑着说："还好意思说，陈老板这几天天天来，就你没来。"刘野说："哪个陈老板呀？"月季说："陈福禄老板呀！这几天天天有老板请他过来喝酒听曲，现在他就在隔壁，和几个做布匹的老板一起。"刘野点了点头说："知道他们在谈什么吗？"月季说："听月丹说，他们好像在商量着如何对付学生，把学生扣押的布匹退回给老板。"刘野听月季这么一说就知道怎么回事了，难怪陈福禄这段时间神龙见首不见尾，原来他是在忙着给那些卖日本布匹的老板擦屁股这档事。刘野想，陈福禄的胆子也真够大的，学生们那边在街上大喊着抵抗日货，老板们这边在筹划着把学生们扣押的日本货捞出来，就像是在钢丝线上走，悬得很。

　　霍金见刘野在发呆，就劈头对刘野说："陈福禄这是富贵险中求，这是关系到国恨家仇，万一东窗事发，学生们肯定会闹得一发不可收，到时候够他喝一壶的。"刘野听了也点头称是。月季问刘野喝什么酒，刘野说："就来一斤玉冰烧吧。"月季走出房去，一会就进来了，手里托着一个托盘，托盘上有一大壶酒和花生、葵花子等零食。月梅把盏，为各人的酒杯斟满了酒。月季举起酒杯，笑吟吟地说："两位稀客，难得你们终于想起了我们，为了庆祝我们的久别重逢，我们把第一杯喝了。"月季一说完，霍金和刘野就哈哈大笑起来。月梅也笑着说："你们笑什么？月季说得一点也没错，我们是盼星星盼月亮，终于盼到你们到来，就像久旱的地，终于盼到了甘霖，那高兴劲就别提了，你们说，我们是不是值得庆祝？"霍金听了就笑得更加大声了，都有点上气不接下气了，笑着笑着便弯了腰，还一个劲地摆手。刘野故意瞪着眼对月梅说："你这个小蹄子，真的厉害，一句话就把霍老板的腰搞弯了。"霍金笑完后，直起了身子，把酒喝了，众人见霍金喝了，也仰脖子把酒喝了。月季把盏，为各人的酒杯又斟满了酒，然后说："这第二杯，是祝福两位老板身体健康，生意兴隆。"刘野说："你这是对霍老板说的吧？我又不是老板，这酒应该罚你喝！"月季说："刘老板，你别以为我不知道，外面的人都在说，你现在是佛山街最大的老板啦，收保护费，无本生意，包赚不赔，我肯定要祝福了。"刘野听了月季一番话后就哈哈大笑起来。

　　喝完第二杯，紧接着是喝第三杯。三杯酒下肚，霍金和刘野的脸上就有点绯红了。月季问两位老板想听什么曲，刘野说："就来你们最拿手的吧。"月季弹着古筝，月梅张口就唱了起来：

花谢花飞飞满天，红消香断有谁怜，游丝软系飘香谢，落絮轻沾扑绣帘。花魂鸟魂总难留，鸟自无言花自羞，愿侬此日生双翼，随花飞到天尽头，天尽头，何处有香丘……

音乐悠扬，歌声清丽。霍金摇着头，晃着脑，闭着眼，右手食指在桌子上有节奏地敲着。刘野也闭着眼睛在聆听，跷起的二郎腿随着音乐晃来晃去。一曲完毕，霍金像从梦中惊醒过来一样，晃了晃头，用手抹了一下脸，红着眼睛说："兄弟，来，我们继续喝，有酒有音乐，这样的人生，夫复何求！"刘野说："大哥，不要想那么多了，今朝有酒今朝醉呀，目前这个时局乱得很，学生在游行示威扣押日本布，我们现在能坐在这里喝酒听曲，已经很满足了。"

曲过三套，酒过六巡，霍金和刘野都喝得有点感觉了。月梅和月季唱罢曲，便一个劲地斟酒，大家频频举杯和碰杯，喝得很是开心。其实，这段时间，刘野心里很是憋屈，他一个堂堂佛山保安大队队长，因为有上头的指示，说什么学生抗议的是小日本，要求收回青岛和抵制日货，并不是反对政府，因此不能对学生的游行示威有所行动。对于政府的指示，刘野觉得很是无奈：学生们在佛山街上横冲直撞，大喊大叫，让我这个堂堂佛山保安大队队长情何以堪呢！刘野一边喝着酒一边唉声叹气的，月季就对刘野说："野哥，有什么不开心的，都抛掉，人生苦短呀，今朝有酒今朝醉嘛！想那么多干吗？"霍金接着说："刚才你还劝我来着，这么快你也想不开了？"刘野狠劲地在桌上捶了一下，然后说："我憋屈呀，学生都闹成这样了，我不能有任何的行动，很多老板都在背后骂我，说我是吃玉米的，一点用也没有。"霍金说："政府这样做也是对的，学生抗议的是日本，抵制的是日本货，而且学生的游行示威也很有秩序，并没有"打砸抢"，谁敢反对学生呢？谁反对谁就是汉奸！"月梅说："刘队长，我觉得霍老板说得很对，就不要自寻烦恼了，开开心心喝酒听曲才是正经事，其他都是浮云。"说完，月梅给众人又倒了满满的一杯酒，都仰头喝了。喝完，霍金挥了挥手说想听曲，月梅和月季便又拨琴唱了起来。霍金和刘野便跷起二郎腿，用右手的食指在桌上拍起节拍来，情不自禁地摇头晃脑起来，都是一副老戏迷听戏的模样。

霍金和刘野趁着酒意听曲，真是人生的莫大享受。突然，楼下响起一阵阵喊叫声来："陈福禄，狗汉奸，滚出来！"喊声震天，猛地把刘野惊醒过来。刘野打开窗户，伸出头看了一下，只见得月楼大门口临街的马路上簇拥着一堆学生，应该有两百余人，拉着抵制日货的横幅，在喊叫着口号。霍金也被吵醒了，他惺忪着眼睛问发生了什么事情，刘野示意霍金到窗台看一下就明白了。霍金把头也伸出窗外，见到学生现在竟然敢弄出如此大的动静——要和省里做警察厅厅长的陈福禄进行对质。霍金看完后，退回到座位上坐下来，叹了一口气说："陈福禄也是够沙胆的，明目张胆为卖日本布匹的老板撑腰，现在终于弄出大事来了。"刘野说："这些学生也真是的，警察厅厅长的名字也是他们叫的？他们真是无法无天了！"霍金说："时代已经变了，这是一个动荡的年代，今天你找到一个靠山当了官，明天你的靠山垮台了，你的官就做到头了，铁打的衙门，流水的官，当官的像走马灯一样，像月季和月梅唱的粤剧一样，今天你唱罢我登场，今天你是厅长，说不定明天你就走人了，因此，今天学生闹起来，陈福禄知道自己的官位也不稳当，他也不敢狐假虎威，也是无可奈何的。"刘野听了就像拨浪鼓一样摇着头,也是一副无可奈何的样子。他在心里想:这个世道真的变了,变得我都不认识了。

月季拿起酒壶,为众人的酒杯又斟满了酒。她拿起酒杯说:"管他风云变幻,我们喝我们的酒。"月梅附和,也举起了酒杯。霍金和刘野见两个小蹄子今天喝酒这么猛,就只好舍命陪君子了,众人一仰脖子,都把杯中酒喝了。这时,学生在下面叫得更欢了:"陈福禄,你这个狗汉奸,给我们滚出来!""你竟然敢给卖日本布的老板撑腰,我们要让你遗臭万年!"喊叫声一阵响过一阵,声音就像在楼下冲上来一样,学生队伍应该是冲进得月楼了。刘野又来到窗前,伸出头去看了一下,发现学生队伍就在楼下,他们个个像喝了鸡血的小牛犊,晃动着头上两个锐利的牛角,在狂叫着。得月楼的打手们,平时个个凶神恶煞的,此时也很是无奈,他们知道,如果把学生惹毛了,也是一件吃不了兜着走的事情,更何况,学生不是冲着得月楼来闹事的,就只有不停地劝学生,劝大家要冷静,不要冲动。学生们想冲上楼去逮住陈福禄,狠狠地教训一番,但终于还是被得月楼的打手们劝住了:"学生们,我们这里是做生意的场所,按道理是不能让你们进我们院子里示威的,但现在你们既然已经进来了,就不要再得寸进尺了,大家配合一下,你们就在楼下喊吧,说实在的,我也不知道陈福禄在不在上面。"见为首的打手说得在理,学生们就不再有冲上楼的想法了,大家在楼下扯着喉咙,喊着口号:"陈福禄,狗汉奸,滚出来!"

陈福禄就在三楼的房间里,和四个卖日本布的老板在喝酒。前两天,作为商会的会长,陈福禄已经交代了商会的人,对于这些卖日本布的老板,也就是应付一下,做做样子就可以了,没有必要真的没收了他们的布匹，等学生们把布匹拿到商会后，过两天商会就通知这些老板把布匹领回去。就在今天喝酒前不久，老板们得到商会的通知，屁颠颠到商会领回了被学生扣押的布匹。谁知，商会的所有动静都学生联合会的人看到了，学生跟踪发现，原来这些老板的后台老板就是陈福禄，于是学生们就聚集在一起，在得月楼前声讨陈福禄了。

听到学生的呐喊，陈福禄和老板们慌作一团，都不知道如何是好。陈福禄问月丹："得月楼是否有后门？"月丹说："有。"前楼楼梯是不能走了，只能走后门楼梯。陈福禄让月丹在前面带路，几位老板在后面跟着。很快就来到了后楼一楼的后门，月丹开了门，探头看了看，巷子里并没有人，便挥手示意让他们赶紧逃。陈福禄便和老板们一众人鱼贯一样，冲出得月楼的后门，撒开腿在巷子里跑了起来。他们还没跑出多远，在巷子尽头，只见一帮拿着红缨枪的学生在等着他们，众人一见此情此景就傻眼了，刚想掉头往回跑，只见巷子的另一头也簇拥着一帮拿着红缨枪的学生，在向他们靠近。陈福禄知道，学生们现在人多势众，如果负隅顽抗，肯定没有好果子吃，就只好笑着对学生们说："有什么事好商量，我们回大魁堂处理日本布的事情吧。"学生们为首的是顾言、吴艺和吴声，他们见陈福禄这样配合，也不为难他，不用绳子绑他，但几位老板就没有这样的待遇了，学生们怕他们逃了，就用绳子把他们的双手反在身后牢牢缚住。

很快，就有人通知还在得月楼院子里示威的学生们，说已经抓住汉奸了。学生们得知消息后，就高声欢呼着："抓到汉奸了！"他们迅速从得月楼的院子撤退，沿着得月楼的围墙包抄过来与小股部队会合，浩浩荡荡朝祖庙大魁堂进发。就在月丹正和月梅、月季眉飞色舞地谈着陈福禄从后门逃之夭夭的事情，庆功酒都还只是喝第一杯的时候，霍金和刘野听到学生们的欢呼，就知道事情已经坏菜了。霍金奋拉着眼睛说："我早就说过，福禄今天干这个事情，为那些只是谋财不爱国的商人背书，惹毛了学生，是会出事的。"刘野听了不言语，只是一个劲地叫月季倒酒，然后一个劲地敬大家，众人都被他搞得晕乎乎的。酒又过三巡了，终于干掉了一斤玉冰烧和一斤菊花酿，刘野和霍金终于抵挡不了米酒的侵袭，就在椅子上迷迷糊糊睡过去了。刘野做了一个梦，梦见他被学生绑了，在城门头的榕树下示众。过了一会，刘野从梦中惊醒过来，嘴里还喃喃着："这个世道真的变了，变得我都不认识了。"

学生们押着陈福禄和几位老板回到了大魁堂。商会的其他骨干见学生们把会长陈福禄和几位老板押回来的架势，就一下子明白了，把嚣张的气焰收敛了许多。他们眼巴巴地望着陈福禄，陈福禄一挥手说："你们几位，赶快把拿回去的日本布抬回来，让学生们抬到汾江河畔一把火给烧了。"学生们见陈福禄和几位老板交代了，就给老板们松绑了。老板们这时见陈福禄发话了，见大势已去，只好灰溜溜地跑回商铺，让伙计把日本布匹抬到大魁堂，学生们过目确认后，便把布匹抬到汾江河畔，学生们一把火就把日本布匹烧了个精光，其时陈福禄也在场，他看着布匹在火光中变成灰烬后，心中的怒火也一寸一寸地矮了下去，他知道，那个他为所欲为的时代已经一去不复返了。

也就在这一天，汾江河畔还发生了另一件大事，好人李兆基突然因病仙逝。李兆基大力支持龙塘诗社的发展，他的去世对龙塘诗社来说是一个巨大的损失，对于佛山中医药界也是巨大的损失。龙塘诗社社员获知信息后，一开始大家都感到很是震惊，不敢相信他真的就这样走了，他正值英年，如此好的一个人就好端端地走了，简直就是没有天理，他的音容笑貌仿佛就在眼前。等到众人奔去他家后，见到李兆基果然安静地躺在客厅中间，眼睛紧紧地闭着，诗友们才确信他永远离开了这个世界，永远离开了龙塘诗社。到这个时候，众人就忍不住号啕大哭起来，眼泪流个不停。吴诗选、吴歌等人和李兆基的亲属全程操办了丧事，到镇上购买棺材，指挥众人挂白幡，请道士做水陆道场诸事，也是忙得焦头烂额。曾经是龙塘诗社聚会朗读诗歌的地方，此刻日夜响起了铜锣声来，浑厚深沉的铜锣声很有节奏地响着，像重锤一样，一下一下地敲击着来吊灵的人们的心灵，每一锤都是悲伤。龙眼树下搭建了一个棚子，道士们在咿咿呀呀地唱着跳着，日夜为李兆基超度。此时，外面下起了蒙蒙细雨，仿佛每一行雨就是一行诗句，但总浸透着悲伤和无奈，让人不忍诵读。出殡的那天，镇上很多人来送李兆基一程，龙塘诗社社员全都出席，人人腰上系着白绸带。棺材走在前面，经幡在棺材后面飘扬着，铜锣声和鞭炮声交织在一起，送行的队伍有两里路，都是李兆基生前的亲朋好友，来送他最后一程。在棺材下葬的那一刻，龙塘诗社社员们都号啕大哭起来，哭声很是凄厉，吴歌知道，从此以后，佛山再无李兆基，龙塘诗社也再无李兆基。从墓地回来的路上，雨越下越大了，吴歌知道，这是上天在痛哭，为一个好人的逝去而悲伤流泪。

二十五　贫穷子弟庆新婚　恶狗挡道起飞脚

　　一转眼，已是深秋，在这个收获的季节，黑牛迎来了他人生中最具光芒的一天，他要迎娶翠梅了。这天，在鸿胜馆师兄弟的张罗下，兄弟们用轿子把翠梅抬回家的那一刻，他高兴得忘乎所以。他真的没想到，他这辈子还会有这样的一天，可以娶妻生子，这是一件多么幸福的事情。他在通济村摆下宴席，招呼鸿胜馆的兄弟和亲朋好友。鸿胜馆的师父和师兄弟都来了，而且是打着鼓舞着狮子来的，把通济村搅得天翻地覆，很是热闹。在通济村的晒谷场上，鸿胜馆的弟子们打鼓的打鼓，舞狮的舞狮，打拳的打拳，很是威风。黑鬼七带着一帮兄弟，也过来给黑牛道贺，他们在晒谷场上见鸿胜馆的弟子们这么威猛，非常羡慕。

　　婚宴的菜式虽然简单，但氛围确实很好。因为高兴，鸿胜馆的师兄弟互相碰杯，菜还没吃多少，很快大部分人都喝高了。众人因为兴奋，就高声唱起了粤剧，虽然没有音乐，但众人的声音很是洪亮，汇聚成声音的海洋，把通济村的狗吓得大气都不敢喘。

　　最高兴的应该是方圆师父，他也没想到，穷鬼黑牛也有结婚的一天，他是真的为黑牛高兴。方圆在婚宴上兴高采烈地致了辞，他对着众人大声说："今天，我为黑牛感到高兴，黑牛是鸿胜馆的优秀子弟，打理着鸿胜坊，带领鸿胜馆子弟谋出路，谋发展，是鸿胜馆的功臣，我们要感谢他，是他为我们闯出了一条新路。现在，黑牛找到了他的伴侣，在这里，我祝福他们新婚快乐，百年好合，早生贵子，为鸿胜馆的下一代奠定良好的基础。"方师父发言完毕，在场的人都鼓起掌来，因为他说出了众人的心声。鸿胜馆子弟大多是穷苦出身，要想成家，一没钱二没业，谈何容易。但现在终于可以看到曙光了，在黑牛的带领下，鸿胜坊为鸿胜馆子弟谋到了一条生路。

方师父发言完毕后，梁焰举起酒杯，号召众人敬一杯酒给黑牛。黑牛受宠若惊，他举着酒杯，颤抖着声音说："我黑牛有今天，也是方师父及梁师父的提携，诸位师兄弟，我们要感谢方师父和梁师父，是他们两人为我们指明了前进的方向，跟着两位师父好好干，一定会有一个美好的明天。"众人听了黑牛的一番话后，都纷纷点头称是。余道义、龚坤、吴歌等人和其他师兄弟纷纷举起酒杯来敬方圆和梁焰，方圆和梁焰来者不拒，大家喝得很是开心。喝得差不多的时候，不知是哪一位，在人群中说吴歌的粤剧唱得很棒，于是众人就起哄，要求吴歌给大家来一曲。吴歌已经喝得晕乎乎了，见众人盛情邀请，不好意思拒绝，于是就亮起嗓子，放声唱了起来：

思往事，记惺松，看灯人异去年容。可恨莺儿佢频唤梦，情丝轻袅断魂风。想起赠环情深我愁又万种，量珠心愿恐怕无从。个侬爱我都算恩情重，真系心有灵犀一点通。独惜身无羽翼学不

得双飞凤，所以思娇情绪无日不朦胧。记得当时邂逅频把横波
送，蓦地相逢真似在梦中。佢背灯私语话我系个多情种，点想骊
歌忽唱粉渗啼红。今日无奈痴情都无用，只怨一句幽欢情景太过
匆匆……

吴歌一曲完毕，博得了在座众人的一致好评，响起了雷鸣
般的掌声。众人觉得还不过瘾，起哄要吴歌再来一曲。正在此
时，黄枢气喘吁吁地从外面跑过来，他把嘴巴附在吴歌的耳边
说："杨霞马上就要生了，赶快回去。"吴歌一听就开心地和众
人说："我老婆要生了，我马上就要做父亲了，我要赶着回去
了，你们尽情喝吧！"说完，拔腿就飞奔回去，黄枢想跟着吴歌
跑步回去，被余道义拦住了。余道义说："吴歌回去是陪老婆生
孩子，你这么着急回去干吗？他们生孩子，也没你什么事，就留
下来陪大家喝一杯。"黄枢说："本来我都想来参加黑牛哥的婚
礼的，但是由于杨霞就要生了，吴歌让我打理酒楼，有一堆事要
我处理，走不开，没办法。"龚坤说："既然来了，就喝几杯再
走。"众人也都一致挽留黄枢，都说喝几杯才能走。没办法，黄
枢见众人如此盛情，便只好留下来了。妇人为黄枢布置了碗筷和
酒杯，等黄枢吃了一些下酒菜后，众人便一一过来和黄枢敬酒。
黄枢一个唱戏的，平时很少喝酒，但今天是师兄黑牛结婚，心
里很为他感到高兴，在众人的起哄和热情碰杯之下，竟然一下子
连续干了十多杯酒，一斤酒已经下肚。黄枢长这么大就没喝过这
么多酒，一下子把一斤酒灌下肚子，很快头就有点晕乎乎的感觉
了。其他师兄弟见黄枢喝酒来者不拒，很猛的样子，就一窝蜂排
着队过来敬酒，想把黄枢放倒在黑牛的酒席上。因为酒精上脑，
黄枢的舌头都有点大了，眼睛都已经布满了血丝，他见师兄弟排

着队过来敬酒的架势，便大着舌头说："诸位，你们今天不要搞错对象哦，你们今天要敬酒的是黑牛，他才是新郎官，我还要回去打理酒楼，我先走了。"说完，他就哼着粤曲趔趄着脚步离了黑牛的院子，留给众人一个摇摇晃晃的背影。众人见他已经喝得差不多了，也就不再强留。余道义跑出去在街道上追上黄枢，大声问："你现在这个样子，可以自己走回去醉仙酒楼吗？"黄枢眯着眼望着余道义说："你就放心吧，你们继续好好喝，我还没有醉，就是有点感觉而已，趁着醉意唱着粤曲，畅快得很。"说完，就继续大踏步扬长而去。余道义听黄枢这么一说，就知道他会没事的，便放心让他独自回去了。

余道义送完黄枢，就转身回席上，与众人喝酒去了。此时，黑牛也因为高兴，被众师兄弟围着轮番敬酒，灌下肚里的酒也有一斤多了，很快也头晕眼花了。但众师兄弟敬酒的热情依旧，大有非放倒黑牛不可的架势。黑牛用手揉了揉眼睛大声说："各位兄弟，今天是我大好日子呀，你们就忍心把我灌醉，今天晚上就像鼻涕一样瘫在床上，把好好的春宵一刻浪费了？"黑牛一番话把在座的都惹得哄堂大笑起来。龚坤站起来笑着大声说："诸位，黑牛说得一点也没有错，春宵一刻值千金呀，我们就不要再灌黑牛了，不然他今晚变成了醉牛，犁不了地，明天他会和我们拼命的。"龚坤一番话，惹得众人又是一阵哄堂大笑。于是，众人便放过黑牛，大家你敬我我敬你，好不热闹。

黄枢走在大街上，眯着眼哼着粤曲，趔趄着脚步走着，脚步轻飘飘的，像踩着棉花一样，颠来倒去。经过得月楼门口的时候，不知是谁家的黑狗，平时应该称王称霸惯了，竟然大摇大摆横躺在街道上若无其事地睡着了，它挡住了黄枢的去路。黄枢没喝酒之前，黄枢是佛山的，但他喝了酒之后，佛山就是他的了。

黄枢迷蒙着眼睛，哪里看得清街道上横着一只狗呢，他大踏步走上去，把黑狗的尾巴重重踩着了。黑狗一下子便痛醒过来，它跳将起来，瞪着大眼朝黄枢不断吠叫起来。一狗叫，竟然引得街上的其他狗跑过来看热闹，也跟着叫了起来。黄枢听到一街的狗都疯狂地朝着他叫了起来，此时也害怕群狗一起来围攻他、撕咬他，到那时就够他喝一壶的了，于是便惊出了一身冷汗，酒也醒了一大半。他睁开眼睛瞪着众狗，见狗们均匍匐在地上，已经做好了蜂拥而上撕咬黄枢的架势，眼里露出凶光，想要把黄枢吃了一样。黄枢是练武之人，心想区区几只黑狗就可以吓唬我？他在心里冷笑了一下，便扎好马步，摆出一副要和狗们拼命的架势来。那些狗见黄枢摆出一副练武之人的架势来，不知他的武功究竟有几斤几两，也一时犯怵起来，不敢妄动。黄枢在心里想，对付群狗，不能傻等它们发起攻击，应该主动出击。于是，黄枢大踏步上前，起了一个长飞脚，朝张牙舞爪叫得最凶的头狗踢过去，正好踢在它的心口，狗腾空飞了起来，撞在墙壁上，然后噗的一声重重地掉在地上，它哪里受得了黄枢的一招长腿脚，便匍匐在地上，哼叫了几声后，就一动也不动了，一命呜呼了。众狗见头狗都还没过招就已经被击毙了，知道遇到武功高手了，哪里还敢冲上来送命呢？只好走为上计，逃之夭夭了。

　　黄枢见拦路狗已经解决，便大踏步往醉仙楼的方向走。还没走多远，得月楼的看门人余雷跑过来拉着黄枢说："黄师父，你不能走哦，你知道吗，你刚才踢死的是谁的狗吗？是省警察厅陈福禄的狗呀！你也够沙胆的，陈厅长的狗你也敢弄死。"黄枢梗着脖子说："不管是谁家的狗，它拦路要咬我，我是自卫，难道还有错吗？"余雷大声说："你和我理论没用，我不会为难你，也请你配合我，和陈厅长说清楚就可以了。狗在门口不远处死的，我作为守门的，亲眼看见你把狗打死了，我是见证者，是一定要汇报的，不然就是失职，到时我们老板和陈厅长怪罪下来，我可担待不起。"余雷三十多岁的样子，也是练武之人，他是认识黄枢的，经常到醉仙楼喝茶听黄枢唱戏。黄枢说："说实在的，我也不知道这是陈厅长的狗，这样吧，你把陈厅长叫下来，我和他说清楚，该赔多少我和他谈吧，不关你的事，我还要回去帮忙打理醉仙楼的生意呢！"余雷朝着得月楼的大门大声叫了某人的名字，有一个毛头小子冲了出来，余雷让他快点去找陈福禄下来，告诉他他的狗被人打死了。那人听了就飞奔闪进了门口，一下子就不见了踪影。很快，陈福禄就从门口冲出来了，跟在他后面的还有刘野。陈福禄见狗横死在街道上，就瞪着眼问余雷究竟是怎么回事，余雷一五一十地把情况告知了陈福禄。陈福禄看了一眼黄枢，知道眼前的这个人就是在醉仙楼唱戏的，他晃了晃脖子，然后狠狠地说："唱戏的，我的狗跟了我几年了，像孩子一样亲，你竟然无缘无故地打死我的狗，这个账该怎么算？"黄枢说："陈厅长，你听我解释，第一，我不知道这个狗是你的。第二，我走在街道上，一群狗横在街道上，要咬我，我是不得已才出手的，谁知只一脚它就没命了。你说多少钱吧？我可以赔。"刘野喊了起来，他歇斯底里地说："陈厅长的狗宝贵得很，你赔得起？用你的命来赔，怎么样？"黄枢知道，上次刘野劫持夜莺和黄莺到汾江河上紫洞艇里唱戏的时候，他也参加了解救，刘野被迫拿出一百大洋了结，现在刘野是记恨在心，恨不得抓住这个机会把他置于死地。黄枢虽是一个唱戏的，但他学了一身的武艺，赤手空拳对付眼前的刘野和陈福禄是绰绰有余的。黄枢不卑不亢地说："狗拦我的路，还要咬我，我打死了狗，我赔狗的价钱就可以了，为什么要我用命来赔呢？这个世界难道就没有王法了吗？"陈福禄在心里想，黄枢是吴歌老板的员工，吴歌的父亲吴达仁在佛山也是能说上几句话的，如果这件事情在佛山街闹得沸沸扬扬，对于他的名声也会有很大影响的。陈福禄说："好吧，既然你肯赔钱，我就出个价吧，就怕你没有这么多钱赔。"黄枢说："陈厅长先出个价，只要不是太离谱，我就认了。"陈福禄盯着黄枢说："一百大洋。"黄枢听了就感到很惊讶，心想一条狗竟然值一百大洋？那和抢还有什么区别？黄枢用脚在地上画了几个圈，然后说："陈厅长，你养的是什么狗？这么金贵？"刘野冷笑了一声，说："你个乡下仔，陈厅长的狗是很金贵的，一百大洋是便宜你了。"黄枢说："一百大洋太贵了，陈厅长你高抬贵手，我一个打工的，怎么拿得出这么多钱呢？我最多只能赔十个大洋。"陈福禄说："这样吧，看在你是个唱戏的份上，我就给你打个五折吧，少于这个数，就免谈了，不然就只能见官了。"黄枢说："这样吧，我回去和家里人商议一下，看能不能筹到这个款。"刘野说："听你的意思，你们回去商量后，如果筹不到这个数，就不用赔了？"黄枢说："我是在醉仙酒楼打工的，又不会远走高飞，我回去和家里人商量一下，总是可以的吧？"陈福禄也知道，现在打死黄枢也拿不出五十大洋来，但他又怕黄枢真的远走高飞了，到时人也找不到，问鬼拿钱啊？于是，他笑着说："这样吧，今天反正我们也没什么事情，我们就跟着你回去，等你们把钱筹够了给我。"黄枢听了就只好硬着头皮答应了。

陈福禄让黄枢把死狗扛在肩膀上，一行人走在大街上。街上的人见了黄枢扛着死狗走在大街上，个个都感到很是惊奇，无不驻足观看。有一群在街上玩耍的孩子，见有这样稀奇的事，就跟在黄枢后面，叽叽喳喳嚷开了。一行人走到公正路的时候，只听见后面有人在喊："黄枢，请留步，我们来救你了。"黄枢停止了脚步，扭过头来看，原来是余道义在喊他，余道义跑在队伍的最前面，梁焰、龚坤、劏牛强、崩牙强等人跟在后面跑着。陈福禄见是梁焰来了，就和他拱了拱手说："梁师父，别来无恙。"梁焰也拱了拱手说："陈厅长，有人看见了你的狗想咬我的徒弟黄枢，他喝了酒，失手打死了你的狗，请陈厅长多多包涵。"陈福禄笑着说："狗死了，赔足够的钱给我就可以了。"梁焰说："不知陈厅长开价多少呢？"陈福禄说："原来开价一百大洋，打了个五折。"余道义听了就火冒三丈，大声说："五十大洋一条狗，你的狗镶金呀？还不如去抢！"刘野用手指着余道义说："余道义，你怎么能这样和陈厅长说话呢？他可是我省的警察厅厅长呢！"余道义说："在我眼里，没有什么当官不当官的，做什么事情，我们只求一个公道，一条狗如果值五十大洋，在佛山街我们是不答应的，更何况黄枢是我们鸿胜馆的子弟。"陈福禄听了就很是恼火，但他隐忍着不发作，因为他知道，现在和一帮武夫拼命，肯定是吃亏的。陈福禄沉吟了一下，然后慢条斯理地说："如果听从余道义的意见，我的狗就白死了？"余道义想说什么，被梁焰挥手拦住了。梁焰说："陈厅长，我们肯定会赔你的，但这样的价格确实有点离谱了，余道义的意思是要陈厅长给出一个合理的价格。"刘野望着陈福禄，一副欲言又止的样子。陈福禄说："那就请梁师父给个价吧。"梁焰说："一般来说，在佛山街，大狗的价钱两个大洋已经是高价了，看在陈厅长的面子上，我们赔你十个大洋，已经是五倍的价格了，怎么样？"刘野扯着喉咙说："十个大洋就可以？做梦吧。"余道义也扯着喉咙说："刘队长，你不要瞎起哄！你不要以为我们不知道，佛山街收保护费的勾当，你就是后台老板。"刘野听了脸上顿时就绿了，他用手指着余道义大声说："你别血口喷人！"余道义接着大声说："我还知道，你后面还有后台老板。这个事情，如果我们嚷出去，在佛山街你和你的后台老板也混不长。"陈福禄听了脸更加绿了，像鬼一样。过了一会，陈福禄笑着说："既然梁师父都开价了，也就是一条狗而已，就按照你说的办吧。"鸿胜馆子弟众人纷纷从裤袋里掏出大洋来，你一块我一块，凑齐了，就递给陈福禄，陈福禄接了，就悻悻地和刘野离去了。

黄枢问余道义："你们是怎么知道我被陈福禄和刘野勒索的？"余道义说："黑牛的酒备得不够，醉仙酒坊的杨昌红和几个伙计送酒给黑牛，经过得月楼的时候，他们见你醉酒杀狗，被陈福禄和刘野勒索，就不敢和你打招呼，跑着过去通风报信，我们就拉着队伍过来搭救你了。"黄枢听了就哈哈大笑起来，笑完，他对众人说："感谢师父和师兄弟了，如果你们不来，我打算就和他们回我家，我拿菜刀把他们砍了，像我肩膀上的狗一样，然后把他们丢到汾江河喂鱼。"众人听了就哈哈大笑起来。余道义提议："既然十块大洋买了陈福禄的狗，我们不如就索性把这狗炖了下酒。"黄枢听了就嚷起来："余师父这个提议好，不如大家现在就到醉仙酒楼，让厨房炖好了，我们大家吃狗肉喝酒。"众人都附和，于是一行人浩浩荡荡就朝着醉仙酒楼的方向进发。

到了酒楼，黄枢让厨房杀狗炖狗。在靠窗的地方，黄枢泡了一壶茶，为众人的茶杯斟满了茶。就在这时，黄莺和夜莺有说有笑地进了酒楼。她们一见梁焰和黄枢他们围在一起喝茶，就开心地说："杨霞生了一个胖小子，吴老板开心得很，手舞足蹈，一会唱戏，一会打拳，像个孩子一样。"众人听了都开心地笑了。梁焰说："鸿胜馆又有下一代了，这是值得高兴的事情，等一下我们要好好庆祝一下，多喝几杯。"喝淡了两壶茶，狗肉煲端上来了，冒着腾腾的热气，狗肉的香气混杂着八角玉桂等中药材的味道，很是惹人流口水。布置好碗筷，众人便狼吞虎咽起来，大口吃肉，大口喝酒。黄莺和夜莺巾帼不让须眉，也大口吃肉，大口喝酒。众人吃得非常开心，你敬我我敬你，甚为痛快。黄枢应该是喝多了，竟抱着狗头在啃，他一边啃一边笑着说："陈福禄的这条狗，想不到也有今天，竟然死在我的手上！它叫得很凶，眼露凶光，像是要把我生吞了一样，想不到我只一个飞脚，就让它一命呜呼了。"众人听了哄堂大笑起来。笑完，众人每咬一口狗肉，都快乐地说这么一句话："陈福禄这条狗！想不到也有今天！"

　　吴歌离开黑牛婚宴现场后，就飞一般跑回家。气喘吁吁冲进门口的时候，就听到了杨霞撕裂般的吼叫声，像知道马上就要被宰的肥猪一样，发出最后的哀鸣，是那样令人撕心裂肺。女人生孩子，吴歌作为一个男人，帮不上任何忙，只是一个劲地站在房门口干着急。家人进进出出，忙乱得很，纷乱的脚步声和喊声混杂在一起，搅碎了东华里上空的宁静。吴歌听着杨霞痛苦的喊声，内心觉得很是痛苦。他知道，此刻杨霞因为用尽全力，想尽快把孩子生出来，但谁想到，孩子就是不出来！如果知道生孩子是这样一件痛苦的事情，我们就不生了！因为痛苦，杨霞此刻脸上应该是一副狰狞的样子，全身大汗淋漓，正经历着人生的一场大难。在吴歌痛苦无助的时候，突然，他听到孩子哇的哭声传来，母亲兴冲冲地从房里冲出来高兴地说："吴歌，是个男孩！"吴歌冲进房，他看到杨霞好像从鬼门关回来一样，脸色苍白得很，她用右手轻轻地拍着还在哭叫着像一团肉的孩子，脸上的笑容很是灿烂。

吴歌蹲下来，紧紧握着杨霞的手，他笑着说："老婆，你辛苦了。"杨霞也笑了一笑说："你升级了，做父亲了，是个男孩，你给我们的孩子取个名字吧。"吴歌说："名字早就想好了，我是鸿胜馆子弟，我的第一个儿子就叫吴鸿吧，第二个儿子就叫吴胜，怎么样？"杨霞说："就依你吧，你是一家之主，你说了算。"此时，吴歌在心里说：我终于有后了，吴家终于有后了，我也升级了，终于可以带个"长"字了。虽是家长，但这是一辈子的，比那些也带个"长"字的镇长、县长什么的，走马灯似的，就不可相提并论了。这样一想，吴歌就在心里笑开了。

二十六　季华女子办女校　万红弃旧入新校

　　已是初冬，天气渐渐变冷了，但汾江河畔依然热闹非凡。槟榔街上，在街道两旁冲天的招牌下面，人流如织，人们都在为稻粱谋而不辞劳苦地奔波着。临近春节，来槟榔街进货的商人络绎不绝，到醉仙酒楼吃饭聊天的生意人也一天比一天多了起来，吴歌这些天就忙个不停，像个陀螺一样，整天围着酒楼转，他很想抽个时间到鸿胜馆打拳，但酒楼里大事小事都要他拍板，一直都没能如愿。

　　这天中午，忙完了酒楼事务，吴歌就匆匆往家赶。吴歌在酒楼累得趴下，但一回到家，就迫不及待地抱抱儿子，看到胖嘟嘟的儿子可爱的笑容，听到他咿咿呀呀稚嫩的叫声，吴歌的骨头酥软了半边，疲惫早就丢到爪哇国里去了。吴歌一个劲地和儿子说着话，满脸都是幸福。吴歌知道，杨霞天天在家带孩子，很多事情也要亲力亲为，也是一件不轻松的事情，因此，他一回家就把小孩带在身边，哄他、逗他玩，让杨霞可以休息一下。

　　杨霞为吴歌泡了一壶菊花茶，然后问：“最近酒楼的生意如何？”吴歌说：“这段时间忙得人仰马翻，最近来镇上进货的客商比往日多了很多。"杨霞说："吴老板辛苦了，但为了我们的儿子，再苦再累也是值得的。"杨霞说完，就把儿子从吴歌的怀里抱过来，儿子和父亲玩得很兴奋，但兴奋完后不久，瞌睡虫很快就来了，不停地打哈欠，一副满足的样子。杨霞轻轻地用手拍着孩子的背部，很快孩子就入睡了。吴歌笑着说："想不到呀，我的老婆带孩子时间不长，现在竟然是带孩子的高手了，看来有文化的妈妈就是不一样，为了不浪费你的优秀基因，我决定生一打孩子。"杨霞听了就杏眼圆睁，低声抗议说："喂，姓吴的，你说生多少个就多少个呀？生一打，我岂不成母猪了？天天围着孩子转，我会疯掉的。"吴歌走过来，用手轻轻揽着杨霞的肩膀说："老婆，刚才也就是开玩笑而已，生孩子这个事情，最多也就是三个，我的生意还需要你做我的左膀右臂呢，这段时间，酒楼没有你主持大局，我都忙得一塌糊涂了。"杨霞听了就扑哧笑了起来，然后说："说实在的，带小孩比在酒楼干辛苦多了，要我选择，我还是宁愿回酒楼干，但为了我们的后代，我就只能牺牲自我了。"吴歌笑着说："辛苦老婆大人了，一个新时代的女大学生，为了哺育下一代含辛茹苦，还是老婆大人识大体，顾大局，我们吴家会万分感激你的。"杨霞刚吃了半杯茶，听到吴歌赞扬她识大体和顾大局的时候，一本正经的样子，感觉很好笑，差点把茶水从嘴里喷了出来。好不容易把茶水吞到肚子里后，杨霞才说："说真的，这段时间我看了很多书籍报刊，尤其是关于俄国十月革命胜利后对世界的影响的文章，我想，俄国十月革命胜利后，肯定会对这个世界产生翻天覆地的变化，中国肯定也会受到影响的，中国的前途究竟在哪里？是走俄国的道路，还是欧美的道路呢？我们不得而知。但是我知道，在这个兵荒马乱的时代里，我们的孩子是要吃很多苦头的，他们的人生路究竟是怎样的一条路呢？我不敢想象。"说完，她用手掩住脸，竟无声哭了起来。吴歌用手轻轻拍着杨霞的肩膀说："别担心，我们现在就生活在这个兵荒马乱的时代里，我们不是活得好好的吗？顺其自然吧，兵来将挡，水来土掩嘛，更何况，儿孙自有儿孙福嘛，不要想那么长远了，我们这个年代的人有自己的路，他们以后那个时代也会有他们的路。"杨霞听了吴歌的一番话，觉得也很有道理，就破涕而笑，用手把眼泪擦了。

　　就在这时，大门外响起一阵急促的敲门声。吴妈在厨房里忙活着，她放下手中的活计，跑着出去开了门一看，原来是宝珠、曾中帼和万红她们，最近她们经常过来探望杨霞，都和吴妈混熟了。吴妈把门关上后就朝屋里轻声喊道："少奶奶，宝珠来探望你了。"杨霞听了吴妈的喊叫，知道是宝珠她们来了，就拉着吴歌到客厅迎接她们。宝珠问杨霞："鸿仔呢？睡了？"杨霞把右手的食指放在嘴边，示意大家说话小声一点。宝珠笑着说："睡了也好，我们可以尽情地聊天。"吴歌忙着烧茶、洗杯子。宝珠、曾中帼和万红围着杨霞一番嘘寒问暖后，谈起时局的变化，不免又感叹一番。茶终于烧好了，吴歌为众人都点了一杯茶。喝茶的时候，杨霞问她们今后有什么打算。曾中帼说："我现在已经从贤德小学辞职了，决定在佛山办一所女子新学校，名字都起好了，就叫汾江女子小学。记得回佛山搞游行示威的时候，我曾经去过那些基督教会办的学校，他们进行的是崇洋媚外的奴化教育，这令我很是愤慨，从那天开始，我就暗暗下定决心，一定要办一所新型的学校。"众人听了都为曾中帼叫好。吴歌说："这是一个很了不起的伟大构想，在佛山创办一所新型女子学校，是破天荒的一件事情，是可以载入佛山史册、留名千古的大好事，我会大力支持的，尽我的绵薄之力给予一些赞助，我会和槟榔街的老板们呼吁一下，让他们也慷慨解囊，到时我也会让鸿胜馆的师父到你们的学校里免费教授蔡李佛拳，让女子学校的学生既能文又能武，好不好？"曾中帼听了就开心地拍着手说："有吴老板的大力支持，我们非常感激，我们已经在槟榔广场附近租了一处院子，现在正在简单地修葺和布置，已开始招生，如果一切顺利，三月就可以开学了。我们的学校开设的课程有语文、数学、英语、音乐、美术和体育等，是一所新型学校。"

万红听了就高兴地嚷起来："帼姐，我现在在私塾学校就读，先生每天让我背的都是那些让人昏昏入睡的四书五经，之乎者也是救不了国的，我要到新式学校里就读，你们学校有音乐课、体育课和美术课，太棒了，就冲这一点，我要回去和父亲说，我不去私塾读书了，我要去汾江女子小学读书，还要带上我的妹妹，怎么样？我够支持你办新型学校了吧？"曾中帼说："欢迎万红姐妹到汾江女子小学就读，我和我的拍档都是女子师范学校毕业的，是正牌的师范生，师资水平是有保证的，届时由我担任校长，我一定会把汾江女子小学办成一所家长放心、社会认可的新型学校。"杨霞听了曾中帼的豪言壮语，觉得很是振奋人心，由衷地为曾中帼高兴。杨霞说："曾校长是好样的，值得我们学习，她年纪轻轻就开始创业，而且是干一番大事业，献身佛山的教育事业，可以这么说，在汾江河畔，除了曾中帼，就没有第二个能干出这样的大事。你们看我现在这个样子，就只能做家庭主妇了。"众人听了都笑了起来，因为怕惊扰孩子，都刻意笑得很是小声。吴歌见众人笑完了，就打趣地说："委屈杨霞了，你现在伟大的事业是带孩子，等孩子大了，我把酒楼和酒坊交给你打理，让你成为汾江河畔叱咤风云的商界人物，我就负责跟班，每天的主要任务就是打拳和唱戏，你看怎么样？"众人听了就哄堂大笑起来。杨霞笑着说："酒楼和酒坊这个美差还是你来做吧，我觉得还是适合做妈妈，把孩子一天天带大，也是天底下最幸福的事情。"宝珠说："我觉得杨霞说得很对，每个人的追求都不一样，不管是选择做校长还是家庭主妇，主要是自己觉得幸福就可以了。你们知道吗，曾中帼曾经说过，她一辈子都不会结婚，把青春全部献给教育事业。如果天底下的女子都像她这样，我看汾江女子小学也不会招到学生。"曾中帼的脸上绯红一片。宝珠说："帼姐，你太伟大了，为了追求教育事业，竟然立志终身不嫁，这是何等的决心哦。"曾中帼说："我知道办学之路肯定会困难重重的，我自己一个人负重前行就可以了，没有必要让另一个人也跟着我受苦受难。"听了曾中帼的一番话，众人都对她肃然起敬起来。

　　吴歌跑着到了厨房，在锅里拣了一大盘番薯芋头端了出来。在这个微冷的初冬季节里，众人吃着冒着热气的番薯芋头，感觉很是温暖。吴歌为众人的茶杯续了热茶，他一边喝着茶一边说："曾校长，你们学校什么时候开张，就告诉杨霞，到时我会和鸿胜馆的梁焰师父说一下，带一支队伍过去，为新学校开张敲锣打鼓，舞狮庆祝。"曾中帼端着茶杯站起来说："那我现在就以茶代酒，感谢吴老板的大力支持了。"吴歌说："这是我们应该做的，为实现你办新学的理想，我们义不容辞。"众人拍起掌来。就在这时，吴妈用盘子端着四碗猪脚姜上来，屋子里顿时就弥漫了甜姜的味道。吴妈把盘子放在桌子上后，就回厨房干活去了，杨霞招呼诸位趁热吃。吴歌对猪脚姜不感冒，想到酒楼还要处理很多事务，就和诸位告别了。在座的姑娘都是馋猫，美食当前，哪能放过呢？于是每人就捧了一碗，有滋有味地吃了起来。众人吃着猪脚姜，有说有笑的，杨霞不时提醒大家说话的声音要小一点，但到了说得兴起的时候，大家又都忘了。

　　吃完猪脚姜，众人就散了。万红回到家里，妹妹万艳正坐在厨房门口走廊处看书。万艳见姐姐回来了，就问道："姐姐，你和宝珠去找曾中帼姐姐，有什么新闻不？"万红说："曾中帼姐姐准备举办一所新型的女子学校，她亲自担任校长，有美术课、音乐课和体育课，我问你，你有没有兴趣读这种学校呢？"万艳听了就开心地跳了起来，她把手中的《中庸》丢在凳子上，然后高声说："佛山有这样的新型学校，我肯定第一个报名，姐姐，我们一起去。"母亲从厨房里冲出来，手里拿着火钳，她大声问："你们刚才说什么？想报名参加什么新型学校？你们的心太野了。"万红说："妈，是曾中帼姐姐办的汾江女子小学，是新型学校，比私塾和教会办的学校好一千倍，我们决定过去就读，等爸爸回来，我们就和他说，他一定会支持我们的。"母亲听了就摇了摇头，张了张嘴巴想说什么，但最后什么也没有说就回厨房继续炒菜了。

　　万红和万艳姐妹俩在猜想着新型学校的样子，但由于她们也没见过新型学校的模样，脑海里一片空白。过了许久，万红歪着脑袋说："学校里应该有操场，有篮球架，应该还有美术室和音乐室。"万艳闭着眼睛说："你说的这些我只在报纸上见过，新型学校应该就是你说的这个样子。"姐妹俩还在猜想着学校究竟还有哪些设施设备的时候，父亲万福从外面回来了，他一踏进家门口，听到两姐妹在叽叽喳喳地争论着什么，就蹲下身子问她们："你们两个在争论什么呢？"万艳大声说："爸爸，我和姐姐在猜想着新型学校应该有哪些设施设备，姐姐说应该有钢琴，我说不可能有，因为钢琴是欧洲才有的，中国怎么能有钢琴呢？"万福听了就笑着说："傻丫头，没错，钢琴是欧洲生产的，但只要有足够的钱，就可以从欧洲进口，新型学校应该会有钢琴，但如果没有足够的钱，就买不到了。"万红说："爸爸，你知道新型学校吗？"万福说："我在报纸上看过新型学校的招生广告，有运动场，有篮球架，有音乐室，有美术室，挺现代和够气派。"万红说："爸爸，曾中帼准备在佛山开办一所新型学校，名字叫汾江女子小学，我和妹妹商量了，想过去就读，请爸爸批准。"万福沉吟了一下，然后说："你们身为女孩子，读那么多书干吗？找个好人家，嫁过去相夫教子，安安稳稳过一辈子，就可以了，不要想那么多。"万红说："现在都已经是新时代了，父亲你还是这种守旧的思想，亏你还是生意人。就批准我们过去读嘛，你也不希望你的女儿跟不上时代的步伐吧？"万福不是那种死脑筋的人，他知道，现在这个时代，和以前确实是不同了，已经发生了翻天覆地的变化，不管是男的还是女的，如果没有文化，确实是很难立足于这个世界。于是，他点了点头说："好吧，答应你们，但是你们一定要好好学习，不能虚度光阴。"姐妹俩听到父亲答应她们可以去新型学校就读了，就高兴地大叫起来："我们要去新学校就读了！谢谢父亲大人！"

二十七　热心人士齐援助　汾江女子树品牌

　　曾中帼怎么也没想到，办一所学校是如此艰难，首先遇到的问题就是经费问题，租赁校舍要钱，修葺校舍要钱，购买书桌、黑板、粉笔要钱，要花钱的地方实在是太多了，真的是花钱如流水，如滔滔的汾江河水。她用完了本人及向亲朋好友集资的钱后，囊中羞涩，就只好节衣缩食，眼看就快要开学了，但篮球架、画板和风琴什么的却没有钱购置，曾中帼很是心焦，但囊中空空如也，就只有唉声叹气的份了。拍档庞美丽见曾中帼愁容满面、郁郁寡欢的样子，就安慰曾中帼说："今天能走到这一步，已经很不错了，既然暂时没有钱购置那些物件，我们不能再等了，还有十多天就要开学了，还是如期开学吧。等开了学，一切就会慢慢走上正轨，逐步添置吧。"曾中帼也是无计可施，便只好答应了。

　　校舍经过一番简单的修葺，教室里把黑板一挂，摆满了课桌椅，学校的样子就显现了出来。曾中帼和庞美丽两人里里外外把校园打扫了一遍，学校虽然简陋，但很干净。教室外头的走廊墙壁，贴上了栩栩如生的剪纸和醒目的标语，学校的文化气息顿时就浓厚了起来。校门口墙壁上钉着一块木牌，上面镌刻着"汾江女子小学"的字样，此刻正被一块红布覆盖着，等待开学那天褪去盖头才得以抛头露面。

曾中帼是个见过世面的人，在省城读的师范，也带头组织过游行示威活动，对于学校招生事宜，早就谋划过了。在学校选定地址的那一刻，她就和《佛山商报》的许茂才老板商议了，要在《佛山商报》上登载招生宣传的广告，但现在没钱，待学校开学后再慢慢支付。许茂才老板是个通情达理的人，他知道曾中帼刚刚出来创业，口袋里没钱，就一口应允了，还打了个骨折价。汾江女子小学的招生启事在《佛山商报》上是这样写的："汾江女子小学，佛山新型女子学校；省城女师毕业中帼，立志在佛开办女校。教授语文数学美术，还有体育音乐常识。佛山子民家中闺秀，槟榔广场大街等着你。知书识礼强身健体，季华巾帼不让须眉。"这则招生启事一登出来，顿时就轰动了整个佛山。守旧的人颇有微词，议论纷纷，而那些见过世面的人则深以为然。最生气的就是那些老学究，他们看了这则启事竟暴跳如雷，一边看一边开始骂起娘来："这个世界真的是世风日下了，老祖宗的'四书五经'就不用学了？还办什么新型学校？女子无才便是德，是老祖宗的殷殷教导，现在就可以不遵守了？简直是痴人说梦。偌大的一个中国，就是被这些新学给搅乱成一锅粥，人的思想一旦被带乱了，中国就开始乱成一锅粥，新学简直就是误国害民。"老学究们说得振振有词，那些没见过世面也没多少文化的人就纷纷附和，均点头称是，便跟着骂起娘来。一时间，佛山街上便骂声四起，说什么有了新学后国将不国、家不将家、民不将民。

有好事者把街上的传闻说给曾中帼听，曾中帼只是莞尔一笑，她知道，要改变国人的观念，并非一朝一夕就可以实现的，要用时间换空间，随着时势的变化，人们就会慢慢接受新鲜事物了。老学究的骂声再大，也影响不了汾江女子小学的招生，因为佛山有部分殷实人家是从南洋发家致富后举家回来定居的，还有的就是长年累月做生意的人家，都是见过大世面的，知道新学是这个时代发展必然的产物，于是就纷纷带着女儿到槟榔广场旁边的汾江女子小学实地考察。学校虽然简陋，但和两位老师闲谈后觉得她们才识过人，均是可托付之人，于是便当场报了名。在这些富商的口耳相传之下，竟然一下子就来了五十多人报名。这很出乎曾中帼的预料，心中一阵阵狂喜。但她一想到没有钱购置篮球架、画板和风琴，心情马上就又坠入了冰窖。

还有三天就要开学了，篮球架什么的都没有着落，曾中帼的情绪很是低落，总是一副愁怨的样子。庞美丽见到曾中帼郁郁寡欢的样子，也是倍感同情。她知道，曾中帼是想把最好的教育呈献给孩子们，但如今连基本的设施设备都未能如愿，何谈其他呢？好几个晚上，曾中帼失眠了。就在她们一筹莫展的时候，一天中午，吴歌和梁焰找上门来，把槟榔街一众商家和鸿胜馆子弟的爱心捐款送了过来，槟榔街大大小小的商家共捐了五十大洋，鸿胜馆子弟共捐了五十大洋，吴歌捐了五十大洋，总共一百五十大洋。当吴歌和梁焰把爱心捐款送到曾中帼的手上时，曾中帼激动得哭了起来。她紧紧地握着吴歌和梁焰的手说："感谢你们，请你们代我向槟榔街的老板和鸿胜馆子弟诸位爱心人士表示诚挚的感谢。"吴歌说："这是我们应该做的，你一个女流之辈，敢走出这一步，是值得我们学习的，我们能为佛山的教育出一份绵薄之力，也是很高兴的。"梁焰说："以后有用得着我们的地方，曾校长尽管吩咐。"曾中帼说："我们学校的体育课，如能够请到梁焰师父过来教授学生打拳，就是敝校的荣光。"梁焰说："这个绝对没有问题，到时我可以过来任教，能到贵校做老师，也是我这个大老粗的荣光。"听了梁焰一番言语，曾中帼和吴歌哈哈大笑起来。笑完，曾中帼邀请梁焰和吴歌参加三天后学校的开学仪式，梁焰和吴歌点头应允，就和曾中帼告别了。

曾中帼有了钱，就和姑侄到街上买回了篮球架、画板、风琴什么的，等到把它们一一安放到指定位置的时候，汾江女子小学就真的像模像样了，像一朵娇羞的白兰花，静静地开放在巷子深处。汾江女子小学开班仪式如期而至，那天，槟榔广场大街热闹非凡，梁焰带着一帮鸿胜馆的子弟过来敲锣打鼓，舞狮助庆。龙塘诗社的人也来了，槟榔街大大小小的商人也来了，学生家长带着学生也来了，最重要的是李达县长也来了。一时间，狭小的校园里人头涌动，众人脸上喜气洋洋。狮子闹腾了许久才停息，在开校仪式上，曾中帼介绍了诸位嘉宾，然后请李县长致辞，李县长做了一番热情洋溢的讲话，他讲话完毕，众人就到校门口揭开学校牌匾的红布。红布脱落的那一刻，鼓声突然大作起来，狮子腾跃起来，像是要把佛山这个沉睡的小镇叫醒的架势。

转到新式学校就读，万红和妹妹万艳就别提有多高兴了。在学校里，一切都是新鲜的，在这里，大家可以一起做操，一起唱歌，一起画画，一起跳舞，一起打篮球，欢乐的笑声时常响彻校园的上空。在校园里的每一分钟都可以让自己的心灵得以释放和满足。

而最让万红喜欢的是学校的校服。学校规定，上学期间，同学们必须穿校服才能来学校上课。每天，同学们穿着统一的校服，上身穿着黛蓝色的短袄，下身穿着藏青色的长裙，腿上裹覆着洁白的棉袜，脚蹬一双黑皮鞋，这一身打扮无不散发着朴素简洁和淡雅的味道。上学和放学的时候，万红和妹妹万艳走在路上的时候，引得很多路人频频注目，更有人时不时对她们评头品足和指指点点，但她们不以为意，不慌不忙优雅地走路回家。此时，万红在心里想，路是自己走的，我走我的路，不管别人如何去说！

　　汾江女子小学在佛山镇顺利开学，确实在佛山镇引起了较大的轰动。曾中帼知道，一所学校要取得声誉，最重要的就是办学质量的提升和办学特色的打造。于是，她邀请佛山的各路大咖来学校授课，一时间，汾江女子小学大咖云集，有鸿胜馆梁焰师父，有剪纸大师宝壳，有石湾公仔大师刘浪，有书法大家杨文翰，有龙塘诗社社长吴诗选，也有歌唱家麦苗等人粉墨登场。大咖们的授课特色鲜明，很受学生们喜欢。而对于文化课，曾中帼和庞美丽两人用心任教，学生们的成绩提升得很快，在镇里和县里的各类评比都获得骄人的成绩。很快，汾江女子小学就在佛山教育界竖起了一块金字招牌来。

二十八　汾江女子遇劫匪　鸿胜子弟帮摆平

　　对于汾江女子小学的开张，刘野是非常关注的，他不是关注曾中帼这个人，而是在琢磨这所学校究竟能收到多少保护费。刘野和陈福禄在得月楼合计了半天，决定派打手大狗带着一帮喽啰上门打探一下底细。

　　这天上午，大狗得到了刘野的指令，带着一帮喽啰在醉仙酒楼喝过早茶，风卷残云般把叉烧包、凤爪、排骨、虾饺等点心填进肚子后，就浩浩荡荡朝槟榔广场大街进发。到了学校，已经是上课的时候，大门紧闭着。三月的阳光照在人的身上很是温暖，这是个读书的季节，从校园里传出阵阵读书声来，充满了蓬勃的朝气。大狗叫其中一个手下拍门，喽啰上前用力敲起门来，发出砰砰砰的响声来，与孩子们的读书声混杂在一起，显得很是突兀、不协调。由于刚开学，经费很是紧张，能省则省吧，曾中帼就没有请看门的人，上学放学都是曾中帼和庞美丽既当老师又当保安。过了许久，都没有人来开门。

　　大狗见拍门没有反应，就让手下大声喊。先是一个两个在喊，接着就是一群人在喊，喊声震天："曾——校——长，开门！"过了一会，才有人过来开门。来开门的人是宝珠，她今天是跟着余道义过来玩的，本来是梁焰师父的武术课，但梁焰今天有事来不了，就让余道义过来代课。余道义正在操场上教授打拳，先是做示范，拳路一招一式均有板有眼，孩子们看得眼睛都直了。接着就是学生自由练习，但这个时候余道义也没有松懈，而是手把手地矫正孩子的拳路。宝珠在操场边上看，走来走去，百无聊赖。突然，她听到好像有人在大声拍门，但她有些犹豫，因为她是来玩的，不知道应不应该去开门，如果外面的人是歹徒，把歹徒放进来惹出事来就麻烦了。于是，她对拍门声便充耳不闻了。过了不久，就听到震天的喊声来。宝珠快步向课室走去，她找到曾中帼上课的教室，向站在讲台上讲课的曾中帼招了招手，曾中帼停下了讲课，便走出教室。宝珠把外面拍门及喊叫开门的事情和曾中帼说了，曾中帼听了就说："我现在还在上课，麻烦你去开一下门，不管是什么事情，先把他们领到会客室吧，下课后我与他们会面再谈吧，谢谢宝珠妹妹！"

大狗见开门的是个女的，就大声喊了起来："你是曾校长吧？我喉咙都喊干了，怎么没有来开门的人？如果遇到火灾，救火队怎么能进来救火呢？"宝珠听了就忙不迭地说："诸位，我不是曾校长，曾校长在上课，她让我过来开门，把大家领到会客室，等她下课后与你们洽谈。"大狗见宝珠长得很是标致，水灵灵的，就流里流气地问："你是这里的老师？"宝珠说："我不是这里的老师，我是过来玩的。"大狗说："这么巧，我们也是过来玩的，妹子，大家一起玩一下好不好？"宝珠听了就杏眼圆睁，然后厉声说："这位大哥，请放尊重一点，这里是学校，是斯文的地方，如果你要撒野，请到得月楼或汾江河的紫洞艇，不要在这里丢人现眼。"大狗听了就哈哈大笑起来，笑完后接着说：“妹子真是性情中人，麻烦姑娘带我去见曾校长吧，我们有事要和曾校长谈一下。”宝珠说：“曾校长有课，她让我把你们带到会客室等候，下课后她会来找你们。”宝珠说完就在前面带路，会客室在一楼，在操场的东南角，走不远就到了。宝珠请众人就座，会客室本来就不大，十多个人坐下来，把会客室挤得满满的。宝珠安顿好他们后，就离了会客室。此时，下课铃响了，因为是上午最后一节课了，学生们下课后就陆陆续续背着书包离开了校园。

宝珠刚走到操场南边，余道义坐在北边操场的石凳上就向她招手。宝珠快步走过去，在余道义的身边坐下来。余道义问宝珠：“刚才进来的那一帮人是什么人？”宝珠说：“我也不知道哦，他们说是找曾校长的，为了保险起见，我特意跑过去问了曾校长的，她同意了我才去开门，现在估计曾校长和他们在谈事。”谈话间，突然有一群白色的鸽子从半空中飞下来，落在操场上，它们悠闲地在操场上走来走去，一副闲庭信步的样子，还不时发出咕咕咕的叫声来，像是在唱歌。宝珠盯着鸽群出神，此时，她感到很郁闷：“我要是能像鸽子一样就好了，想什么时候飞翔就飞翔，想什么时候停下来就停下来，而我现在，不要说对自己的人生做主，就连爱一个人的权利也没有。我爱余道义，但我的父母不允许，已经安排好我的婚姻大事，要把我嫁给中药大王马宝的儿子，一个只会游手好闲的二世祖。”余道义见宝珠在发呆，就安静地坐着不打扰她。

过了一会，宝珠才发完呆，她用略带忧伤的语气和余道义说：“你知道吗，我是喜欢你的，但是我父母不允许，他们已经安排我嫁给那个中药大王马宝的儿子马贝，我不爱那个废柴，但我的人生我不能做主啊，我现在很痛苦！”余道义听了就沉默了许久，他现在不知道说什么好，对他而言，和宝珠谈恋爱的日子是幸福的，但他也知道，爱情和婚姻是两码事，婚姻大事往往掺杂了太多其他的因素，比如政治或者经济等，爱情往往就死在这些乱七八糟的东西手里。

突然，从会客室里传出激烈的争吵声来。曾中帼大声喊道："汾江女子小学刚刚开办，一个大洋也没有赚到，你们现在可好，一个月要收保护费十个大洋，这不是抢吗？都已经是民国九年了，在佛山街还有这种明目张胆收保护费的，比清朝末年还腐败，这是什么世道？"大狗也吼叫起来："在佛山街，要做生意的，按规矩都要交保护费，你们汾江女子小学也不例外，除非你们明天就关门。"鸽子听到争吵声，也一愣一愣的，倏地飞离了操场，向高空处遁去。又是收保护费的，余道义听了就火冒三丈。他让宝珠跑步去鸿胜馆叫人过来救驾，宝珠听了就跑着离开了学校，向鸿胜馆的方向飞奔。余道义大踏步朝会客室走去，听到会客室里面的争吵更加激烈了。就在大狗用力拍着桌子的时候，余道义冲进了会客室。众人见到余道义冲进来，就都拿眼睛盯着余道义。大狗瞪着眼睛问余道义："你是什么人？我们在谈事，没什么事就请滚出去。"余道义说："我是什么人不重要，重要的是你们现在是在敲诈勒索，你们知道吗，曾校长在这里办的是学校，不是开妓院、赌档和贩卖鸦片，她是一个有良心的教育人，她办学校不是为了赚钱，而是为了培养有骨气的中国人，而不是像教会学校那样培养一群崇洋媚外、没有骨头的人！"大狗轻蔑地看了一下余道义，冷笑了几声，然后对曾中帼说："我不懂教育，你现在说什么都没有用。曾校长，听你的意思，是一个大洋也不会交喽。"曾中帼说："我现在还欠一屁股债呢，哪有什么钱交保护费？"大狗大声招呼喽啰："兄弟们，你们都听清楚了，他们不交保护费，我们就把这个学校砸个稀巴烂，看他们明天还怎么开课，都给我上。"喽啰们领了命令，准备开干。余道义大吼一声，然后眼露凶光盯着他们狠狠地说："你们谁敢在这里放肆，先问我同不同意，这里地方狭小，我们不如到操场上比试比试。"众人见余道义一身横肉，应该也是练武之人，心里不禁有点犯怵，就不敢乱来。大狗见余道义把众兄弟镇住了，心里也在想，不知此人是何方神圣？武功如何？于是就朝余道义拱了拱手笑着说："敢问大哥姓名？"余道义说："我坐不改姓行不改名，余道义也。"大狗是刚从广州过来佛山揾食的，对于余道义的大号没有听过，但他的手下有人对于余道义的大名是知道的，在佛山武术界是有名的，可以说是如雷贯耳——鸿胜馆子弟余道义，会武懂医，大名鼎鼎。手下人把嘴巴附在大狗的耳朵边悄悄提醒他："这是一个不好惹的主，弄不好会得罪了鸿胜馆的人，不如撤了吧。"可大狗是从省城来的人，什么高人什么大场面没见过呢？如果现在就撤队走人，回去怎么向刘野和陈福禄交差呢？不管前面是刀山还是火海，大狗都要往前冲。在大狗的一声令下，众人就来到了操场。曾中帼很是紧张，她用可怜的眼神望着余道义，显得很是无助。她对着余道义猛地摇头，意思是说让余道义一走了之，人家人多势众，你势单力薄，就不要和他们一般见识了。余道义对曾中帼笑了一下，然后点了点头，意思是说放心吧，我会让他们知道我的厉害的。

大狗坐在操场边的石凳上，跷起二郎腿，朝着众喽啰挥一挥手，众喽啰就如群狼般围攻余道义，拳打脚踢。余道义对付群狼是很有办法的，先是挑弱小的对手下手，只几招就把那些弱鸡打趴下，躺在地上呻吟；剩下的对手虽然喝过夜粥，但见兄弟们被打趴下了，心理上就有无形的压力，便昏着频出，出拳也就没有了章法。此时，余道义就会瞅准时机，给予致命一击。不一会，大狗的一帮喽啰都被余道义打趴在地上，像刚被阉割了的狗一样，发出低沉的呜咽声。大狗的脸上青了一大片，他腾地站了起来，摆出一副要和余道义拼命的架势。余道义面不改色淡定地说："你还是回去和刘野说吧，汾江女子小学是永远也不会交保护费的，他想钱是不是想疯了？你就说是我余道义说的。"大狗像疯狗一样朝着余道义冲过来，张牙舞爪。余道义和大狗过了几百招，没有分出胜负。就在此时，宝珠气喘吁吁地跑回来了，跟在宝珠后面的，是梁焰、黑牛、蒯牛强等一帮人。梁焰大手一挥说："你们都停下来，不要再打了。"大狗见是梁焰发话，就连忙停手了。他刚从广州来佛山的时候，曾到过鸿胜馆拜访梁焰，对于梁焰师父的为人很是尊重。梁焰朝大狗拱了拱手说："柯师父，你刚来佛山，有所不知，收保护费已经引起了商家的众怒，刘野再这么胡闹下去，迟早会出事。就拿汾江女子小学来说吧，本来学校就不是赚钱的行业，还要交保护费，你这不是叫人家明天就关门吗？还有天理吗？我是这里的武术老师，有我在的一天，谁也不能踏进这里收什么保护费，不然我就让他竖着进来横着出去。"众喽啰已经从地上爬起来了，不敢大口呼吸，都拿眼睛看着大狗，看他如何发话。大狗知道，论功夫他绝对不是梁焰的对手，好汉不能吃眼前亏，就只好笑着说："梁师父说得是，我是有眼不识泰山，如果知道梁师父是这里的武术老师，打死我也不会过来这里的，得罪了，我们马上撤退。"说完，朝众喽啰挥一挥手，就逃离了学校。

　　曾中帼见事情已经摆平，悬着的心终于可以放下来，由于刚才情绪过于紧张，现在一下子放松了下来，就突然晕倒在地上了。众人见此情景，就马上把曾校长扶起来。宝珠坐在石凳子上，曾中帼的头靠在宝珠的肩膀上。余道义知道曾中帼是紧张过度晕倒的，就连忙按了她的人中，很快曾中帼就醒过来了。她一睁开眼睛，猛地见了众人，想起刚才发生的事情来，竟然激动得哭了起来。她一边哭一边说："在中国，要做成一件好事，竟然这么艰难。"宝珠用手轻轻拍着她的肩膀说："事情已经过去了，不要伤心了。"

和众喽啰打了一架，余道义的肚子已经咕咕叫了，就提议众人到醉仙楼聚餐，他来埋单。曾中帼说："你们去吧，本来是我请大家才对的，但下午我还要上课，中午要备课，走不开，你们好好聚一下。"众人离了学校，就朝醉仙楼走去。到了醉仙楼，吴歌见众兄弟来了，就高兴地招呼大家，整了满满的一桌菜。席间，余道义和吴歌说了刚才在汾江女子小学发生的事，吴歌听了就对余道义和梁焰竖起了大拇指。吴歌把二十年的菊花酿抱了出来，众人喝得很是开心。宝珠平时也不怎么喝酒的，但今天她豁出去了，一个劲地敬余道义，还不停地说胡话："今生我们有缘无分，就待来生吧，我们来生做夫妻！"余道义对于宝珠的敬酒是来者不拒，他说："虽然做不了恋人和夫妻，但我们还是兄弟姐妹呀。"宝珠笑着说："对，我们还是兄弟姐妹，干，为了兄弟姐妹。"说完，她一仰脖子就把杯中酒喝了。喝完不久，她就号啕大哭起来。众人见此情景，很是愕然。但转而一想，这是他们两个人感情之事，又不好多嘴，就只好用好言好语劝了一番，然后又接着开心喝酒，很有不醉不归的感觉。到了酒足饭饱散场的时候，余道义已经喝得有点醉醺醺的感觉了，但他还不忘了要去埋单，吴歌见他抢着埋单，就笑着说："我这是代曾校长请大家的，感谢大家为曾校长摆平了一件大事。"余道义瞪大眼睛对吴歌说："今天是我请宝珠吃饭，你们来作陪的，这样的机会你们都不给吗？"宝珠说："余道义，就不要和吴歌争了，你请我吃饭是小事一桩，而吴歌代曾校长请大家吃饭感谢大家，这就是大事，今天汾江女子小学差点出了大事，是你和梁焰师父出手摆平了这件事，可以这么说，是值得写进佛山《忠义乡志》的，这是一个壮举！"众人听了无不称是。

二十九　得月楼里喝花酒　汾江书社被关张

　　大狗带着一帮喽啰灰溜溜回去汇报的时候，被刘野狠狠地批了一顿，说是养了一群饭桶。大狗并没有言语，他毕恭毕敬地站在刘野面前却被喷了一脸唾沫。骂累了，刘野觉得没意思，便乌天黑地睡了一个下午。到了晚上，刘野拉着大狗到得月楼吃饭喝酒。月季见刘野来了，就赶紧叫厨房炒了几个小炒，烫了一斤多的玉冰烧上来。刚好月梅也没有客人，月季便把月梅叫过来作陪。月季把盏，为众人的酒杯斟满了酒。由于刘野和大狗今天出师不利，没有抢到钱，就一直不出声，只是一个劲地喝闷酒。酒过三巡，月季见喝酒的气氛很是沉闷，就眉飞色舞地说起一个段子来——一天，公鸡和母鸭在院子里聊天，公鸡说："你整天呀呀地对我叫个不停，究竟是什么意思？"母鸭说："没什么意思，就是想叫，关键是见了你就控制不住就想叫。"公鸡说："我们都不是同类，你再怎么叫也没有用呀？"母鸭说："要的就是这种感觉，没有得到就是最美好的。"月季说完段子的时候，刘野刚呷了一口酒，忍不住笑了起来，差点就喷了一地。刘野的脸憋得通红通红的，他用手指着月季说："你这个小蹄子，我现在忍不住地就是想笑。"大狗也跟着大笑起来。

月梅接着也说了一个段子——乌龟挡住了蛇的去路，两人吵起架来，蛇指着乌龟骂道："你这个死龟公，看到我过来了，为什么不闪开？"乌龟说："你眼睛盲了吗？你没见到我在赶路吗？"蛇说："你走得也太慢了吧，四个脚都比不上没有脚的快，真的是龟速！"乌龟说："我操的是正步，不像你总是磨来磨去，还不断吞吐着舌头，让人看了头都晕。"蛇说："再不让开，我就磨死你。"乌龟说："有种你就过来，乌龟怕铁锤，没听说过乌龟怕蛇磨的！"月梅刚说完段子，大狗憋不住笑，把含在嘴里满口的酒，像箭一样向月梅喷去，月梅躲避不及，被喷了一身。月梅尖叫了起来，忙不迭地用手帕擦身上的酒，然后把大狗骂了个狗血淋头："你个死狗是故意的，要喷就喷到地上嘛，喷了我一身，臭烘烘的。"大狗连忙道歉说："你说这个段子太好笑了，关键是我忍不住，实在是对不起呀。"刘野听了就捧腹哈哈大笑起来。

就在这时，有一个人贸然闯了进来，顿时两扇门噼里啪啦响了起来。众人停止了笑，连忙看究竟是怎么回事。大狗定睛一看，原来是在保安队值班的疯狗东，满头大汗，气喘吁吁。大狗见了就连忙大声问："发生什么事了？什么情况？快说。"疯狗东弯着腰，有点上气不接下气地说："我刚接了电话，是省警察厅陈福禄秘书打来的，说是收到线报的报告，普君圩旁边祠堂的汾江读书社在搞非法聚会，听说他们在传播反政府的学说和思想，让我们派人过去查封。"刘野一听是陈福禄厅长秘书打来的电话，就连忙从凳子上跳将起来，大手一挥，就带着大狗和疯狗东急忙离开。月季和月梅跟在后面大声说："刘队长，大晚上的，乌天黑地，这样的小事情让手下人去干就得了，还用你亲自出马？我们的酒都还没喝够呢！"刘野说："酒改天再来喝，现在要赶着去干大事。"说完，他们就匆匆下了楼梯，趁着月色离了得月楼。刘野让疯狗东赶紧回保安队拉队伍过来普君圩集合，说完就和大狗骑着单车向普君圩进发。一路上，单车发出哐哐哐的声音来，惹得街上的狗叫了起来，此起彼伏，像是狗们在合唱。

刘野和大狗在普君圩口等了一会，疯狗东就拉着队伍过来了，有四五十人之多，个个荷枪实弹，威风凛凛。大狗见大队伍过来了，就在前面带路，带着队伍浩浩荡荡向祠堂冲过去。到了门口，大狗和刘野推门进去，一行人鱼贯而入。只见祠堂里点着煤油灯，大堂青砖地上黑压压坐满了听众，估计有一百人，余道义正站在讲台上演讲，他撸起袖子，演说的时候，右手不停地在空中挥舞着。大狗想冲上去把余道义拉下来，但被刘野阻止了，刘野轻声在大狗耳畔说："我们就听听他究竟在说什么，等他说完了再和他算账。"大狗听了就点头称是。

余道义在讲台上大声说："李大钊在《布尔什维克的胜利》中说，十月革命的胜利是民主主义的胜利，是社会主义的胜利，是布尔什维主义的胜利，宣告布尔什维主义一定能在全世界取得胜利。布尔什维主义就是代表大多数人民的意愿、体现大多数人民权利的主义。按李大钊在文章中说的就是革命的社会主义，其目的在于把资本家独占利益的生产制度打破。关于十月革命，李大钊在文中说，是赤色旗到处翻飞，劳工会纷纷成立。他把这种革命称为二十世纪式的革命，指出这种无产阶级的社会主义革命是世界历史的潮流，是二十世纪的群众运动，是一种伟大不可抗拒的社会力。什么皇帝咧，贵族咧，军阀咧，官僚咧，军国主义咧，资本主义咧，他们遇见这种势不可当的潮流，都像枯黄的树叶遇见凛冽的秋风一般，一个个地飞落在地。由今以后，到处所见的，都是布尔什维主义战胜的旗。到处所闻的，都是布尔什维主义的凯歌。人道的警钟响了！自由的曙光现了！试看将来的环球，必是赤旗的世界！"

余道义刚说完，下面就有人高声喊叫了起来："道义大哥好嘢！演讲得太好了，掂过碌蔗！""布尔什维主义万岁！"众人的呼喊声震天般响，像是要把祠堂屋顶的瓦片掀掉一般。大狗拿眼望着刘野，刘野抬起手来，用食指画了一个圈，大狗就明白刘野什么意思了。大狗指挥喽啰拿着枪把在场的人团团围住，然后他大声喊了起来："大家都别动！我们接到举报，说有人在传播反政府的学说和思想，我们现在过来核实和查封。"在场的听众见警察个个荷枪实弹，知道子弹是不长眼睛的，好汉不吃眼前亏，便都安静下来。黑鬼七、胡须红、猪肉金很是愤怒，很有一种想冲出去和刘野拼命的架势。余道义对他们摆了摆手，示意不要冲动。余道义从讲台处向刘野走来，他拱了拱手说："刘队长，我们只是在分享读书的心得体会，难道读书也犯法了吗？"刘野哼了一下，然后说："刚才听你说，无产阶级的社会主义革命是世界历史的潮流，什么贵族咧，军阀咧，官僚咧，资本主义咧，都他妈的见鬼。以后哪里都是布尔什维主义的旗，必是赤旗的世界！我不懂你说的什么布尔什维主义和无产阶级的社会主义革命，但我知道，你这是在蛊惑人心，在造谣生事，想造反是真，是想带着一帮穷鬼闹起义，把我们政府的命给革了！"余道义说："刘队长，我们也就是在读北大教授李大钊先生发表在《新青年》杂志上的一篇文章而已，难道读书还犯法了？"刘野说："读书有没有犯法，是要看你读什么书、怎么读，读圣贤书就不会犯法，在家里读书就不会犯法。像你们今天这样聚众读书，是读书吗？你们是借着读书的名义，向不明真相的群众蛊惑什么布尔什维主义，就是犯法！是要斩头的。都是一帮卖鱼、卖猪肉、目不识丁的小贩，哪懂什么主义？都是被你们这些坏墨水的人给带坏了！照这样发展下去，佛山岂不成了你们的世界，哪里还有我们立足的地方？告诉你们，在中国，什么主义都没有用，最重要的就是生意，白天辛苦一点赚了钱，可以让全家乐呵呵地吃饱，晚上回家抱着媳妇睡觉，生儿育女，中国几千年不都这样过来的吗？难道布尔什维主义就可以让大家不用干活天上掉馅饼吗？真他妈的扯淡！从今天晚上开始，这个汾江读书社查封了，下不为例，如果你们再有类似这样的读书会，我们就要抓人了。"说完，刘野就示意手下收缴书籍。喽啰们得了指令，就忙着跑过去把放在书架上的书和报刊全部收缴了，然后堆放在门口处，一把火给烧了。火光中，大狗见汾江读书社的牌匾挂在门口处，就摘了下来，丢进火中，也一起烧了个干净。

余道义看着在火光中的书籍变成了灰烬，心里就在滴着血。他在想，这是何等宝贵的书籍哦，千辛万苦才收集到的宝贝，竟然被刘野这个浑蛋一把火给烧个精光。但面对一帮荷枪实弹的流氓，也是无可奈何，留得青山在，不怕没柴烧。黑鬼七、胡须红、猪肉金，也和余道义一样，看着自己辛苦创建的书报社，被查封了，那些视之为宝贝的书籍一夜之间竟化为灰烬，是何等心痛呀！眼里满含着泪水。火光足足亮了有一炷香的时间，火光矮下去的时候，就冒起了一缕缕青烟来。刘野见书籍和牌匾被烧得一干二净了，就带队扬长而去了。

黑鬼七、胡须红、猪肉金围着余道义七嘴八舌说开了："义哥，他们欺人太甚了，我们主要是没有家伙，如果有沙枪在手，我们就和他们拼了，把他们打成筛子。"余道义摆了摆手说："大家也看到了，他们手中有枪，我们手中什么也没有，但是，我们有思想，李大钊先生说了，这种无产阶级的社会主义革命是世界历史的潮流，是二十世纪的群众运动，是一种伟大的不可抗拒的社会力量。现在，我们是没有枪支弹药，但我们有理想和追求，有大家团结一致的心，留得青山在，不怕没柴烧。以后，我们的读书会就转入地下，黑鬼七、胡须红、猪肉金你们把大家分成十多个小组，各小组在相对隐秘的地方开展读书会，如果你们有什么不明白的地方，可来博爱药房找我，记住，只要我们拥有了理想和追求，总有一天，我们会看到曙光的。"众人听了无不点头称是。见夜已深了，众人便散了。

三十　万红同意被提亲　读完学业才成亲

这天下午，万红在学校完成了所有的作业，高高兴兴地从学校回到家。一进家门，她就见到一个媒婆模样的人在客厅里和父母闲谈。她觉得很是奇怪，哥哥已经娶亲，难道是要给她介绍人家？她的心里很是忐忑。媒婆四五十岁的样子，她一见到万红，就眉开眼笑地说："你们家姑娘长得不仅标致，书香气也很浓。"万太太说："万红现在在汾江女子小学念书。"说完，万太太让万红在她身边坐下。刚坐下，媒婆就将佛山有名的幸福金铺马老板的孙子给夸了一番，说他是什么佛山街数一数二的好少爷。万红听媒婆这么一说，就知道真的是给她说媒来的了。万红不言不语。万太太听了媒婆一番言语，就觉得马家少爷不错，门当户对，是一门好亲事。父亲万福也觉得这门亲事不错。于是父母两人就对媒婆说："这是一门好亲事，你回去和马老爷说，就说我们答应了。"

送走了媒婆，万太太就对万红说："你也不小了，今天我们给你找了个好人家，是幸福金铺马老板的孙子。作为女人，相夫教子是最重要的，读完这个学期，你就不要去读什么女子学校了。"听妈妈这么一说，不让她继续读书，而是马上嫁人，万红一下子就急了，她放声哭了起来，眼泪吧嗒吧嗒地流了下来。万红是个性格倔强的人，她一心要继续求学，像杨霞姐姐和曾中帼校长那样，以后要到省城读书的，没想到今天，父母亲竟然没征求她的意见，就把她许给了那个从没谋个面的什么幸福金铺马老板的孙子。

万福是知道万红的心思的，毕竟是自己的女儿，万红肯定是想多读几年书，并不想这么早就把自己嫁出去。于是，万福就对万红说："万红呀，你要体谅爸爸妈妈的苦心，我们这么做是为了你好。爸爸妈妈这几年的身体也不好，我们的意思就是趁我们有生之年，为你物色一个好人家，让你的下半辈子有个着落，我们就算是死了也能闭眼了。"万红听了父亲一番话，也知道父母亲是为了自己好，万红儿时的很多伙伴，有的已经订了婚，有的已经结了婚，更有的已经是有了一个孩子的母亲。像万红这样，能够到新学校里读书的，就是凤毛麟角了。如不是万福思想开明，万红应该也是和她儿时的伙伴那样早早嫁为人妇。万红抹了一把眼泪后，此时她立定决心，她要继续读书，不能这么早就把自己嫁出去，以后她还要到省城读大学。立定了主意，她就哭着跑出了家门。万太太追着出来，在背后大声说："万红，你要去哪里？"万红说："我去找曾校长，我不想这么早就嫁人，我要读书！"万太太看着万红的背影在巷口消失，回到厅里的时候，就埋怨万福："都是你，惯坏了孩子，读什么新学，如果她不去读书，就没有这么多花花肠子，整天想着读书！一个女子，读书能谋个好的前程？唉！"万福被妻子数落了一番，此时也不想说什么，也只能陪着妻子一起唉声叹气了。

天色已经暗下来了，万红一口气跑回了汾江女子小学。校门紧闭着，她用力敲了校门，敲了许久才有人来开门。来开门的人是庞美丽老师，万红所在班级的班主任。庞美丽见万红一副梨花带雨的模样，就急忙问发生什么事了。万红猛地扑在庞老师的身上，放声哭了起来。庞老师用手拍着万红的肩膀说："哭吧，有什么委屈就尽情地哭吧，哭完就没事了。"万红哭了许久，终于平静了，她松开了对庞美丽老师的拥抱，这时，庞美丽赶紧把校门关上。此时，从校园里传出曾中帼的声音来："庞美丽，开饭了。"庞美丽大声回应："来了。"说完，就拉着万红的手，向着厨房走去。到了厨房，曾中帼见万红来了，眼睛红红的，就连忙问："万红，出什么事了？眼睛都红红的，刚哭过？"说完，曾中帼看了一眼庞美丽，庞美丽也摇了摇头。曾中帼说："不管发生什么事，现在最重要的是要把肚子填饱，身体是革命的本钱呀！好吧，坐下来，我们一起吃饭，我们的伙食虽然比不上你们家的丰富，但管饱。"

饭菜虽然简单，但大家有说有笑，吃得很是开心。曾中帼泡了一壶菊花茶，她为万红倒了一杯茶。万红把茶杯捧在手上，用鼻子闻了一下茶香，菊花的清香沁人心脾，很是舒服。她浅浅喝了一口，觉得很是心旷神怡。曾中帼不言也不语，默默陪着万红喝茶。茶过三巡，许是菊花茶的清香的作用，舒缓了万红的痛苦。曾中帼问万红："菊花茶好喝不？"万红说："好喝，清香。"曾中帼说："菊花的清香能起到安神的作用。说说吧，我们的小诗人遇到什么难题了？"万红说："父母亲要把我嫁给幸福金铺马老板的孙子马少爷，今天媒人已经过来我家了，父母亲已经应允了，但我并不想这么快就把自己嫁出去，我还要读书，要像你们一样，去省城读中学，还要读大学。"曾中帼说："你有这个远大的理想，我觉得是好事情。但你有没有问过你们父母亲，为什么这么早就要给你订婚呢？"万红说："他们说了，因为身体不好，想早点为我找个门当户对的人家，好让我的下半辈子有个依靠。"庞美丽说："万红呀，其实你们的父母也算开明的了，能让你读书，而且还能让你来新学校就读，这已经是很了不起的了。你刚才说你父母亲身体不好，想早点为你物色好人家，其实也不是一件坏事情，你想一下，你们家现在家境还不错，但如果有一天，你父亲不在了，家境就一落千丈了，那个时候，你再想找个好人家，就不容易了。"曾中帼接着说："庞老师分析得也有一定的道理，这应该也是你父母亲的初衷。"万红听了两位老师的分析，觉得有一定的道理，她想，如果她不听父母亲的安排，万一父母亲为她的事情发愁，病得更加厉害，那就真的是罪过了。但她就是不甘心，这么早就把自己嫁了出去，她还要去追寻更大更广的天地呢，佛山这个小镇，也就是她暂时的栖息之地，省城广州，甚至更远的地方，才是她施展拳脚的地方。但目前，父母之命不可违，该怎么办呢？她很是惆怅。

　　庞美丽见万红一脸的惆怅，就说："其实你也不要愁了，既然父母已经为你定了亲事，你就不要违了父母命，但你可以用缓兵之计，就说你现在还在就读小学，等读完小学再结婚。"曾中帼听了就大声说："庞美丽这一招不错，值得考虑。"万红听了庞美丽的建议，觉得也是可行，于是就笑着说："还是读书多的人厉害，我回去就和父母亲说，如果他们答应我这个条件，我就答应这门亲事。"曾中帼说："前几天，我听宝珠说，她的父母亲反对她跟余道义交往，已经说好了一门亲事，是中药大王马宝的儿子马贝，一个只会游手好闲的二世祖，一开始，宝珠说什么也不同意这门亲事，她说非余道义不嫁，可她的母亲不是个省油的灯，整天要生要死的，搞到最后宝珠没办法了，母命难抗，就只好无奈答应了。听说这些天，余道义天天醉醺醺的，整天坐在药行对着那些泡在酒缸里的蛤蚧讲话：'宝珠，你说话呀！你怎么不说话呀？我醉了，难道你也醉了吗？就算醉了，也说醉话嘛。'"万红说："可怜的道义哥和宝珠姐，真是一对苦命鸳鸯呀。他们两人写的诗歌都很好，才子佳人，可惜了。"说完，她竟然又哭了，这次的哭，是为自己的，也是为道义哥和宝珠姐，都是苦命的人呀。

　　把两壶茶都喝淡了，此时，外面响起了敲门声。万红知道，是父亲过来接她回去的。曾中帼、庞美丽和万红起身，朝校门口走去。庞美丽开了门，只见万福打着灯笼，灯光把他的脸照得很是暗黄。万福见了曾校长和庞老师就说："曾校长和庞老师好，打扰你们了。"曾中帼说："刚才万红在我们这里已经吃过饭了，她遇到问题能来和我们商量，我也觉得欣慰。最怕的就是孩子想不开，如果跳汾江河，那就麻烦了。所以，我们搞新学教育的，就是要成为学生的朋友和师长，陪伴他们成长。"万福频频点头说："你们学校的口碑很好，你们费心了，孩子交给你们来教导，我是很放心的。"这时，万红走过去，拉着父亲的手说："刚才，我思考过了，我同意你们提的亲事，但有一个条件，你们一定要答应我。"万福问："这个孩子，就是惯坏了，亲事还要谈什么条件？"万红说："我现在年龄还小，还在就读小学，等我读完小学再结婚，就这个条件。"万福用右手在万红的鼻子上轻轻刮了一下，然后笑着说："好吧，我闺女既然这么喜欢读书，现在先把亲事定了，就等你读完小学再结婚吧。"万红听到父亲同意她的条件后，就开心地跳了起来，情不自禁地在父亲的脸颊上亲了一下。已是夜深，万福和万红就和曾中帼及庞美丽告别，踩着灯笼的黄光一深一浅地回去了。

三十一 《汾江河畔》唤新生 成立工人俱乐部

时间过得飞快，一眨眼就已是一九二一年的初春了。一段时间以来，余道义每天一大早，开了药房的门后，先是喝半斤菊花酿，然后独自坐在药铺的柜台上，对着泡满了蛤蚧和酒的玻璃罐发呆。前些日子，他会对着那些泡在酒缸里的蛤蚧说话："宝珠，你说话呀！你怎么不说话呀？我醉了，难道你也醉了吗？就算醉了，也说醉话嘛。"过了一段日子后，他竟然不说话了，任谁和他说话也不搭理，只是一味地盯着蛤蚧看，仿佛那里有什么秘密似的。方圆、梁焰、龚坤、吴歌、曾中帼、庞美丽等人曾组队过来探望他，他用眼睛死死盯住诸位，但好像不认识他们一样，总是一言不发。众人很是不解，不就是为了一个女人吗？何苦要搞成这样？佛山没其他女人了吗？龚坤分析说："他就是因为失恋，爱宝珠太深导致走火入魔，走不出来，就一下子疯掉了。"梁焰问："要怎么样才能让他走出来呢？"吴歌说："尽快给他找个老婆吧，有了老婆，他自然就好了。"庞美丽一直对余道义颇有好感，以前因为他是宝珠的男友，就一直把这份心思埋在心底，到如今，见到余道义这个傻样子，心里很不是滋味。

她和众人自告奋勇说要照顾余道义，众人听了就知道是怎么回事了，原来余道义这个小子艳福不浅，以前有宝珠爱着，现在就算傻了，也有庞美丽在爱着。众人很是感激庞美丽，庞美丽说："喜欢一个人，是可以付出自己的所有的。"

这一天，已是下午，庞美丽没课，就和曾中帼请了假，过来博爱药房看望余道义。庞美丽进来药房的时候，余道义还在对着蛤蚧酒瓶发呆。庞美丽轻轻唱了一首歌，是余道义作词吴歌谱曲的《汾江河畔》：汾江河畔，有一座美丽的佛山古镇，是我们可爱的家乡……庞美丽的歌喉很是了得，唱腔优美，绕梁三日。庞美丽一唱完，余道义就缓过了神，不再发呆了。他死死地盯住庞美丽的眼睛说："你是谁？这首歌很熟悉，好像在哪里听过。"庞美丽说："我是汾江女子小学的庞美丽老师，这首《汾江河畔》，我在学校教孩子们唱，她们都很喜欢，是你作词的。"过了许久，余道义才说："你再唱一次给我听，我想起来了，这首歌曲是我填的词，吴歌作的曲，现在是醉仙酒楼每天都要唱的曲目。"庞美丽很是高兴，她想不到，她唱了他的作品《汾江河畔》，就把他从梦里拉回到了现实，这应该也是奇迹吧。庞美丽清了清嗓子，又唱了一遍《汾江河畔》。余道义离了座位，竟手舞足蹈起来，他一边跳一边唱了起来。唱完，他用手指着庞美丽说："我知道你是谁，你是汾江女子小学的庞美丽老师。"庞美丽激动地说："是，我是庞美丽，道义哥，你终于从梦里清醒过来了，我真的很为你担心，很担心你从此就傻掉了，一个好好的人，像那个泡在酒里的蛤蚧一样不言也不语，好吓人耶！"余道义说："我每天混混沌沌的，知道做生意、吃饭和睡觉，但于其他事竟然好像失忆了一样，但刚才听了你唱的《汾江河畔》，那是我创作的歌曲，我一听到这首歌曲，我的记忆一下子就又回来了，真的非常感谢你，庞老师！"

就在这时，从药房门口处传来一个声音："余道义，你真的要好好感谢庞美丽，为了你，她天天过来陪你，无微不至地照顾你，终于感动了上天，让你恢复了正常，这是一件可喜可贺的事情。告诉你，自从你天天醉得断片后，方圆、梁焰、吴歌、曾中帼等人非常关心你的病情，隔三岔五地过来探望你，这下好了，天都亮了。"余道义定睛一看，原来说话的是飞发佬龚坤，跟在他身后的是方圆，还有久未谋面的麦燃，站在麦燃旁边的，是一位小年轻，肩膀上挂着一个布包，但余道义不认识。大家寒暄一番后，麦燃把身边的小年轻介绍给余道义认识，说是叫钟声。余道义一一和大家握了手，然后说："前段时间，我过了一段浑浑噩噩的日子，现在终于清醒了，有一种重生的感觉，非常感谢庞美丽老师的关心和照顾。"庞美丽一脸羞涩地说："这是我应该做的，说起来我和余道义还是同事呢，他经常去汾江女子小学教授武术，很受孩子们的喜爱。"余道义说："也谢谢诸位对我的关心。"说完，他就忙着烧水去了。麦燃在药房里东张西望，望着一个个大玻璃瓶里用高度酒浸泡着的蛤蚧出神。龚坤叫上方圆和麦燃，一起蹀步上了二楼。只见二楼阁楼大概有四十平方米，中间摆放着一张大书桌，大概两米宽四米长，书桌上放着《新青年》《广东群报》报刊，书桌旁边摆着七八张椅子。龚坤说："爱国鱼贩社复活汾江读书社又被查封了，余道义曾想组织一些读书积极分子来这里召开读书会的，但被黑鬼七他们拒绝了，他们不想连累道义，读书会的地点大多安排在骨干分子的家里，既隐秘又安全，最重要的是还可以借此机会打打牙祭。"麦燃说："智慧在民间呀，在骨干分子的家里是最安全的，一帮生意人偶尔有个聚会，是很正常的。"

余道义和庞美丽也上来了，余道义手里拿着茶壶，庞美丽手里拿着茶杯。庞美丽为众人的茶杯斟了茶，知道他们有事要谈，喝了几口茶就告辞了。喝了几口茶，方圆说："这真是个好地方，余道义，我和麦燃多年前就认识了，我们现在是战友，这次他和钟声从广州回来佛山，是受组织委派，想在佛山组建佛山工人俱乐部，开展工人运动，主要就是组织佛山各行各业成立工会，开展加薪运动，维护工人的合法权益，当然，我们的工作会触动资本家的利益，风险还是很大的，我们成立这个俱乐部和开展的工作，都是在秘密进行的，要有保密的意识。我向麦燃推荐了你，说你很是追求进步，也有斗争经验，我们想发展你成为佛山工人俱乐部的主要成员，并把这里作为佛山工人俱乐部的司令部，不知你的意见如何？"余道义说："我一直都是向往革命的，就是没有组织可以靠拢而已，为工人和贫苦大众干活，我是一万个乐意的。"此时，钟声把肩膀上的挂包拿下来，从里面拿出几本书来。余道义仔细一看，原来是《共产党宣言》《共产党ABC》。余道义在《新青年》杂志上曾读过《共产党宣言》的有关简介，说是马克思和恩格斯为共产主义者同盟起草的纲领，但一直没有见过它的真容，今天，他终于有机会一睹芳容，内心很是激动。他迫不及待地拿起《共产党宣言》，然后打开来慢慢阅读：一个幽灵，共产主义的幽灵，在欧洲游荡。为了对这个幽灵进行神圣的围剿，旧欧洲的一切势力，教皇和沙皇、梅特涅和基佐、法国的激进派和德国的警察，都联合起来了……

余道义看得很是入迷，在座的见他看得这么认真，也拿起书认真研读起来。在座的其实也没完全弄懂马克思和恩格斯这两个老头书写的著作的全部含义，有些地方他们写得太深奥了，没有一定的知识和涵养是没办法读懂的。突然，余道义大叫起来：

"这里写得太精彩了，你们听：共产党人不屑于隐瞒自己的观点和意图。他们公开宣布：他们的目的只有用暴力推翻全部现存的社会制度才能达到。让统治阶级在共产主义革命面前发抖吧。无产者在这个革命中失去的只是枷锁。他们获得的将是整个世界。全世界无产者，联合起来！"余道义朗诵完，眼里饱含着热泪，但神情很是坚定。龚坤说："我也觉得这一段写得最明白了，是这一本书的精华所在，要推翻旧世界，建立新世界，无产者就要联合起来，团结就是力量，说得直白一点，就是拉队伍，把旧世界砸个稀巴烂，然后建设新的世界。"余道义听了龚坤的解读就拍起手说："龚坤总结得很是到位。"麦燃说："关于《共产党宣言》，我也是没完全读懂，但大部分已经弄明白了，你们仔细研读《共产党ABC》后，就可以弄通弄懂了。关于佛山工人俱乐部的成立，我在这里做一个简单的分工，以龚坤联络理发工人成立理发工会为试点，我们在座的给予龚坤大力支持，大家意见如何？"大家对于分工都没有意见，但龚坤不懂得如何去联络和发动，就问道："既然我们的俱乐部是秘密运作，如何去联络和发动工人呢？"麦燃说："你联络工人朋友的时候，就要和他们说成立工会的好处，工会是工人自己的组织，假如遇到资本家克扣工资的时候，工会就是大家的靠山，工会给大家出头，我们会和资本家谈判，甚至举行示威游行，维护工人的合法权益。"方圆说："工会就是工人之家，但龚坤你去联络的时候，不要大张旗鼓地去宣传，而是要秘密地发动，从自己最信任的人开始做工作，免得一下子就暴露了自己，要永远记住是秘密行事。以后每个星期六晚上八点，我们在这里开会，总结一周来的工作情况，布置下一周的工作。至于余道义，因为你是商人身份，不方便去联络工人，做好后勤工作就可以了。"余道义听方圆这么一说，就全明白了，他这个据点是佛山工人俱乐部的总部联络处，药房可以起到很好的掩护作用，不会引起当局的注意。余道义说："请组织放心，我一定会做好后勤和安全的保障工作。"方圆说："我们的俱乐部和所有的行动都要保密，不能随便向其他人透露，不然我们的身家性命随时都会处于危险境地的。将来，等时机成熟的时候，我们还会成立中国共产党佛山组，这是一个多么伟大和光荣的任务，我们一起努力！"在座的都说谨记了。方圆看会议已经结束，时间也不早了，此地不宜久留，就提议分开撤退。很快，众人就分批撤退了。

他们都走了，余道义心里依然激动不已。他在想，他终于找到组织了，佛山工人俱乐部的总部联络处就设在博爱药房二楼，不久的将来，佛山还会成立中国共产党佛山组，而他将是历史的见证人和参与者，使命光荣，责任重大。

三十二　深入基层访贫苦　筹建工会工作忙

　　龚坤接受了组织的分工后，整天就在琢磨着如何联络理发工人。因为他知道，理发工人虽是下层工人，但每天都接触各式各样的人，人多嘴杂，弄不好就会弄出事来，因此，他要万分小心。他想，他要从自己最信得过的兄弟入手。在佛山街，大汉理发店是有口皆碑的，因为师父的技术了得，镇上无论达官贵人还是平民百姓，不管男女老少，都喜欢来大汉理发店理发，男的理个平头或剃个光头，女的剪个齐肩或烫个卷发什么的，总之每天的人流量还是蛮大的。师父就只有五个，龚坤是大师父，带着四个小师父——庞通、刘河、李达和余茂，在龚坤的调教之下，四个小师父的理发技艺是一天比一天好，赢得了佛山镇人的口口相传。可以这么说，他们五个人就是大汉理发店的老板陈迈发达的招牌。陈迈看着来店里理发的人越来越多，心里就别提有多高兴了，每天都是美滋滋的。腰包里有了钱，原来陈迈每天喝的茶是铁观音茶末，现在都换成喝普洱茶了，最低档次的至少是五年的。别看陈迈发达了，但他是个孤寒鬼，就算是铁观音茶叶末子都舍不得泡给理发师父喝，更何况是已经上了年份的普洱茶了。

每天，他独自把茶叶泡在茶缸里，自斟自饮。在他的眼里，理发师父也就是个打工的，都是一帮穷鬼，有什么资格和他一样喝茶呢？如果把他们的嘴给养刁了，以后还怎么伺候呢？

庞通、刘河、李达和余茂都看不惯陈迈的做法，不就是一杯茶的事情吗？我们辛辛苦苦为他卖命，竟然狗眼看人低，连一口茶也不给我们喝，就算好茶舍不得给我们喝，但现在是差一点的茶我们也喝不上呀，这样的老板也真是太没良心了。四个小师父和龚坤提议，要不大家一起跳槽算了，就看不惯陈迈狗眼看人低的做法。龚坤听了他们的建议后，就劝大家要想开点，不就是一杯茶的事情吗？陈迈喝他的茶，我们干我们的活，陈老板开店要给铺租和开人工费，我们打工拿薪水，这是天经地义的事情，既然他是铁公鸡孤寒鬼，我们就不和他一般见识，他喝他的普洱，我们喝我们的凉白开，重要的是他按时出粮给我们，井水不犯河水，我们就别计较了。大伙听了龚坤的一番言语，就都看开了。

那天，众人下班回到宿舍，龚坤就拿出一块普洱茶来，说是醉仙酒楼的老板吴歌两年前给的，一直都舍不得喝，今天就泡给大家喝，而且，为了泡这茶，龚坤还特意去了茶店买了茶壶和茶杯，经过烧水、洗茶杯、洗茶、泡茶等一套流程后，龚坤给每人的茶杯都斟满了茶水，众人连续喝了几杯，觉得很甘甜醇厚，有一种回甘的甜味留在口腔里舌尖上，都觉得妙极了。龚坤说："兄弟们，今天我们喝的是十年的普洱茶，比陈迈老板喝的五年的还要好，普洱年份越久就越好喝。我问过了，这一饼茶现在价值两个大洋，你们说，这么贵的茶，我们能喝得起吗？陈迈他舍得让我们这班穷鬼喝他这么贵的茶吗？我们是打工仔，我们是靠手艺吃饭的，最重要的就是要争取我们应该得的那部分。我们现在每个月的薪水是十块大洋，刚够解决温饱问题，现在店里的生意是爆棚，我们这么拼命地为陈迈干，我们是否可以提出加薪呢？我觉得这是我们要思考的主要问题，不要盯着别人的茶叶不放，那是他应该得的，但我们的那部分是否应该争取呢？如果我们能争取到薪水涨到十五元，那么我们的日子就相对好过一点。"众人听了龚坤一番言语，由一杯茶的问题延伸到了涨薪水这么实际的问题，大家都竖起大拇指，都说龚坤现在思考问题够深刻，格局大。夜已深，众人把两壶茶喝淡后，就准备爬上床睡觉。初春的夜晚依然寒冷，更何况是住在汾江河边，风呼呼地刮着，在这间漏风的屋子里横冲直撞。众人蜷缩在被窝里，翻来覆去，怎么也睡不着。许是深夜喝了普洱茶，茶多酚使人兴奋，或是在盘算着如何让陈迈加薪水，总找不到头绪而烦恼。第二天早上起床，个个都红着眼睛，无精打采。在快子路喝状元及第粥的时候，余茂笑着说："富人的日子看来也不好过，喝了好茶竟然睡不着。"龚坤说："你们是第一回上轿子，紧张，兴奋，多几回就习惯了。"庞通笑着说："看来龚坤想女人了，一个老婆也娶不到，还想多娶几个，做梦去吧！"刘河和李达不言也不语，只是不停地在打哈欠，像鸦片鬼一样。龚坤笑着说："唉，都是普洱茶惹的祸。"刘河笑着说："其实和普洱没多大的关系，整个晚上我都在琢磨，如何能让陈迈这个吝啬鬼给我们加薪水呢？我琢磨来琢磨去，没有找到办法。"其他人听了也都说整晚都在琢磨这件事情。龚坤听了就笑了，但他没有说什么，做了一个手势，让大家赶快吃完早餐上班去。

回到理发店，陈迈早早就在店里等着大家，已经把普洱茶喝上了。陈迈见众人精神状态欠佳，就说："个个像个发瘟鸡一样，眼睛红红的，你们昨晚做贼去了？"龚坤说："昨晚的风很大，屋里冷得很，个个都睡不着。"陈迈说："早就叫你们不要住在河边了，春天湿气重，冬天冷得要命，在附近找个房子嘛。"庞通说："老板，这边的房租贵呀，我们租不起。"说到钱的问题，陈迈就不出声了，他害怕员工提出加薪水，最近他听说广州那边已经成立了理发工会，提出理发行业要在现在的工资基础上上浮一半，也就是每个工人要多给五个大洋。五个工人每个月要多支付二十五个大洋，也就是说要在每个月的利润里砍去三分之一，这真是要了陈迈的命。陈迈为了转移话题，就指挥大家抓紧时间搞卫生，庞通扫地，李达用酒精消毒剃刀，刘河清理洗盘，龚坤整理镜子前的物品，余茂折叠毛巾，各就各位，各司其职，在陈迈的眼里，每天准备开工的时刻，一切都是那么完美。

卫生刚搞完，众人都还没有歇息的机会，就冲进来十多个年轻人，看起来十八九岁的样子。其中一位看起来应该是为首的，一米七个头，身材很是结实，眉清目秀的，很有艺术气质，他大声对龚坤说："龚师父，我们今天是慕名而来找你来理发的，就给我们理个平头吧。"龚坤笑着说："感谢小兄弟们，一大早就过来帮衬，他们几个都是我手把手教出来的徒弟，手艺很不错，既然大家都来了，就轮着来洗头理发吧。"众人便轮流洗头和理发。为首的当然就是龚坤负责，龚坤左手食指和中指夹着年轻人的头发，右手拿起剪刀，咔嚓咔嚓剪了起来。龚坤剪发的技艺不仅娴熟，还能根据顾客的头型给予合理的建议，剪出一个让顾客甚为满意的发型。

在理发的过程中，龚坤一边理发一边和年轻人聊天，得知他们都是在石湾做公仔的师父，今天刚刚学完徒出师，为了庆祝出师，就约了一起过来理个平头。龚坤问他们做学徒多少年了，他们说已经三年了，三年来一分钱没有，老板只是提供食宿，到如今终于熬出头了。龚坤接着问："像你们这样刚刚出师，大概一个月老板能给多少钱工资呢？"他们七嘴八舌地说，大概二十大洋吧。刘河听了就大声说："你们老板真是好人，能给你们开这么高的工资。"有一个年轻人说："我们是做关公和观音像的，销路很不错，我们那里的大师父，一个月能拿到三十大洋。"刘河听了就大声说："看来你们的老板对你们还真是不错。"此时，坐在柜台处的陈迈咳了几下，应该是被普洱茶的茶梗卡在喉咙了。龚坤瞄了一下陈迈，发现他的脸色墨绿墨绿的，眼神呆滞。龚坤在心里想，此刻陈迈的心里应该是十五个水桶打水——七上八下，他每天都有买报纸看的习惯，最近广州那边发生了理发工人闹涨薪的新闻，估计他也看到了，他现在很是害怕佛山这边也跟风成立什么理发工会，和老板们谈判，让众老板为理发工人加薪，他现在应该就是为这个事情惆怅不已。想到这，龚坤就在心里笑开了。看来，方圆和麦燃说得没错，工人想要翻身，就要成立工会，维护工人的合法权益。

　　轮了三趟，五位师父终于为这群年轻人理完发。他们走的时候，为首的年轻人对龚坤说："我叫关俊，在石湾龙窑公仔作坊做师父，如果以后你要做关公的时候，可以找我，我可以给你打个折。"龚坤笑着说："好的，等到我要做关公的时候，我一定去找你。"送走这帮年轻人，接着就是等候多时的下一批客人。陈迈在柜台上数着白花花的大洋，心里别提多高兴了。他喝着已经凉了的普洱茶，哼起粤曲来。这时，经常过来剃头的王五仁大踏步进店来，人还没到，声先到："陈老板，不好了！"陈迈还沉浸在数钱的快感当中，就忙抬起头来，一看原来是土木建筑包工头王五仁老板。王五仁右手拿着报纸，在空中挥了几下，然后大声说："这个世道真的变了，广州那边已经成立了土木建筑工会，要求老板给工人加工资，如果不答应工人的要求，工会联合会就组织整个行业罢工，直到老板同意加工资才开工。陈老板，你说，按照这样的趋势发展下去，我们做老板的就没办法管工人了。"说完，他把报纸递给陈迈。陈迈接过报纸，仔细阅读了，发现不只土木建筑行业成立了工会，理发、裱联等行业也相继成立了工会，都在要求涨薪。陈迈看到要求涨薪这个字眼，就觉得很不爽，他在心里想，在我手下干活的一帮人，都是一帮穷鬼，我是老板，他们是打工仔，凭什么要求老板加薪呢？如果我不给他们加薪，难道他们还想造反不成？

王五仁洗了头后，就坐在椅子上，他指定龚坤给他剃头。他一直在嚷嚷，说什么真是世道变了，那帮穷鬼真是人心不足蛇吞象。龚坤拿着剃刀，在王五仁的脑壳上刮来刮去，他听着王五仁骂穷鬼和说到人心不足蛇吞象的时候，心里很是恼火，他在心里已经骂了王五仁祖宗十八代很多遍了，但碍于他是顾客，顾客就是上帝，便忍住没有发火，但由于心有所思，剃刀便在脑壳上突然停了一下，差点刮破了王老板的头皮，这是从来没有发生过的事，好在王老板也没有什么感觉，很快，脑壳就刮得光亮照人了。王五仁摸着光秃秃的脑袋，付账给陈迈的时候，丢下这么一句话就大踏步走了："看来这个世道要变了，我们的好日子怕是要到头啰。"陈迈微笑地和王老板挥挥手说："欢迎下次光临。"龚坤看到，陈迈的目光移回到报纸的那一刻，他脸上的肉不自主地颤抖了几下，像是被谁狠狠地打了一个耳光一样。

终于挨到了下班，众人累得腰酸背疼，匆匆在街边的应记面家店里吃了一碗云吞面后就回到宿舍，排队洗了澡，龚坤为大家泡了普洱茶。众人在感叹普洱茶好喝的时候，龚坤和四位师父盘点了一下，一天下来，每人差不多理发六人左右，合共三十人，每人收取三角，陈迈可进账九大洋，一个月三十天，可进账二百七十大洋，除去铺租五十大洋，洗头水灯油火蜡什么的五十大洋足够，再除去现在五个人的人工五十大洋，陈迈一个月净赚一百二十大洋，按十个月来算，一年就是一千二百大洋。刘河拍着桌子说："长期以来，我都不懂算账，想不到陈迈这个浑蛋一年赚了这么多钱，而且还是我们给他赚的，他应该给我们加薪，让我们也过上好一点的日子，能租好一点的房子住，能娶上媳妇。"众人都附和。此时，从汾江河吹过来的风，从墙缝里刮进来，阴冷阴冷的。庞通的衣服比较单薄，不禁哆嗦了一下，他说："要割陈迈的肉放他的血，谈何容易？"龚坤说："兄弟们，如果单凭我们几个去和陈迈谈，他肯定不会答应的，你们今天也听到了，王五仁老板的牢骚话，就是一个很好的思路，我们要像报纸上说的那样，成立理发工会，通过组织来和陈迈谈，这样一来，事情就妥当了。"李达说："那我们如何成立工会呢？就凭我们五个人，成立了也没用呀，势单力薄，做菜都不够一箸。"龚坤压低声音说："兄弟们，现在广州那边的组织派人过来佛山发展工会，让我发动理发工人组建工会，这是一个秘密的组织，是专门为理发工人服务的，比如以后遇到讨薪、加薪什么的，都由理发工会出面，如果你们有兴趣就加入我们的队伍。"众人都说愿意参加，天底下有这么好的组织，是为工人服务和伸张正义的，为什么不参加呢？

于是，龚坤和大家阐述了工会的宗旨以及如何发动理发工人入会的要点，并进行了初步的分工。众人听了龚坤的一番言语，内心很是激动。他们终于找到了组织，并且能为组织干一些事情，内心很是沸腾。把三壶茶都喝淡了，夜色越来越深了，众人兴奋过后就是倦怠，就怀着满心的欢喜美美地睡了一觉。

　　龚坤白天上班，晚上就和四位小师父以及方圆、钟声、麦燃到理发工人的聚居地——上沙街的出租屋进行拜访，龚坤也是云浮人，从事理发行当的人大多是云浮人，老乡见老乡，很多都是沾亲带故的，打打扑克摸摸牌九，很快就混熟了。熟络之后，龚坤就在老乡当中秘密宣传成立工会的好处，老乡们都很拥护，都说有组织给我们撑腰，我们为什么不支持呢？就这样，只用了短短一个月的时间，龚坤与方圆等人竟然发动六百个理发工人加入了理发工会。

三十三　通济桥头设分馆　招兵买马训练忙

方圆一直忙于搞工会工作，已经很久没有在鸿胜馆露脸，好像人间蒸发了一样。梁焰感到很是纳闷，究竟方师父这段时间在干什么呢？他百思不得其解。有一天晚上，梁焰和一帮徒弟在广场上练习搏击，正打得兴起的时候，有人高声叫梁焰的名字，梁焰连忙和徒弟停下交手，定睛一看原来是方师父！梁焰快步走上去和方师父拱了拱手问候。方师父拉着梁焰的手说："梁焰呀，最近我很忙，估计以后可能会更忙，鸿胜馆我是暂时顾不上了，今天我过来找你，是想和你商量一件事，我建议你把这里交给其他人打理，你回通济村通济桥头，开一间鸿胜馆的分馆，召集通济村的青年，习武，练大刀，为革命积蓄力量，不知你的意见如何？"梁焰说："我听师父的，我明天就回通济桥头开馆，通济桥头那里刚好有一所废弃的书院，我把它简单装修一下就可以开馆收徒了。"方圆听了就紧紧握着梁焰的手说："梁焰，一切尽在不言中，你回去后，把队伍训练好，说不定有一天我们能用得上，拜托了！"梁焰说："师父言重了，这是我应该做的，为了革命，付出也是值得的。"方圆和众人寒暄一番就匆匆忙忙离去了。

第二天上午，梁焰到鸿胜坊找了黑牛，讲明了方师父的交代，黑牛马上就叫上崩牙强、剷牛强等人和梁焰回到通济村通济桥头，来到长满蜘蛛网的书院，众人花了半天的时间进行打扫和整理，书院就呈现出和往日不一样的风采来。看着荒废多年的书院，现在竟然要作为武馆了，梁焰不禁感叹起来："在这个兵荒马乱的年代，已经很难放得下一张宁静的书桌了，或许，说不定在哪一天，我们练武之人，可以派上用场，为了国家和民族，轰轰烈烈地干上一场。"

感叹归感叹，现在还是要干活。梁焰吩咐黑牛他们到镇上去购买狮鼓刀叉什么的，所用款项就从鸿胜坊里支出。黑牛得令，就和崩牙强、剷牛强等人赶往镇上购买武馆所用物品去了。黑牛一行人，到了镇上买完狮鼓刀叉后，就往回赶，刚走到福贤路的时候，迎面碰见了吴歌。吴歌便逮住他们，问他们拿着这些家伙行色匆匆赶着去哪里，黑牛便一五一十地和吴歌说了。听到梁焰回通济村通济桥头办鸿胜馆分馆，吴歌感到很是震惊。吴歌本来是要回酒楼处理一些事情的，但现在他改变主意了，索性就跟着黑牛他们一起去通济桥头。走了两炷香的时间，一行人终于回到书院。吴歌见到梁焰的时候，梁焰在打拳。众人把狮鼓刀叉什么的摆放好后，梁焰刚刚打完一套拳。吴歌走上前，拱了拱手说："师父，说实在的，听说你回通济桥头办分馆，我一开始感到很是震惊，但刚才在路上我思考了一下，觉得方师父这个安排很是恰当。在通济村通济桥头，你就是这里的老大，你招兵买马，训练新兵，就是为以后的革命队伍培养人才呀！"梁焰听了就哈哈大笑起来："还是有文化的人厉害，一举一动总逃不过你的眼睛。"吴歌说："谁叫你是我的师父，我是你的徒弟呢？心有灵犀嘛！"说完，两人就哈哈大笑起来。

梁焰带着众人走遍了武馆的角落，院落虽是破败，但好在武馆门口有一大块空地，是个练武的好地方，而且，不远处就是通济桥，通济桥上人来人往的，武馆里鼓声一响，四邻八方的人就知道这里有个武馆了。梁焰叫黑牛和剷牛强把大鼓抬到门口空地处，黑牛就拿起鼓槌敲起鼓来。霎时，通济桥河畔，鼓点声一阵比一阵急。通济桥上来往的人和周围的人都觉得很奇怪，什么时候这个破书院变成武馆了？于是，很多人跑过来看热闹，指指点点，最开心的就是那些孩儿，踩着鼓点声手舞足蹈起来，叽叽喳喳，欢蹦乱跳，很是兴高采烈。

梁焰见聚集的人越来越多，就叫剷牛强到通济桥旁边的卖文房四宝的书店买些纸张和笔墨。剷牛强风一般去了，很快就把东西买回来。梁焰叫剷牛强和崩牙强把狮子扛出去到广场上舞，吸引乡邻过来看热闹。剷牛强和崩牙强领命，就抱着狮子来到广场上，踩着鼓点舞了起来，姿势优美，很是灵动，博得了在场的观众阵阵喝彩声。今天是普君圩日，很多趁圩的群众从圩上回来，经过通济桥的时候，见到这么热闹的场面，就过来看了，很快，人员越聚越多。梁焰见此情景，就叫吴歌拿着笔墨纸砚回屋里写招生广告，吴歌跟着梁焰到院里的石桌旁。吴歌把纸张铺开，梁焰已经研好了磨，吴歌略一思考，就洋洋洒洒写好了招生简章：

鸿胜馆通济桥头分馆招生简章

诸位乡亲：

鄙人梁焰，鸿胜馆教头，现受师父委托，回通济桥头办分馆。练武好处多多，一是可以强身健体，二是可以保家卫国。本馆现招收爱好习武的贫苦子弟，学费低廉，报名从速。

鸿胜馆通济桥头分馆

即日

梁焰看着吴歌一气呵成写完招生简章，而且字迹清秀，便忙不迭地称赞起吴歌来。吴歌笑了笑没有说什么，然后把招生简章贴到门口处。众人见门口有招生简章，就一窝蜂地涌过来看，摩肩接踵的。这边有一堆人在看招生简章，那边有一堆人在看劏牛强和崩牙强在舞刀弄枪。等劏牛强和崩牙强收刀收枪后，梁焰就大声和众人说："诸位乡亲，今天我梁焰回到通济桥头开分馆，收徒授武，还请诸位乡亲多多关照。"人群中，有部分是通济村的年轻人，他们对于梁焰是久仰大名，但平时在村里见面也就是打个招呼而已，并没有深交，今天有这样的机会可以跟着梁焰习武，也是一个千载难逢的好机会。于是，就有很多年轻人报名了。黑牛拿着毛笔，一一把报名学员的名字写到红纸上，一个下午，竟有五十多人报名，真的是出乎梁焰的意料。看着一张张红纸上写满了学员的名字，梁焰很是兴奋。他情不自禁地脱掉上衣，走到场上，为众徒弟表演了一套拳，很是生猛。他的拳一打完，场上就响起了热烈的掌声。

吴歌把上衣递给梁焰，梁焰接了穿好上衣后，就让众徒弟分五行排好队。梁焰喊口号整理好队伍后，就扯开喉咙对着众学员说："诸位徒弟，你们今天报了名，从今天起你们就是我梁焰的徒弟了，那些俗套的拜师仪式我看就免了，大家一定要有习武的决心，有不怕苦的精神，有爱国爱家的情怀。做到了这些，依我看，就是一名合格的鸿胜馆人。有没有信心？"众学员异口同声地说："有！"喊声震耳欲聋。

梁焰让黑牛在前面带队，带着徒弟们穿过通济桥，一直跑到普君圩，然后再跑回来。黑牛在前面带跑，徒弟们一开始很是兴奋，一路上你追我赶，嘻嘻哈哈，有说有笑的，但跑到普君圩的时候，都已经上气不接下气了，再从普君圩跑回通济桥头，还没跑到通济桥就一个个变成软脚蟹了，需要弯着腰才能走过通济桥回到武馆，等所有人都集合了，梁焰再次喊口号整理队伍，但这个时候的队伍，已经不好整理了，有的弯着腰在不停地喘气，有的干脆蹲在地上了。梁焰扯着喉咙说："诸位，古人曾经说过，天将降大任于斯人也，必先苦其心志，劳其筋骨。今天，你们的第一课是不合格的，如果，有一天我们通济村有来敌侵犯，你们这个样子如何杀敌保家呢？因此，希望你们每天都要早起，第一件事就是要跑步，把我们的肺功能锻炼得越来越强大，把我们的肌肉锻炼得越来越结实，只有这样，你们才是一个真正的学武之人。"徒弟们听了梁焰的一番训导后，对梁焰佩服得更加五体投地了。梁焰对徒弟们说："武馆每天都开放，随时欢迎大家过来学习。今天的集训到此结束。"徒弟们很有礼貌地和梁焰告别后，就都散了。

黑牛在收拾狮鼓的时候，吴歌就对梁焰说："今天是分馆成立的大好日子，我们要好好地喝几杯庆祝一下，现在就到醉仙酒楼，叫上方师父、道义和龚坤他们，已经好久没聚了，大家一起乐一乐。"梁焰听了就说好。黑牛跑着去买了一把锁，把武馆的门锁上后，一行人就离了武馆，朝槟榔街开拔。走了好久，终于到了快子路，黑牛跑着去叫了余道义和龚坤，一行人会合后，来到醉仙酒楼。最近，吴歌为了适应时代的发展，在三楼靠汾江河的地方用木板隔开了几个房间，方便生意人吃饭聊天。吴歌带领众人到了一间可以看到汾江河全景的房，众人坐满了一围台后，吴歌问能否找到方师父，众人都摇头。吴歌不禁感叹起来："如今这个年头，兄弟们能聚在一起喝个小酒，也是一件极为难得的事情了。"

菜上齐了，吴歌为众人的酒杯斟满了酒，他举起酒杯，提议大家一起敬梁焰师父，祝贺鸿胜馆通济桥头分馆成立。梁焰站了起来，他举起酒杯一饮而尽，然后咂了咂嘴巴说："刚才吴歌说了，现在这个年头，大家能坐在一起喝个小酒，是一件极为难得的事情，我深有感触。三年来和大家一起练武，日子虽苦，但很快乐。我们是怀着一颗炽热的心来练武，希望有一天能救国救民。但是，现在三年过去了，我们的国家依然混乱，军阀割据，民不聊生，我们什么也干不了，痛苦呀。"余道义说："前段时间看报纸，说是中国共产党在上海召开了第一次代表大会，这个党了不得，中国共产党是一个为民的党，依我看，中国的出路应该是在中国共产党。"龚坤说："我也看了报纸，中国共产党是个新生儿，但它的纲领好，是一个真正为民的政党，是中国的希望所在。"众人听了都感到很是兴奋，吴歌便提议大家一起喝三杯。众人举起酒杯，一连喝了三杯。酒过三巡，便吃菜，菜虽然简单，都是佛山本地的一些菜式，但兄弟们聚在一起吃饭喝酒，气氛很是融洽。余道义和龚坤因为任务在身，就不能多喝，但是梁焰、吴歌、黑牛、黄枢、崩牙强和劏牛强等人就放开来喝，都喝得醉醺醺的。尤其是吴歌，由于很久没和兄弟们聚会了，难得高兴，竟然坐在座位上唱起了粤曲，一连唱了好几首，把嗓子都唱沙哑了。

三十四　天天跟踪满街跑　竹篮打水一场空

刘野这段时间忙得很，刚娶完媳妇，还没享受够鱼水之欢，就接到了上头的命令，说是共产党最近到处串联，建立共产党小组，所有人都要取消休假，天天要在单位值班，随时待命。这天一大早，天还蒙蒙亮，保安大队的院子一片寂静，突然，警报声响了起来，像催命鬼一样，一声响过一声，刘野很不情愿从被窝里爬起来。他急忙穿好衣服，戴上大盖帽，迅速来到操场集合。副队长大狗说刚接到省厅的命令，说是有共产党在佛山建立了各行各业的工会，要严加查办，要趁共产党还在睡梦中就把他们揪出来。刘野问大狗："上级有没有下发共产党名单呢？"大狗说："没有。"刘野又问："那有没有什么线索呢？"大狗说："也没有，只是要求我们抓紧查办。"刘野沉吟了一下，然后说："既然什么都没有，我们怎么去查？佛山镇这么大，你让我怎么去查？"大狗说："上级既然没有线索，那我们就派兄弟们扮成便衣，到街上慢慢打听吧。"刘野听了就开怀大笑起来，然后说："这个办法好，你就安排兄弟们到街上打听打听，究竟哪个是共产党，我们一锅端了他们，哈哈！"说完就回去继续做他的春秋大梦去了。

大狗领了命，就安排所有保安队员把制服脱了，穿上便衣，到街上的大街小巷进行打听，如发现可疑分子，就通知队里的人去抓捕。除了部分警察留守之外，其余警察都换上便衣上街打听去了。

大狗和黄毛一组，踩着单车离了保安大队，他们漫无目的在街上乱窜，像个无头苍蝇。清早的佛山街，宁静得很。他们在街上转了几圈后，觉得没有头绪，就在祖庙门前坐下来抽烟。抽完了两根烟，大狗从口袋里拿出两个铜板来，把一个给黄毛，自己留一个。大狗说："我们来比赛，看谁能打中那个龟头，打中了就赢，输了的等下请吃及第粥。"黄毛说："不就一碗粥吗？谁怕谁，乌龟怕铁锤。"说完，他接过大狗递过来的铜板，右手用力一甩，铜板没有打中龟头，而是掉进水里，无声无息。大狗屏住一口气，闭上左眼，用右眼瞄准，右手轻轻地用力甩出去，铜板竟然稳稳当当地砸中了乌龟头。大狗狂叫起来："黄毛，我砸中了，我太幸运了，今天我们肯定能抓到共产党分子。"黄毛说："好了，我也饿了，我们去吃及第粥吧。"于是，两人又骑着自行车，离了祖庙，往福贤路骑过去，那里有一家久负盛名的粥档。到了粥档门口，两人把单车停好，走进去找了座位坐好，店小二问他们要吃什么，大狗说来两碗及第粥，再加两碟瘦肉肠。很快，及第粥和瘦肉肠上来了，两人就狼吞虎咽起来。虽是八月的早上，但闷热得很。两人把热粥和肠粉填进肚里后，全身就被汗水湿透，像是被从水里拎起来一样。从粥店里出来，一阵热风袭过来，大狗感到有一种眩晕的感觉。

大狗晃了晃头，豆大的汗珠就从脸颊上下雨般滚落到地上，与尘埃结合在一起，一下子就消失得无影无踪。大狗看着自己的汗水掉进尘埃里，竟然就这样看不到一点痕迹就消失了，他想到今天一大早就被警报声从被窝里揪出来，漫无目的地在街上瞎逛，弄得满身臭汗，一无所获，不就是和这汗水一样，做了无用功了吗？他垂头丧气地走过去拿车，骑上去，脚用力一蹬，又百无聊赖地在街上逛起来了。黄毛骑着单车，东张西望，时不时拨弄响铃，发出清脆的铃声，在街道上空回响着。大狗听着这断断续续叮叮当当的铃声，感到很是烦躁，就大声骂黄毛："你别那么多手好不？这声音一锤一锤的，烦人。"黄毛被大狗一骂，就停止了拨弄车铃的手。黄毛在心里就骂起大狗来：什么东西？净嘚瑟，不就是仗着陈福禄是自己的姨丈，爬上了副队长这个位置？如果不是这层关系，他八辈子也爬不上这个位置。

忽然，有一支队伍跑着经过大狗和黄毛的单车，整支队伍大概有五十人，队伍有两排，步伐齐整，个个精神抖擞，像一个个小公鸡，斗志昂扬，呼啦啦齐刷刷地像风一样在他们身边吹过。大狗和黄毛都感到很是震惊，什么时候佛山街有这么一支队伍了？他快速骑着单车跟上队伍的步伐，发现带头跑步的是梁焰和黑牛，就一下子明白了，原来是鸿胜馆的子弟在环镇跑步，他曾听刘野说过鸿胜馆经常组织子弟环镇跑步，但他还是头一回亲眼看到。大狗在心里不禁嘀咕起来：听说梁焰在通济桥头开了鸿胜馆分馆，招收了一帮年轻人在舞刀弄枪，他们都是一些贫苦出身不要命的愣头青，梁焰这么大张旗鼓地招兵买马，莫非他就是共产党？但如果他是共产党，应该不会弄大摇大摆显山露水这么一出戏呀！大狗停下单车，苦思冥想了许久，百思不得其解。黄毛见大狗皱着眉头一脸惆怅的样子，就问："大哥，莫非你有什么新发现？"大狗从裤袋里拿出一包纸烟，弹出一支给黄毛，黄毛接了，连忙点燃了火柴，先把大狗的烟点上，然后自己也把烟点上。大狗深深地吸了一口，然后把烟缓缓地吐出来，烟雾刺激着大狗的神经，虽然有一种眩晕的感觉，但很是过瘾。黄毛狠狠地吐了一口烟，然后说："大哥，你是怀疑梁焰是共产党？但细想一下也不对呀！通报里说共产党现在搞的是地下活动，都是秘密进行，偷偷地发展自己的下线，像梁焰这样明目张胆干的，应该不是共产党。更何况，鸿胜馆子弟跑步这个破事，也不是今天才有的事情，已经是佛山镇的一道风景，人皆尽知。"大狗把烟抽完，狠狠地把烟蒂丢在地上，并用皮鞋死死地踩上一脚，才蹬着单车回保安队。

刚回到办公室坐下，喝了一口热茶，刘野就过来了。刘野问："在街上逛了一圈，怎么样？有没有什么收获？"大狗说："天气太热了，暂时没有什么新发现，就是收获了一身臭汗。不过，今天上午我第一次看到梁焰带着五十多个徒弟环镇跑步，给了我一个灵感。"刘野问："什么灵感？说来听听。"大狗用热切的眼神望着刘野说："我问你，梁焰有没有可能是共产党呢？"刘野从裤兜里拿出纸烟，弹出一支抛给大狗，大狗伸手接了，刘野自己也取了一支，刘野点燃了火柴，先把大狗的烟点上，然后又把自己的烟点上，两人便腾云驾雾起来。抽完了一支烟，刘野咂了一下嘴唇，然后说："按照常理，共产党是秘密行动的，像梁焰这样光天化日大摇大摆的，不符合逻辑。"大狗说："大哥，一开始，我也是这样想的，但往深一层想，就算梁焰不是共产党，但他在半年前回到通济桥头开了鸿胜馆的分馆，是否受了共产党的指派，为他们积蓄革命的力量呢？"刘野听了就禁不住大声拍起掌来，然后高声说："哎呀！大狗，我可怎么没想到这一点呢？梁焰应该不是共产党，如果他是共产党，绝对不会这么招摇的，这是明眼人都能看出的事情，但他受人指派，为共产党培养革命人才，这是绝对有可能的！我们先监视他，看有没有可能抓到什么把柄。"大狗深深吸了一口烟，缓缓把烟圈吐出来，然后才说："不过，我们采取行动时，还是要小心一点，你也知道，梁焰这厮不好惹，他武艺高强，身手敏捷，我们千万不要栽在他的手上。"刘野说："你提醒得对，我们的第一步先监视，然后再顺藤摸瓜，揪出背后的共产党来，把他们一锅端了，我们就等着升官发财了！"说完，刘野放声笑了起来。大狗跑出去，叫了两名亲信进来，一位是刘野的表弟庞怀，另一位是大狗的外甥谭德。大狗把监视梁焰的秘密任务给他们做了一番交代，并再三叮嘱一定要注意安全，如有什么发现要第一时间汇报，这是你们最好的立功机会，要好好抓住这个千载难逢升官发财的机会。庞怀和谭德听了，知道是亲戚特意给他们两人安排立功的机会。他们异口同声地说："请长官放心，我们一定不辱使命。"说完，两人立正敬礼后，就出去了。

庞怀和谭德离了大狗的办公室，两人就在走廊上密谋起来，该怎么样去监视才不引起梁焰的注意呢？两人商量来商量去，推演了很多种方式，最后两人决定扮成卖香烟的，方便走街串巷，且不容易被人怀疑。于是，两人到了公正路的烟档，购置了卖烟的挂架和香烟，外国牌子的香烟很贵，一般人抽不起，就多进国产货。两人提着装满香烟的挂架，回到保安大队后，在饭堂吃过午饭，就换上短布褂、小短裤和土布鞋，把挂架往脖子上一挂，就是一个活脱脱的卖烟佬了。他们穿着这身装束，特意晃到大狗和刘野的办公室显摆一番，大狗和刘野一个劲地夸他们，为他们竖起了大大的拇指，勉励他们一定要把梁焰的底细摸清。庞怀和谭德再一次和他们表达了忠心和决心后，就离了保安队，往通济桥头的方向进发了。

走了半个时辰，终于到了通济桥，两人站在桥中间的两头，便开始吆喝起来，一个是这样叫的："卖烟喽，过来看看，有佛山简照南南洋兄弟烟草公司出品的双喜烟卖啰喂！价格公道，绝对正品！"另一个是这样叫的："饭后一支烟，快活胜神仙！想做神仙的，就过来看一看啰喂！"通济桥上人来人往，偶尔也有几个人过来帮衬买烟。庞怀和谭德在吆喝的同时，眼睛死死盯住武馆，看有没有什么动静。

这天是周六，所有的徒弟都来参加集训。梁焰在院子里刚给大家训完话，就带领队伍出来打拳和舞大刀。经过半年多的集训，梁焰看着徒弟们无论是打拳还是舞大刀，都有板有眼，动作齐整，虽然还有很大的进步空间，但也是进步神速的了，他感到很是欣慰。梁焰抬出一张桌子和椅子来，泡了一壶茶，听着徒弟们铿锵的呐喊声和整齐的步伐声，自斟自饮喝起茶来，好不惬意。

庞怀见梁焰短时间内带出这么一支威风凛凛的队伍来，这个动静真的还是有点大，他在想，假以时日，这支队伍如果把枪也练上，很容易就可以把保安队这帮废柴收拾得一干二净，在佛山街就是天下无敌了。庞怀不敢往下想，他向谭德努了努嘴，谭德明白庞怀的意思，他一边吆喝着，一边向桥脚下走去，那里应该可以听到梁焰训话的声音。但整个下午，梁焰就是给徒弟示范了一下蔡李佛拳和舞大刀的整个套路，就没有再说什么和做什么了，只是一个劲地在喝茶，仿佛他和那一壶茶有满腹的心事要述说一般。等到日头落山，梁焰就解散了队伍，收工回家了。庞怀和谭德盯了一个下午，就盯了个寂寞，感到很是沮丧。他们回到队里，向大狗和刘野汇报的时候，大狗和刘野就勉励他们不要灰心，干革命是很辛苦的，但要有不怕辛苦不折不挠的精神。他们听了就一个劲地点头。

三十五 鸿胜坊里细叮嘱 入党誓词响汾江

庞怀和谭德连续监视了两个星期，终于有了收获。这天也是星期六，他们两个按照往常一样，早早就来通济桥了，一边卖香烟一边监视着武馆。午后，太阳像烧红了的铁球一样，发出炽热的光来。梁焰在广场上一如既往地训练着徒弟，徒弟们不怕太阳的炽热，在阳光下依然刻苦训练，挥汗如雨，真的是做到不怕苦不怕累。徒弟们对于在这么猛烈的阳光底下训练，丝毫也没有怨言。因为他们谨记梁焰的训导：如果一个人怕苦怕累，是做不成大事的，要想做成大事，就要在任何恶劣的环境里都能生存，无论酷暑和寒冷，我们作为练武人，一定要坚持再坚持，把自己锻炼成勇敢的人，成为一个有担当和家国情怀的人，只有这样才能保家和卫国。

但是，顶着烈日站在通济桥上卖香烟，庞怀和谭德虽然戴着草帽，但从石桥上蒸发上来的热浪一浪高过一浪，就算是呼吸也都觉得很是难受。更让人难受的是热汗流个不停，很快就汗流浃背，最难受的是额头上的汗把眼睛都淹没了，汗水流进嘴巴，有一股盐巴的味道，咸咸的，涩涩的。庞怀走到谭德身边，用手抹了抹额头上的汗，然后小声说："太难受了，要不今天就到此为止吧，我们去得月楼找月梅喝个小酒去？"谭德也小声说："哥，再坚持一下吧，我就不相信逮不住狐狸的尾巴，除非他不是狐狸，如果他是狐狸，总有一天会露出尾巴来的。"庞怀听谭德这么一说，就只好讪讪地走回原来的位置，继续守株待兔了。

好不容易熬到了太阳落山，洛河上一阵阵凉风吹来，这时，庞怀和谭德才感到一丝舒服。徒弟们训练了一天，已经累了，梁焰整理了队伍，训导了几句，就让徒弟们整理衣服，陆陆续续回家了。梁焰也准备回家，把武馆的门锁好后，掉转身子往家里走。还没走几步，只见黑牛冲过通济桥，向着武馆的方向跑过去，一边跑一边喊："师父留步，今天劏牛强又弄回来牛头和牛骨，他已经在鸿胜坊煮开了，晚上我们一起喝牛头汤。"梁焰看着黑牛气喘吁吁的样子，就用拳头敲了一下黑牛的肩膀说："最近你没来练武，现在跑步都吃力了，以后不管生意多忙，都要挤出时间过来跑步和练武，三天打鱼两天晒网肯定是不行的。"黑牛说："师父的教导徒弟谨记在心。"

师徒两人踩着霞光，经过通济桥，往普君圩的方向走去。庞怀和谭德见梁焰和黑牛走远了，就在后面相隔一定的距离尾随着。还没到鸿胜坊，梁焰就闻到了牛头和牛骨头汤的香味，主要是八角和胡椒的辛辣味，冲得很。崩牙强早就在门口处摆了一张桌子，已经泡好了茶，见梁焰一到，就请梁焰坐下喝茶。茶是绿茶，透着清香。梁焰捧起茶杯，浅浅地喝了一口，竟满口香甜。崩牙强也坐下来，喝了一口茶，然后说："师父，这段时间鸿胜坊生意很好，今天劏牛强弄回来牛头和牛骨头，我们今晚好好乐一乐。"梁焰说："又有牛头和牛骨头汤喝，打打牙祭，这是好事，今晚我们就喝个痛快。"

庞怀和谭德来到鸿胜坊的附近，他们环视了一下周围的环境，发现这里竟然没有藏身之处，最后没办法只好躲在墙角处偷听他们的谈话。

很快，劏牛强和黑牛从厨房出来了，两人手里都垫着棉布，两手抬着大锅的耳朵，慢吞吞地迈着碎步，向院子走来。崩牙强看着硕大的牛头在锅里晃来晃去的，还冒着腾腾的热气，就高声喊："你们小心点，摔倒了就可惜了。"劏牛强用脚踢了一下崩牙强屁股，让他赶紧把木凳子放倒，崩牙强连忙放倒了木凳子，劏牛强和黑牛就把大锅放在四脚朝天的木凳子上。一切都妥当了，劏牛强才舒了一口气，他大声喊了起来："喝牛骨头汤喽！"就在这时，方圆、余道义、龚坤和吴歌相约一起来了。黑牛见他们来了就大声说："你们总算来了。"一番寒暄后，众人找了位置坐好，崩牙强为每人的碗里都舀了汤，众人便吸溜吸溜地喝起来，在这个闷热的夏天，喝着这么滚热辣的牛骨头汤，出一身臭汗，整个人就通泰了。

黑牛从屋里搬出一罐酒来，为每人的碗都倒了酒。他举起碗来，与众人的碗都一一碰了，然后说："今天我很高兴，鸿胜坊能有今天，全赖诸位师父和师兄弟，这碗酒我喝了，你们随意。"说完，就仰脖子咕噜一下把酒喝了。众人也把酒喝了。吴歌对梁焰说："师父，自从你回到通济桥办分馆后，我发现你瘦了，话也少了。"梁焰说："回到通济桥办分馆后，我思考了很多，现在我们这个国家，乱糟糟的，总看不到希望。"方圆说："梁焰，不要想那么多，你现在最重要的就是把通济桥头分馆的徒弟教好，有了人也就有了希望。"梁焰点了点头说："师父放心，我会用心教导他们的。"

劏牛强酒瘾上来，一个劲地追着龚坤和余道义敬酒："龚师父、余师父，来，我们再喝一碗。"龚坤和余道义没有办法，盛情难却呀，谁叫今天的牛头和牛骨头是劂牛强弄回来的呢？这个面子怎么也得给，于是他们就只好舍命陪君子了，仰脖子咕噜咕噜陪着劂牛强喝了好几碗。黑牛也被劂牛强强迫喝了几碗，喝完酒，黑牛大声说："记得上次，刘野让疯狗东带着一帮喽啰过来收保护费，被我打得他们屁滚尿流，从此以后，再也不敢来收保护费了。"方圆笑着说："你被刘野抓过去坐班房，要不是吴歌去找李县长，你就在那里过年了。"崩牙强起哄说："牛哥，这个事情你要敬吴老板。"黑牛把酒碗倒满，拿着碗与吴歌的碗碰了一下，就仰脖子喝了个底朝天。吴歌笑着说："事情都已经过去这么久了，还提它干什么！"方圆看天色也不早了，就催促大家散了。天上悬挂着半轮明月，众人踩着月光深一脚浅一脚回去了。

庞怀和谭德见众人散了，也踩着月光深一脚浅一脚回保安大队了。一路上，庞怀和谭德一直在争论着，方圆、梁焰、龚坤、余道义、吴歌、黑牛等人当中究竟谁是共产党呢？庞怀说首先方圆是最值得怀疑的，其次是龚坤和余道义，梁焰肯定不是，他只是打手而已，至于吴歌就更不是了，他只是生意人。谭德同意庞怀关于方圆的说法，认为他应该就是共产党，至于其他人，龚坤是怀疑对象，余道义、吴歌和梁焰应该不是。

庞怀和谭德回到保安大队院子，一进门就碰到了黄毛和大狗，他们正走在去餐厅的路上，准备吃夜宵。大狗见了他们，就像老鹰见到了小鸡，两眼放着光，就对他们大声说："你们今天有收获？"庞怀说："监视了两个星期，我们发现梁焰应该不是共产党，但他的师父方圆可能性就很大。"黄毛问："有没有发现什么证据？如果没有确凿的证据，我们贸然行动，到时会惹到一身臊的。"谭德说:"暂时还没有找到确凿的证据,但我建议,我们下一步的监控重点应该放在方圆身上,不要在梁焰身上浪费时间,他就是一介武夫。"大狗觉得谭德分析得有道理,就说:"那从明天开始,你们就不要去通济桥头了,重点监控方圆。"说完,四人便一起到餐厅吃夜宵。庞怀和谭德吃完消夜,在水井旁边洗了澡,就回宿舍睡觉去了。

第二天一早,庞怀和谭德吃了早餐,就骑着单车离了保安大队大院,在佛山的大街小巷晃悠寻找方圆。但一连找了两个多月,他们重点盯了像鸿胜馆、通济桥头分馆这些方圆有可能出没的地方,都没有发现方圆的影踪。他们很是纳闷,难道方圆人间蒸发了?两个月里他在佛山街连个影子都没有。

见两个月来的监视都没有任何进展,黄毛、大狗、刘野就发毛了,对他们两个就隔三岔五骂起娘来。庞怀和谭德觉得很是委屈,两人挨骂后,就经常聚在一起喝闷酒,喝醉后,两人不免唉声叹气一番后,就高声骂了起来:"共产党难道是土行孙?会钻地不成?就算是掘地三尺,也要把他们找出来。"于是,接下来的日子里,两人像无头的苍蝇一样在佛山街乱窜。

这两个月,共产党员钟声受党的委托,回到佛山,和同是共产党员的麦燃一道,在余道义的博爱药房二楼处成立了佛山工人俱乐部,发展工人运动。方圆、龚坤和余道义积极参与,他们每天白天照常上班,龚坤在大汉理发馆理发,方圆在建筑工地砌砖,余道义照常经营药店,到了晚上各人就联络各行各业的工人,在工人俱乐部召开相关会议,介绍成立工会的好处,宣传共产主义。庞怀和谭德还在梦中的时候,他们五人就在工人的集聚地里抽着水烟筒计划着游行示威的相关细节呢。他们和工人们在局促的出租屋里围在一起秉烛长谈,大家憧憬着如果能为工人们争取到资本家给加工资，工人们的生活有了最起码的保障，该是一件多么幸福而又伟大的事情！憧憬着美好的未来，众人竟然有说不完的话，像汾江河水那样滔滔不绝，有时天都亮了鸡都叫了几遍了，大家才停止说话的欲望，然后美美地睡了一个回笼觉。是呀，工人的要求也不高，能保障基本的生活即可，但就是这样的要求，资本家也是万万不想答应的，他们认为：工人没有隔夜粮，就会乖乖地听老板话，乖乖地被老板奴役。

两个月的忙碌，让方圆、龚坤和余道义学到了很多，他们深深被钟声和麦燃忘我工作的行动深深感染着，他们知道，钟声和麦燃现在所做的工作——成立工会，让散兵游勇的工人们有了自己的组织，他们将带领大家一起抗争资本家，谋取应得的报酬，是为大家谋幸福的，这是一件多么伟大的事情呵。方圆和龚坤在心里知道，能做到这一点的，唯有共产党！报纸上已经刊登了，说共产党去年已经在上海成立了。

有一天傍晚，五个人坐在工人俱乐部一起吃晚饭的时候，龚坤终于憋不住满心的疑惑，就问麦燃："你应该是共产党吧？你们一心一意地为大家谋幸福，这个世界上有这么好的党，我也想参加。"方圆也说："我也想参加！"麦燃听了就沉默不语。过了一会，他才说："这两个月以来，你们表现很优秀，已经符合共产党员的要求了，我和钟声同志早就已经商量好了，要发展你们成为我们队伍的一员了，组织上已经同意了，既然今天你们主动提出来，那我们现在就举行入党仪式吧。至于余道义呢，组织上的意见还是需要考察，现在你最重要的是要以商人的身份，给我们提供这个活动地点作为掩护，是我们目前最需要的，以后待时机成熟的时候，你再加入我们的队伍。"余道义听了，就一个劲点头说："服从组织的安排。"钟声打开随身带的布包，拿出一块红布来，和枕巾差不多大，长方形的形状，上面有斧头和镰刀的图案。钟声说："这是我们党的党旗，斧头代表的是工人，镰刀代表的是农民。"说完，他找来四枚钉子用锤子把党旗定格在墙壁上。完了，他带领众人握拳举起右手来，庄严地带领着大家诵读入党誓词："严守秘密，服从纪律，牺牲个人，阶级斗争，努力革命，永不叛党。"领读完毕，众人坐下来围着开会。钟声说："欢迎加入我们的队伍，以后我们就是同志了，一起斗争，一起革命。同志们，我党于去年七月成立至今，已经一年多了，一年来全国各地成立了区委和党组，发展的势头非常好。共产党是这个世界上最好的政党，因为它的宗旨是为了拯救贫苦人民，受压迫的人民，只有跟着共产党干，才能翻身做主人。最近，我再次认真阅读了《共产党宣言》，更加坚定了我跟着共产党干革命的信心。同志们，要拯救中国这个已经烂到根的国家，只有共产党才能力挽狂澜，因为我们的党是为了人民的利益而奋斗。今年七月，中共二大在上海举行，会议提出现阶段我们党的纲领：打倒军阀，推翻国际帝国主义的压迫，统一中国为真正的民主共和国。同志们，区委对我们的工作很是重视，区委指示我们要发挥党员的先锋模范作用，在前期筹建理发工会的基础上，接下来还要迅速筹建建筑、革履、制饼、描联、西竹五个工会，这样我们就有六个基层工会了，我们争取在下半年就成立工会联合会，在年前，我们要在佛山镇打响闹革命的第一炮。因为要过年了，是理发和鞋业的旺季，我们发动两个工会的会员罢工，要求资本家改善劳动条件和生活待遇。同志们，革命的号角在汾江河畔已经吹响，希望大家勠力一心，分秒必争，把我党的革命火种在汾江河畔点燃，与珠江河畔的革命火种汇成一片，向全国蔓延，把中国烧成一个红彤彤的西樵大饼，让贫苦的中国人民能过上幸福的生活，都有饭吃，有衣穿，有屋住，这是我们共产党人终生的奋斗目标。"麦燃、方圆和龚坤听了钟声一番话后，都在憧憬着革命胜利后过上幸福的生活，能吃得饱，穿得暖，还有房子安身，那是怎样的一种幸福生活哦！想一想都很美，众人内心很是激动，眼里蓄满了泪花。他们一个劲地点着头，他们此时的内心中，在翻腾着，像是有二十四匹马在奔跑，二十四个入党誓词的字，每一个字就是一匹马，跑得快，跳得欢，像烧红的烙铁烙印在胸膛上，发出吱吱的声音来，让人眩晕。余道义虽然这次没能加入中国共产党，但他已经在心里对自己说：我这一辈子就选定共产主义作为我的信仰了，我要为之奋斗终身！

三十六　醉仙酒楼满月酒　汾江河畔赛诗会

又到夏末时节，佛山镇上，每天依然人来人往，车水马龙，熙熙攘攘。吴歌天天在酒楼、酒坊和家里忙着，像个陀螺。最让吴歌高兴的是，一个月前杨霞又给他生了个男孩，取名吴胜。这一天，是孩子满月，吴达仁见媳妇两年抱俩，吴家不仅有后，而且是"破单"，就别提有多高兴了。吴鸿满月的时候，由于吴达仁身体欠佳，吴歌就和吴达仁商量，决定不摆满月酒了。现在，吴达仁的身体已经痊愈了，他决定这次不仅要摆满月酒，而且要请戏班唱他几天才行。吴歌见父亲这么高兴，就应允了。宴会安排在醉仙酒楼，酒席摆了二十围台。亲朋好友聚在一起吃饭喝酒，很是热闹。吴达仁是全场最开心的人，他笑呵呵地捧着酒杯，每一桌都走了个遍，逢人就敬。

梁焰、吴诗选、黑牛、崩牙强、削牛强、曾中帼、宝珠、万红、庞美丽等人都来了，唯独方圆、龚坤、余道义没来，昨天中午吴歌到大汉理发店找龚坤，说了孩子满月邀请赴宴的事情，龚坤刚好剪完一个客人的头发，见老板陈迈坐在柜台处喝茶，就和吴歌离了理发店，来到街上对吴歌说："我现在和方师父、余道义正忙着一件大事，正是紧要关头的时候，以后你会知道的，满月酒我们就不参加了，免得连累大家，以后找机会再聚。"吴歌听了龚坤一番言语，虽然他不知道龚坤、方师父和余道义现在筹备要干的大事是什么，但他隐约感觉到一定是一件惊天动地的事情。离别的时候，吴歌紧紧握着龚坤的手说："兄弟，不管你们干的是什么大事，一定要保重！"龚坤用力握了握吴歌的手说："后会有期！"

　　宴会是从中午开始，众人吃着醉仙楼出品的招牌菜，喝着醉仙酒坊出品的菊花酿，个个都吃喝得很是开心。尤其是黑牛、崩牙强和劏牛强一帮师兄弟，已经很久没有打牙祭了，难得今天可以放开肚皮胡吃海喝，那高兴劲就别提了。他们一高兴，就逮住吴歌轮番敬酒，吴歌一连喝了十杯左右，很快就头晕眼花了。他躲开师兄弟们的劝酒，来到茶台处，倒了一杯浓茶来喝，才稍微清醒一点。他拿着茶杯，来到窗边，放眼望向汾江，他感觉到，汾江河水面上此时好像蒙了一层水汽，仙境一般。

　　望着窗外的汾江出神了一会，吴歌突然有了灵感，诗意涌上心头，一首《汾江》已经在腹里打好了草稿。就在这时，杨霞来到吴歌身边，她见吴歌望着汾江发呆，就问道："夫君又在忧国忧民了还是在感叹人生呢？"吴歌把手搭在杨霞的肩膀上，然后说："我刚刚为汾江作了一首诗，请老婆品评。"说完，他就诵读起来：

　　汾江

　　汾江如练

　　掌纹的生命线

315

汾江河畔

母亲般的乳汁
喂养着佛山茁壮成长

捧一把汾江河水
从指尖滑落
晋唐的诗句
闪着鱼鳞的光芒

早晨渔民撒网
捞上来的可能是鱼
也可能是经年的石湾瓦或者铁块
透着淡淡的膏药和米酒的味道

黄昏降临
河面霞光潋滟如红船在荡漾
依稀可以听到
琼花绽放的声音

红船远去
汾江河水洗净了
生旦净末的胭脂
留给汾江一抹五彩斑斓的温柔

杨霞听完吴歌的诗歌，就连忙赞叹说："真是一首好诗，想不到我夫君的诗艺是越来越精湛了。"吴歌说："夫人过奖了，我今天实在是太开心了，我又做父亲了，难得和一帮兄弟喝酒作乐，你说，这样的人生，夫复何求？但是，你知道吗，国家现在这样的一个时局，乱纷纷的，军阀混战，你方唱罢我登场，闹哄哄的，我们作为平民百姓，可以逃得过去吗？只不过是今天有酒今天醉罢了，未来在哪里？我不得而知。"杨霞说："报纸上说了，广州那边很多行业举行了罢工，要求加薪。"吴歌说："那些工人是没错的，他们是在争取他们应得的利益，他们挣的工资只能养活自己，但他们还有家人要养。虽然我也是一个生意人，但我给员工的工资在佛山街酒楼行业是最高的，而且还包一日三餐，这样的老板也算是很有良心的。"杨霞听了就扑哧笑了说："那肯定了，我看上的人肯定是一个讲仁义的人，如果你是那种唯利是图的人，我当初肯定掉头就走。"吴歌说："不管是做人还是做生意，仁义还是要讲的。"

两人在感叹时局满嘴仁义道德的时候，突然身边就冒出了几个人来。宝珠大声笑着说："拜托你们了，要卿卿我我，就回家去，不要在我们面前做出这样龌龊的事。"曾中帼、庞美丽和万红听了就捧腹大笑起来。杨霞瞪了宝珠一眼，就笑着说："刚才你姐夫诵读的《汾江》，你都听到了？那罚你也来一首。"宝珠说："说实在的，自从李兆基仙逝后，我们的龙塘诗社很久没有开张了，今天我就给大家来一首，是前段时间写就的，是一首关于东华里的诗歌。"她沉思了一会，张口就来：

东华里

青石板铺就的巷子

深深浅浅

走在青石板上

仿佛听到明清时期的千金小姐

在吟诵唐诗宋词

声音如珠玉般落在青石板上

依然清脆响亮

青砖绿瓦砌就的老屋

历经几百年的沧桑

已经垂垂老矣

一阵风吹来

墙壁上硕大的锅耳

发出呜呜的声音

仿佛在絮絮叨叨地述说着

佛山古镇的前世和今生

巷子尽头处墙壁上有一块龙壁

胎记一样惹人注目

虽老态龙钟

但神采奕奕

看着佛山古镇日新月异

它的内心很是快乐

总在轻声地哼唱着

悠扬的粤曲

或是快乐

或是忧伤

众人听了就拍起掌来。杨霞用手轻轻拧了一下宝珠肥嘟嘟的脸盘说："小蹄子不错，很有诗意！下一个谁来？今天我们在汾江河畔举办龙塘诗社诗歌朗诵会，也是别有一番风味的。"曾中帼举了一下手，然后像小学生一样朗诵起诗歌来：

塔坡井

塔坡井

水源千年不断

从唐代一直至今川流不息

每一滴水

都甘甜清冽

且富有诗意

那是因为

唐时佛山诗人

经常在水井边吟诗作对

诗句掉进井里

汾江河畔

浸泡了千年
如酒一般芬芳醇厚

如今
我们在佛山初地
塔坡牧唱的地方
把木桶丢进塔坡井
拎满满的一桶水上来
细细品尝
我们发现
塔坡井水里
不仅有李杜的诗句
像葡萄一样闪着晶莹的光
还有僧人念过的经文
隐约可以听到木鱼呢喃的声音

我们知道
喝塔坡井的水
只需要一瓢
就已经足够了
剩下的
就洗洗手吧
听说顺风又顺水

吴歌听了就大声说："写得太妙了。塔坡井水里/不仅有李杜的诗句/像葡萄一样闪着晶莹的光/还有僧人念过的经句/隐约可以听到木鱼呢喃的声音。简直就是神来之笔，佩服。"曾中帼一连说了几个惭愧，就叫庞美丽也露一手。庞美丽也是一个才女，她沉吟了一下，也张口就来：

琼花会馆

曾几何时
琼花会馆像榕树一样
扎根在汾江河畔的大基尾
树大根深
枝繁叶茂
伶人就像一只只小鸟
在树荫里翻滚腾挪
有的在敲锣打鼓
有的在吹打弹唱
有的在扮演生旦净末丑
梨园歌舞婀娜多姿
八和鼓瑟的音调
承继吉庆喧嚣的余音
吉庆高亢或婉转的唱腔
延续琼花绽放的绚丽

不远处

就是琼花水涉

曾几何时

这里总有伶人忙碌的身影

她们在忙着把行李箱搬到红船上

红船咿咿呀呀

朝汾江河深处驶去

下一站演出的地点

不管是在城镇

还是在乡村

反正就是在戏台上

她们唱念做打

唱腔时而激越

时而幽怨

唱的都是人生

每一举手

每一投足

演的都是生活

　　众人听了都大呼甚妙。宝珠用目光扫视了众人，然后用手指着杨霞说："其他人都吟了，就差杨霞没吟，大家说，她是不是要来一首？"杨霞笑着说："现在我的诗歌就是吴胜，他经常咿咿呀呀地哭，你们认真听就是了，但不知道你们能否听懂。"

宝珠说："我们不想听你儿子的哭声，他的哭声是你们母子的山歌。我们想听的是，一个分娩了两个孩子的母亲作的诗歌。大家说好不好？"众人听了就起哄附和。杨霞没有办法，见众人强烈要求，就苦思冥想起来，过了许久，终于憋出一首诗：

分娩

十月怀胎
孩子在子宫慢慢长大
我们常常隔着肚皮说话
他会调皮地用脚踢我
仿佛是在告诉我
一切安好

一朝分娩
炼狱般的疼痛从腹部开始
直至蔓延全身
我使尽了全身的力气
把你从子宫里逼出来
就是要让你好好在这个世界上走一遭

亲爱的孩子
母亲虽经历了一番痛楚
才把你带到这个世上

> 但我是这个世界上最幸福的母亲
>
> 因为你是我的唯一
>
> 希望我们一切都安好

　　众人听了都大声鼓起掌来，引得酒桌上的人为之注目。曾中帼说："写得真是太真实和太有感情了。"宝珠说："分娩过后，写的诗歌虽然没有了灵气，但正如曾校长所评价的那样，太真实、太有感情了，这样的诗歌我写不来。"庞美丽大声说："你肯定写不来了，你都没有分娩过。"众人听了就哄堂大笑起来。

　　吴歌这边众人诗兴大发吟诗作对，黑牛那边众人杯起杯落豪饮烧酒。吴歌转过身来，把目光转向大厅，见到黑牛、崩牙强、剐牛强、黄枢等人在快乐地饮着酒，互相起哄，场面甚为热闹。吴歌想，这样的日子，有诗歌，又有美酒，有一众亲朋好友时不时能聚在一起，开开心心地说说话、吟吟诗、喝喝酒，这真是神仙过的日子。但是，浏览了近期的报纸，目前全国各地的时局很乱，军阀混战，军阀们把整个国家弄得一塌糊涂、乌烟瘴气，佛山街平静的日子不知什么时候会被打破，生意还能继续下去吗？生活还能继续下去吗？吴歌感到很是烦忧。

三十七　古镇工人罢工忙　鸿胜馆保驾护航

　　已是初秋时节，在这个天高气爽的季节里，龚坤收获了很多很多，在钟声、麦燃的领导下，在短短半年的时间里，他和方圆白天上班，晚上像夜猫一样奔跑在佛山镇的各条大街小巷，在出租屋里与各行各业的工人打成一片，抽水烟，谈人生和未来，谈革命与理想，总之是磨破了嘴皮，对工人做了大量的思想工作，取得了非常辉煌的战果，他们都同意加入各行各业的工会，积极参加即将举行的游行示威。

　　经过一个星期的紧张筹备，各项工作已经准备就绪。

　　这天清晨，天清气爽，从西樵山上吹过来的雾气，与汾江河上弥漫的水汽汇合在一起，笼罩在佛山镇的上空，像是被铺上了一层薄纱。

　　就在这迷雾弥漫的一天，佛山镇发生了一件大事，在方圆的一声令下，佛山镇上大大小小的理发铺和鞋店铺所有工人罢工，方圆和龚坤带领着一千多工人拉着横幅上街游行示威。上千人的队伍，浩浩荡荡走在佛山镇的大街小巷，众人喊着整齐的口号："我们不是奴隶，我们是工人。打倒无良奸商，我们要求加薪，我们需要改善生活。"喊声震天，巨大的口号声像惊雷一样在佛山镇的上空炸开，犹如晴空霹雳。在队伍的最前方，工人们拉着横幅，迈着矫健的步伐前进。环镇游行完毕，队伍就集合在槟榔街广场上静坐示威，由余道义带着一帮人维持秩序。游行队伍未上街时，镇上那些大小的理发店和鞋店老板正坐在店里感到很纳闷，怎么平时准时上班的工人今天没有来上班？等到游行队伍上街呐喊的时候，他们才如梦方醒，原来他们都到街上参加游行示威去了，并提出要求加薪。在他们一筹莫展的时候，方圆和龚坤就带领着各工会的骨干上门，与资方交涉，要求资方提高工资。他们听了工会骨干的要求后，没有表态，只是唯唯诺诺地赔笑。

大汉理发店的老板陈迈见带头闹事的是龚坤，就在街上拉着龚坤套近乎："龚坤老弟，平时我待你也不薄吧，你们这样一闹我们还做不做生意呢？眼看就要过年了，正是理发的旺季，你们搞罢工，我们做老板的赚不了钱，你们手停也就口停，饿肚子，生活没有着落，这是何苦呢？"龚坤说："陈老板，你们做老板的，赚取最大化的利润，天天大鱼大肉，而你们发给我们的是鸡碎一样的工资，我们过得很是凄惨，你们从来都没有关心我们打工人的生活过得如何，如果你换成是我，今天的罢工，你也会是其中的一分子。"陈迈见说不通龚坤，就悻悻地回店里了。

陈迈在店里坐了一会，看着空无一人的理发店，想着龚坤刚才和他说话的语气，是那样傲慢和理直气壮，突然就火冒三丈起来，他在心里想：都是一帮穷鬼，加入了工会，搞什么游行示威，难道环镇走一圈腰板就直起来了？我要去找保安队队长刘野，让他给我们撑腰，我就不信治不了你们这帮穷鬼。于是，他离了理发店，骑着单车去了保安大队找刘野。在路上，碰到了一群像热锅上的蚂蚁在团团转的老板，他们见了陈迈，就叫住陈迈，工人在逼薪，问陈迈该怎么办。陈迈大手一挥，说："我们一起去找刘野，让他出面给我们摆平。"大伙听了就满心欢喜，一起跟着来到了保安大队找刘野。其时，刘野和大狗、庞怀、谭德在娱乐室里打麻将，四条烟枪不断地放着毒，屋子里烟雾弥漫，呛得很。刘野的手气不错，抓了一把好牌，他跷着二郎腿，叼着烟，一边摸牌和出牌一边骂起来："你们都是饭桶，跟踪了几个月，竟然连共产党的影子都没见着，难道共产党分子是孙悟空，会腾云驾雾和七十二变？妈的！你们就是吃干饭的一帮饭桶，你们这样的工作状态，让我如何和陈厅长交代呢？"

众老板到了保安大队大院，其中有人认识门卫，和门卫说要找刘队长，门卫就把他们带到娱乐室。娱乐室很大，有一百多平方米，有健身器材，也有麻将台。陈迈等刘野骂完了，就和一众老板毕恭毕敬地和四位老总拱手问好。刘野在烟灰盅上弹了弹烟灰，深深地吸了一口，把浓烟吐出来，慢条斯理地问陈迈："陈老板今天来找我，有何贵干呢？"陈迈说："出大事了，方圆和龚坤今天上午发动了理发和制鞋工人罢工，那帮穷鬼联合起来，要挟我们一定要加工资，否则他们就不上班。这个世界怎么变成这样了呢？这个天下从来都是我们做老板的说了算，什么时候轮到这帮穷鬼来指手画脚！"刘野听了就啪地把手中的白板甩了出去，应是激动的原因，刘野用力过度，白板竟把众人的牌都碰翻了。刘野站了起来，激动地说："不打了，我们去抓共产党去。虽然我读书不多，但此时此刻我想起了那句诗歌来：踏破铁鞋无觅处，得来全不费功夫。你们寻了几个月的共产党，现在终于露出水面了。"说完，哈哈大笑起来。大狗、庞怀和谭德见老板这么激动和开心，也把手中的牌甩了出去，跟着开怀大笑起来。笑完，刘野拨通了省公安厅厅长陈福禄的电话，电话那头陈福禄听了刘野的汇报后，沉吟了一下就说："现在国内的政治形势很复杂，北方那边虽然直奉战争已经结束几个月了，但你争我斗的局面依然还在，乱得很，广州这边情况也很不妙，政府内左右派的斗争也很厉害。前段时间，共产党首领陈独秀在报刊上发表了《中国共产党对于时局的主张》，提出邀请国民党等革命的民主派及革命的社会主义各团体开一个联席会议，共同建立一个民主主义的联合战线。听说孙文对共产党提出的共同建立一个民主主义的联合战线很有兴趣，接受了中国共产党和苏俄的帮助，提出联俄、联共、扶助农工三大政策。因此，现在的共产党，我们就不能抓，现在抓共产党，就是捅马蜂窝，到时给我们扣上一个'破坏国共合作'的帽子，你我都吃不了兜着走。"刘野听到这里，头皮开始发麻，背脊直冒冷汗。他在心里想："好在出发前打了电话，不然后果不堪设想。"陈福禄在电话那头咳了几下，然后又传来咕咕的喝水声。接着陈福禄在电话那头又说下去："现在的政治风云变化很快，就像六月的天，说变就变，一会风一会雨，比翻脸还快。老弟，我提醒你一下，不能瞎混了，要多看报纸，了解大势，我们要紧跟大势走，不然会摔大跟头的。如果按照孙文提出的联俄、联共、扶助农工的三大政策发展下去，我们的日子就到头了。你想一下，共产党就是一帮穷鬼组成的政党，跟着他们混，我们能有好日子过吗？但目前孙文和共产党有苏俄在背后撑腰，蹦跶得欢，但据我分析，他们应该也不会蹦跶很久，我们就睁大眼睛放长远来看吧。"刘野问："共产党让工人罢工，威胁老板们要提高工资，现在老板们意见很大，老板们是我们的衣食父母，我们不能管吗？"陈福禄说："现在这个形势，如果没有发生斗殴杀人，我们就不要出面了。这样吧，我建议你让那些老板先熬一段时间，那些穷鬼，手停即口停，他们饿得没办法了，就会投降了。如果这一招不行，就出钱聘请佛山镇兴义武馆功夫头招炽，带领一帮打手去修理那些穷鬼，杀杀那帮穷鬼的威风。如果事情闹大了，斗殴出了人命，你就带领队伍过去抓人。"刘野听了就满心欢喜，挂了电话，坐在椅子上，长长地吐了一口气。他从烟盒里弹出一支烟，叼在嘴上，划着火柴，把烟点燃，深深地吸了一口，然后吐出一口浓烟。

　　陈迈见刘野打完电话，就凑过来问是什么情况。刘野把陈福禄的建议和陈迈以及众老板说了，陈迈听了就眉开眼笑地说："还是陈厅长厉害，高人哪，借刀杀人，绝对是妙招。现在我们就去找功夫头招炽，让他找一帮打手，把那帮穷鬼打得满地找牙，到时他们就知道死字是怎么写的了。"说完，就带着众老板匆匆离开了保安大队，直奔快子路兴义武馆。也就一炷香的工夫，一行人来到了兴义武馆，其时招炽正在指点着徒弟们练功。招炽身材高大，浓眉大眼，满脸胡须，练就了一身功夫，在佛山镇武术界也是响当当的人物。他和佛山镇官界和商界人物来往甚密，招收的徒弟大多也是有头有脸的人物。

　　陈迈一进门就大声和招炽师父打招呼，招炽见是一众老板上门拜访，就快步走上前和诸位老板拱手问好。寒暄过后，陈迈就把来意和招炽说了，招炽听了之后就大声说："既然是陈厅长和刘队长的推荐，诸位老板看得起我招炽，我招某义不容辞。不过，你们都知道，干这种事情，要让打手们肯出力和卖命，免不了要有硬货才行，你们都懂的。"招炽伸出右手，食指和大拇指在不断摩擦着。诸位老板见招炽是爽快人，已经同意出马摆平那帮穷鬼，就异口同声地说："招师父，这个我们都明白的，肯定不能让兄弟们白出力的，我们都会识做的，钱的问题你就大可放心。"招炽见众老板这么爽快，就提出具体的方案："给我五天的时间，我们去做打手们的工作。我准备召集一百号人，都是能打能杀的，我和他们承诺，凡参加斗殴行凶的每人发放茶资两个大洋，如有死伤则另给医药费和抚恤金。"陈迈说："我觉得招师父这个方案顶好，我还提议，为了感谢兴义武馆对我们的大力支持，我们集资赞助一百大洋给武馆，不知诸位老板意下如何？"诸位老板都点头应允，五天后在这里集合。

招炽见条件已谈妥，就大声叫来几个得力的徒弟，在他们耳边和他们嘀咕了几句，徒弟们领了任务就马不停蹄出发去联系打手了。

离了武馆，陈迈和众老板到了得月楼，一边喝茶一边开会，决定坚决不执行工会的提薪要求，那些穷鬼手停口就停，和我们斗，就饿死他们，五天后，就有他们好看的了。众老板还决定天天集中得月楼吃饭喝酒，了解最新的情况，及时应变。

正如老板们说的，很多工人手停即口停，家里人也有一帮人要养，嗷嗷待哺。工人们每天上午准时集合槟榔街，然后环镇游行示威，拉着横幅，呐喊口号。但到了第二天的时候，就有工人向骨干反映家里没有米下锅了。方圆知道这个情况后，就和龚坤商量，发动没有参加游行的工会会员集资，资助参加游行示威的工会会员渡过难关。此倡议得到会员们的大力支持，很快就筹集到了款项，解决了参加游行示威的工人的后顾之忧。

五天过后，老板们见示威游行还在继续，就只好出第二招了。这天上午，他们结队来到兴义武馆。招炽也很守时，早早就在门口等大家了。老板们把五天来的情况和招炽说了，招炽说："下面就看我们的了，我们已经和一百多个打手说好了，他们都很乐意帮忙。"说完，他让几个得力的徒弟去联系打手迅速集合。很快，也就两炷香的时间，兴义武馆陆陆续续集合了一百多号人的队伍，个个手上都拿着大刀，刀刃上闪着逼人的寒光。众老板也陆续拿着大洋过来了。他们见招炽有这样巨大的号召力，且打手们个个身材高大威猛，生着满脸横肉，都是久逛江湖的亡命之徒，很是满意。众老板把大洋交给陈迈汇总，然后由陈迈交给招炽，招炽现场分派大洋，每人两个，并说如有死伤会另给医药费和抚恤金，众喽啰手里拿着大洋，脸上露出灿烂的笑容，一个劲地感谢招炽师父。招炽见大洋分妥当了，就整理队伍，带着他们浩浩荡荡朝长兴街进发。招炽知道，据内线报告，方圆和龚坤正带领着工会的骨干在长兴街上与理发店的老板交涉。

要想从抠门的老板的口袋里掏一分钱，真是比登天还难。方圆、龚坤等人和老板们苦口婆心地做工作："因为现在物价飞涨，工人们也要养家糊口，一家大小就等着你们发的微薄的工资过日子，紧紧巴巴，他们已经很努力工作了，但吃不好、穿不好，没有安居之处，他们也是没有办法才站出来游行示威。"但老板们也有一大堆理由："你们做工人的不容易，其实我们做老板的也不容易呀，要交铺租，要给人工费，还要交苛捐杂税。"有些老板还算通情达理，说会考虑给工人加薪，让他们尽快返回工作岗位。

在长兴街上，方圆和龚坤等人还在挨家挨户和商家老板做着工作。突然，劏牛强从街那头气喘吁吁地跑过来，在方圆和龚坤的耳边轻声嘀咕了几句。方圆听了脸色马上就变了，他让龚坤和各工会骨干继续在这里和老板们交涉，他现在马上回通济桥头鸿胜馆拉队伍过来。方圆和龚坤等人交代清楚，就飞一般跑着回去通济桥头鸿胜馆。到了通济桥头，方圆放眼望去鸿胜馆，只见梁焰正在广场上教导着徒弟们练习舞大刀，上百号人马喊着震天的口号，舞着闪闪发光的大刀，场面很是壮观。

　　方圆一口气跑了好几公里的路，气不喘，脸不改色，足见武功功力深厚。梁焰猛地见到方圆出现在眼前，很是吃惊，他紧紧握着方师父的手说："方师父，按照你的吩咐，我们的队伍现在舞大刀已经出神入化了。"方圆说："有紧急情况，招炽受无良奸商的委托，收人钱财，搜罗上百号打手，正赶往长兴街，准备围攻联合工会的人，龚坤等人在长兴街和老板们交涉。这支队伍今天就要派上用场了，我们现在就拉队伍过去和他们拼命。"梁焰听了就知道情况很是危急，于是就停下训练，整理好队伍，他站在石桌上，大声和徒弟说："徒弟们，现在有个紧急情况，兴义武馆招炽拉队伍围攻佛山工会联合会，我们知道，这是一个为贫苦大众谋福利的组织，我们的方师父和龚师父，就在这个组织里面担任领导职务，你们的很多兄弟姐妹，也是这个工会的成员。现在，方师父过来搬救兵，大家说，我们要不要马上过去和他们拼命？"众徒弟听了就齐声说："事不宜迟，马上过去。"于是，在方圆和梁焰的带领下，鸿胜馆一帮人马，个个血气方刚，手里握着大刀，像一群小雄鸡，朝着长兴街跑步前进。

　　招炽的队伍比梁焰的队伍先到。在理发铺门口，招炽一见到龚坤，就拱手说："龚师父，你我都是学武之人，今天我受众老板的委托，过来清场，还请龚师父给一分薄面，让你们的人赶快撤场，不要再搞什么加薪和示威游行了。"龚坤听了就火冒三丈："你我虽是学武之人，但今天你是代表无良老板来和我们较量，还带来一帮打手，想击败我们，你要知道，在佛山街，论武术，兴义武馆还排不上号。"招炽听了龚坤一番话就大声笑了起来："现在你们就是区区十来个人，而且手无寸铁，我们一百多号人，个个都有武器，你凭什么就说兴义武馆不行？"龚坤怒睁双目，高声说："姓招的，你别以为你们搜罗一百多人过来我们就怕你，你们就是一群虾兵蟹将，和鸿胜馆子弟相比，简直就是蚊和牛比。"招炽被龚坤这么一说，简直就被气炸了，他大手一挥，手下人就蜂拥而上，要把工人们剁成肉渣。就在这时，黑牛从理发铺里冲出来，手里拿着长关刀，众打手见到黑牛凶神恶煞的样子，且挥舞关刀很是娴熟，心里就犯怵，谁都不想为了两块大洋就这样送了小命，于是打手们停止了前进的步伐。黑牛挥舞着大刀，左冲右突，站在理发铺的门口，一夫当关。招炽见打手们怕死，就大声叫了起来："兄弟们大胆给我冲，他们人少，我们人多，把他们打到仆街。"打手们在招炽的鼓动之下，准备扑上来打杀。

就在这时，说时迟那时快，从后面冲过来一支队伍，为首的是方圆和梁焰。招炽见鸿胜馆大部队过来，如果此时还没较量就认输，以后还怎么在佛山街混呢？他咬了咬牙，带领队伍和鸿胜馆的队伍厮杀起来。经过一番拼杀，招炽搜罗的打手根本就不是鸿胜馆子弟的对手，有一半人被大刀队所伤，于是且战且退，最后仓皇而逃。那些出了钱的老板，正准备看工人的笑话的，最后的结果竟是招炽召集的打手不敌鸿胜馆子弟，还伤了很多，需要赔付大量的医药费，真是偷鸡不成反蚀把米。看到这里，老板们的脸就绿了。他们在心里暗暗叫苦：这次真的是赔了夫人又折兵呀。一众老板还期望着刘野此时带着保安大队众喽啰从天而降，可惜刘野并没有出现。原来，刘野的父亲刘放早就已经提醒刘野，现在军阀和国民政府已经争得你死我活，局势并没有明朗，千万不要卷入相关纷争中，一定要明哲保身，对于共产党近期组织工会游行示威的事情，要睁一只眼闭一只眼。刘野听了老狐狸刘放的提醒，就没有派保安队员过来抓人。

龚坤见打手们落荒而逃，就跑上前紧紧握住梁焰的手说：

"焰哥，这次是大刀队立了大功呀！还是方师父有先见之明，他让你培训大刀队，原来是早有谋划，佩服！佩服！"方圆笑着说："人无远虑，必有近忧！搞革命，最重要的是要有队伍，如果今天不是大刀队及时赶到出手相助，后果不堪设想。"说完，方圆和龚坤带领工会骨干再次上门和那些老板交涉。此时，诸位老板知道大势已去，便答应工会提出的要求，同意加薪。方圆和龚坤回到槟榔街大部队聚合的地方，当方圆把好消息告诉众人的时候，现场响起了雷鸣般的掌声。

前段时间，吴歌陪着姑丈陈先生去了一趟化州，在陈先生的老家住了一个星期。离陈先生家不远的地方，就是漫山遍野的橘红树，山脚下，就是制作橘红膏的作坊，化州橘红膏，驰名中外，和李兆基的甘和茶及保济丸齐名。这些都是陈先生祖宗留下的产业，由于陈先生对经营和经商不感兴趣，一心只读圣贤书，就由陈先生的弟弟在打理，每年定期回来看一看，和弟弟算一下账目。这次带吴歌过来，其实也是有另外一个目的，就是想通过吴歌的生意头脑把化州橘红带到佛山，大力宣传，期望打出一片天地。

吴歌刚回到醉仙酒楼，就听到槟榔广场上雷鸣般的掌声。他定睛望过去，发现站在舞台上的人是方圆和龚坤，龚坤在做着激情澎湃的演讲。吴歌感到很是奇怪，难道我离开的这几天，佛山又开始游行示威了？他带着疑问，来到槟榔广场。龚坤演讲完毕，集会就结束了。吴歌在人群中叫住了方圆、龚坤、余道义他们，众人一番寒暄后，吴歌请大家到醉仙酒楼一聚。众人盛情难却，便跟着吴歌到了醉仙酒楼。菜很快就上来了，众人吃菜喝酒，兄弟们在一起喝酒，杯起杯落，你敬我我敬你，气氛很是热烈。聚餐从中午一直吃到晚上才散，方圆、龚坤、余道义、梁焰、黑牛和吴歌都喝得很是尽兴，夜色已经降临，众人才散。杨霞和吴歌把众人送到楼下，依依惜别。街道上的电灯亮着，把他们趔趄的身影拉得很长很长，且歪歪扭扭。吴歌知道，这些人的身影，假以时日必定在汾江河畔留下一个个巨大的感叹号！

三十八　吴歌提佛山之问　汾江河畔红花开

　　这天上午，吴歌和刘达刚从汾江正埠码头收购鱼虾回到酒楼，在茶台前坐下来泡茶，喝第一口茶的时候，余道义就过来找吴歌。余道义坐下来，吴歌为他取了一个茶杯，斟满了茶。余道义喝了一口茶就说："汾江女子小学现在正在筹备一个艺术节，时间就定在下周，学生的节目有合唱、舞蹈、诗歌朗诵等节目，同时还邀请佛山各路大咖过来表演，有武术、粤曲、话剧等节目，曾校长让我过来邀请你，届时表演唱粤曲，不知吴老板意下如何？"吴歌听了就摇头说："我很久没有唱了，功底不行了，而且天天要打理酒楼和酒坊，累得很，嗓子沙哑，就不去献丑了。但我可以推荐黄枢、夜莺和黄莺过去唱粤曲，他们比我唱得更好。如果马苏能有空过去，四人搭档唱一些新曲，就更好了。"余道义听了就笑着说："究竟是做了父亲的人，比我成熟稳重多了，不像我做事毛毛躁躁的。"吴歌说："你也老大不小了，要考虑婚姻大事了。"余道义说："和宝珠的感情无望后，我对感情，已经看得很淡了，顺其自然吧。"吴歌说："我看庞美丽老师就很不错，既长得标致，也知书识礼和善感人意。"余道义说："断了一段感情，暂时还不想开始另一段感情。"吴歌听了就笑了。

两人正在喝茶聊天的时候，马苏行色匆匆地冲进来找吴歌。吴歌一见马苏，就笑着说："真的是白天不能说人，晚上不能说鬼，你看，说曹操曹操就到。刚才余经理和我说，曾中帼的汾江女子小学下周要搞艺术节，邀请我去唱粤曲，但我有自知之明，我是业余的，就不去凑这个热闹了，免得贻笑大方。我推荐了你、黄枢、夜莺和黄莺，组成一个组合，到女子学校亮一下嗓子，展示一下你们的风采，不知你意下如何？"马苏听了就说："既然是大哥推荐，我肯定义不容辞大力支持，而且，可以让孩子们领略到粤曲的韵味，让他们感受到岭南文化的底蕴，也是我们作为粤曲人的荣光。"吴歌和余道义听了就爽朗地笑了起来。笑完，吴歌说："因为听戏的对象是学生，建议你们唱新曲。"马苏说："我们就唱新曲《汾江河畔》《红棉颂》和《汾江河畔红花开》。"余道义竖起大拇指说："就唱这三首曲子。我告诉你们，前段时间我疯掉了，我就是听到庞美丽唱的这首由我填词吴歌谱曲的《汾江河畔》，突然间清醒过来了。"吴歌笑着说："那你真的要好好感谢庞美丽才行。"余道义笑而不语。过了一会，吴歌问余道义："武术表演是谁呢？梁焰师父？"余道义说："对，是梁焰师父带着一帮弟子过来表演武术。我、曾中帼、庞美丽和女子学校的一帮老师表演话剧。"马苏说："余经理真是多才多艺，能做生意，懂得一些医术，功夫也了得，还能演话剧。"余道义摆了摆手笑着说："都纯属业余爱好。"

喝了一会茶，吴歌问起红船丰寿年戏班的经营情况，马苏听了就唉声叹气起来，一脸愁容。吴歌忙问："发生什么事情了？"马苏说："红驹东最近感染了风寒，咳个不停，我陪着他跑遍了佛山大大小小的中医馆，药吃了很多，但都不见好转。"
余道义说："咳主要有两种——热咳和寒咳。"马苏说："大夫
都说是寒咳，但吃了药总没有效果，一个唱戏的名角，眼看就要
毁在咳这个病上了，你们说急不急死人？红驹东的咳病已经三个
月了，身体已经瘦成一条藤，班主的位置他让我来做，现在经营
的情况还好，我已联系了佛山的大大小小戏院，已经在戏院里排
期演出了。"吴歌听了就赞扬马苏经营有方，能把戏班挤进戏院
里表演，没有两把刷子是吃不开的。马苏说："我们用了一个月
的时间，和大大小小戏院合作试演，不收戏院一分酬金，市场
反映良好，他们才和我签订演出的合同，这才站稳了脚跟。"余
道义说："试演这一招，你都敢用，佩服！真是江山辈有才人
出。"马苏说："没办法，要生存，就要懂得经营。我们现在
是城镇乡下两条腿走路，趁年轻，就拼一下吧，到了风烛残年，
回首一望自己的人生，自己曾经奋斗过、努力过，人生才不会留
下遗憾。"吴歌听了就击掌说："马苏现在的人生观就很好，乐
观、积极，值得我们学习。"马苏受了大哥的表扬，就腼腆地笑
了起来。

喝淡了两壶茶，余道义和马苏就告辞了。看着马苏离去的身
影，吴歌突然想起化州橘红应该可以治疗红驹东的咳嗽，就高声
叫住了马苏。吴歌从茶台抽屉里抓了两把金毛橘红，应该有二十
来个，用报纸包着，递给马苏："这是化州橘红，十年的金毛，
对于治疗寒咳有很好的疗效。前段时间，我陪着我姑父汾江书院
陈先生去了一趟他的家乡化州，对橘红考察了一番，这个东西是
个好东西，应该对红驹东的病有用。就把死马当活马医吧，你把
橘红拿到药房去切片，每天煮两次，每次放十片八片煮水喝，
三四天后应该就有效果。"马苏接了，就忙不迭地说谢谢，说完

就拿着橘红找药房切片去了。在药房把橘红切好片后，马苏就向汾江跑去。来到红船停泊的地方，上了红船，钻进厨房，洗了药煲，往药煲里倒了三碗水，再把十片橘红片倒进去，用柴火煮了半个小时，三碗水便煮成一碗水。马苏把药倒出来，端给红驹东。红驹东在床上咳得还是很厉害，弓在床上像个虾公一样。他见马苏端着药进来，就从床上艰难地爬起来。马苏用葵扇扇风把药吹凉，然后把药递给红驹东，红驹东接了就咕噜咕噜几口就喝完了。红驹东喝完药不久，很奇怪，咳嗽的症状竟减轻了很多。红驹东问马苏："我刚才喝了这个药很舒服，这是什么药？"马苏说："化州橘红，吴歌推荐的，是汾江书院陈先生家里种的。"红驹东听了就拍着大腿感叹说："吴歌真的是我的恩人，他肯放你离开酒楼到戏班学唱戏，你成了丰寿年的台柱，现在我这条老命也是他救的。"马苏见红驹东咳嗽的症状减轻了很多，就让他赶快休息，因为他已经很久没有好好睡觉了。红驹东听了就赶紧睡觉。马苏从红驹东房里出来，他想趁这个空当去找黄莺他们一起排练，于是就快步离了红船，朝大基尾的方向进发。

黄莺家就在琼花会馆隔壁，可以天天听到粤曲和丝竹声。也就是一炷香的时间，马苏就到了。马苏进院门的时候，发现黄莺在院里晾衣服。黄莺听到脚步声，转头一看是马苏，就惊喜地问："什么风把你吹来了？"马苏笑着说："爱情风！"黄莺听了就扑哧笑了。马苏把来意和黄莺说了，黄莺说："既然是吴老板推荐我们去的，我们肯定没有二话。"马苏跟随黄莺进屋，黄枢刚打完一套拳，正准备吊嗓子。黄枢见马苏进来，寒暄过后就连忙煮水泡茶。黄莺跑着出去到隔壁叫夜莺，水都还没煮开，黄莺和夜莺就进屋了。马苏见人齐了，就把来意说了，黄枢和夜莺都说这是好事，可以让我们有更多亮相的机会。于是，众人喝了几道茶后，就开始排练新曲《汾江河畔》《红棉颂》和《汾江河畔红花开》，说是排练，主要是夜莺教马苏唱，等马苏会唱了，四人就合在一起排练，你一句，我一句，有轮唱，也有合唱。汾江河畔，一个崭新的粤曲组合腾空而起，发出新声。排练完，马苏又赶着回去红船煮药，服侍红驹东喝药吃饭。待红驹东躺下，已经是下午了，马苏就带着戏班到戏院做好开演的准备。连续四天排练，新曲排练的效果出奇地好。更让马苏感到神奇的是，连续四天喝了化州橘红茶后，红驹东的咳嗽竟然痊愈了。

那天上午，红驹东醒来的时候，发现自己不再咳嗽了，就大声叫马苏。船上的人都说马苏到汾江女子小学唱戏去了。红驹东从床上爬起来，洗漱一番，吃过早餐后，就穿上最亮丽的衣服，离了红船，朝醉仙酒楼走去。走了一炷香的时间，红驹东来到醉仙酒楼，上了楼，没有见到吴歌，便问刘达，刘达说吴老板在槟榔广场观看汾江女子小学艺术节。红驹东便下了酒楼，朝槟榔广场走去。只见槟榔广场的舞台下坐了几百学生、家长和佛山镇大大小小的头脑以及商界人士，黑压压一片。舞台上高高挂着红色的横幅，横幅上的黄字是这样写的：汾江女子小学第一届艺术节展演。

红驹东来到槟榔广场的时候，艺术节刚刚开始。曾中帼校长首先致辞，总结了办学两年来汾江女子小学取得的辉煌成绩，衷心感谢社会各界对学校的发展给予大力支持和厚爱。接着是梁焰致辞，他从一个武术教师的角度谈了很多感受，概括为一句话就是：鸿胜馆同人对于汾江女子小学的支持，是无私的，也是应该的，我们做得还不够，还要继续努力。最后发言的是吴歌，作为学校开办之初热心赞助人士代表发言。吴歌在来之前的两天，曾校长亲自登门拜访，邀请吴歌致辞，吴歌听了就一再推辞，但在曾中帼的一再坚持下，更何况杨霞也对吴歌下了通牒，没办法就只好答应了。吴歌在致辞中深情地说："目前，偌大的中国已经很难摆得下一张安静的书桌了。在我们佛山，曾中帼女士克服种种困难，办了一所新型女子学校，让佛山镇的孩子可以安静读书，这对佛山子民来说，是一件可以载入史册的大事。大家都知道，现在国内军阀混战，官场贪污腐败，民不聊生，我们是深有体会的。可以这么说，现在的中国，已经病入膏肓，一个有病的中国，应该吃什么药才能好呢？我不得而知。我希望在座的各位，有人能给我答案。前段时间，佛山知名粤剧大佬倌红驹东患了咳嗽，看遍了佛山大小的医馆，都没有疗效，马苏和我说了这件事情，我无意中推荐了化州橘红给红驹东吃，就四天的时间，药到病除。我还举一个例子，有一段时间，我父亲病得很厉害，看遍了整个佛山大大小小医馆，也是没有疗效，吃了余道义一个月的蛤蚧酒就痊愈了。我为什么举这两个例子呢？我是希望，在座的诸位都是中国人，能为有病的中国找到有效的药方，把我们的国家医治好！"吴歌一番热情洋溢且富有哲理的讲话，博得了在场所有听众热烈的掌声。方圆听了吴歌的发言，深有同感。是呀，谁能为有病的中国找到有效的药方呢？吴歌此时抛出来的问题，可谓是佛山之问，更是中国之问。这时，方圆在心里大声对自己说："只有中国共产党，才能为有病的中国找到有效的药方，只有中国共产党才能救中国！"

　　嘉宾致辞完毕，艺术节就拉开帷幕了。整台节目很是丰富，有劏牛强、崩牙强和黄枢的狮鼓表演，有梁焰、黑牛、招才等人的蔡李佛拳套路，有汾江女子小学师生的合唱，有万红的诗歌朗诵，有余道义、曾中帼、庞美丽的话剧表演，有龙塘诗社全体成员的诗歌朗诵，有马苏、黄枢、黄莺和夜莺的粤曲表演等，艺术水准很高，博得在场的观众阵阵掌声。值得一提的是，万红诗歌朗诵完毕，她对着台下黑压压的人群说："明天我就要去广州读中学了，感谢汾江女子小学培育了我，让我学到了很多知识，让我明白了很多人生道理。现在，我不仅要去读中学，将来还要读大学，去追寻更广大的天地，做一个对社会对国家有用的人！"在座很多人都为万红的不懈追求而感到骄傲。

最后一个压轴节目，是马苏、黄枢、黄莺和夜莺唱新曲《汾江河畔》《红棉颂》和《汾江河畔红花开》。这些新曲，红驹东没有听过，但听了之后觉得非常好，唱词很有新意。红驹东站在广场的后面，听完三首新曲后，就不禁感叹起来：我们这些老人早就应该从舞台上退下来了，舞台上的主角早就应该是年轻人来担纲！红驹东虽是伶人，但对时事也很关心，每天都有阅读报纸的习惯。他通过阅读报纸得知，佛山古镇现在有一帮年轻人，加入了共产党，在共产党的领导下，成立了一系列工会组织。这些共产党人为工人争取应得的利益，拉队伍上街游行示威，声势浩大，取得了辉煌的胜利，工人们的工资都有所上涨，工人的生活得到了一定的改善。通过共产党为工人谋福利这件事，红驹东清楚地知道，共产党是一个为贫苦大众谋幸福的党，是一个伟大的党，那些只讲生意不讲主义的政党在共产党面前，简直就不值一提。他深信，在汾江河畔，有一群拥有了理想和远大目标的年轻人不断追求和奋斗，这里的明天一定会变得越来越好！他更相信，汾江河畔这片热土，在不久的将来会发生翻天覆地的变化，生活在这里的人们会是这个世界上幸福的人！